Verfluchte Hexe –
Kreaturen der Anderswelt

Brogan Thomas

ÜBERSETZT VON
TANJA KLEMENT FÜR LITERARY QUEENS

Ebook ASIN: B0CQWFQ1LJ
Taschenbuch ISBN: 9781915946133
Gebundene Ausgabe ISBN: 9781915946140

Umschlaggestaltung von Melony Paradise

Übersetzt von Tanja Klement

WWW.BROGANTHOMAS.COM

VERFLUCHTE HEXE

KREATUREN DER ANDERSWELT

BROGAN THOMAS

VERFLUCHTE HEXE

KREATUREN DER ANDERSWELT

BROGAN THOMAS

Für meinen Ehemann

KAPITEL EINS

Acht Jahre zuvor ...

ICH SITZE ZUSAMMENGEKAUERT auf dem Stuhl vor dem Büro der Schulleiterin und warte darauf, dass jemand von meinem Hexenzirkel auftaucht. Ich wringe meine Hände in meinem Schoß und zupfe an einem ausgefransten Niednagel. Ich rümpfe die Nase. Jedes Mal, wenn ich mich bewege, steigen mir die Schwaden meines Versagens in die Nasenlöcher.

Ich rieche nach verbranntem Toast und Plastik.

Ich zupfe an dem Ärmel meines angekokelten Blazers. Teile des marineblauen Jacketts sind gelblich-braun, der Polyesterstoff ist durch die Hitze geschrumpft und der ganze linke Arm ist verkohlt. Mein einst schickes weißes

Hemd ist mit Schwarz verschmiert. Ich sehe aus wie eine Verrückte. Wenigstens wurde ich nicht ernsthaft verletzt; das schnelle Handeln meines Lehrers hat mich gerettet – na ja, zumindest körperlich. Geistig bin ich ein Wrack.

Die Tür zum Flur wird aufgerissen und sie stolziert in den Raum. Die Tür knallt hinter ihr zu. Ihre violetten Augen – dieselbe Farbe wie meine – suchen den Raum ab, bis sie auf mir landen. »Tuesday«, flüstert sie entsetzt.

Meine Haut kribbelt unangenehm und die Sekretärin lässt ihren Papierkram fallen und setzt sich aufrechter hin.

Die Frau, die vor uns steht, ist ein kleines Kraftpaket, das vor Autorität nur so strotzt. Die beste Hexe ihrer Generation. Sie trägt einen tadellosen grauen Anzug und hat ihre blonden Haare zu einem strengen Dutt zurückgebunden.

»Hi, Mum.« Ich senke meinen Blick auf den Schoß und schlinge meine Arme um mich. Ich fühle mich wie eine Zehnjährige.

»Geht es dir gut? Haben sie dich geheilt?« Sie beugt sich herunter und ihre Hände fuchteln vor mir herum. Schließlich streicht sie mir eine Strähne der verbrannten violetten Haare hinters Ohr. »Ich kann deine Haare in Ordnung bringen«, murmelt sie, während sie meinen Kopf tätschelt. Sie lässt ihre Hand sinken und wühlt in ihrer großen braunen Handtasche, in der sich eine Unmenge an Tränken befindet.

»Mrs. Larson?«, unterbricht die Sekretärin. »Die Schulleiterin kann Sie beide jetzt empfangen.« Die Frau lächelt mich freundlich an.

Ihre Freundlichkeit bereitet mir Unbehagen – verdammt, die Freundlichkeit von allen bereitet mir Unbehagen.

Arme, arme Tuesday.

Es ist nicht das, was sie sagen, sondern dieser Blick. Das Mitleid. Jeden Tag wird es schlimmer – stummes Mitleid, verpackt in schlecht verhüllter Enttäuschung. Es dringt in meine Poren ein und irritiert meinen Kopf.

Es überzieht meine Seele mit ihrem Schmutz.

Ich werde nie gut genug sein.

Oh, und die Hexengemeinschaft wird mich nicht ausstoßen. Nein, sie *lieben mich*. Unendliche Liebe und Verständnis. Die ganze *Unsere Liebe wird dich heilen*-Sache. Davon wird mir übel. Es macht mich verflixt noch mal wahnsinnig.

Ich hasse sie für ihre Freundlichkeit, was mich zu einer totalen Arschgeige macht. Ist es falsch, sich zu wünschen, dass jemand einfach mal wütend auf mich ist? Ich glaube, mit der Wut könnte ich umgehen, anstatt das Mitleid in ihren Augen zu beobachten, wenn sie mich ansehen. *Ha! Sagt das behütete Mädchen, das gerade erst anfängt zu leben,* meldet sich meine innere Stimme hilfsbereit zu Wort.

Mum bemitleidet dich nicht.

Nein, hinter verschlossenen Türen und fernab von neugierigen Blicken hasst sie mich.

Ich springe auf und renne förmlich vor diesem Gedanken davon, um vor meiner Mum an der Bürotür zu sein. Ich will das unbedingt hinter mich bringen, klopfe gegen die Scheibe, und als ich die dumpfe Antwort höre, öffne ich die Tür und gehe hinein.

Die Schulleiterin sitzt hinter einem schweren Holzschreibtisch, und als sie mich sieht, erhebt sie sich von ihrem Platz und ihre braunen Augen funkeln vor Sorge. »Ach herrje, die farblich gekennzeichneten Zutaten haben also nicht funktioniert.« Sie nickt Mum zu und streckt ihre Hand aus. »Carol.« Ein Funke lila Magie zischt aus ihrem Zeigefinger und trifft auf den von Mum – das Hexenäquivalent eines Handschlags.

Das ist ein weiterer Punkt auf der langen Liste der Dinge, die ich nicht tun kann. Ich verschränke meine Hände hinter dem Rücken und fummle herum.

»Bitte, ihr beiden, setzt euch.« Nachdem wir Platz genommen haben, setzt sich die Schulleiterin wieder auf ihren Stuhl. Sie faltet ihre Hände auf dem Schreibtisch und mustert mich aufmerksam mit traurigen Augen.

»Tuesday sollte keine gefährlichen Zauber durchführen«, beginnt meine Mum wütend. »Warum lässt du sie so komplizierte Zaubersprüche machen? Sie hätte sich ernsthaft verletzen können ...«

»Es war ein *Jetzt Hörst Du Mich Nicht Mehr*-Trank.«

Mum sackt in sich zusammen und reibt sich verlegen das Gesicht. »Oh.«

»Das konnte man nicht vorhersehen. So etwas hat es noch nie gegeben.« Die Schulleiterin starrt meine Mum vielsagend an und dann beäugen mich beide Frauen. »Ich denke, wir sind uns einig, dass Tuesday mit ihrer Magie zu viel für die Magielexie ist, und es bereitet mir keine Freude, dir zu sagen, dass ihre schulischen Bedürfnisse zunehmend zu Störungen führen. Carol, das ist nicht fair gegenüber dem Rest der Klasse.«

Sie reden über mich, als ob ich nicht im Raum wäre. Es spielt keine Rolle, was ich denke oder fühle. Meine Hand wandert zu meinem Ärmel und ich zupfe an einem besonders verkrusteten Stück, während meine Gedanken ihre Stimmen übertönen.

Magielexie.

Ich rolle die Augen. Es kostet mich alles, was ich habe, um meine Hände nicht verzweifelt in die Luft zu werfen. Für sie fällt alles immer wieder auf mein Gehirn zurück. Es hat nie etwas mit meiner beschissenen Magie zu tun. Sie sind davon überzeugt, dass ich kognitive Schwierigkeiten habe, und ihr armer Hexenverstand kann nicht begreifen, dass eine *Larson* einfach zu wenig Kraft hat. Dass ich ein magischer Blindgänger bin.

Nein, irgendetwas muss mit meinem Gehirn nicht stimmen.

Ich habe die Schnauze voll. Ich habe die Schnauze voll von den ganzen *Komm schon Tuesday, wenn du dich nur mehr anstrengen könntest*-Vorträgen, gefolgt von dem ach so süßen *Wir glauben an dich, Tuesday.*

Wenn ich mich noch mehr anstrenge, platzt mir der Kopf. Ich wünschte, sie würden sich einfach alle vom Acker machen.

Der heutige Tag beweist nur wieder einmal, wie nutzlos ich bin. Selbst mit aller Hilfe der Welt schaffe ich es nicht, einen einfachen Zauber richtig zu machen. Ich reibe mir mein dreckiges Gesicht – Scheiße, mir fehlt die Hälfte meiner Wimpern. Wer hat schon mal gehört, dass ein so harmloser Trank explodiert? Ich bin verflixt noch mal verflucht.

Ich sacke weiter in mich zusammen und starre aus dem Fenster auf das Schulgelände. *Ich wünschte, ich könnte nach Hause gehen und duschen. Ich kann nicht glauben, dass ich hier sitze und meine Schande trage.* Mein linkes Knie wackelt und ich drücke meinen Oberschenkel gegen den Stuhl, um die Bewegung zu stoppen. *Ich wünschte, ich müsste nie wieder hierher zurückkommen.* Ich hasse diese Schule.

Ein knuspriges Stück meiner Jacke zerbröselt in meinen Fingern und flattert auf den Boden. Welche Sechzehnjährige kann schon genau den Zeitpunkt bestimmen, an dem ihr Leben aus den Fugen geraten ist? Ich kann es. Alles lief gut, bis ich elf wurde und die Aufnahmeprüfungen für diese verdammte Schule machen musste. Ja, das lief gut.

Ich hatte damals so lange vertuscht, dass ich zu kämpfen hatte. Magie ist schwer. Sie geht mir nicht so leicht von der Hand wie meinen Schwestern – sie ergibt für mich wenig Sinn. Ich kann es einfach nicht verstehen. Die Art und Weise, wie jeder seine Macht beschreibt, fühlt sich für mich nicht so an wie für andere.

Als Kind habe ich meine Probleme wie ein Profi verheimlicht. Ich habe mich unauffällig verhalten, und niemand hat es bemerkt. Wenn ich zurückblicke, weiß ich nicht, wie ich damit durchgekommen bin. Ich muss sehr engagiert gewesen sein. Ich fand Wege, bestimmte Dinge zu umgehen. Ein neuer Grundzauberspruch in der Schule? Ich, ähm, habe mir einen fortgeschrittenen Zauber von zu Hause *geliehen*. Die Tränke waren überall im Haus verteilt. Es war leicht, sie auszuwechseln, und schon waren meine Zaubersprüche perfekt. Ich lächle verbittert.

Ich habe es nur ein paar Mal gemacht. Ich habe es nicht als unehrlich empfunden, nicht wirklich. Ich wollte einfach nur normal sein. Es war eine Kurzschlussreaktion. Ich war noch ein kleines Mädchen. Meine Mum zu enttäuschen und von meinen Freunden gehänselt zu werden, war das Schlimmste, was ich mir vorstellen konnte.

Zumindest dachte ich das.

Ich runzle die Stirn und reibe mir die Brust. Mein Hexenzirkel war entsetzt, dass ich meine Probleme vor ihnen versteckt habe.

Ich habe meine Mum zum Weinen gebracht.

Sie haben das Problem mit Geld bekämpft und einen Fachlehrer eingestellt. Aber meine verkorkste, beschissene, leistungsschwache Magie wollte nicht mitspielen.

Diese ersten Jahre waren so hart, und in den Augen meines Zirkels war der Schaden bereits angerichtet. Ich wurde von einem normalen Kind zu einem Kind mit besonderen Bedürfnissen.

Schlimmer noch, ich war eine Diebin und eine Lügnerin.

Eine vereinzelte Träne läuft mir über die Wange und ich wische sie verstohlen weg.

Ich schlucke und nehme einen tiefen Atemzug. Der Geruch meiner verbrannten Uniform brennt in meiner Kehle und ich würge ein wenig, um einen Hustenanfall zu verhindern. Was spielt es für eine Rolle, dass meine Magie scheiße ist? Was spielt das im Großen und Ganzen für eine Rolle? Dennoch ist jeder Misserfolg schwerer zu ertragen. Jeden Tag fällt es mir schwerer, zu glauben – an mich zu glauben.

Ich hasse es.

ICH HASSE ES.

Es vergeht kein Tag, an dem ich mir nicht wünsche, ich wäre ein Mensch.

Diese hexenhaften Erwartungen stapeln sich so hoch auf meiner Brust, dass ich nicht mehr richtig atmen kann.

Als ob ich das Geflüster nicht hören würde: *Sie wurde für Großes geschaffen. Was zum Teufel ist schiefgelaufen?* Ja, ich bin Scheiße. Das habe ich verstanden, danke.

»Wir können sie in eine andere Klasse stecken. Vielleicht können wir es als Nächstes mit Portalen versuchen?« Bei diesen Worten hebe ich meinen Kopf und konzentriere mich wieder auf das Gespräch. Meine Mum seufzt und beugt sich vor, während sie mit den Fingern über ihre blonden Haare streicht.

»Hört auf«, flüstere ich. Es ist, als ob ein Dämon von meinem Mund Besitz ergriffen hätte. »Bitte, hört einfach auf. Ich kann das nicht mehr tun.« Meine Unterlippe zittert und ich beiße heftig darauf und halte sie still.

Meine Mum wirft mir einen vernichtenden Blick zu. »Tuesday, glaubst du nicht ...«

»NEIN!«, schreie ich. Das Wort hallt durch den Raum, während ich meine Hände frustriert in die Luft werfe. Mein ganzer Körper zittert. »Es ist, als wäre ich ein Fisch und du bittest mich, auf einen Baum zu klettern. Ich kann das nicht. Ich bin ein Fisch, ich bin kein ... ICH BIN VERFICKT NOCH MAL KEIN AFFE!« Ich schlage mir mit der Hand auf den Mund, um das Schimpfwort zu verbergen.

O nein.

Die peinliche Stille im Raum ist mit Händen zu greifen, während beide Frauen mit offenem Mund dasitzen und mich anstarren. Die Schulleiterin schüttelt den Kopf, bevor ihr Mund zuschnappt.

Meine Mum schluckt sichtlich und ihr Gesicht wird rot. »Tuesday Ann Larson, ich werde deinen Mund mit einem Zaubertrank auswaschen, wenn du noch einmal so fluchst«, droht sie. »Ich entschuldige mich, Direktorin, meine Tochter ist eigentlich besser erzogen als so.« Sie schaut mich finster an.

Versteht sie denn nicht, wie frustriert ich bin?

»Ich kann das nicht mehr tun. Ich will nicht.« Ich schüttle energisch den Kopf. »Es tut mir leid. Es tut mir leid, dass ich euch alle enttäuscht habe.« Der Stuhl schabt über den Boden, als ich mich vom Schreibtisch abstoße und auf die Füße taumle. »Ich steige aus. Ich bin fertig. Ich gebe auf.« Meine Arme fallen zur Seite und meine Brust und Kehle brennen vor Schmerz. Was sie erwarten, erdrückt mich.

»Ich bin ein Fisch«, murmle ich, während ich zurückweiche.

»Tuesday, wovon redest du denn da überhaupt?«, fragt Mum und ihr schönes Gesicht verzieht sich vor Verwirrung. Sie sieht die Schulleiterin an, als ob sie meine Verrücktheit übersetzen könnte.

»Jeder ist ein Genie. Aber wenn du einen Fisch nach seiner Fähigkeit beurteilst, auf einen Baum zu klettern, wird er sein ganzes Leben lang glauben, dass er dumm ist. Das ist ein Zitat von Albert Einstein«, krächze ich, während meine Sicht von Tränen getrübt wird.

Ich tue mein Bestes, um sie wegzublinzeln, aber eine heimtückische Träne kullert an meiner Nase herunter und plumpst auf mein schmutziges Hemd. Vorbei an einem riesigen brennenden Kloß in meiner Kehle krächze ich: »Mum, ich kann nicht dein Affe sein. Ich kann das nicht mehr machen. Ich bin nicht ... ich bin nicht gut genug. Ich bin nicht stark genug.«

»Ich bin keine Hexe.« Mit dieser eindeutigen Aussage

mache ich auf dem Absatz kehrt und gehe mit so viel Würde, wie ich aufbringen kann, davon.

Kapitel Zwei

Scheisse. So viel zum Thema Imposanter Abgang. Ich muss auf meine Mum warten, bis sie im Büro fertig ist. Ich kann nicht sitzen. Ich bin zu aufgeregt. Also stelle ich mich in die Ecke am Fenster, mit dem Rücken zum Raum und der immer noch lächelnden Sekretärin.

Draußen ist ein perfekter Wintertag, kalt, aber mit einem strahlend blauen Himmel. Mein Blick wird von einem Rotkehlchen angezogen, das auf einem Zaunpfahl sitzt. Seine rote Brust ist stolz aufgeplustert, während es sein Territorium bewacht. Ein leichter Windhauch wirbelt sein Gefieder auf.

So wie ich mich innerlich fühle, müsste es doch regnen, oder? Ich schniefe und wische mir mit dem Ärmel die Nase ab. Das verbrannte Stück kratzt über mein Gesicht.

Ich habe mich schon so lange schuldig gefühlt. Es ist

das erste Mal, dass ich Nein gesagt habe, das erste Mal, dass ich mich für mich selbst eingesetzt habe. Ich schlucke schwer, als ich mich an den Gesichtsausdruck meiner Mum erinnere. Ich glaube, die Leute mögen es nicht, wenn man Nein sagt, vor allem Eltern.

Ich lehne meinen Kopf gegen das kühle Glas. Ich musste etwas sagen. Das kann ich mir nicht länger antun. Ich kann nicht immer wieder auf spektakuläre Weise versagen. Was ist mit meinem Selbstwertgefühl?

Was alle zu vergessen scheinen, ist, dass dies mein Leben ist und ich es auf meine Art leben muss. Ich bin sechzehn, also werden sie mich wohl kaum meine Ausbildung abbrechen lassen. So naiv bin ich nicht. Aber hier ist alles darauf ausgelegt, dass ich scheitere. Dieser Weg, den alle für mich vorsehen, ist nicht mein Weg. Ich weiß es tief in meinem Inneren ... Ich kann es in meinen Knochen spüren.

Jedes Mal, wenn ich einen Zauber, eine Rune oder eine Beschwörung versuche, fühlt es sich falsch an ... als würde ich auf einem schmierigen Drahtseil stehen, ohne Sicherheitsnetz und mit beschissenen Schuhen. Platsch. Ich falle jedes verdammte Mal auf den Boden.

Sie spülen mein Selbstvertrauen immer wieder den Abfluss hinunter, während sie versuchen, mich zu jemandem zu machen, der ich nicht bin. Nur einmal musste ich ehrlich zu mir selbst sein, um ehrlich zu ihnen zu sein, auch wenn ich dabei versage und sie mich ignorieren. *Bitte, lass nicht zu, dass sie mich ignorieren.*

Ich könnte genauso gut meinen ganzen Kopf im Klo runterspülen. Es würde sich genauso anfühlen.

Als ob ich ertrinken würde.

Die Schicksalsgöttin muss mich drängen, etwas anderes

zu tun – etwas, das ich tatsächlich kann. Eine einzige Sache, in der ich brillieren kann ... Nur eine kleine Sache. Das kann nicht mein Leben sein – für immer die Enttäuschung, für immer im Abseits zu stehen. Ich muss daran glauben, dass es noch etwas anderes gibt. Eine Art Ziel.

Es ist kein Aufgeben, wenn man seine Zeit mit etwas Besserem verbringen könnte.

Oder?

Ich seufze und schließe die Augen.

Zehn Minuten später öffnet sich die Bürotür hinter mir und meine Mum kommt aus dem Raum. Die Härchen auf meinen Armen stellen sich auf, während eine Welle der Wut von ihr ausgeht. Ihre Absätze klackern bedrohlich auf mich zu.

O nein! Ich ziehe den Kopf ein und drücke mich an die Scheibe. Ich weiß, dass es kein Entrinnen vor ihr gibt. Ich sammle die letzten Reste meines zerfledderten Mutes, und als ich mich zu ihr umdrehe, starrt sie mich böse an. Ihre violetten Augen funkeln vor Wut.

»Du bist für den Rest des Tages entschuldigt«, knurrt sie und schreitet mit stampfenden Absätzen davon. »Komm jetzt!«

Ich nicke und husche wie ein braves kleines Mädchen, den Blick auf den Boden gerichtet, hinter ihr her, während wir nach draußen zum Auto gehen.

Ich sitze mit um mich geschlungenen Armen da, während wir in unbehaglicher Stille nach Hause fahren. Wow, plötzlich verstehe ich den Ausdruck *Du kannst die Luft mit einem Messer schneiden*. Meine Mum ist außer sich vor Wut.

Nach einem strengen »Geh auf dein Zimmer!« als wir

nach Hause kommen, verlasse ich sie an der Haustür und renne die Treppe hinauf.

Ich ziehe meine Uniform aus und schmeiße das ganze Ding in den Mülleimer, bevor ich unter die Dusche steige. Stunden später, als Dad von der Arbeit nach Hause kommt, sitze ich auf der Treppe und höre zu, wie sie über mich tuscheln, während ich mit ein paar Strähnen verbrannter Haare herumfummle. Ich weiß nicht, warum sie keinen Privatsphäre-Trank benutzen. Ich schätze, es ist ihnen egal. Nach etwa zwanzig Minuten hitziger Debatten werde ich nach unten gerufen. Jeder Schritt, den ich mache, ist so, als ob ich auf dem Weg zu einem Exekutionskommando wäre.

Ich werfe einen Blick in den Raum und mein Herz rutscht mir in die Hose, als ich Mums immer noch wütende Körpersprache bemerke. Es sieht so aus, als hätte sie sich nicht beruhigt, und nach dem, was ich bereits gehört habe, scheint sie auch kein Wort von dem verstanden zu haben, was ich gesagt habe.

»Matthew, sag deiner Tochter, dass sie die Schule nicht verlassen wird«, fordert meine Mum, als ich unsere leuchtend gelbe Küche betrete.

Mit einer zittrigen Hand und einem kräftigen Atemzug ziehe ich einen Stuhl hervor und setze mich an den Tisch. Ich bekomme Kopfschmerzen von dem Stress.

Ich räuspere mich. »Das habe ich nicht gesagt, Mum. Ich weiß, dass ich die Schule nicht einfach verlassen kann. Ich bitte nur darum, keinen praktischen Zauberunterricht mehr machen zu müssen. Es ist für alle das Beste – besonders für die Sicherheit aller.«

»Du hast also beschlossen, dass du keinen Zauberunterricht mehr machen willst. Erkläre deinem Vater, dass du in deiner jugendlichen Weisheit ebenfalls beschlossen hast, keine Hexe mehr zu sein.« Ich presse meine Lippen aufeinander und halte klugerweise meinen Mund geschlossen. »Keine Hexe mehr«, prustet sie. »Hast du schon mal so etwas Dämliches gehört? Hast du den Zaubertrank mit Absicht in die Luft gejagt?«, fragt sie.

Ich zucke zurück. Mit weit aufgerissenen Augen schüttle ich den Kopf. »Nein, Mum, das habe ich nicht.«

Mum gibt einen Ton von sich, der irgendwo zwischen Prusten und Schnauben liegt. »Was ist falsch daran, eine Hexe zu sein? Was kommt als Nächstes? Willst du etwa ein Vampir werden?« Sie wirft ihre Hände in die Luft. »Deine Schwestern sind alle außergewöhnlich. Sie sind unglaublich. Wenn du dich nur mehr anstrengen würdest ...«

»Carol«, tadelt Dad leise. »Das ist unfair.« Er sieht mich mit traurigen Augen an, während ich auf dem Stuhl kauere. »Du weißt, dass sie es nicht mit Absicht getan hat.«

Meine Mum schnieft und reibt sich übers Gesicht. »Weiß ich das? Immerhin hat sie schon einmal gelogen. Wir haben darüber gesprochen, Matthew. Sie wird diese Schule nicht verlassen. Sie kann nicht machen, was sie will. Was würde die Gemeinde denken?« Ihre Augen weiten sich.

Scheiß auf die verfluchten Hexen!

Dieses Mal sage ich nichts. Mich danebenzubenehmen, bringt mir keinen Preis ein und sie haben ihre Meinung bereits gefällt.

Die vertraute Frustration brodelt in meiner Brust und lässt mein Herz schmerzen. Mir wird schwindlig. Ich atme tief durch, während ich mit dem überwältigenden Bedürfnis kämpfe, mich wie ein Kleinkind auf den Boden zu werfen und mir die Seele aus dem Leib zu flennen.

»Nein. Es wird nicht passieren. Es. Wird. Nicht. Passieren. Tuesday, ich bin deine Mutter, ich weiß, was das Beste für dich ist. Eines Tages wirst du mir dankbar sein.«

Das bezweifle ich.

Komm schon, du Weichei, sag etwas! Ich versuche es auf eine andere Art. »Wenn du weiterhin dafür bezahlen willst, dass ich die nächsten vier Jahre zur Schule gehe und nichts lerne, dann ist das deine Entscheidung.«

Sie schlägt mit der Hand auf den Tisch und knurrt, als ob ein Wandler in ihr gefangen wäre. Sowohl Dad als auch ich erschrecken. »Du bist eine Hexe. Du wirst die Ausbildung einer Hexe erhalten.« Die Gewalt, die sie ausdrückt, lässt mich wünschen, ich könnte meine Worte zurücknehmen. Sie aus der Luft holen, zurück in meinen Mund werfen und auf meiner Zunge zerrinnen lassen. »Ich komme mit ihr nicht klar, wenn sie so ist.« Ihr Stuhl schrammt mit einem Quietschen über die Fliesen, als sie aufsteht und davonstürmt. Die Schranktüren öffnen sich und knallen zu.

Normalerweise würde ich meinen Hintern erheben und ihr helfen. Aber heute werde ich mich ihr nicht nähern, nicht, wenn sie in dieser Stimmung ist. Die Wut, die in Wellen von ihr ausströmt, bringt mich dazu, mich zu einem Ball zusammenzurollen und meine Weichteile schützen zu wollen. Oh, sie hat mir nie körperlich wehgetan – nein, die bevorzugte Waffe meiner Mum sind ihre Worte.

Die Teller klappern zusammen, als sie sie vor mir über den Esstisch schiebt. »Keine meiner Töchter wird aufgeben.« Ich kauere mich zusammen. Mein Dad verzieht das Gesicht, sagt aber nichts, womit er ihr widersprechen könnte. Als meine Mum mit dem Rücken zu uns steht, beugt er sich über den Tisch und malt eine Rune auf meine Hand. Meine Augenlider kribbeln.

»Um deine Haare und Wimpern wieder in Ordnung zu bringen«, erklärt er.

»Danke, Dad«, murmle ich.

Magie repariert alles, nicht wahr? Die Bitterkeit, die ich spüre, ist wie eine rollende Schwärze in mir. Ich richte meine Schultern auf und hebe mein Kinn. »Ich muss also weiter zur Schule gehen und die Zauberkurse belegen, die ich nicht kann. Okay ...« Ich nicke. Oh, verflixt, ich bin durchgeknallt. Ich weiß nicht, wann ich die Klappe halten sollte. »Wenn ich da sitze und mich weigere, den praktischen Unterricht zu machen, was dann, Mum?«

Mum hört auf, brutal eine Karotte zu zerhacken, und zeigt mit dem Messer auf mich. Ich sinke tiefer in meinen Stuhl. »Das hängt von dir ab, Tuesday. Wenn du es nicht versuchst, wirst du versagen, und das werde ich dir nie verzeihen.«

Dann werde ich versagen.

Das werden lange zwei Jahre!

Zum Glück sind Hexen mit achtzehn Jahren volljährig. Sobald ich diesen Geburtstag erreiche, bin ich hier raus. Unabhängigkeit beginnt mit Geld. Dieses Wochenende werde ich mir einen Teilzeitjob suchen.

Fick dich, Mum!

»Und noch was – dein Fluchen.« Oh-oh, als ob sie meine Gedanken lesen könnte. »Sie hat das F-Wort gesagt, Matthew. Vor der Schuldirektorin. Das *F*-Wort. Ich habe mich noch nie in meinem Leben so geschämt.«

»Ich habe doch nicht *sie* beleidigt. Also, nicht wirklich.« Ich verziehe das Gesicht und reibe mir den Mund.

»Es tut mir leid, ich war aufgebracht. Das wollte ich nicht. Es tut mir leid, dass ich dich in Verlegenheit gebracht habe.«

»Aufgebracht?« Mum schmeißt das Messer auf das Schneidebrett und stürmt auf mich zu. »*Du* warst aufgebracht? Was ist mit mir?« Sie stößt sich an die Brust. »Ich bin aufgebracht. Du kennst die Bedeutung des Wortes nicht. Aber ich werde dir etwas geben, worüber du wirklich aufgebracht sein kannst.« Sie holt etwas aus ihrer Tasche. Ein Zaubertrankfläschchen klappert auf den Tisch und mit ihrem Zeigefinger schiebt sie es mir zu. »Während ich darauf gewartet habe, dass dein Vater nach Hause kommt, habe ich das nur für dich gemacht. Trink aus!«

Mit Liebe gemacht, Mum?

Die lila Flüssigkeit darin schwappt. Lila ist ... Ich blättere in Gedanken durch den Katalog der Zaubertränke. Gedankenkontrolle? Ein Blockierungstrank? Oh-oh. Lila ist nicht gut.

»Das ist ein Zaubertrank gegen Anzüglichkeiten. Ich habe dir gesagt, dass ich dir den Mund mit einem Zaubertrank auswaschen würde«, sagt sie selbstgefällig. »Also hier ist er.«

Fassungslos starre ich Dad hilfesuchend an. »Dad?«

Er zuckt mit den Schultern.

Er zuckt mit den Schultern. Danke, Dad. Ich schüttle den Kopf. Nein, das darf nicht wahr sein. Das darf verdammt noch mal nicht wahr sein. Ich hätte nicht gedacht, dass sie ...

In der Vergangenheit hat sie meinen älteren Schwestern und mir immer gedroht. Aber das war alles, was sie je getan hat – gedroht. Leere Drohungen.

Ich fluche viel. Das ist typisch für Nordengland. Dort, wo wir in Lancashire leben, benutzen wir Schimpfwörter praktisch als Satzzeichen. Vor dem heutigen Tag habe ich noch nie ein Schimpfwort in Anwesenheit einer angesehenen Person benutzt. Normalerweise bin ich nicht so eine Heidin. Ich verstehe, warum sie verärgert ist. Aber mich auf magische Weise zu knebeln? Sie ist endgültig übergeschnappt.

Mum tippt ungeduldig mit den Fingernägeln auf den Tisch und der Ausdruck in ihrem Gesicht bringt meine Hände zum Zittern. *Sieht so aus, als hätte ich keine andere Wahl.* Ich mache mir nicht einmal die Mühe, Dad noch einmal anzuschauen – von ihm wird keine Hilfe zu erwarten sein.

Ich nehme das Fläschchen in die Hand.

»Wie lange wird das anhalten?«, krächze ich.

»Ein paar Wochen. Gerade lange genug, um die Wintersonnenwendfeier zu überstehen. Ich traue dir nicht zu, dass du dich benimmst, und die Arbeit deines Vaters bei der Jägergilde ist viel wichtiger als du, dein Schandmaul und deine albernen Wutausbrüche.«

Alberne Wutanfälle? Wow! Wie nett.

War ich in der Schule wirklich so dramatisch? Wohl kaum.

Verdammt, ich hätte nie etwas sagen dürfen. Ich hätte mich einfach zurückziehen und meine dummen Ängste für mich behalten sollen. Ich hätte die Erwachsenen die Sache regeln lassen sollen.

Ich kann nicht glauben, dass ich mich die ganze Zeit schuldig gefühlt habe, weil ich meine Probleme mit der Magie verheimlicht habe. Jetzt erkenne ich, dass mein jüngeres Ich die Klügere war – klug genug, meine Probleme für sich zu behalten. Mum geht es nur um ihren Ruf. Es ist ihr egal, dass ich jeden Tag innerlich ein Stückchen mehr sterbe.

»Ich werde dich nicht noch einmal bitten. Trink den Zaubertrank!«

Mein Blick wandert zu Mum und dann zu Dad. Meine Eltern brechen mein Vertrauen auf eine ganz neue Art und Weise. Ich verspreche mir hier und jetzt, dass ich sie nie wieder um Hilfe bitten werde.

Ich bin durch damit.

Das Fläschchen in meiner Hand ist warm, weil es in ihrer Tasche war. Ich drehe es zwischen meinen Fingern und drücke mit einem traurig klingenden Seufzer meinen Daumen gegen den Korken. Er kommt mit einem leichten *Plopp* heraus. Ohne lange Rede führe ich das Fläschchen an meine Lippen und trinke.

Ich muss würgen, als die Flüssigkeit auf meine Zunge trifft. Sie ist ekelhaft. Tränke müssen nicht schlecht schmecken, was bedeutet, dass Mum ihn absichtlich scheußlich gemacht hat. Ich wische mir mit dem Handrücken über den Mund. Sie hat sich wirklich Mühe gegeben, ihn besonders eklig zu machen.

Mit Hass gemacht, trifft's wohl eher, nicht wahr, Mum?

Der Zaubertrank wird nur ein paar Wochen anhalten. So schlimm wird es nicht sein.

KAPITEL DREI

Acht Jahre später ...

ICH SPÜRE EINEN MAGISCHEN RAUSCH, der mir die Nackenhaare zu Berge stehen lässt, und kurz darauf versagt der Schutzwall, der das Gebäude schützt, auf spektakuläre Art und Weise. Sekunden später kracht es, als die Tür der Lobby eingetreten wird.

Erschrocken setze ich mich auf und die Krümel, die an meinem Schlafanzug kleben, fliegen mir um die Ohren. »Oh verfiddel-di-schi-di« kommt aus meinem Mund, anstatt des *Oh, verfluchte Scheiße,* das mein Gehirn eigentlich wollte. *Ähm, ja, danke dafür, Mum.* Zwei Wochen, am Arsch. Acht Jahre – ohne Ende in Sicht – und ich kann immer noch nicht fluchen.

In meinem Kopf ist alles in Ordnung, aber sobald ich

den Mund aufmache, verwandeln sich diese hübschen, frechen Schimpfwörter in quälende Peinlichkeit. Die Macke hat mich zum Sonderling gemacht, und durch die merkwürdige Art, wie die Worte aus meinem Mund sprudeln, entschuldigen sich die Leute, wenn sie in meiner Gegenwart ein schlimmes Wort sagen. Sie entschuldigen sich bei *mir*, als ob ich fromm wäre.

Kein Witz, sie denken, ich sei die Schimpfwortpolizei.

Wie soll ich erklären, dass meine Mum mich mit einem Zauber geknebelt hat? Und dass der Zauber so stark und meine Magie so schwach ist, dass er nicht gebrochen werden kann?

Das kann ich nicht erklären.

Ich werde auf keinen Fall dieses Theater mit dem Hexenzirkel erklären. Oh, und ich habe dieses merkwürdige Lachen – es bringt mich förmlich dazu, mir ins Gesicht schlagen zu wollen. Es ist dieses kleine, falsche Kichern, und dabei mache ich diese bizarre Bewegung, als wäre ich die Königin und würde deren böses Wort wegwinken. Als würde ich sie tadeln. Ja, ich sehe wie eine absolute Pfeife aus.

Ein Krümel, der noch an meinem Oberteil klebt, erregt meine Aufmerksamkeit. Ooh. Ich summe die Werbung für das Brettspiel *Kroko Doc*, während ich mit meinem Mund eine Schnappbewegung mache und den Krümel ohne nachzudenken aufsauge. Eine Sekunde vergeht. Igitt. Ich rümpfe die Nase und huste – das war kein Toast. Ich stochere mit meiner Zunge in meinem Mund herum. Ich weiß nicht, was zum Teufel das war. Es war körnig und jetzt klebt es unangenehm an meinen Zähnen. Ekelhaft.

Memo an mich selbst: Iss keinen merkwürdigen Scheiß, der an dir klebt.

Bäng, bumm, krach. »Heiliger Bimbam. Unauffällig sind die Eindringlinge nicht.« Es muss ein ziemliches Getöse sein, wenn ich sie drei Stockwerke weiter oben hören kann. Und das hat nichts mit mir zu tun. Meine Nachbarn sind ziemlich harte Kerle, und das Haus wird mindestens zweimal im Monat geplündert. Das ist keine große Sache.

Ich gähne und strecke mich träge, meine Handgelenke knacken, meine linke Schulter ploppt und mein unterer Rücken brennt. Au, ich muss wirklich von diesem Sofa aufstehen und mich mehr bewegen. Meine bewegungsarme Lebensweise während meiner Auszeit tut mir nicht gut. Ich lasse mich nach hinten fallen und rolle mich auf die Seite. Der Reißverschluss des Kissens gräbt sich in meine Hüfte, während ich einen Blick auf den staubigen Hometrainer werfe, der eingepfercht in der hintersten Ecke steht. Ich werde ein episches Fitnessprogramm starten ... *Nächste Woche*, verspreche ich mir.

Wenn ich nicht hier bin, auf dem Sofa dahinvegetiere und meine Version eines Stubenhockers zelebriere, arbeite ich. Über sechzig Stunden pro Woche zwinge ich mich dazu, Manager-Tuesday zu sein. Wenn ich dann nach Hause komme, darf ich Faul-Tuesday sein, wie sie leibt und lebt. Ich wackle mit den Zehen und strecke sie aus. Das teuflische Kissen pikt mich wieder. Blödes Ding.

Mein Blick fällt auf den Boden, während unten der Krach weitergeht. »Warum können sich die Leute nicht einfach mal benehmen?«, schimpfe ich. Es ist schon nach zehn Uhr abends. Ich sollte mir das nicht anhören müssen. Nein, ich sollte stattdessen zusehen.

Ich klemme meine Zunge zwischen die Zähne, beuge mich nach unten und klatsche mit der Hand auf den Boden – ohne hinzusehen –, um die Fernbedienung zu suchen. Sie ist vor einer Weile auf den Boden gefallen. Ich ignoriere die sandige Beschaffenheit meines Teppichs. Ekelhaft. Irgendwann muss ich da unten mal sauber machen. Aha, sie ist halb unter dem winzigen blauen Sofa verschwunden, also hänge ich mich kopfüber hinunter und fische sie mit meinen Fingern heraus.

Als ich mich wieder aufsetze, drehe ich sie herum und richte sie mit einem *Pew-pew-pew*-Geräusch auf den Fernseher und schalte ihn ein. Ich bin so froh, dass ich nicht aufstehen muss, um zu sehen, was los ist. Da ich so neugierig bin, liebe ich die Kameras, die meine Schwester Ava im Gebäude installiert hat. Aber obwohl ich es faszinierend finde, wahllos Leute zu beobachten, habe ich eine Regel: Keine Kamerazeit vor dem Schlafengehen, spätestens um neun Uhr ist Schluss. Aber diese Woche habe ich Sonntag und Montag frei, also können ein paar Extrastunden nicht schaden. Ich klicke auf die App für die Sicherheitskameras des Gebäudes. *Das muss ja niemand erfahren.*

Im Schneidersitz und mit einem Schauer der Aufregung im Nacken starre ich auf den Fernseher. Die Eindringlinge tragen hautenge schwarze Anzüge mit farbigen Streifen an Schultern und Armen. Ihre Gesichter sind hinter vollen Kopfbedeckungen versteckt. Ich kann mir ein Prusten nicht verkneifen. *Was zum Henker?* Sie erinnern mich an böse Power Rangers. Ich lehne mich nach vorn.

Wie peinlich. Ein schlechtes Halloween-Kostüm gekreuzt mit einem militärischen Taucheranzug.

»Diese engen Anzüge müssen doch scheuern.« Ich neige meinen Kopf zur Seite. Kein Wunder, dass sie ihre Gesichter bedeckt haben, denn ich kann mir nur vorstellen, wie sie von ihren Freunden aufgezogen würden, wenn man sie in diesen Aufmachungen sehen würde. Das ist so viel besser als fernzusehen.

Mein Blick wandert zur Küche. Ich frage mich, ob ich etwas verpasse, wenn ich mir Popcorn hole ...

»Wohnung acht, im dritten Stock. Harris, du übernimmst die Führung«, verkündet die raue Stimme des roten Power Rangers. Meine Augen weiten sich und mit einem schockierten Quietschen lasse ich die Fernbedienung fallen.

Was? Das ist meine. Ich wohne in Wohnung acht. Oh-oh. Wer auch immer sie sind, sie sind hinter mir her.

»Nein, nein, nein.« Adrenalin schießt durch meinen Blutkreislauf, als ich vom Sofa aufspringe und durch meine winzige Wohnung flitze, als würde mein Hintern in Flammen stehen. *Was zum Henker muss ich tun? Was brauche ich? Was brauche ich?* Keuchend komme ich zum Stehen.

»Hör auf auszuflippen!« Hilfreich. Wann hat es je geholfen, sich zu sagen, dass man nicht ausflippen soll? Ich muss mich erst einmal entscheiden, was ich tun soll. Meine Augen flackern hektisch durch den Raum und meine Hände zittern. Meine Angst und Panik verursachen ein Schwindelgefühl.

Ich streiche mir eine violettfarbene Haarsträhne aus dem Gesicht. Man sollte meinen, sie würden wenigstens anklopfen, anstatt alles in ihrem Gefolge zu zerstören. Wie zum Kuckuck haben sie mich gefunden? Ich war doch so vorsichtig. Ich knabbere an meinem Daumennagel. Schwere Schritte und gedämpfte Stimmen sind jetzt *vor* der Tür, und mein Herz setzt einen Schlag aus. Sie sind hier. Ein Blitz aus Magie lässt mich zur Seite huschen. Der Schutzwall der Wohnung – von meiner Schwester Jodie, die eine der besten Hexen ist, die ich kenne – *ächzt*. O ja, das ist ein großartiges Zeichen. Ich starre ihn mit großen Augen an.

Ich hüpfe von einem Fuß auf den anderen und murmle: »Das kann nicht wahr sein, das kann nicht wahr sein.« Was zum Kuckuck habe ich falsch gemacht? Wen habe ich verärgert? Es kann nicht mit der alten Lady mit dem abgelaufenen Fisch zu tun haben. Selbst als sie mich damit geohrfeigt hat, habe ich ihr das Geld zurückerstattet.

Ich bin viel zu jung zum Sterben, jammere ich innerlich. Mit diesem ach so *lustigen* Gedanken rase ich zu dem riesigen Schutzraum, der in meiner winzigen Wohnung sehr viel Platz einnimmt. Da ich in den letzten sechs Jahren allein und ohne den Hexenzirkel gelebt habe, hat Dad auf diesen schnieken Schutzraum bestanden. Er ist einer der besten auf dem Markt. Ich erschaudere, als die Eingangstür von einem weiteren Magiestoß getroffen wird und der Schutzwall ein furchtbares Ächzen hervorstößt. Ich dachte, dieses blöde, teure Ding wäre ein Overkill. Ich schätze, sie hatten mit all ihren Warnungen nicht unrecht.

In der Welt, in der ich lebe, ist Magie gang und gäbe und es gibt alle möglichen übernatürlichen Kreaturen – Wandler, Dämonen, Hexen, Vampire und eine Fülle von Fae. In unserer Welt geht es um den Kampf der Starken gegen die Schwachen. Es geht nur um Macht. Wenn du nicht mächtig bist oder nicht zu einer mächtigen Gruppe gehörst, die dich beschützen kann, bist du so gut wie tot. Mit einem Klirren stemme ich meine Füße in den Boden und ziehe die schwere Tür zum Schutzraum auf.

Diese Razzia muss etwas mit meinem Dad zu tun haben. Der nächste große Krieg braut sich zusammen, und mein Dad ist ganz oben in der Jägergilde. Die Kreaturenpolizei. Sie beaufsichtigen alle anderen Räte.

Ich schäle mich aus meinem roten Seidenmantel und dem dazu passenden Pyjama, stopfe meine Füße in die Socken und schlüpfe in meine beigefarbene Thermohose. Da ich mit achtzehn von zu Hause ausgezogen bin, stehe ich nicht mehr unter dem Schutz des Hexenzirkels. Wenn jemand meinem Dad etwas antun will, dann bin ich ein leichtes Ziel.

Ich schnalze mit der Zunge, als ich meinen Sport-BH anziehe. Meine Nasenflügel flattern empört. Das macht mich so wütend. Warum kann man mich nicht in Ruhe lassen? Ich habe doch nichts falsch gemacht. Meine Haut ist durch meine Panik etwas feucht, und anstatt dass der BH einfach herunterrutscht, klebt der Stoff irgendwie an meinem Rücken fest und verdreht sich dabei.

Ich blinzle schockiert. *Ist er eingeklemmt?* »Verflixt und zugenäht«, murmle ich. Ich unterdrücke den Drang zu schreien, während ich versuche, den BH wieder nach oben zu ziehen. Ich stecke verdammt noch mal fest. Ha!

»Oh, das ist übel. So-so-so übel.« Mit wildem Blick mustere ich meine Wohnungstür und den ächzenden Schutzwall.

O nein! Jeden Moment werden sie durch die Tür stür-

men, und ich werde hier stehen, verschwitzt, mit einge-
klemmtem Arm und verdrehtem BH, ein Mops drin, ein
Mops draußen.

Überraschung.

Ich stoße ein wildes, panisches Lachen aus. Das wäre
wirklich eine fantastische Überraschung! Wer denkt sich
so etwas aus? Das hier? Das ist ein verdammter
Albtraum ... Das kann nur mir passieren. *Einen Schritt
nach dem anderen, Tuesday,* schimpfe ich im Geiste mit
mir selbst. *Hör auf, herumzualbern, und zieh deinen
verflixten BH an!* Ich wackle und ziehe und gerade, als
ich denke, dass ich meine Füße mit einbringen muss,
befreie ich mich mit einem kräftigen Ruck aus dem
Sport-BH.

Puh.

Mein Arm pocht und bei einem kurzen Blick nach
unten sehe ich, dass ich eine knallrote Linie quer über
meiner linken Brust habe und mein Kopf dort juckt, wo ich
mir ein paar Haare ausgerissen habe. *Was für ein Spaß.* Ich
packe den bösartigen BH mit meiner Faust, starre ihn an
und knirsche mit den Zähnen. Ich atme tief durch und
ziehe das Teil wieder an, diesmal *langsam,* um ihm den
nötigen Respekt zu zollen.

»So, okay, ich schaffe das.« Möpse sortiert, Oberteil
angezogen. Während die Basisschicht an meinem Oberkörper herunterrutscht, eile ich zurück in mein Wohnzimmer und hole den gepolsterten Rucksack für meinen
Laptop heraus. Ich nutze meine brodelnde Wut auf die
Söldner, um meine Angst wegzuspülen. Verängstigte Leute
machen dumme Sachen und handeln, ohne nachzudenken.
Ich kann nicht zulassen, dass meine Angst mich beherrscht.

Das werde ich nicht. Es ist nicht meine Schuld und auch nicht die von Dad.

Nein, es ist die Schuld des verflixten Armleuchters, der die Power Rangers geschickt hat, um meine Tür einzutreten.

Ich schichte meine Klamotten weiter übereinander und ziehe eine gelbe, wasserdichte Hose mit Reflektoren, einen passenden Mantel und klobige Stiefel an. Im Vorbeihuschen betrachte ich mich im Spiegel und wackle mit den Augenbrauen. Ha, ich sehe aus wie eine knallgelbe Version des Michelin-Männchens oder des riesigen Marshmallow-Typen aus dem Filmklassiker *Ghostbusters*.

Ein großer leuchtender Körper, aus dem ein kleiner, violettfarbener Kopf herausragt.

Sexy.

Meine Tür bebt und ich erschaudere. Verflixte Söldner.

Ich werfe meinen ausrangierten Pyjama auf das Bett und schwinge die schwere Tür des Schutzraums zu. Mit einem blendenden Magieblitz, der meine Nase kitzelt, schalten sich die Sicherheitseinrichtungen des Schutzraums ein. *Davor* stehend nicke ich zufrieden. Der mehrschichtige Schutzwall knistert bedrohlich und die Energie, die von ihm ausgeht, lässt mich erschaudern. Das wird sie beschäftigen.

Ich grinse über die rote Schärpe meines seidenen Morgenmantels, die aus der Tür lugt. *Oh, seht mal her, Tuesday ist in ihren Schutzraum gerannt. Bitte verbringe Stunden damit, ihn zu knacken.* Meine Lippen verziehen sich zu einem breiten Grinsen. Das ist perfekt.

Ich stürze zurück ins Wohnzimmer und lasse mich mit einem Stöhnen auf die Knie fallen. »Daisy, komm schon, wir müssen los.« Dank der Idioten, die die Tür aufbrechen wollen, hat sie sich unter dem Sofa versteckt. Wenn ich meine Wange auf den Teppich lege, kann ich sie gerade noch sehen, wenn ich die Augen ganz doll verenge. Gelbe Augen mit senkrechten Pupillen starren mich an, und ihr drittes Augenlid zieht sich von einer Seite zur anderen über das Auge. »Komm schon, Zick-Zack, lass uns an einen sicheren Ort gehen.« Ich strecke meine Hand aus und wackle mit den Fingern.

Ein leises Zischen ertönt aus einem Mund voller gefletschter Zähne.

»Hey, zisch mich nicht an, junge Dame!«, tadle ich in der perfekten, wenn nicht sogar beängstigenden, Nachahmung meiner Mutter. Ihre Krallen graben sich in den Teppich und sie wackelt weiter nach hinten, außerhalb der Reichweite meiner Arme.

»Hör zu!«, fauche ich. »Ich bin hier nicht der Bösewicht. Die Bösen sind gerade dabei, den Schutzwall von Tantchen Jodie zu zertrümmern. Komm jetzt, du schuppiges kleines Biest, wir müssen gehen.«

Daisy verengt ihre Augen und ihre Nasenflügel weiten sich. Sie muss meine Verzweiflung riechen, denn nach einem langen prüfenden Blick und einem erschöpften Seufzer krabbelt sie schließlich auf mich zu. Ich nehme sie in die Arme und sie pustet mir eine rauchige Wolke heißer Luft in mein ohnehin schon aufgewärmtes Gesicht. Ihr Schwanz schlingt sich um mein Handgelenk, ihre Vorderkrallen graben sich in mein Schlüsselbein und sie krabbelt unter meinem Kinn herum. »Was für ein tapferes Mädchen.«

Aus den Augenwinkeln sehe ich einen roten Blitz. Mein

lieber Schwan, der Schutzwall hat zu kämpfen ... Wer zum Henker ist da draußen? Es muss ein starker Magieanwender sein. *Jemand, den ich nicht treffen möchte.*

O nein, der Schutzwall! Ich möchte mir an die Stirn schlagen. Meine Schwester ist mit ihm verbunden, und sie wird wissen, dass etwas nicht stimmt. Unter meinem lächerlichen Outfit bildet sich eine Gänsehaut und ich schlucke den nervösen Kloß hinunter, der mir in den Hals kriechen will. Ich balanciere Daisy in einem Arm und greife mit dem anderen nach meinem Handy. Schnell schicke ich Jodie eine Nachricht, dass es mir gut geht und sie sich von meiner Wohnung fernhalten soll. Da sind bereits ein paar Nachrichten, die ich nicht gesehen habe. Aber bei dem, was draußen los ist, habe ich keine Zeit, sie zu lesen.

Ich öffne den Reißverschluss meiner Jacke und stecke Daisy vorsichtig hinein. »Was für ein pfiffiges, kluges Mädchen«, gurre ich, während sie sich in die speziell angefertigte Tasche an meiner Brust kuschelt. Ich spüre, wie ihr Herz vor Angst klopft, also nehme ich mir die Zeit, den Ansatz ihrer Hörner zu kraulen und ihre schönen weichen Schuppen zu streicheln. »So, jetzt ist es besser, Daisy. Jetzt bist du in Sicherheit.«

Als wir uns das erste Mal begegnet sind, war Daisy braun, ihre Schuppen waren wund und brüchig. Aber nach ein paar Wochen und einem Vermögen an Lotionen und Tränken häutete sich die kleine Drachin, und ihre wahre Farbe kam zum Vorschein. Gold. Ihre Schuppen sind oben etwas matter und am Bauch, an den Füßen und unter dem Schwanz etwas heller. Sie ist einfach nur wunderschön.

Mein wasserdichtes Outfit raschelt und quietscht, als ich in die Küche renne und eine Zaubertrankkugel aus einer

Schublade hole. Sie ist so groß wie eine Murmel und im Inneren schwappt eine grüne Flüssigkeit. Meine Schwester Diane ist das Genie hinter diesem Zaubertrank. Es ist eine Schutzblase für Daisy. Sie hält den Sauerstoff und die Temperatur aufrecht und schützt sie vor Stößen. Dieser geniale kleine Zaubertrank wird dafür sorgen, dass sie hundertprozentig geschützt ist, während ich uns in Sicherheit bringe.

Ich stopfe eine gute Handvoll Drachin-Mix in meinen Mantel, um sie zu beschäftigen, während ich die einfache Beschwörungsformel flüstere. Die schützende Blase ploppt um sie herum auf. Perfekt.

Dann belade ich mich. Ich stopfe die Tränke, die mir meine Schwestern immer wieder zustecken, und die Sachen, die Daisy brauchen wird, in meine Taschen. Zum Schluss haue ich noch ein paar gute Handvoll Drachin-Mix hinein. Wenn Daisy Futter und ihren Wassernapf hat, ist alles gut.

Der Schutzwall flackert wieder. Mir läuft die Zeit davon. Was ich nicht kann, ist, gegen ein Dutzend magischer Power Rangers zu kämpfen. Ich bin kein Ninja. Also ist es Zeit, von hier zu verschwinden, verflixt noch mal.

Kapitel Vier

Ich stürze zur Tür, hinter der sich der Heizkessel der Wohnung befindet, und schiebe mich – ohne Rücksicht auf Daisy – ins Innere. Wow, der Raum ist eng. Ich passe kaum hinein. Während ich wackle, kitzelt die Luft, die aus meinem bauschigen Mantel strömt, weil er zusammengedrückt wird, in meinem Nacken. Ich presse meinen Daumen auf die versteckte Klappe an der linken Seite und die elektrische Verriegelung löst sich, sodass die Klappe aufspringt.

Mit einem Ächzen lasse ich mich auf meine Hände und Knie fallen. Ich ziehe meine Laptoptasche hinter mir her, während ich in das dunkle Schlupfloch krieche.

Als mein Dad diesen Notausgang eingerichtet hat, habe ich nur gelacht und gelacht. Ich meine, wer braucht schon einen Geheimausgang? Ich nicht. Als ich die Tür schließe, verbrenne ich mir die Hand an der heißen Wasserleitung, was mir ein Zischen entlockt. *Blödes Ding.* Ja, ich dachte, mein Dad sei verrückt, und auch, dass der Panikraum eine totale Geldverschwendung sei. Jetzt lache ich nicht mehr. Die Fluchtluke, wie ich sie liebevoll nenne, ist jetzt das Beste, was mir passieren konnte. Es ist eine versteckte Leiter, die senkrecht zum Aufzugsschacht meines Gebäudes verläuft und mich sicher ins Erdgeschoss und zum Wartungsraum bringt.

Mit ein bisschen mehr Bewegungsfreiheit und in fast völliger Dunkelheit schnalle ich mir meine Laptoptasche auf den Rücken. *Heiliger Bimbam, ich frage mich, wie viele Spinnen sich hier wohl gerade tummeln.* Vielleicht ist es gut, dass ich nichts sehen kann. Ich versuche, das Gefühl der Spinnweben, die an meinem Kopf und meinem Gesicht kitzeln, zu ignorieren. Ich erschaudere.

Oh, Scheiße, zu allem Überfluss werde ich auch noch vor Dad zu Kreuze kriechen müssen. Ich werde mir einen epischen *Ich hab's dir ja gesagt*-Vortrag anhören müssen. *Na ja, falls ich hier lebend rauskomme ...* Ich verdrehe bei dem Gedanken die Augen. Wenn alles gut geht, kann ich mich aus dem Gebäude schleichen, ohne dass mich jemand sieht. *Bye-bye, Söldner-Power-Rangers.*

Ich schwinge mich auf die Leiter. Mein Herz macht einen panischen Sprung und ich schreie auf, als ich mit meinen klobigen Stiefeln eine Sprosse verfehle. Während mein linkes Bein im schwarzen Abgrund baumelt, versuche ich, meine Arme um die Leiter zu schlingen und mich daran festzuhalten, als würde mein Leben davon abhängen.

Scheiße, was für ein äußert ungünstiger Zeitpunkt, um herauszufinden, dass ich *nicht* klettern kann.

Ich bringe meinen zitternden Fuß wieder an seinen Platz, während sich mein Kinn an der Sprosse über mir verankert. Vielleicht war es doch keine so gute Idee, meine ganze Ausrüstung anzulegen, bevor ich abgehauen bin. Eine Schweißperle rinnt mir über das Gesicht und meine Wangen glühen vor Hitze. Nein, das war keine gute Idee. Ganz und gar nicht.

Erstarrt vor Angst hänge ich an der Leiter. Mein Herz klopft und meine Knie klappern gegeneinander. Ich lecke mir über die Lippen. Mein Mund ist so trocken wie die Sahara. Bah, mir ist schlecht.

Ich senke den Blick und schaue Daisy an. Sie scheint vollkommen zufrieden zu sein. Ich kann hören, wie sie an ihrem Essen knabbert. Ich knirsche mit den Zähnen und zwinge mich, mein rechtes Bein zu bewegen. Ich kann nicht die ganze Nacht hier herumhängen. Solange ich nicht nach unten schaue und mir Zeit lasse, wird es schon gut gehen.

Ich schließe die Augen und atme tief ein und aus. Mit einem Scheppern lasse ich meinen rechten Fuß von der Sprosse gleiten und stelle ihn auf die nächste. Ich vergewissere mich, dass mein Stiefel perfekt auf der Sprosse balanciert, dann löse ich vorsichtig meinen Todesgriff an der Leiter und lasse mich nach unten sinken.

Alles klar, es geht mir gut.

Ich mache weiter und zähle dabei jede Sprosse in meinem Kopf. Es kommt mir vor, als würde es ewig dauern. Als meine Stiefel den festen Betonboden des Wartungsraums berühren, knicken meine Knie ein und mein ganzer Körper zittert vom Restadrenalin. Ich bin am Leben. Ich bin am Leben. Ich möchte weinen und den Boden zu meinen Füßen küssen. Aber ich verkneife es mir, denn das wäre ziemlich peinlich.

Mit einem Schaudern blicke ich zu der nicht enden wollenden Leiter über mir hinauf. Nö, danke. Das will ich nie wieder tun. Es ist, als wäre ich gerade den Mount Everest hinuntergeklettert. Meine Arme und Hände tun weh.

Fick dich, Fluchtluke!

Als ich mich von der Leiter wegbewege, schimmert das ganze Teil und verschwindet. Sie wird von einem langanhaltenden *Jetzt siehst du mich nicht*-Trank verdeckt.

Ich werfe einen vorsichtigen Blick durch den Notausgang, um zu sehen, ob die Luft rein ist, als meine Stiefel auf der Stufe ins Schwanken geraten und ich auf der Schwelle stehen bleibe. Oh, Mist! *Ich hoffe, dass da draußen keine bösen Jungs sind.* Ich nehme einen tiefen – wenn nicht sogar zittrigen – Atemzug und überzeuge mich, nach draußen zu gehen. *Du schaffst das, Tuesday.* Mein ganzer Körper spannt sich an, als ich mich bewege und die Luft um mich herum strömt. Ich befinde mich in einer engen Gasse an der Rückseite des Gebäudes und drücke mich flach an die Wand.

Es ist niemand hier. *Es geht mir gut. Es ist alles in Ordnung. Hier draußen ist niemand.* Ich drücke die Tür mit aller Kraft zu. Mein Rücken kratzt über die roten Ziegel, während ich mich an die Wand drücke, wobei meine leuchtend gelbe Hose bei der Bewegung raschelt.

Mit einem Lächeln werfe ich einen Blick durch den winzigen Spalt meiner Jacke auf mein Mädchen. »So weit, so gut.«

Drei Türen weiter mündet die Gasse in einem kleinen

privaten Parkplatz. Ich rase auf das Gebäude daneben zu und öffne die Hintertür.

Der Geruch von Essen schlägt mir entgegen und mein Magen knurrt. Lecker. Chinesisch. Ich winke Wendy zu, die an der Theke steht und eine telefonische Bestellung aufnimmt. Unerschrocken zeige ich auf den Kasten, in dem die Schlüssel für die Roller liegen, die sie für die Lieferungen benutzen. Wendy nickt und zeigt mir den Daumen nach oben. Ich grinse sie an und forme mit meinen Lippen das Wort *Danke*, dann nehme ich mir einen Helm von der Seite und setze ihn auf.

»Igitt.« Ich muss würgen und rümpfe die Nase angesichts des Geruchs. Man hat nicht wirklich gelebt, wenn man sein Gesicht nicht in die Polsterung des verschwitzten Helms einer anderen Person gesteckt hat. Meine Haut juckt. Ich schnappe mir einen Schlüsselbund und bahne mir den Weg zur Hintertür.

»He, Tuesday!«, schreit eine Stimme hinter mir. Mein Herz macht einen Sprung und für eine Sekunde bin ich wie erstarrt. Ich drehe mich um und sehe Wendy, die mit einer Tüte voller Essen auf mich zustürmt. »Ich will nicht, dass du verhungerst. Schön, dich zu sehen. Es ist schon viel zu lange her.«

»Danke, Wendy«, sage ich, wobei meine Stimme durch den Helm gedämpft ist. »Ich bringe dir den Roller morgen zurück.« Sie gibt mir einen kleinen Klaps auf den Kopf und eilt zurück zum klingelnden Telefon.

Draußen gehe ich zu den gelb-roten Motorrollern. Ich rüttle an den Schlüsseln und werfe einen Blick auf die Nummer, die auf dem Schlüsselring eingraviert ist. Als ich den entsprechenden Roller gefunden habe, öffne ich das

Staufach unter dem Sitz, greife nach den Handschuhen und lege mein leckeres Essen hinein. Ich werfe mein Bein über und stecke den Schlüssel ein.

Solange ich noch sicher auf dem Parkplatz bin, benutze ich mein Telefon, um ein Hotelzimmer in der Nähe zu buchen. Ich kann mich schließlich auch mit Stil verstecken. Nachdem ich das erledigt habe und ein letztes Mal nach Daisy gesehen habe, stecke ich meine Hände in die Handschuhe und schwinge den Motorroller vom Ständer. Ich drehe den Schlüssel, gebe Gas und düse in die Nacht.

ICH SCHIEBE den Roller auf einen ausgewiesenen Motorradparkplatz und schnappe mir meinen künftigen Mitternachtsimbiss von unterhalb des Sitzes. Ich husche ins Hotel und latsche wie eine wahre Geistesgestörte durch die Lobby, den Helm immer noch fest aufgesetzt, da ich mein Gesicht bedeckt halten will. Der professionell wirkende Vampir an der Rezeption zuckt nicht einmal mit der Wimper und ich checke ohne Probleme ein. Mit der Schlüsselkarte in der Hand mache ich mich auf den Weg zum Aufzug.

Als ich sicher in meinem Zimmer bin, erschlafft mein ganzer Körper vor Erleichterung. Ich bin stolz, dass ich die drei Meilen zum Hotel geschafft habe, ohne auszuflippen. Nachts auf einem Roller die Hauptstraße entlang zu brausen, ist beängstigend. Wow, ich habe etwas Episches getan. Neben der Mount-Everest-Leiter ist das sicher ein weiterer *Siegestanz*-Moment. Ich bin den bösen Jungs entkommen und sowohl Daisy als auch ich sind in Sicherheit.

Die beste Flucht aller Zeiten und als Bonus habe ich chinesisches Essen. Juhu.

Das Hotelzimmer ist schön – ein großes Bad, ein Kingsize-Bett und eine Sitzecke, die auf einen Balkon führt. Ich nehme den stinkenden Helm ab, verstaue ihn in dem Kirschholzschrank neben der Tür und reibe mein Ohr an meiner Schulter. Mein Kopf juckt – ich muss mir unbedingt die Haare und das Gesicht waschen.

Vorsichtig öffne ich den Reißverschluss der Jacke und ziehe Daisy vorsichtig heraus. Ihre Nase zuckt. »Schau dir dieses schöne Zimmer an, Zick-Zack.« Ich setze sie auf den Boden und grinse, als sie langsam erst den einen und dann den anderen Flügel ausstreckt und dann mit einem dumpfen Schlag ihre Hinterbeine ausfährt, um aufgeregt das Zimmer zu erkunden. Sie verschwindet an der Seite des Bettes.

Ich entledige mich meiner wasserdichten Schichten und werfe sie auf einen Stuhl. Die Thermounterwäsche verwende ich als Pyjama – mein Lieblingsoutfit.

Ich krame das Tee- und Kaffeeset hervor, ziehe das Tablett darunter weg und stelle es mit einer Handvoll sauberer Späne für Daisys Klo ins Bad. Dann richte ich schnell einen Bereich mit ihrem Futter und Wasser ein. Ich schalte den Fernseher auf leise und lasse mich auf dem Bett mit gefühlten hundert Kissen hinter mir nieder, dann mampfe ich Wendys Chicken Chow Main. Ich finde es großartig, dass Wendy mir eine Gabel gegeben hat. Während ich esse, nutze ich die Gelegenheit, um in den sauren Apfel zu beißen und Jodie anzurufen. Ich muss wissen, ob es meinem Zirkel gut geht.

»Tuesday.«

Ich fahre mir mit der Hand über das Gesicht, als Mum an das Telefon meiner Schwester geht.

Großartig!

»Hi, Mum«, sage ich mit zusammengebissenen Zähnen.

Mum ist still. Das ist kein gutes Zeichen. Ich sacke in mich zusammen und stopfe mir noch mehr Essen in den Mund. Als sie nach dem ersten Bissen immer noch nichts sagt, tue ich mein Bestes, um sie zu beruhigen. Ich mag es nicht, wenn sie schweigt. »Ein paar Söldner sind in meine Wohnung gekommen. Ich habe keine Ahnung, warum sie es auf mich abgesehen hatten. Bitte schicke niemanden; sie haben jemanden, der schwere Magie einsetzt. Ich bin sicher, dass sie wieder gehen, wenn sie merken, dass ich nicht da bin. Ich bin ähm ... in einem örtlichen Hotel und stopfe mich mit Chinesisch voll.« Stille. »Ist bei euch alles in Ordnung?«

»Tuesday Ann Larson«, knurrt sie. Oh-oh, mein voller Name. Ich verschlucke mich fast an einer Nudel. Ups, ich stecke in Schwierigkeiten. »Deine mangelnde Planung für deinen Notfall sollte nicht meine Sorge sein.«

Okay, danke dafür, Mum. Mein Fehler. Ich hätte einplanen sollen, dass eine Gruppe von Söldnern meine Tür mit jemandem aufbricht, der stark genug ist, Jodies Schutzwall abzureißen. Nächstes Mal werde ich einen kompletten Notfallplan von A bis Z aufstellen. Ich stöhne auf. Ich arbeite im Einzelhandel, um Zaubers willen. Es ist ja nicht so, dass ich eine praktizierende Hexe oder etwas Besonderes bin. Ich dachte, ich würde mich ganz gut schlagen. Ich hatte einen Plan – vielleicht war es der von Dad, aber er hat funktioniert.

»Du hättest sofort nach Hause kommen sollen.« Nach *Hause.* Ihr Haus ist nicht mein Zuhause. »Warum bist du nicht nach Hause gekommen? Ich habe den gesamten Hexenzirkel zu einer Krisensitzung einberufen. Du musst sofort nach Hause kommen, damit wir dich beschützen können ... Matthew, sie ist in einem *Hotel.*« Ihr Telefon raschelt, und sie flüstert wütend vor sich hin. »Ich werde nicht zulassen, dass unsere magielose Tochter von Gangstern angegriffen wird.«

Ich rolle mit den Augen. Hört sie sich eigentlich manchmal selbst zu? *Magielos.* Ja, und wehe jemand legt sich mit mir an. Es wäre eine schöne Geste, *wenn* sie das nicht als Gelegenheit sehen würde, mein Leben zu kontrollieren. Sie erkennt nicht, dass sie der schlimmste Übeltäter ist und der Grund, warum ich jeden in meinem Zirkel meide.

»Mum, es geht mir gut. Bitte belaste die anderen nicht. Ich wollte dieses kleine Problem nicht mit nach Hause bringen.« Die Worte *nach Hause* bleiben mir fast in der Kehle stecken.

»Nun, es geht nicht nur um dich«, knurrt sie. »Warum bist du so egoistisch? Sie sind auch hierhergekommen, aber unsere Schutzwälle und unsere mächtige Magie haben sie in Schach gehalten. Glaubst du, ich habe nach einem Angriff auf unseren Hexenzirkel Zeit, dir hinterherzurennen? Egoistisches Mädchen. Tuesday, ich weiß, dass du das nicht gern hörst, aber ohne magische Kräfte bist du ein leichtes

Ziel. Ich wusste, ich hätte dir nicht erlauben sollen, allein zu leben«, murmelt sie.

Oh, meine älteren Schwestern, die einen Zaubertrank brauen können, sind also Freiwild? Die wohnen nämlich ganz sicher auch nicht zu Hause. Für Mum ist das so, als ob die Fähigkeit, einen Zaubertrank zu brauen, dich zu einer Superheldin macht. Und was die Sache mit dem Auszug angeht: Ich bin mit achtzehn ausgezogen, an meinem Geburtstag. Sie hat mir nichts erlaubt. Jetzt bin ich vierundzwanzig, um Zaubers willen. Ich habe sie nie um irgendetwas gebeten.

Aber das ist alles meine Schuld? Und ich bin die Egoistin?

Sprich das bloß nicht laut aus, Tuesday!

»Ich hätte auch nicht erlauben dürfen, dass du in diesem Laden arbeitest«, fährt sie fort. Ich bin Geschäftsführerin in einem großen Kaufhaus. »Du kannst bei Jodie arbeiten.« Ich frage mich, ob sie jemals zu der Erkenntnis kommen wird, dass sie ihren Atem verschwendet. Ich meine, sie ist wie eine kaputte Schallplatte. Wenn ich ihren ach so hilfreichen Rat bei den ersten Dutzend Malen, als wir genau dasselbe Thema durchgekaut haben, nicht befolgt habe, werde ich auch nach dem hundertsten Mal nicht plötzlich einlenken und sagen: »Was für eine großartige Idee, Mum!«.

»Die Götter wissen, dass das Mädchen eine Pause braucht. Sie arbeitet so hart. Ehrlich gesagt weiß ich nicht, warum du darauf bestehst, mit Menschen zu arbeiten, wenn du deiner Schwester helfen könntest.« Vielleicht liegt es daran, dass die Menschen zu sehr damit beschäftigt sind, zu überleben und ihre Familien abzusichern, als sich um mich zu scheren? Es ist so frustrierend. Ich weiß, dass Jodie damit beschäftigt ist, den Zauberladen zu führen und als Krankenschwester zu arbeiten, aber ich arbeite auch hart. Anscheinend ist das, was ich tue, nicht gut genug.

Ich stoße ein unverbindliches Geräusch aus und stopfe mir ein Stück Hühnchen in den Mund, damit ich nichts sage, was ich später bereue. Kein Wunder, dass ich sie meide wie die Pest. Sie kann sich einfach nie zurückhalten.

Meinen Mangel an Magie – sie kann ihn nicht ertragen. Sie empfindet es als persönliche Beleidigung. Ich schüttle den Kopf, während ich aggressiv auf meinem Bissen kaue. Ich habe festgestellt, dass es am besten ist, nicht zu streiten, denn was bringt das schon? Sie hört mir doch eh nie zu. Das Traurige ist, dass es mich überhaupt nicht interessiert, was sie denkt. Nicht mehr.

Ich schließe meinen Schmerz weg, kanalisiere meinen inneren Manager und wende mich an mein episches Kundenservice-Training. Ich lächle breit. Ich hoffe, dass die Verformung meines Mundes ausreicht, um den Tonfall meiner Stimme zu ändern. »Es tut mir leid, Mum. Ich wusste nicht, dass es einen Angriff auf den Hexenzirkel gegeben hat. Ich bin mir sicher, dass sich dieses Missverständnis aufklären wird und ich in ein paar Tagen wieder in meiner Wohnung bin. Also mach dir bitte keine Sorgen.«

»Ein Missverständnis?«, kreischt meine Mum. Ich zucke zusammen. Ups, schlechte Wortwahl. »Den Schutzwall deiner Schwester aufzubrechen, ist alles andere als ein Missverständnis, junge Dame. Wenn du ab und zu mal an dein verdammtes Telefon gehen würdest, dann wüsstest du, dass es ein Sicherheitsproblem gibt. Was du nicht zu begreifen scheinst, ist, dass wir Hexen sind und unser

Hexenzirkel seine schwächsten Mitglieder beschützt. Du wirst jetzt sofort nach Hause kommen, damit wir dich beschützen können, während sich die Jägergilde um das Problem kümmert.«

Mein falsches Lächeln verrutscht und ich starre auf mein Essen hinunter. Ich werde immer das schwache Glied des Hexenzirkels sein. Ich stochere in meinen Nudeln herum und schiebe die Schachtel mit dem Essen seufzend auf den Nachttisch. Ich habe keinen Hunger mehr. Ich ziehe meine Beine an die Brust und umarme meine Knie.

»Ich muss darauf bestehen, dass du zurück in unsere Gemeinschaft kommst«, fährt sie fort. »Du musst nach Hause kommen.« *Eher würde ich meinen Kopf in eine Waschmaschine stecken.* »Wir können dir einen schönen, normalen Job besorgen.« Einen Job, der für eine Hexe geeignet ist, meint sie. »Und dir Hilfe suchen ...«, fährt meine Mum fort, und ihre Worte treten in den Hintergrund und werden von meinen Gefühlen übertönt.

Meinem Schmerz.

Es ist mir egal. Es ist mir egal. Es ist mir egal, was sie denkt.

Ja, klar. Ich bin die Einzige, die getäuscht wird, wenn ich versuche, mich selbst zu überzeugen. Der Schmerz schnürt mir die Kehle zu, sodass ich dagegen ankämpfen und schlucken muss.

In solchen Momenten wünschte ich ... Meine Güte, wie sehr wünschte ich, ich wäre superstark und meine Magie wäre spektakulär, mit viel Tamtam und Brimborium. Stattdessen ist sie mäßig, nicht existent.

Ich räuspere mich. »Ich verstehe, dass du dich nur um

mich kümmern willst, aber Mum, du erdrückst mich. Ich habe einen gut bezahlten Job ...«

»In einem Bekleidungsgeschäft«, höhnt sie.

»Das Bekleidungsgeschäft hat die letzten acht Jahre meine Rechnungen bezahlt.« Ich ignoriere sie, als sie stottert, und fahre fort. »Ich habe dich oder Dad nie um etwas gebeten. Ich bin in Sicherheit. Ich habe euch alle lieb und werde euch nächste Woche anrufen.« *Wohl eher nächstes Jahr.*

»Tuesday, leg bloß nicht auf!«

Ich beende den Anruf. Mein Herz krampft sich zusammen, und das chinesische Essen liegt mir schwer im Magen. Ich drücke meine Knie fester an mich.

Der heutige Tag war ein Albtraum.

Kapitel Fünf

Daisys Krallen graben sich in den Teppich, während sie um das Bett herumkrabbelt. Wie kann eine kleine Drachin nur so viel Radau machen? Als sie an meine Seite kommt, stellt sie sich auf die Hinterbeine und stützt sich mit den Vorderkrallen am Rahmen des Bettes ab. Sie wackelt mit der Nase. Ich lächle, beuge mich hinunter und hebe sie vorsichtig hoch. Sie lässt sich neben meinem Bein in der Mitte der strahlend weißen Bettdecke nieder und die Weichheit ihrer Schuppen hilft mir, mich zu beruhigen.

Ich schließe für einen Moment die Augen und zwinge mich zu atmen. Ich habe einen weiteren superspaßigen Telefonanruf überlebt – das muss doch etwas wert sein. Wenigstens habe ich ihr nicht gesagt, dass sie sich ficken soll. Nicht, dass ich das mit der Anti-Fluch-Gedankenkontrolle könnte.

»Ich liebe dich, kleine Zick-Zack«, flüstere ich. Meine Stimme bricht und ich reibe mir übers Gesicht.

Meine Güte, ich hätte das Gespräch nicht so enden lassen sollen. Jedes Mal, wenn wir reden, scheine ich es zu vermasseln. Ich liebe meine Mum. Schuldgefühle wühlen in mir herum wie schwarzer Schlamm. Ich weiß, dass sie sich Sorgen macht, und das zu Recht. Ich lasse mich in die Kissen sinken. Ich hätte das besser regeln können. Vielleicht hätte ich mich direkt an den Hexenzirkel wenden sollen? Ich schaue mich im Hotelzimmer um und zucke mit den Schultern. Es ist schon irgendwie bezeichnend, dass meine erste Reaktion war, in ein Hotel zu gehen. Nicht zu einer Freundin oder zu meinen Schwestern, sondern in ein Hotel. *Okay, Tuesday, genug von diesem Hexenzirkel-Drama.* Du musst nachsehen, was zu Hause los ist. Ich ziehe meine Laptoptasche, die am Ende des Bettes liegt, zu mir und logge mich in die Sicherheitskameras meines Wohnhauses ein.

Ich starte die Aufzeichnung, noch bevor die Söldner die Lobby betreten. Der Schutzwall des Gebäudes schrillt aus den kleinen Lautsprechern des Computers und dann kracht die Haupttür auf. Eine Gipsstaubwolke wirbelt durch die Luft, als die Tür gegen die Wand schlägt. Wie ich es aus unzähligen Actionfilmen kenne, stürmt die Gruppe von Männern, die von Kopf bis Fuß in ihre seltsamen Klamotten gehüllt sind, um nicht erkannt zu werden, taktisch das Gebäude.

Ich ziehe die Stirn in Falten, da einer der Männer nicht maskiert ist. Er folgt den anderen in lässigem Tempo, die Hände in den Hosentaschen. Es sieht aus, als würde er einen Winterspaziergang mit Schaufensterbummel machen.

»Was für ein eingebildeter Schreifkerl.« Wo kommt der her? Ich kann nicht glauben, dass er mir nicht aufgefallen ist, als ich zu Hause nach den Eindringlingen gesehen habe.

Mist, wie konnte ich ihn nur übersehen? Er fällt auf jeden Fall auf, und es scheint, als wäre er der Chef der bunten Truppe. Ich halte das Video an und mache ein paar Fotos, die ich dann per E-Mail an meinen Dad schicke.

Warum fühlt sich dieser Mann wohl dabei, sein Gesicht zu zeigen, während seine Kollegen das nicht tun?

»Wohnung acht, im dritten Stock. Harris, du übernimmst die Führung«, sagt die schroffe Stimme des roten Power Rangers.

Zwei Männer bleiben im Erdgeschoss, während der Rest die Treppe hinaufgeht. Sie klären jede Etage – im militärischen Stil – und bahnen sich langsam ihren Weg nach oben im Gebäude.

Sie bewegen sich fließend, wie Wandler ... oder Vampire? Ich reibe mir den Hinterkopf. Wenn ich ihre Größe anhand der Türrahmen des Flurs abschätze, sind sie groß. Vielleicht hatte ich beim ersten Mal recht und es sind Wandler.

Der Typ – der Boss – hat es nicht eilig. Nein. Er schlendert langsam und unbekümmert weiter, immer noch als wäre er beim Shoppen. Ich knirsche mit den Zähnen, während ich ihm mit den Kameras folge.

Wer bist du?

Ich beschleunige die Aufnahmen, bis die Gruppe von Söldnern endlich meine Wohnung erreicht und ich beobachte, wie sie den Weg für den Boss frei machen. Sieh sich das mal einer an – sie gehen zur Seite und lassen ihn mit dem Schutzwall kämpfen. Meine Augen weiten sich. Er ist der Magieanwender, der die Schutzwälle ausgeschaltet hat?

Tja, ich bin überrascht. Ist er eine Hexe? Ich lehne mich näher ran, bis meine Nase am Bildschirm klebt. Er hat keine Ähnlichkeit mit irgendeiner Hexe, die ich je gesehen habe. Ich neige meinen Kopf zur Seite. Die Hexengemeinschaft ist klein, und männliche Hexen sind unglaublich selten. An diesen Kerl hätte ich mich erinnert.

Mit leicht geöffnetem Mund beobachte ich, wie er den Schutzwall meiner Schwester in Stücke reißt. Was zum Kuckuck, der Kerl hat ganz schön viel Kraft. Der Schutzwall ist kompliziert, aber er reißt ihn auseinander, als wäre er aus Seidenpapier. Er hätte es wenigstens schwierig aussehen lassen können. Wofür er eigentlich hätte Stunden brauchen müssen, hat er – ich schaue auf den Zeitstempel – fünfzehn, nein, zwanzig Minuten gebraucht?

In meinem Bauch flattern die Nerven. Mist, ich bin froh, dass ich rechtzeitig aus dem Gebäude gekommen bin. Mit einem schnellen Tastendruck kopiere ich das gesamte Filmmaterial und schicke es meinem Dad. Die Jägergilde wird das sehen wollen.

Was zum Teufel ist er? Wer ist er? Ich knabbere an einem Nagel.

Ich muss mehr über ihn herausfinden, über sie alle. Woher kommen sie? Ich überfliege die Aufnahmen der Kamera auf der Straße, bevor sie das Gebäude betreten haben, aber – nein, das kann nicht richtig sein. Das kann nicht sein. Irgendetwas blockiert die Sicherheitsübertragung. Ich stochere auf der Tastatur herum, aber nichts behebt das Problem. Ich knurre frustriert und starre den mysteriösen Mann an. Ich schicke die gesamte Datei an Ava. Technik ist ihr Ding. Ich überlasse es Ava, Dad und den Jägern, sich darum zu kümmern. Ich komme zwar mit Computern zurecht, aber ich bin kein Experte für Videoüberwachung.

Ich springe zu der Live-Kamera in meiner Wohnung: Daisy Cam. Ich habe sie nur, damit ich nach Daisy sehen kann, wenn sie nicht mit mir zur Arbeit kommen will.

Wow, sie sind schon in den Schutzraum eingebrochen. Schockierend. Es ist auch irgendwie enttäuschend, dass dieser mysteriöse Kerl nur vierzig Minuten für das gebraucht hat, wofür sie eigentlich die ganze Nacht hätten brauchen müssen. Ich zittere. Die anderen Söldner, die ich durch die Kamera hören kann, verwüsten meine Wohnung. Der Laptop stößt gegen meinen Unterleib, während ich mit den Händen in der Luft fuchtle und mich auf dem Bett winde. *Monster.* Sie machen meine Sachen kaputt.

»Schön, dass die Jägergilde sofort in meine Wohnung geeilt ist«, grummle ich. *Alles kann ersetzt werden. Es sind ja nur Sachen.* Stattdessen konzentriere ich mich auf die männliche Hexe. Er dreht seinen Kopf in Richtung der Daisy Cam und lächelt.

Er lächelt mich an.

Ich quieke auf. Was zum verfluggten-flugger war das? Ich zucke von meinem Laptop weg und knalle den Bildschirm zu. Aber nicht bevor ich sehe, wie er verschwindet. Die Hexe ist *geblinkt.*

Das Blinken ist ein altes, mächtiges Fae-Ding. Ein Teleportationsding. Hexen blinken nicht, verflixt.

»Zumindest keine normale Hexe«, quietsche ich.

»Überhaupt keine Hexe.« Mit hämmerndem Herzen schiebe ich den Laptop zurück in die Tasche und hänge ihn über meine Schulter. Ich nehme Daisy in die Arme und drücke sie an meine Brust, während ich auf die Füße springe. »Wir müssen von hier verschwinden. Wir sind hier nicht sicher.«

Alle meine Instinkte schreien förmlich *Gefahr*. Ich weiß nicht, warum, aber ich bin mir sicher, dass er weiß, wo ich bin. Der Typ ist hinter mir her. Hat er die Überwachungsdaten verfolgt? Mein Telefon? Beide sind verschlüsselt. Das sollte nicht möglich sein.

Ja, es sollte auch nicht möglich sein, dass er Schutzwälle durchbricht, als würde er durch Spinnweben laufen. Und es sollte auch nicht möglich sein, dass er blinkt.

O nein. O nein. Mit rasendem Herzen schnappe ich mir meine gelbe Jacke und meine Hose und klemme sie unter meinen anderen Arm. Ich reiße meine Stiefel vom Boden weg, wobei die Schnürsenkel zwischen meinen verschwitzten Fingern zwicken. Ich werde alles anziehen, wenn ich aus diesem Hotel verschwunden bin. Ich reiße die Zimmertür auf und kann gerade noch verhindern, dass ich gegen eine muskulöse Brust pralle.

»Was denkst du, wo du hingehst?«, fragt eine tiefe Stimme mit starkem Akzent.

Ein *Iiip* entweicht meinem Mund und alles, was ich in der Hand halte – außer Daisy –, fällt auf den Boden.

Ich wanke nach hinten. Mein Po stößt gegen die Badezimmertür, die mit einem Krachen gegen die Fliesen schlägt.

Oje. Er ist hier.

Er schlendert ins Zimmer und tritt, ohne seine blauen Augen von mir abzuwenden, die Zimmertür mit seinem Hacken zu. Ich schlucke. Ohne seinen Schritt zu unterbrechen, geht er über meine abgeworfenen Klamotten. Mein Herz hämmert panisch bis in meine Ohren.

Wie ist das möglich?

Daisy knurrt und fletscht die Zähne nach ihm. Eine Rauchwolke kommt aus ihrem linken Nasenloch und eine orangefarbene Flamme leckt aus dem rechten. Ich spüre ihre Angst am schnellen Schlag ihres Herzens, das gegen meine Handfläche klopft. Ich finde es toll, dass sie so mutig ist und versucht, mich zu beschützen, aber ich kann sie nicht in Gefahr bringen oder zulassen, dass sie verletzt wird.

Ohne meinen Blick von dem Fremden abzuwenden, gehe ich vorsichtig in die Hocke, setze Daisy auf den gefliesten Boden des Badezimmers und schließe die Tür fest. Bei ihrem wütenden Gejaule zucke ich zusammen. Sie knurrt und kratzt an der Tür, dann folgen ein paar dumpfe Schläge.

»Hallo, kleine verlorene Hexe«, sagt er. Seine vollen Lippen verziehen sich vor Belustigung. »Man sagte mir, du seist ein Blindgänger, aber du bist mehr als das, nicht wahr? Dein Hexenzirkel hat dich gut versteckt.«

Was? Wovon zum Henker redet er da? Mein Name ist Hase, ich weiß von nichts. Als er nur meinen verblüfften Gesichtsausdruck als Antwort bekommt, verzieht er den Mund und ein Muskel in seinem Unterkiefer zuckt, als ob er die Backenzähne aufeinanderpressen würde. Erwartet er etwa ein Geständnis? Mein Blick schweift von seinem zuckenden Kiefer ab, und erst dann bemerke ich seine spitzen Ohren.

Aes sídh, er ist ein Fae, ein Elf.

Seine kurzen Haare verwirren mich. Normalerweise tragen sie sie lang mit diesen hübschen traditionellen Zöpfen. Er ist ein starker, alter Fae, wenn er blinken kann.

»Es ist über ein Jahrhundert her, dass ich einen von deiner Art in der echten Welt getroffen habe. Das ist wirklich dumm von dir.«

Mein Blick wandert von seinen Ohren weg und ich bemerke den räuberischen Glanz in seinen Augen. Ich wittere Bullshit. Er versucht, mir Honig ums Maul zu schmieren. *Einer von meiner Art?* Ich rümpfe die Nase.

Man muss kein Genie sein, um zu wissen, dass ich es hasse, ein magischer Blindgänger zu sein. *Gut erkannt, Tuesday. Schön, dass du deinen Platz kennst.* Ja, ich bin die Nebenfigur, sogar in meiner eigenen verflixten Geschichte. Ich schlucke einen seltsamen Kloß in meinem Hals hinunter. Ich weiß im Inneren, dass ich ein stiller Badass bin. Mehr muss ich nicht sein.

Aber warum bin ich dann immer so enttäuscht? Meine Unterlippe wackelt, ich ziehe sie in meinen Mund und kaue darauf herum. Nicht auch noch das.

Nein. Wenn dieser Elf denkt, ich falle auf seinen totalen Schwachsinn rein, dass ich eine Art *Auserwählte* bin, ha. Er hat es total vermasselt. Mann, hat er es vermasselt.

Ein Schwall zorniger Hitze wäscht meine Angst weg und ich sehe rot. In meinem Hinterkopf bin ich völlig verängstigt, aber ich bin auch zu leichtsinnig, um mich darum zu scheren. Ich bin in den Wahnsinn abgerutscht. Ich verstecke mich nicht wie eine normale Person. Nein, wenn ich Angst habe, werde ich auf eine verrückte Art und

Weise wütend. Das ist eine weitere seltsame Tuesday-Sache, die vermutlich vererbt wurde. Danke, Mum.

Ich spüre, wie mein Gemüt brodelt. Es ist warm in meiner Brust und sprudelt mit einem Wortschwall aus meinem Mund heraus. »Was?« Ich schnaube, während ich die Augen verenge und mein Kinn anhebe. »Bist du verrückt? Hat deine Magie dein Gehirn frittiert?«

Ich halte meine Hand hoch und wackle mit dem Zeigefinger. »Erstens: Du und ein Haufen Söldner seid in mein Haus eingebrochen und habt es verwüstet. Zweitens«, ein zweiter Finger gesellt sich zu dem ersten, »hast du mich quer durch die Stadt gejagt und bist in mein Hotelzimmer eingedrungen.« Ich stemmte die Hände in die Hüften und starrte ihn an.

Halt die Klappe, Tuesday, fleht eine kleine Stimme in meinem Hinterkopf. Aber ich ignoriere sie, denn ich bin gerade voll in Fahrt. Meine Nasenlöcher weiten sich. Wenigstens habe ich das Gefühl, dass ich mich unter Kontrolle habe. »Als ob ich dir auch nur ein Wort glauben würde, Wurstgesicht.«

Oder auch nicht.

Ich meinte Arschgesicht. *Arschgesicht.* Ich stöhne auf.

Er grinst und macht einen weiteren bedrohlichen Schritt auf mich zu. Seine hellblauen Augen glänzen vor Vergnügen. »Ja, das klingt richtig«, haucht er.

»Du hast Wahnvorstellungen.« Ich balle meine Fäuste. Ich habe noch nie jemanden geschlagen, aber ich habe Mühe, den Drang zu unterdrücken, ihm in sein selbstgefälliges Gesicht zu hauen.

Daumen raus, richtig? Schlag mit den ersten beiden

Fingerknöcheln zu und dreh deine Hüften ... Ich schaue auf meine kleinen, geballten Fäuste und dann wieder auf sein selbstgefälliges Gesicht. Ich zucke zusammen. Es sieht irgendwie hart aus.

»Du wirst mit mir kommen.«

»Oh, zum Henker, nein.« Ich schlurfe langsam zurück und schaue mich hektisch um. Irgendetwas muss es in diesem Raum geben, mit dem ich ihm das Gehirn zermalmen kann. Ich bin kein Opfer. Traurig werfe ich einen Blick auf meine schweren Stiefel, die jetzt hinter seiner massigen Gestalt stehen. Sie hätten eine gute Waffe abgegeben. Der Helm wäre auch nützlich gewesen, aber ich komme nicht an dem Kerl vorbei, um das Ding zu holen. Ich neige meinen Kopf. Für einen Elfen ist er ziemlich groß. Er muss weit über eins-achtzig sein und überragt mich mit meinen eins-fünfundsechzig um Längen.

Lampe? Ich möchte mir an die Stirn schlagen. *Magie! Verflixt und zugenäht, Tuesday.* Ich habe einen Knockout-Ball in der versteckten Tasche meiner Thermohose. Es ist ein Nahkampfzauber und näher könnten wir uns nicht sein. In der einen Sekunde will ich danach greifen und in der nächsten drückt mich sein Gewicht aufs Bett. Uff. Ich stöhne auf, als sein Körper mir den Atem abschnürt. Sein Gewicht drückt mich in die weichen weißen Decken.

Was zum Kuckuck, der Kerl ist gebaut wie ein Wandler. Mist, ich wünschte, ich hätte auf meinen Dad gehört, als er mir Selbstverteidigung beigebracht hat. Er würde jetzt auf dem Boden schnarchen, wenn ich den Zaubertrank früher benutzt hätte.

Seine Hand packt meine Handgelenke und drückt sie

über meinem Kopf zusammen. Er greift zwischen uns hinunter ... Ich gerate in Panik. *Greift er ... greift er nach seinem Reißverschluss?* Ein verängstigtes Wimmern entweicht meiner Kehle und ich gebe mein Bestes, um mich aus seinem Halt zu befreien. Bevor ich einen Schlachtruf ausstoßen kann, holt er seine Hand wieder hervor, in der sich ein Nullband befindet. Ein Armband, dass die Magie nullifiziert. Es ist dafür gemacht, jeden Zauber zu entfernen und jede Spur von Magie auszuschalten. Es funktioniert bei jeder Kreatur, wird aber hauptsächlich bei Kriminellen eingesetzt.

Warum will er es bei mir anwenden? Wozu die Mühe? Meine Magie ist nicht existent. Ich versuche erneut, mich wegzuwinden, aber seine Hand drückt meine Handgelenke mit quälender Gewalt fester in das Bett und der klobige Ring an seinem Finger gräbt sich schmerzhaft in meine Haut. Das verdammte Ding ist heiß und ich verziehe das Gesicht, als es mich verbrennt.

Mit einer schnellen Handbewegung seinerseits schnappt das Nullband los und schlingt sich um mein Handgelenk. Etwas in mir bricht zusammen. Verschwindet. Autsch. *Was zum Henker?* Ich habe keine Magie, aber der Ruck des Bandes schmerzt mich bis in die Knochen.

»Ich fühle mich nicht gut«, murmle ich.

»Du wirst dich daran gewöhnen«, sagt er. Seine Finger streichen mir die verhedderten, dunkelvioletten Haare aus dem Gesicht. Er zupft an einer Strähne. »Hm. Nicht magisch. Das hätte ich nicht erwartet.« Das Nullband lässt mich behämmert werden. Was hat er nicht erwartet? Hat er erwartet, dass ich mich in einen Frosch verwandle? Ich hasse Magie. Warum sollte ich einen Zaubertrank benutzen, um meine Haarfarbe zu ändern? Alles an mir bin einfach nur ich.

»Ich kann nicht atmen«, flüstere ich. Der Elf grinst und bohrt seinen Ellbogen in meine Rippen. Ich stöhne. Ja, das hilft. Was für ein Arschloch. In dem Glauben, dass er mich angemessen eingeschüchtert hat, lässt er meine Handgelenke los.

Mit einem finsteren Blick senke ich langsam meine Hand – die ohne das Nullband –, um meine Rippen zu reiben. Stück für Stück arbeite ich meine Hand nach unten, bis ich meine Finger in meinen Hosenbund bekomme. Mit Daumen und Zeigefinger hole ich die Zaubertrankkugel heraus. Dann hebe ich meine Hand ganz langsam wieder hoch und ziele auf die Haut an seinem Hals.

Er zuckt zusammen, als es hinter uns kracht und die Zimmertür unsanft eingetreten wird.

»Hey, willkommen zur Party«, lalle ich. »Ahh, da kommt die Kavallerie.« Hoffe ich.

Er stöhnt und sein Gewicht wird von mir weggerissen. Ich höre, wie eine Faust auf Haut trifft – ich hoffe, es ist sein Gesicht – und dann wackelt das Bett zur Seite. Durch die heftige Bewegung des Bettes werde ich zur Seite geschleudert, und die Zaubertrankkugel schleudert mir aus den Fingerspitzen und rollt seitlich von der Matratze.

Ach, verdammt noch mal.

Ich versuche, mich zu bewegen, um zu sehen, wo der Zaubertrank gelandet ist. Aber ich kann es nicht. Was zum Henker? Mir schwirrt der Kopf. Ohne sein Gewicht auf mir, sollte ich doch atmen können, oder? Doch jeder Atemzug fällt mir schwerer. Als ob ich durch einen verbogenen Strohhalm atmen würde. Es ist zu viel ... Es ist viel zu viel. Warum kann ich nicht atmen, verflixt? Hat der verflixte Elf etwas gebrochen?

Ein Körper klatscht auf den Boden. Ich hoffe, das ist der Bösewicht. Meine Gedanken sind verschwommen, und ich kann meine Augen nicht mehr öffnen.

Komm schon, Tuesday, steh auf ... Dunkelheit.

KAPITEL SECHS

MEINE SCHMERZENDE BLASE weckt mich und ich schlurfe mit einem Auge fest geschlossen und dem anderen nur einen Spalt geöffnet ins Bad.

Die Regel lautet: Wenn ich meine Augen nicht öffne, schlafe ich noch.

Um wertvolle Sekunden im Bad zu sparen – die Freude des Alleinlebens – ziehe ich meine Thermo-Leggings schon beim Gehen über die Oberschenkel. Als ich die Toilette erreiche, klatsche ich mit dem nackten Hintern auf den Sitz und stöhne, während ich wie ein Rennpferd pinkle.

Als ich fertig bin, lehne ich mich mit fest geschlossenen Augen an den Waschbeckenrand, wasche mir schnell die Hände und schnappe mir dann, ohne zu gucken, das flauschige Handtuch. Hotelhandtücher sind so extravagant.

Nachdem ich meine Leggings wieder angezogen habe, schlurfe ich auf die gleiche seltsame Weise zurück zum Bett.

»Morgen«, sagt eine schroffe, amüsierte Stimme.

»AAAHHH!« Ich springe einen halben Meter in die Luft und fasse mir an die Brust. Ich zittere und mein Herz klopft, als meine nun weit aufgerissenen Augen den fremden Mann auf dem Stuhl am anderen Ende des Zimmers fixieren.

Ich blinzle.

O nein!

Ein neuer Typ sitzt auf dem Stuhl wie ein James-Bond-Bösewicht. Seine langen Beine sind weit gespreizt, mit Daisy und einem kleinen Haufen Drachin-Mix auf seinem Bauch.

»Mach dir keine Sorgen. Es geht ihr gut.« Seine beständigen Augen sind seltsam tröstlich. Die helle Farbe zeichnet sich von seinen dunklen Haaren und seinem Hautton ab. Sein ganzer Gesichtsausdruck ist freundlich, und ich glaube ihm. Daisy geht es gut.

Mir? Joa, eher weniger.

Mein jetzt mit Adrenalin gefüllter, hellwacher Verstand erinnert mich hilfreich daran, was passiert ist. Der Elf. Ich berühre mein freies Handgelenk. Das Nullband ist nicht mehr da. Hm. Da flüstert mein Gehirn: *Hat er meinen nackten Hintern gesehen?*

Ein leises Geräusch entweicht meinen Lippen. Ich kann immer noch spüren, wie mein Körper zittert, aber mein Verstand ist seltsam leer. Ich blinzle schnell und gehe dann in meinem Kopf sorgfältig Schritt für Schritt meinen Toilettengang durch. Dann kalkuliere ich den Winkel des Stuhls ein.

Ich erlaube mir eine Sekunde, um die Augen zu schließen. Beschämt erhitzt sich mein Gesicht und ich möchte am liebsten im Erdboden versinken. Oh, verflixt und zugenäht, er hat meinen Hintern gesehen.

Meinen nackten Hintern.

O nein, warum muss das mir passieren?, jammere ich im Geiste. Ich reibe mir den Nacken und meine Hand bleibt an meinen langen Haaren hängen. Puh, meine Haare sind offen. Sie sind lang … Sie müssen den größten Teil, wenn nicht sogar alles, meines lilienweißen Arsches bedeckt haben. Oder nicht? Doch.

Ich öffne die Augen und verziehe das Gesicht, als ich die Situation einschätze. Es gibt nichts, was ich jetzt noch tun könnte. Hoffentlich ist er ein Gentleman und ignoriert die ganze Sache. So wie ich es tue. Das ist niemals passiert. Ich huste, um mich zu räuspern, und mustere den Kerl. Wow, wenn ich schon dachte, dass der Elf groß ist, dann steht dieser Typ auf einer ganz anderen Skala. Er muss ein Wandler sein.

Die riesige Hand des Mannes streichelt Daisy, während sie behutsam an dem Futter auf seinem Bauch knabbert. Sie ist glücklich, die kleine Verräterin.

»Ich habe nie den Reiz einer Drachin als Haustier gesehen, aber ich muss sagen, ich habe meine Meinung geändert. Sie ist absolut bezaubernd.« Seine rumpelnde Stimme ist wie Samt.

»Ja, das ist sie. Allerdings ist sie weniger ein Haustier als vielmehr eine beste Freundin.« Aber das ist im Moment nicht der Punkt. Ich wippe von einem Fuß auf den anderen. Wer zur Hölle ist dieser Typ?

»Der Elf?«, hauche ich aus. Warum nicht gleich zur

Sache kommen? Ich muss herausfinden, was er will und ihn dann schnellstens loswerden.

»Es tut mir leid. Er hat sich weggeblinkt, bevor ich ihn richtig im Griff hatte«, antwortet er schroff und mit entschuldigendem Blick.

Ich zucke mit den Schultern. »Ist schon okay, solange ich ihn nicht wiedersehen muss.« Ich hoffe, der Elf ist für immer verschwunden. Seine seltsamen Bemerkungen über meine Magie haben mich verwirrt. Wenn man sein ganzes Leben lang gesagt bekommt, dass man das magische Äquivalent einer Erbse ist, und dann irgendein Schwachkopf lügt und so tut, als sei man ein unentdecktes Wunderwerk, dann stellt man sich selbst infrage. Ich bin nicht zu stolz, um beschämt zuzugeben, dass ich ihm für mehr als eine Sekunde glauben wollte.

»Er war gruselig. Vielen Dank für deine Hilfe.« Ich zeige auf Daisy. »Ähm ... macht es dir was aus?« All meine Instinkte sagen mir, dass er ein guter Kerl ist, aber ich habe immer noch den starken Drang, meine Drachendame zu retten.

Der Fremde nickt. »Natürlich nicht.« Ich streiche mir die Haare hinters Ohr und schlurfe nach vorn, um Daisy von seinem flachen Bauch zu pflücken. Ich halte den Atem an, während ich mich nach vorn beuge und mein Bestes gebe, um nicht zwischen seinen Beinen zu stehen oder ihn zu berühren.

Erst als ich näher komme und ihn betrachte, erkenne ich die volle Wirkung dieses Mannes. Auf den ersten Blick ist er einfach nur gigantisch, und ich wage, zu behaupten, leicht zu vergessen. Nur ein weiterer Wandler. Ein Soldat mit schwarzen Haaren, die ihm bis auf die Kopfhaut geschoren wurden. Aber als mein Blick über sein perfekt symmetrisches Gesicht wandert – die Worte *ultra-männlich* schrillen in meinem Kopf – mit starken, eleganten Linien, einer hohen, breiten Stirn, einer geraden Nase, kräftigen Wangenknochen, einem kantigen, mit Stoppeln gespickten Unterkiefer und einem vollen Mund ...

Er ist ohne jegliche Schwachstelle gemeißelt worden.

Der Wandler strahlt *Alpha-Männchen* aus. Er ist voller Testosteron und metaphysischem Fell.

Seine satte, dunkle Haut und seine gefühlvollen Augen – ein atemberaubendes Grau – fesseln mich. Hm. Ich habe noch nie einen Mann mit so dichten Wimpern gesehen. Er ist unglaublich gut aussehend.

Lächerlich gut aussehend.

Ich atme ihn ein. Er riecht auch noch fantastisch, nach Zimt und Vanille. Ich runzle die Stirn. Ja, genau. Ich habe an ihm geschnuppert wie ein Freak. Ich glaube, ich habe mir noch nie die Zeit genommen, an einem Mann zu riechen. Himmelherrgott, ich bin so eigenartig.

Ich habe Daisy, aber während ich mich in seinen hübschen grauen Augen verliere, sammle ich dummerweise das restliche Drachenfutter ein. Es sind die Art von Augen, die voller Intelligenz und Zuversicht strahlen. Er sieht nicht einfach nur zu – er beobachtet. Meine Finger streichen über seine Bauchmuskeln. Ich schnappe nach Luft und mein Herz setzt einen Schlag aus.

Was zum Kuckuck ... Jetzt belästige ich ihn auch noch. Ups.

»Sorry«, murmle ich. Ich wirble in meinen Socken herum, und wir eilen zum Bett. Mit hochrotem Kopf setze ich mich auf die Kante und lasse Daisy neben mir nieder. Ist es heiß hier drin? Ich ziehe am Halsausschnitt meines Tops. Thermowäsche in einem Hotelzimmer ist nicht gerade optimal.

»Dein Dad hat mich geschickt.«

»Oh.« Das hätte ich eigentlich selbst erkennen müssen. Ich schätze, ich bin immer noch ein bisschen durcheinander von dem Popo-Vorfall. »Danke, dass du mich gerettet hast. Bist du ein Jäger?«

»Hellhound«, antwortet er ganz sachlich. Die sorgfältig versteckte Kraft des Hellhounds wird stärker und trifft mich mitten in die Brust.

Ich schnappe nach Luft und spüre, wie meine roten Wangen schlagartig blass werden. Aus purem Instinkt heraus packt mich die Angst. Diesmal krabbelt die durchgeknallte Tuesday, die dem Elfen tapfer die Meinung gegeigt hat, in meinem Kopf davon und versteckt sich. Wow, mir wird schwindelig. Ich taumle zur Seite und halte mich an der weißen Decke fest, um mich zu erden.

Wandler allein sind schon unheimlich. Es ist nicht die Wandlung in ein Tier, die Angst macht, sondern die Tatsache, dass wenn man als Hexe, Mensch oder sogar als schwächere Fae von ihnen in Tiergestalt gebissen wird, man so was von am Arsch ist. Dann stirbt man.

Männer haben eine über fünfzigprozentige Chance, ein gebissener Wandler zu werden. Sie können sich zwar nicht wandeln, aber sie bekommen Extras wie eine längere Lebensspanne, ein Eightpack und Kraft.

Aber Frauen sterben immer.

Irgendetwas stört die Magie. Sie löscht das X-Chromosom aus. Es gibt keinen Heilungszauber, keine Medikamente und nichts auf der Welt kann das aufhalten. Wenn wir also einen uralten Wandler und die Macht eines Hellhounds in den Mix einbeziehen ... dann ist das hier ein *Oh-Scheiße*-Moment.

Hellhounds sind gruselig. So gruselig wie ein Monster unter deinem Bett. Sie kommen nicht aus der Hölle oder so etwas in der Art. Sie sind mächtige uralte Wandler mit Feuermagie. Die Natur setzt die stärksten der giftigen Beißmaschinen buchstäblich in Brand und verleiht ihnen zusätzliche Kraft. Träumchen.

Die Wandler reagieren auf das magische Phänomen, indem sie diese furchterregenden Biester zu Tötungsmaschinen ausbilden. Natürlich tun sie das. Das steigert den Angstfaktor noch mehr. Sie sind die Terminatoren der Wandler, und ich habe noch nie einen Hellhound getroffen, denn sie sind selten. Sie sind die Elitekämpfer der Jägergilde. Elitesoldaten. Sie sind der letzte Ausweg, wenn die Kacke am Dampfen ist.

Und ich habe einen in meinem Zimmer einen Hellhound mit hübschen grauen Augen, und der starrt mich direkt an. Ein Raubtier, ein Feuerwolf, schaut mich aus dem Inneren seiner Augen an.

Hellhound. Hellhound. Hellhound.

Gott sei Dank sitze ich und bin schon auf dem Klo gewesen. Warum sehen die Bösewichte immer so gut aus? Das erscheint mir irgendwie unfair.

»Hey-hey, es ist alles okay.« Er schnappt sich meine Hand und lässt die Zaubertrankkugel, die vorhin auf den Boden gefallen war, in meine Handfläche fallen. Behutsam schließt er meine Finger und hält meine Hand fest, bis er sicher ist, dass ich sie wirklich sicher im Griff habe.

Wie aus dem Nichts taucht ein riesiges Messer auf und

er legt den Griff in meine andere Hand. Die Klinge ist schwer; ich weiß, dass sie etwas Technisches mit dem Silber machen, um das weiche Metall hart wie Stahl zu machen. In Sekundenschnelle – in einem Versuch, sich kleiner zu machen – kniet er vor mir. Der Hellhound winkelt das Messer in meiner Hand so an, dass die Spitze gegen seine Brust drückt.

Mein Herz setzt einen Schlag aus.

Der Hellhound gibt mir die Möglichkeit, mich gegen ihn zu schützen. Wenigstens kann ich meine chaotischen, verängstigten Gedanken herunterschlucken und zuhören, was er zu sagen hat. Ich blicke durch meine Wimpern nach oben.

Seine grauen Augen sind so aufrichtig.

»Hey, Tuesday, es ist alles in Ordnung«, säuselt er mir zu. »Süße, du bist in Sicherheit. Ich werde dir nicht wehtun. Atme, es ist alles okay. Ich verspreche dir, dass du bei mir sicher bist.« Seine riesigen Hände umfassen mein Gesicht. Sie sind so warm. »Ich heiße Owen und bin ein Freund von deiner Schwester Jodie. Dein Dad hat mich geschickt, um dir zu helfen. Es tut mir leid, wenn ich dich mit meinem Hellhound-Dasein erschreckt habe.« Das ist eine alberne Reaktion, aber, wie ich finde, eine durchaus natürliche.

Warum hat mein Dad einen Hellhound geschickt?

Ich atme tief durch und flüstere. »Mein Hexenzirkel?«

»Sie sind in Sicherheit.« Ich schließe meine Augen und lasse das Messer fallen. Meine Hand zittert so sehr, dass ich nicht riskieren will, ihn zu erwischen und ihm versehentlich die Nase abzuschneiden.

Nein, jemanden aus Versehen zu erstechen, steht nicht auf meiner To-do-Liste.

»Alle sind in Sicherheit. Du bist in Sicherheit. Ich bin nicht mehr in der Gilde. Ich arbeite in Irland für die Fae. Ich jage deinen Elfen schon seit drei Monaten.«

»Er ist nicht mein Elf«, murmle ich.

»Nein, ist er nicht. Er ist ein böser Mann. Als dein Dad deine E-Mails erhalten hat, hat er sich mit mir in Verbindung gesetzt. Er hat mich vorgewarnt und, statt zu dir nach Hause zu fahren, habe ich dich hierher verfolgt, denn ich hatte das Gefühl, dass dieses Monster hinter dir her sein würde. Es tut mir leid, dass ich zu spät gekommen bin und er dich angefasst hat.« Owen streicht mit dem Daumen sanft über meine Wangenknochen und stößt einen selbstironischen Laut aus. »Ich dachte, meine Anwesenheit würde dich trösten. Es tut mir leid, dass ich das falsch eingeschätzt habe – dass ich dir Angst gemacht habe.«

Ich blinzle ihn an. Seine Augen haben aus dieser Nähe einen dunkelblauen Ring um den Rand. So schön. Es klopft an der Tür. Ich zucke zusammen.

»Das ist wohl für mich«, sagt er barsch. Owen lässt mein Gesicht los. Mit einem verschmitzten Lächeln tätschelt er das Bett, erhebt sich dann elegant vom Boden und schlendert zur Tür.

Ich beuge mich vor, um einen Blick hinter die vorstehende Badezimmerwand zu werfen, die das Bett vom Blick auf die Tür abschirmt. Ich schnaufe. Ich kann nichts sehen, denn der massige Hellhound nimmt den ganzen Eingang ein. Es gibt kein Vorbeikommen an ihm. Wenn ich sage, dass er nur breite Schultern, eine schmale Taille, eine gemeißelte Brust und ein Waschbrettbauch hat, wird das dem

Hellhound nicht gerecht. Er ist groß. Er muss etwas über zwei Meter groß sein.

»Ich hab die Scuba-Jungs«, sagt eine raue Frauenstimme. Ich verberge ein Kichern mit meiner Hand. Ich bin nicht die Einzige, die denkt, dass ihre Kampfausrüstung bescheuert ist. »Rattenwandler. Wo ist der Elf?«

»Geblinkt.«

»Scheiße. Wie ist der Zwischenstand, Nanny-Hound? Zehn zu null? Du lässt nach.« Sieht so aus, als ob ich nicht die Einzige bin, die mitbekommen hat, dass der Hellhound gerade Babysitterdienst hat. *Nanny-Hound.* Super. »Alter Wolf, du musst aufholen. Nächstes Mal kümmere ich mich um die Jungfrau in Nöten und du schnappst dir die bösen Jungs. Was denn? Schlechter Tag im Büro? Verlierst du dein Gespür?« Der Hellhound knurrt und das kehlige Lachen der Frau schallt durch den Raum.

Das Lachen lässt mir die Haare auf den Armen zu Berge stehen und ein untrügliches Gefühl der Vorahnung kriecht mir über den Rücken. Gemeinsam mit dem Lachen kam auch das Rauschen ihrer Kraft. Sie ist so geladen ... Meine Lippen kribbeln.

»Wie geht's dem Mädchen?«

Nein, danke. Ich hebe Daisy hoch und schlängle mich zum Kopfende des Bettes – weiter können wir uns nicht von ihr entfernen, ohne durch das Fenster zu gehen. Um meine Hände zu beschäftigen, kratze ich mit einem Finger zwischen Daisys Hörnern.

»Sie ist sicher.«

»Gut. Ich habe die Sachen gekauft, die du wolltest. Du weißt, dass ich mich mit diesem Frauenkram nicht auskenne, also nimm es mir nicht übel, wenn ich das falsche

Zeug besorgt habe. Sie sollte in der Lage sein, sich die Zähne zu putzen, und es gibt zumindest ein paar Klamotten zum Wechseln. Ich habe vielleicht einen Schlüpfer vergessen ...«

»Danke, Forrest.«

»Alsoooo, darf ich sie jetzt kennenlernen?«

O nein. Nein, danke. Ich höre Kleidung rascheln und der Boden im Flur quietscht, als würde sie auf den Zehen hüpfen.

»Nicht heute.«

»Ach, komm schon, Owen. Jodie hat gesagt, ich würde ihre kleine Schwester lieben. Ich habe alle aus dem Hexenzirkel kennengelernt, nur sie nicht. Bitte?«, jammert sie kehlig.

»Nein«, knurrt er zurück.

Forrest. Ich bin mir sicher, dass ich diesen Namen schon einmal gehört habe, aber nicht von meiner Schwester. Ich höre einen Aufprall und ein schabendes Geräusch an der Tür. Ich spitze meine Ohren, als ich das Geräusch von ... Rädern wahrnehme. Er muss eine Kiste in den Raum gezogen haben. »Wir sehen uns in einer Stunde.«

»Freut mich, dich kennenzulernen, Tues...« Owen schlägt ihr die Tür vor der Nase zu.

Wow, unhöflich.

Und ich bin so dankbar dafür. Ich zittere – ich kann verstehen, warum er nicht will, dass ich sie kennenlerne. Owen ist im Schutzdienst und nimmt das Babysitten ernst. Seine Wandlernase muss den Gestank meiner Angst aufgeschnappt haben. Die Art und Weise, wie mein Körper reagiert hat, als sie gelacht hat. Oh, Junge, und die Kraft, die sie hat. Teufel noch mal, sie geht in Wellen von ihr aus. So etwas habe ich noch nie gespürt. Instinktiv wollte ich aus dem verdammten Fenster klettern. Sie ist gefährlich. Ich reibe meine Arme, während ich am ganzen Körper zittere.

Mist, wenn es sich schon so anfühlt, wenn sie im Flur steht, kann ich mir nur vorstellen, wie es sein muss, neben ihr zu stehen. Ich weiß nicht, was für ein Wesen sie ist, und ich will es auch nicht herausfinden.

Die Tatsache, dass sie, ähm – ich runzle die Stirn – die riesigen Power-Ranger-Rattenwandler ganz allein dingfest machen konnte? Ja. Sie ist mehr als furchterregend.

Ich hebe meinen Blick. Owen steht schweigend vor mir. Während ich in meinem eigenen Kopf feststeckte, hat er mir einen Koffer gebracht.

»Danke für all das«, krächze ich.

»Geht es dir gut?«, fragt er und ich nicke. »Hast du das alles gehört?« Ich nicke wieder. »Okay, guck mal, ob du hier drin was zum Anziehen findest. Du wirst auf eine Reise gehen. Während du geschlafen hast, hat dein Dad ein Safe House organisiert. Oh, und die Gilde hat deine Arbeit kontaktiert und erklärt, was los ist. Du bist beurlaubt, bis die Sache geklärt ist.«

Ich blähe meine Wangen auf. Großartig! Ich schätze, meine Abteilungsleiter können die Dinge für ein paar Tage regeln. Von einem Psycho-Elfen gejagt zu werden, hat wohl Vorrang, schätze ich.

»Okay, danke«, murmle ich.

»Leider gibt es in der Nähe kein Portal. Also, Blitzi, wenn du meinst, dass du dazu in der Lage bist, werden wir fahren müssen.«

Mein Gehirn schaltet sich ab ... Blitzi? Owens Gesicht ist sorgfältig ausdruckslos, aber ich spüre das wachsende Entsetzen in meinem Gesicht. Ist das ein Funkeln in seinen grauen Augen? Meine Brust und mein Nacken kribbeln vor Verlegenheit. Oh, verflixt und zugenäht, er redet über meinen Hintern.

Blitzi. Ich bin ein verflixter Blitzer. Ha.

Wieder einmal bin ich absolut beschämt. Daisys Schuppen reiben an meiner Hand, und ich hebe sie von meinem Schoß und drücke sie sanft an mich.

»Ich kann alleine zum Safe House fahren. Ich komm schon klar«, quieke ich.

Kapitel Sieben

»Ich kann allein zum Safe House fahren. Ich komm schon klar«, grummle ich, während ich das Lederlenkrad so fest umklammere, dass sich meine Finger verkrampfen. *Jupp, das hast du super gemacht, Tuesday. Lass den heißen Hellhound mit dem Bizeps, der so groß ist wie dein Kopf zurück, damit du fast sieben Stunden und dreihundertfünf-undsiebzig Meilen allein fahren kannst.*

In meiner üblichen Hartnäckigkeit, jegliche Hilfe abzu-lehnen, bestand ich darauf, selbst zu fahren. »Was soll schon schiefgehen? Ich schaffe das schon.« Ich schniefe angewidert von mir selbst.

Ich bin stundenlang in erhöhter Alarmbereitschaft gefahren, habe das Lenkrad mit den Händen im Todesgriff umklammert und mir steht der Schweiß auf der Stirn.

Ich wage es, meine linke Hand – eine gefrorene Klaue –

für eine Sekunde vom Lenkrad zu nehmen, um mir die müden Augen zu reiben. Ich will mein langweiliges Leben zurück. Ich würde mich lieber mit einem albtraumhaften Schuhauslagenverkauf beschäftigen, in dem ein Kind nicht nur den linken und rechten Schuh, sondern auch die Größe verwechselt hat. Hunderte von verschiedenfarbigen Schuhen zuzuordnen, ist mir lieber als das hier.

Ich bin so dumm. Das letzte Mal, dass ich Auto gefahren bin, war an dem Tag, an dem ich meine Prüfung bestanden habe, und ich habe meine Heimatstadt nie verlassen. Dad hat mir das Fahren beigebracht, als ich siebzehn war. Gleich nach der bestandenen Prüfung bin ich mit dem Auto meines Dads durch einen McDonald's Drive In gefahren, um meine erste und letzte Solofahrt zu machen. Das ist jetzt sieben Jahre her. Ich reibe mit dem Daumen über das Lenkrad und schlucke. Ich habe es geliebt, mit Dad fahren zu lernen, aber die ganze Autosache hat die Erfahrung verdorben. Alle drei meiner älteren Schwestern haben ihr erstes Auto geschenkt bekommen. Mit eklatanter Unfairness und einer lapidaren Erklärung meiner Mum wurde mir mitgeteilt, dass ich zu Fuß gehen müsse, wenn ich mich nicht wie eine richtige Hexe benehmen würde – ich weigerte mich, irgendwelche Zaubereien zu versuchen.

Ich hebe meine steife Schulter. Das war okay. Wer bin ich, dass ich meinen Eltern vorschreiben kann, wie sie ihr Geld auszugeben haben? Ich ging gern zu Fuß und die Schule war nicht weit entfernt.

Ich bin mir sicher, dass Mum versucht hat, umgekehrte Psychologie anzuwenden, aber anstatt mich aufzuregen, entfernte ich mich einfach weiter. Ich wollte sowieso nichts von ihnen, also war es wahrscheinlich sogar gut so. Für mich als Teenager hat es nur noch einmal verdeutlicht, dass meine Eltern und Magie mir nur Schmerz brachten. Das machte mich noch entschlossener, auf eigene Faust erfolgreich zu sein. *Abseits der Magie.*

Bis heute bin ich kein Auto mehr gefahren. Ich schiebe die unerfreulichen Gedanken in den Hintergrund. Das gehört der Vergangenheit an und ich bin kein Teenager mehr. Ich bin erwachsen und eine hervorragende Erwachsene.

Schnell werfe ich einen Blick auf mein Handy. Laut der Navigation-App bin ich nur noch dreißig Minuten von meinem Ziel entfernt. *Es kann nichts mehr schiefgehen.* Als ob das Schicksal meine Gedanken hören würde, ruckelt der schicke Mietwagen und die Scheinwerfer schalten sich ab. *O nein!* Aus der Heizung schießt ein warmer Luftstoß, und dann leuchtet das Armaturenbrett auf und blendet mich. Ich nehme den Fuß vom Gaspedal, gerade als das Auto dunkel wird. Langsam rollen wir zum Stehen.

»Du kleiner Klichser.«

Der Motor tickt und mein Herz klopft, während ich mit weit aufgerissenen Augen im Dunkeln auf einer Landstraße mitten im nirgendwo von Schottland sitze. Ich schlucke und meine Schultern ziehen sich in Richtung meiner Ohren. Die Angst, die in mir aufsteigt, verursacht Übelkeit in mir. Schon beim Autofahren habe ich mir fast in die Hose gemacht. Das hier ist ein ganz anderes Level. Das tote Auto steht in einer Kurve ... ohne Licht, und wir sind von dicken Hecken umgeben.

O nein!

Mit zitternden Händen schalte ich den Wagen in Neutralstellung und löse meinen Todesgriff vom Lenkrad.

Reiß dich zusammen, Tuesday, und denk darüber nach, was du tun musst. Wage es nicht, auszuflippen, schimpfe ich. Heiliger Bimbam, die Stimme in meinem Kopf klingt wie Mum.

Wenn ich mit zweiundsechzig Mitarbeitern und unseren wunderbaren Kunden umgehen kann, schaffe ich auch das hier. Ich bin die beste Problemlöserin. Meine nicht ganz so gewitzten Mitarbeiter nennen mich Grusel-Poppins, wenn sie denken, dass ich nicht in Hörweite bin. Ich rolle meine verspannten Schultern und krümme meine schmerzenden Finger. Ich bin zuckersüß und nett, bis etwas schiefläuft, dann kann ich ein bisschen herrisch werden. *Ich bin ein badass Manager im Einzelhandel.* Ich pruste.

Nachdem ich mich abgeschnallt habe, drücke ich im Stile von Homer Simpson wie wild auf jeden Knopf am Armaturenbrett, aber nichts funktioniert. Auch das Telefon, das Owen mir gegeben hat, ist tot. Es muss sich zur gleichen Zeit wie das Auto ausgeschaltet haben.

Oh-oh. Nein, das ist nicht gruselig. Ganz und gar nicht.

Normalerweise stellen sich mir bei Magie die Härchen auf den Armen auf und es kitzelt mich im Nacken. Ich spüre dieses Empfinden nicht. Aber das hat nicht viel zu bedeuten. Warum sollten das Auto und das Telefon zur gleichen Zeit ausfallen? Ich schaudere und drehe meinen Kopf, um den Beifahrersitz zu inspizieren. Mein Mädchen, das sicher in ihrer schicken extragroßen schützenden Reiseblase liegt, schläft tief und fest. Glaube ich. Ich lege den Kopf schief und verenge meine Augen. Verdammt noch mal, ich kann sie nicht sehen. Meine Augen können die tiefe Dunkelheit nicht durchdringen. Warum muss es heute Nacht so dunkel sein?

»Es ist okay, Daisy. Ich werde uns hier rausholen«, sage ich, falls sie wach ist und mich ansieht. Ich bemühe mich um muntere Zuversicht, aber am Ende schwankt meine Stimme etwas.

Angewidert von mir selbst öffne ich die Autotür einen Spalt und die Geräusche der Nacht dringen herein. Ich blinzle in die Dunkelheit. Ich bin so sehr an die Geräusche der Stadt und das nicht enden wollende künstliche Licht gewöhnt. Ich habe die Welt da draußen noch nie so schwarz, so weitläufig gesehen. Es ist überwältigend. Ich halte meinen Atem an und lausche.

Da sind seltsame Klickgeräusche von irgendwelchen Insekten. Ich runzle die Stirn und neige den Kopf. Wow, ich wusste gar nicht, dass es bei uns in Großbritannien klickende Minibestien gibt. Ich habe keine Ahnung, was sie sein könnten. Ich spitze meine Ohren, um nach weiteren Lebenszeichen Ausschau zu halten. Der Wind raschelt in den Bäumen und das war's. Ansonsten herrscht absolute Stille.

Wenigstens höre ich, wenn ein Auto kommt, na ja, ähm, außer es ist elektrisch. Großartig. Ich knabbere an meiner Lippe und zucke daraufhin zusammen. Ich kaue schon seit Stunden darauf herum und brauche dringend Lippenbalsam. Meine Unterlippe sieht wahrscheinlich wie ein rissiges Desaster aus.

»Ich frage mich, ob dieses Auto ein Warndreieck hat?« Himmelherrgott, meine Stimme klingt laut in meinen Ohren. Ich schnappe mir die Schlüssel, drehe meinen steifen Körper und stoße die schwere Autotür mutig auf. Ich benutze den Türrahmen, um hinaus auf die Straße zu klettern. Meine Knie klappern aneinander und ich wimmere, als ich mich aufrichte. Ich bin so lange gefahren, dass sich mein armer Körper an die Form des Sitzes angepasst hat. Ich war zu nervös, um anzuhalten und eine Pause zu machen, weil ich das Auto dann vielleicht wenden oder in eine enge Lücke hätte fahren müssen. Der Gedanke, rückwärts zu fahren, verursacht mir Herzklopfen und bringt meine Oberlippe zum Schwitzen.

Meine Füße knirschen auf dem Boden, als ich zum hinteren Teil des Wagens gehe. Dort angekommen, stolpere ich über den unebenen Straßenbelag und falle fast hin, aber ein wilder Griff und schon graben sich meine Finger in die Dachkante. Ich halte mich noch eine Sekunde länger fest, um mich zu beruhigen, und blinzle dann auf meine Füße hinunter. Was zum Teufel ist das?

»Ach du meine Güte, bitte sag mir nicht, dass ich irgendeinem armen Geschöpf wehgetan habe.« Ich trete auf etwas Matschiges und quieke. »O nein, o nein, bin ich eine Mörderin? Ich bin superlangsam gefahren.« Mir wird schlecht.

Nein, das ist keine Leiche. Ist das ... ist das Gras? Ich halte mich davon ab, in die Hocke zu gehen und den Boden zu berühren, als ein Rinnsal der Erinnerung in mein Gehirn sickert. Ein Aufblitzen der Straße, bevor das Auto liegen geblieben ist. Erleichtert lehne ich mich gegen das Auto. Die Landstraße hat einen Grasstreifen, und ich erinnere mich genau, dass ich darauf geachtet habe, die Reifen parallel dazu zu halten, während ich gebetet habe, dass niemand aus der anderen Richtung kommt.

Ob sich der Kofferraum wohl allein mit dem Schlüssel öffnen lässt? Diese neuen Autos sind so extravagant und verlassen sich auf die Technik. Ich taste mich an der Rückseite des Autos entlang, der Dreck von der Straße knirscht unter meiner Hand. Ich peile die Mitte an und ... Aha! Ich finde das Schloss. Ich zeichne es mit meinen Fingerspitzen nach und ziele dann blindlings mit dem Schlüssel.

Der Kofferraum öffnet sich zischend und ich blähe meine Wangen auf, während ich mich methodisch durch den Kofferraum taste. Nichts. Er ist verflixt noch mal leer. Kein beschissenes Dreieck, kein Warnzauber. Ich habe nichts, um das Auto zu beleuchten. Ich lasse den Kopf niedergeschlagen sinken.

Ich bin dem Untergang geweiht.

Ich knalle den Kofferraum zu und schlurfe nach vorn. Die Hände in die Hüften gestützt, schaue ich auf die Straße vor mir. Warum ist es so verflixt dunkel? Als ich mich wieder zum Auto umdrehe, lugt der Mond hinter – wie ich jetzt sehen kann – einer dicken Wolkendecke hervor.

Als die Wolken aufbrechen, scheint der Vollmond auf mich herab und schenkt mir das dringend benötigte Licht. Ich neige meinen Kopf zum Dank nach hinten und schenke dem Mond ein zufriedenes Lächeln. Zwischen den schweren Wolken kann ich ein Stück des Nachthimmels und ein paar Sterne sehen. Wow, sie sind so schön. Ich schaue mich schnell um, bevor das Licht wieder verschwindet, und sehe ... Ich neige den Kopf. Ist das eine Lücke in der Hecke? Gleich hinter der Kurve ... Ist das eine Einfahrt?

Ich flitze nach vorn, vorsichtig wegen der unebenen Straße, und finde eine Einfahrt und ein Schild: THE SANCTUARY HOTEL.

Na, ist das nicht ein Zufall? In meinem Kopf schrillen die Alarmglocken wie wild.

Gruselig. Gruselig. Gruselig.

Aber welche Wahl habe ich denn sonst? Ich werfe einen Blick zurück auf das liegengebliebene, tote Auto und verziehe das Gesicht. Gruseliges Hotel oder warten, bis es hell wird? So wie das Auto auf der Straße steht, könnte ich jemanden umbringen, wenn ein anderes Auto um die Kurve kommt.

Entschlossen ignoriere ich meinen schreienden Selbsterhaltungstrieb und kehre zum Auto zurück. Es sollte nicht zu schwer sein, zu schieben. Oder?

Während ich die grasbewachsene Straße wieder hochlaufe, stelle ich fest, dass es eine leichte Steigung gibt, die ich nicht bemerkt habe. Das ist praktisch. Vielleicht kann das Auto aus eigener Kraft in die Einfahrt rollen. Vorausgesetzt, die Lenkung des schicken Wagens funktioniert ohne Strom. Ansonsten werde ich über die Einfahrt hinausschießen und mich in einer Hecke wiederfinden.

Was für ein Spaß, denke ich mit einem manischen Lächeln, während ich in die Hände klatsche. »Wer nicht wagt, der nicht gewinnt«, murmle ich. Ich kann viel über Mum sagen, aber sie hat meine Schwestern und mich dazu erzogen, ausdauernd zu sein. Alle Larson-Frauen sind verdammt dickköpfig. Dank Mum bin ich also keine Jungfrau in Nöten.

Ich werfe die Schlüssel in den nächstgelegenen Getränkehalter, damit ich die Hände frei habe, und riskiere einen Blick auf Daisy. Ihr heißer Atem dampft in bezaubernden Schwaden gegen die Reiseluftblase. Sie hat sich zu einem Ball zusammengerollt und schläft zum Glück tief und fest.

Dann stemme ich mich gegen den offenen Türrahmen, wie ich es aus Filmen kenne. *Komm schon, Tuesday.* Meine

Stiefel graben sich in den unebenen Asphalt, während ich kräftig gegen das Auto drücke.

Nichts passiert. Ich stöhne, springe zurück ins Auto und lege den ersten Gang ein. Das könnte helfen. Ich bringe mich wieder in Position. *In Filmen sieht das immer so einfach aus.* Ich knurre, werde ein bisschen wütend und stemme mich mit aller Kraft gegen das Auto. Gerade als meine arme Schulter zu schreien anfängt, bewegen sich die Räder, Zentimeter für Zentimeter, und dann rollt das Auto.

Juhu, es bewegt sich!

Es nimmt schnell an Geschwindigkeit zu. Verdammt, es rollt ziemlich schnell! Ich quieke und werfe mich auf den Fahrersitz. Ich bin schon fast drin, als die Autotür zuschlägt und gegen mein rechtes Schienbein knallt, das noch auf der Straße baumelt. Autsch. Das blöde, verflixte Ding. Ich ziehe mein Bein ins Auto und ignoriere den Drang, es zu reiben.

Stattdessen knirsche ich mit den Zähnen und reiße wie verrückt am Lenkrad. Die Räder knirschen trocken auf dem Asphalt und das Auto schlingert nach links. *Komm schon! Komm schon!* Ohne es zu wollen, denn mein Blick ist fest auf die bedrohliche Hecke gerichtet, knalle ich gegen den Bordstein und durch die Wucht des Aufpralls landen wir mitten in der Hoteleinfahrt.

Wir rollen auf den leeren Parkplatz. Die Vorderräder stoßen gegen eine weitere Bordsteinkante, die den nun langsameren Schwung des Autos abbremst, und das Auto setzt sich in eine Parklücke. Perfekt zwischen den Linien.

Wow!

Kapitel Acht

Mein Herz klopft vom Adrenalin meines epischen Autoschiebens und meiner rasanten Ausweichmanöver. Ich hebe den Arm und küsse meinen Bizeps. Ich bin wie *Xena*. Ich habe das Bedürfnis *Alalaes* zu brüllen, während ich wild mit meinen Armen herumfuchtle. Oh, oder war das der Kriegsschrei von *Hercules*? Mein Gesicht verzieht sich zu einem Stirnrunzeln. Ach, wen interessiert's? Ich wette, nur wenige Leute haben schon mal ein Auto allein geschoben.

Der Parkplatz ist nur schwach mit ebenerdigen Lichtern beleuchtet, die den bröckeligen Weg hinauf zum Hotel kennzeichnen. Warum habe ich die Lichter nicht von der Straße aus gesehen? So dicht sind die Hecken nicht. Auch wenn die Lichter schummrig sind, hätte man sie sehen müssen.

Ich reibe mir nachdenklich die Stirn. Es fällt mir schwer, mit all dem umzugehen. Nichts ergibt einen Sinn. Ich weiß, dass irgendetwas Verrücktes vor sich geht, aber ich habe keine Ahnung, was, und diesen Scheiß zu deuten, ist zu hoch für mich. Ich bin fast am Ende meiner Kräfte. Seit Stunden fahre ich mit dem Auto und habe Todesangst, dass ich einen Unfall baue. Das Bedürfnis nach einer verschlossenen Tür, einem Bad und einer guten Nachtruhe pulsiert in mir.

Im Tageslicht wird alles besser sein.

Hottie Hellhound hat erwähnt, dass mein Hexenzirkel mich am Safe House treffen wird, also wartet am Ende dieser wunderbaren Fahrt meine Mum. Juhu. Ich schnaufe. Ich bin nicht in der Stimmung, mich mit ihr auseinanderzusetzen, und ich habe keine Lust auf ihren passiv-aggressiven Bullshit. Wenn ich diese Konfrontation also auf morgen verschieben könnte ... Das wäre ein toller Bonus. Um Mum aus dem Weg zu gehen, kann ich auch einen Aufenthalt in einem gruseligen Hotel definitiv in Kauf nehmen.

Vielleicht kann Dad mich morgen früh abholen? Irgendetwas in mir kribbelt und ich reibe meinen Oberschenkel und zupfe an einem imaginären Fussel auf meiner schwarzen Jogginghose. Nein. Nein, das wird er nicht. Ich werde morgen früh die Autovermietung anrufen und sie bitten, den Wagen zu reparieren. Ich lehne mich vor, hole aus meiner gelben Jacke, die an der Rückseite des Beifahrersitzes hängt, eine Handvoll Tränke und stopfe sie in meine Taschen. Ich muss auf alles gefasst sein.

Die typische Western-Musik *düdüdüüüü-düü-düü-dü*

schallt durch meinen Kopf, als ich eine blau-orangefarbene Spielzeugpistole aus Plastik herausziehe und darauf puste.

Jetzt bin ich nicht mehr Xena, sondern Clint Eastwood.

Anstelle von Unterwäsche hat Forrest das hier und einen Haufen Waffen in den Koffer gelegt. Mit einer hilfreichen gekritzelten Notiz, dass ich den Schaumstoffkugeln einen Schlaftrunk beifügen soll.

Wow, einfach nur wow.

Die Frau ist ein furchterregendes, böses Genie.

Ich bin froh, dass ich den Trank vor meiner Abreise dazugegeben habe, sodass die Waffe einsatzbereit ist. Viele Kreaturen tragen Waffen bei sich, aber keine Pistolen. Schusswaffen sind lizenziert und stark reguliert. Außerdem gibt es diese seltsame Sache mit der Ehre zwischen den Kreaturen, bei der es nur um Blut und Klingen geht. Oh, und ganz zu schweigen von den vielen Zaubersprüchen und fiesen Tränken, die dir das Gesicht wegschmelzen und dich von innen nach außen stülpen können. Go, go, go, Hexen!

Trotz all unserer technischen Fortschritte glaube ich irgendwie, dass wir das finstere Mittelalter noch nicht hinter uns gelassen haben. Waffen sind also ein großes Tabu. Nicht, dass das hier eine echte Waffe wäre. Mein Griff wird fester an dem Plastik. Ich habe keine Ahnung, ob eine Spielzeugwaffe mit Schlaftrunk illegal ist. Wenn ich damit erwischt werde, könnte ich einen Haufen Ärger bekommen. Aber das ist mir egal. Ich weiß eh nicht, wie gut ich zielen kann, aber ich bin bereit, alles zu versuchen, wenn die Kacke am Dampfen ist. Ich bin keine Kämpferin und eine miserable Magieanwenderin. Aber nachdem ich den gruseligen Elfen getroffen habe, werde ich alles nehmen, was ich kriegen kann.

Ich rutsche aus dem Auto, und kaum belaste ich mein rechtes Bein, pocht meine arme Wade. Ich starre die beleidigende Autotür an und schlage sie ein bisschen fester zu als nötig. *Verflixte Tür.* Ich nicke und fühle mich bestätigt, da das Auto nun angemessen gezähmt ist. Ich humple zur Beifahrerseite, um Daisy zu holen.

Wie ich es aus Filmen kenne, stecke ich mir die Spielzeugpistole griffbereit in den Hosenbund am Rücken. Als ich einen Schritt mache, knackt das Gummiband und die Waffe rutscht hinten an meiner Hose hinunter und stößt gegen meinen Knöchel. Ich verdrehe die Augen, stelle mich auf ein Bein und wackle, bis sie aus dem Hosenboden fällt und auf den Boden klappert. Ich ziehe die Schnur an der Jogginghose fest und stecke die Waffe in meine Tasche.

»Ich habe die Kraft«, grummle ich, während ich mich abmühe, den kleinen Koffer aus dem Fußraum zu hieven. Mit einem Grunzen ziehe ich ihn heraus und tippe dann auf Daisys Reiseblase. Die Magie wirbelt und sie erhebt sich vom Sitz. Als ich mich vom Auto wegbewege, schwebt sie hinter mir in der Luft.

Ich wünschte, ich hätte den gleichen Zauber für den Koffer, denke ich, während ich den verschlungenen Weg entlang humple. Ich humple, klatsche, humple, klatsche. Bei jedem Schritt hüpft das verdammte Ding in den Spurrillen und knallt gegen mein Bein. Das wunde Bein. Ich knirsche mit den Zähnen, hebe den Blick und sehe mir das Hotel an. The Sanctuary sieht aus wie ein Pförtnerhaus für ein Anwesen. Ein gedrungenes, kleines Schloss. Es hat sogar – ich muss den Namen googeln – ein Flachdach mit den schlossähnlichen quadratischen Zacken entlang der Dachneigung. Ich wette, es hatte früher ein Türmchen.

Selbst im Dunkeln kann ich den heruntergekommenen Zustand erkennen, was mich traurig macht. Das Haus könnte unglaublich schön sein, aber es würde eine Menge Geld kosten, um es zu restaurieren und ihm den modernen Anstrich zu geben, den es braucht, ohne seine ursprüngliche Geschichte zu verlieren. Das könnte der Grund sein, warum es jemand in ein Hotel umgewandelt hat, damit es sich selbst finanziert. Aber der ganze Ort schreit nach Geldgrube.

Etwa vier Meter vor der Tür öffnet sich der Himmel und ich werde von einem eiskalten schottischen Regenguss getroffen. Ich bin sofort klatschnass und kann mein Gesicht nicht mehr spüren. Der Regen tropft mir in den Nacken und ich denke wehmütig an den warmen, wasserdichten Mantel, den ich im Auto gelassen habe, während ich die letzten paar Meter zur Tür sprinte. Erleichtert öffnet sie sich und ich flitze hinein.

Ich rümpfe die Nase, als mich sofort der Gestank von Füßen überfällt. Schön.

Das Innere ist genauso trostlos wie das Äußere; man hat diesem armen alten Gebäude das Herz herausgerissen. Ich sehe einen Hauch von Pracht, der nach einer Restaurierung schreit. Ich schüttle den Kopf und humple zum hölzernen Empfangstresen, um die Glocke zu läuten.

Während ich darauf warte, dass jemand kommt, lasse ich meinen Blick wieder durch den Raum schweifen. Was für eine Verschwendung. Wenn ich zeichnen könnte oder eine Begabung für Mathe hätte, wäre ich gern Architektin oder Designerin geworden. Ich schätze, das Leben hemmt deine Leidenschaften.

Ich lächle und schüttle den Kopf. Immer wenn ein

neues Wohngebiet auftaucht, kann ich nicht anders, als meine Nase in die Grundrisse zu stecken.

Ich kann Stunden im Internet damit verbringen, die Zeichnungen durchzugehen und die Raumformen zu analysieren, die Grundrisse gedanklich umzugestalten oder clevere Designs zu bewundern. Ich weiß, es ist verrückt. Baupläne anzuschauen, ist ein seltsames Hobby, aber es gefällt mir. Einmal habe ich einen ganzen Monat damit verbracht, ein Herrenhaus zu analysieren, das in schicke Wohnungen umgebaut worden war. Wow, das haben die unglaublich gut gemacht.

Mein eigenes Haus zu bauen, steht auf jeden Fall auf meiner Wunschliste. Manchmal baue ich Häuser in meinem Kopf, um einzuschlafen, wenn mein Gehirn zu sehr mit der Arbeit beschäftigt ist. Das ist eine Marotte. Ich glaube, jeder hat irgendeine seltsame Macke. Ich habe nicht die Fertigkeiten, um ein Haus zu bauen, aber das hält mich nicht davon ab, es trotzdem im Kopf zu tun. Das tröstet mich genug, um einzuschlafen. Ich trommle mit den Fingern auf dem Empfangstresen und versuche, durch die verdeckte Personaltür zu spähen. Ich gebe ihnen noch ein paar Minuten, bevor ich noch einmal läute.

Es gibt ein bestimmtes Gebäude, das ich immer wieder entwerfe. Ich habe es in eine perfekte Welt verwandelt. Es hat wunderschöne Fenster und einen Blick auf den See und die Berge. Ich drehe mich um und lasse mich gegen den Empfangstresen sinken und ... komisch, ich kann mir fast vorstellen, wie es an dieses Hotel angepasst wird. Ich reibe mir das Gesicht und stöhne. Schau mich einer an, wie ich in einem stinkenden Hotelempfangsbereich träume.

Hinter mir räuspert sich jemand. Ich quietsche und drehe mich um.

»Hi.« Ich winke. »Ich habe dich nicht gehört.« Regenwasser tropft vom Ärmel meines Pullovers auf den Boden. Ups.

»Das passiert ständig.« Der Rezeptionist oder Nachtportier – wie auch immer sein Job lautet – lächelt.

Er könnte zwischen dreißig und sechzig Jahre alt sein. Sein Alter steht ihm nicht ins Gesicht geschrieben. Das ist in dieser Welt nicht ungewöhnlich. Als Hexe altere ich genauso wie ein Mensch. Und zwar schnell. Das Leben einer Hexe ist flüchtig im Vergleich zu den Kreaturen, die an unserer Seite leben. Wandler und geborene Vampire sind praktisch unsterblich. Jemanden mit einem alterslosen Gesicht und uralten Augen zu treffen, ist also gar nicht so ungewöhnlich. Aber meine verrückte Magie schreit mir zu, dass an diesem Kerl irgendwas faul ist.

Das ist beunruhigend.

Verstohlen prüfe ich seine Ohren auf das verräterische Merkmal eines Elfen. Aber seine Ohren sind abgerundet. Er ist kein Wandler und er hat auch nicht den charakteristischen Fäulnisgeruch, den ich mit verwandelten Vampiren verbinde.

Aber trotzdem erscheint er mir seltsam.

Fae? Sein dunkelrotes Haar schimmert im Licht, und je länger ich dastehe und ihn wie eine echte Spinnerin anstarre, desto mehr leuchten seine mattgrünen Augen auf. Sie funkeln vor Aufregung. Das ist keine Show, die er abzieht, um höflich zu einem Kunden zu sein – nein, es ist echt.

Was eine Freude.

Vielleicht ist das mein Problem? Ich bin es so gewohnt, dass die Leute nicht beeindruckt sind, wenn sie mich sehen. Vielleicht wirft mich sein strahlendes Lächeln völlig aus der Bahn.

Die negative Stimme in meinem Kopf, die ich normalerweise mit meiner Mum verbinde, sagt mir, dass ich im Auto schlafen soll. Aber meine innere Stimme, auf die ich immer hartnäckig höre, schnurrt vor Zufriedenheit. Es ist, als ob ich nach Hause gekommen wäre.

Was zum Teufel ist hier los?

»Hi.« Meine Hand flattert wieder in einer schwächlichen Welle. Es ist, als ob meine Gliedmaße einen eigenen Willen hätte. Ich drücke sie an meine Seite und lächle verlegen.

»Du bist hier. Endlich«, sagt er mit kaum verhüllter Freude. Er klatscht in die Hände. Der Typ hüpft praktisch auf der Stelle. Er strahlt förmlich. »Ich kann es nicht fassen ...«

»O nein, du musst mich mit jemandem verwechseln«, unterbreche ich ihn schnell. Verdammt, jetzt fühle ich mich schlecht. Ich will nicht der Grund dafür sein, dass sein strahlendes Lächeln sein Gesicht verlässt. »Mein Auto ist kaputt.« Ich zeige hilflos über meine Schulter in Richtung Parkplatz. »Ja, die Batterie des Autos wurde ausgesaugt. Sogar mein Telefon funktioniert nicht mehr.« Ich verenge meine Augen.

»Oh ... na ja, okay.« Er kratzt sich an der Nase. »Das erklärt einiges«, murmelt er, aber dann lächelt er mich warm an und klatscht wieder in die Hände. »Dann wollen wir dich mal einchecken. Ich nehme an, du bleibst hier und willst nicht nur das Telefon benutzen?«

»Ja, bitte. Ich bleibe über Nacht.«

»Perfekt, das ist perfekt.« Er dreht sich um und pflückt einen Schlüssel von den altmodischen Schlüsselhaken, die an der Wand hängen. Zwölf Zimmer. Der Schlüssel vom Haken Nummer eins fehlt, was bedeutet, dass es noch einen weiteren Gast geben könnte. Er legt den Schlüssel für Zimmer zwölf auf den Tresen und geht dann in die Hocke.

Meine Hand wandert zu meiner Tasche mit der Schlafpistole. Was hat er vor? Als ich mich auf die Zehenspitzen stelle, um über den Tresen zu spähen und zu sehen, was er vorhat, ploppt er mit einem – ich runzle die Stirn – Ding, das ich nur als Grimoire oder vielleicht als Foliant beschreiben kann, wieder auf. Er schlägt so fest auf, dass der Tresen vibriert.

Was zum Teufel ist das?

Hat dieser Typ noch nie etwas von einem Computer gehört? Kein Wunder, dass es hier so still ist. Mit weit aufgerissenen Augen starre ich auf das riesige Buch.

Der alte Buchrücken knarzt, als er eine leere Seite aufschlägt, und als er es zu mir dreht, rieselt Staub und Gott weiß was auf den Empfangstresen. Ich rümpfe die Nase.

»Wenn du bitte deinen Namen hier eintragen und unterschreiben würdest.« Er deutet auf eine Stelle und legt einen Stift neben das Buch.

Ich beuge mich vor und schaue auf die Stelle, auf die sein Finger zeigt.

»Hier?«, frage ich mit einem Stirnrunzeln.

Ich lese Belletristik, aber keine Folianten oder was auch

immer das hier ist. *Sollte ich wirklich meinen Namen in ein uralt aussehendes Buch schreiben?* Ähm, nein.

Nein, das sollte ich nicht.

Mist. Ich spüre, wie mein ganzer Körper vor Enttäuschung schmerzt. Es sieht so aus, als würden wir im Auto schlafen. Ich wünschte, ich hätte eine menschengroße Version von Daisys Reiseblase. Ich öffne den Mund, um eine Ausrede zu finden und dann …

Dann schreibe ich in das blöde Buch.

Was zum Teufel? Was ist passiert?

Ich blinzle ein paar Mal und nehme den mir angebotenen Schlüssel. Ich blinzle noch einmal und dann stehe ich in einem sauberen, aber schäbigen Raum … der zum Glück nicht nach Füßen riecht.

Was zum Teufel ist gerade passiert? War das Magie?

Dieselbe Magie, die auch das Auto und das Telefon lahmgelegt hat? Ich lasse mich auf das Bett sinken und stütze meinen Kopf in die Hände. »Jetzt ist es passiert. Ich habe mein Leben überschrieben. Dämonen. Ich wette, Dämonen haben damit zu tun.« Ich erschaudere. »Meine Eltern werden mich umbringen.« Ha, das Erste, was mir in den Sinn kommt, ist der unvermeidliche *Ich hab's dir ja gesagt*-Vortrag meiner Eltern und nicht ein schrecklicher Tod. »Mein Leben ist echt so was von abgeflackt.«

Aber dann ist da auch dieses Gefühl, ein inneres Gefühl, der Sicherheit, des Zuhauseseins.

Das habe ich noch nie gespürt.

Wow, das ist traurig. Ich habe mich nie sicher oder glücklich gefühlt, egal, wie erfolgreich ich beruflich geworden bin. Ich habe immer das Gefühl, dass etwas nicht stimmt, dass etwas fehlt und ich … am falschen Ort bin.

Jetzt schreit alles in mir, dass es mir gut geht. Dass ich genau hier sein soll.

Ich lasse mich zurück auf das Bett fallen. Ich weiß eine Menge über Magie. Auch wenn ich ein Blindgänger bin, bin ich immer noch eine Hexe. Ich habe die schlimmste Art von Magie gespürt, wie sie meine Zunge zum Stolpern bringt und meine Worte kontrolliert. Meine Fäuste ballen sich. Ja, dank meiner Mum wirkt jahrelang ein Zaubertrank auf meinen Verstand, wodurch ich merke, wenn ich künstlich kontrolliert werde. Ich kann es fühlen. Das ist es nicht. Magie kann noch so mächtig sein, sie kann nicht ändern, was du in deinem Inneren fühlst. Deine innere Stimme.

Ich zupfe an der Bettdecke, während meine Augen die Linien eines dunklen Kleckses an der Zimmerdecke nachzeichnen. Ich muss ehrlich sein: Es war keine Magie – na ja, zumindest keine äußere Magie –, die mich dazu gebracht hat, im Buch zu unterschreiben, sondern etwas in mir. Mein Gesicht verzieht sich. Ich glaube, mein Inneres hat sich meines Körpers bemächtigt und mich für ein paar Minuten auf eine Spritztour mitgenommen. Ich schüttle den Kopf und atme aus.

Tja, wenn das mal nicht freakig ist.

Was ich für diesen Ort empfinde, ist echt. Das muss so sein. Aber das bedeutet nicht, dass ich eine Idiotin bin und blindlings herumlaufe. Nein, es bedeutet nur, dass ich herausfinden werde, was zum Teufel hier los ist. Morgen.

Mit einem müden Stöhnen stehe ich auf, ziehe die Plastikpistole aus meiner Tasche und lege sie griffbereit auf den Nachttisch.

Obwohl ich mich beschissen fühle und mir vor Müdigkeit der Kopf brummt, fühle ich mich auch schmutzig von der langen Autofahrt, also lasse ich mir ein Bad ein. Ich habe keine Badewanne in meiner Wohnung, also ist ein langes Bad ein wohlverdientes Vergnügen.

Bevor ich mich ausziehe, krame ich einen provisorischen Schutzwall hervor und baue ihn auf, um den ganzen Raum zu schützen. Es ist ein starker Schutz, mit Dianes und Jodies vereinter Magie. Wenn etwas Unvorhergesehenes passiert, werde ich wenigstens gewarnt, denn der Schutzwall wird mich aufwecken.

Zur Sicherheit überprüfe ich den Boden und kontrolliere, ob nichts versteckt ist, was Daisy verletzen könnte. Dann berühre ich ihre Reiseblase und die Tür öffnet sich. Drinnen schnarcht meine kleine Drachin ganz bezaubernd.

Wenn sie aufwacht, kann sie rein- und rausgehen, wie es ihr gefällt. Aber wie ich Daisy kenne, wird sie bis zum letzten Moment warten, um zu pinkeln, also stelle ich die Blase in der Nähe des Badezimmers auf und benutze wieder ein Tablett, sowie die restlichen Späne als provisorische Drachentoilette, bevor ich ihr Futter und Wasser aufstelle.

Dann fummle ich am Telefon herum. Wie durch ein Wunder funktioniert es.

Hallo Owen, ich bin's, Tuesday. Ich bin in Sicherheit, aber das Auto ist kaputt. Ich glaube, es ist ein Problem mit der Elektrik. Ich habe es nicht geschrottet! Ich bleibe über Nacht im Sanctuary Hotel. Es ist etwa dreißig Minuten vom Safe House entfernt. Tust du mir einen Gefallen und sagst meinem Hexenzirkel Bescheid? Das Telefon, das du mir gegeben hast, hat auch ein Problem und geht ständig aus. Ich werde das Hoteltelefon benutzen, um meinen Dad morgen früh anzurufen. Danke, x

Ich drücke schnell auf *Senden*, bevor das Telefon

entscheidet, wieder den Geist aufzugeben und die Nachricht ihren Weg in den Äther findet.

Ach, Mist. Ich verziehe das Gesicht, als ich sie noch einmal lese. Der Kuss am Ende. Ein *x* am Ende einer Nachricht bedeutet *Küsschen*. Ich stöhne auf und reibe mir den Nacken. Warum habe ich das getan? Ich habe es ohne nachzudenken drangehangen. Ich knabbere an meinem Nagel. Natürlich ist die Nachricht jetzt weg. *Dann* flackert das blöde Telefon und der Bildschirm wird grau. Es schaltet sich ab. Tot.

Verflixt. Ich klopfe mit dem Telefon gegen meinen Oberschenkel und reibe mir das Gesicht. Wenigstens weiß er, wo ich bin, oder? Vor meinem geistigen Auge sehe ich, wie Miss Piggy einem unbeeindruckten Kermit dramatisch einen Kuss zuwirft und dabei *Küsschen, Küsschen, Küsschen* sagt. Ein Kuss in einem Text ist doch freundlich, oder? Mit einem weiteren Gesichtverziehen und einem hilflosen Schulterzucken stecke ich das Telefon weg.

Ich stöhne auf, als ich das Plätschern im dampfenden Badezimmer höre und das Echo von nassen Flügelschlägen. »Oh, das hört sich an, als wäre es Drachinnen-Badezeit«, grummle ich. »Ich hoffe, sie haben mir viele Handtücher gegeben. Wir werden sie brauchen.«

Bevor ich das Schlachtfeld von Badetüchern betrete, lasse ich mich auf die Knie fallen und öffne den Koffer. Die Messer, die Forrest für mich eingepackt hat, schiebe ich zur Seite. Wer braucht schon sechs silberne und zwei eiserne Klingen, aber keine Unterwäsche? Diese Frau hat ernsthafte Probleme.

Ich knalle ein Messer auf den Nachttisch und leere

meine Taschen von allen Tränken und lege sie so aus, dass ich sie leicht werfen kann, nur für den Fall.

Ein kleines, ungläubiges Kichern entweicht meinen Lippen, als ich einen flauschigen, rosa *Einhorn*-Pyjama auspacke. Er ist zwar niedlich, aber ich würde ihn niemals für mich kaufen.

Messer und Einhörner. Forrest scheint wirklich merkwürdig zu sein.

Kapitel Neun

ICH HABE von einer Welt geträumt, die ich mit meinen architektonischen Visionen von Perfektion mühsam zusammengesetzt habe, von eleganten Räumen bis hin zum kleinsten Detail eines einzelnen Grashalms. Es war herrlich.

Als ich in dem wolkenartigen Bett aufwache, fühle ich mich sonderbar und schwer. Als ob mein Gewissen in meinen Körper zurückgekehrt ist. Ich fühle mich so wohl, dass ich sofort wieder einschlafen möchte. Ein Klirren ertönt neben meinem Ohr, als ob ein Teller vorsichtig auf dem Nachttisch, der meinem Kopf am nächsten ist, abgestellt worden wäre.

Im nächsten Moment rieche ich Bacon.

Ich stöhne und drehe meinen Kopf dorthin, wo der Geruch herkommt. Ich winde mich wie ein Wurm, während ich mich von der Bettdecke ausgrabe. Als ich herausschaue, schnuppere ich und der Duft von leckerem, knusprigem Bacon steigt mir in die Nasenlöcher, die sich nun aufplustern.

Auf dem Nachttisch, sorgfältig zwischen Tränken und der Plastikpistole platziert, liegt ein getoastetes Bacon-Butty-Sandwich und daneben steht eine Tasse mit dampfendem Tee.

Ich blinzle.

Ein Klecks Tomatenketchup perlt an der Kruste herunter und plumpst auf den Teller. Oh, Mann, das sieht fantastisch aus. Das muss das Toastie-Brot von Warburtons sein.

Wo zum Teufel ist das denn hergekommen?

Ich halte kurz den Atem an und warte auf Bewegung. Nichts. Niemand ist hier. »Ist jemand in meinem Zimmer gewesen? Ich wusste doch, dass dieser Laden zwielichtig ist.« Erst unterschreibt man verrückterweise in einem uralten Folianten, um in einem mysteriösen Hotel zu übernachten, und später bekommt man fast eine Panikattacke, weil man vielleicht sein Leben überschrieben hat, aber in diesem Albtraumszenario hätte ich nirgendwo knusprigen Bacon und eine Tasse Tee erwartet.

Mein Magen grummelt, als wollte er sagen: *Hmmm, Bacon.* Ich blinzle noch ein paar Mal und wische den Sabber weg, bevor er mein Kinn erreicht. Erst jetzt nehme ich den Raum wahr. Meine Sabberhand plumpst auf das Bett und mein Mund bleibt vor Schreck offen stehen. Mein Kopf dreht sich. Statt eines heruntergekommenen Albtraums ist es, als wäre ich in einem Sechs-Sterne-Hotel oder in einer drölfmillionen Euro teuren Wohnung. Mein ganzes Gesicht ist zerknittert und ich runzle die Stirn. Tja, das kam unerwartet.

Verflixt und zugenäht. Ich schleudere die Decke weg und rapple mich auf. Aber ich vergesse, meine Beine zu benutzen, und rolle stattdessen quasi aus dem Bett. Ich rutsche ungraziös auf den Boden, wobei der weiche, flauschige Teppich meinen Hintern abfängt. Mit weit aufgerissenen Augen und pochendem Herzen – mein Hunger ist vergessen – starre ich in das Zimmer.

Das Zimmer, das meins ist.

Meins.

Mehr als meins – es ist verdammt noch mal das, was ich mir in meinem Kopf ausgemalt habe. Wovon ich seit Jahren geträumt habe. Draußen, durch die neuen, raumhohen Fenster, sehe ich die vertrauten sanften Hügel, einen fernen Wald und ... einen See.

»Was ist denn das bitte für ein Scheibenkleister.«

Ich habe im Schlaf eine Welt umgestaltet.

Ich keuche.

Dann röchle ich.

Oha, ich bekomme nicht genug Luft in meine Lunge. Ich reibe meine Brust und klopfe dann mit der Handfläche darauf. *Atme, Tuesday, du wirst nicht durchdrehen.* Schwarze Punkte erscheinen in meinem Blickfeld und tanzen vor meinen Augen. Ich verliere meinen Verstand. *Beruhige dich und versuche zu denken.* Ich zwicke meine Haut auf dem Handrücken und zucke zusammen. Autsch. Ja, ich bin wach. Das ist kein Traum – nein, es ist Magie.

Mein ganzer Körper zittert.

»Es ist ja nicht so, dass du gerade von Power-Ranger-Söldnern angegriffen wirst«, argumentiere ich. Ich bin nicht in unmittelbarer Gefahr, und niemand bricht meine Tür auf. Anstatt aufzuspringen und wie ein kopfloses Huhn durch den Raum zu rennen, atme ich tief ein, halte die Luft an und atme langsam aus. Ich konzentriere mich auf das Atmen, bis mein Herzschlag wieder einen normalen Rhythmus erreicht hat und mein Körper nicht mehr vor lauter Fluchtgedanken zuckt. *Wenn du in Panik gerätst, wirst du nur verletzt*, erinnere ich mich.

Ich schnappe mir den Teller von der Seite und nehme einen großen Bissen von dem Frühstückssandwich. Warum auch nicht, verdammt noch mal? Der Bacon knuspert, und als der fettige Geschmack meine Zunge trifft, stöhne ich auf. Es ist perfekt zubereitet.

Während ich kaue, tue ich mein Bestes, um meinen anfänglichen Schock zu verdrängen. Ich weiß nicht, woher ich es weiß, aber das tue ich. Jetzt, wo ich etwas klarer denken kann, kann ich die Magie *spüren*. Irgendwie habe ich das geschafft. *Das ist meine Magie.*

Heilige Scheiße!

Ich habe mich von einem magischen Blindgänger in einen Volltreffer verwandelt. Ich weiß nicht, ob das ein wahr gewordener Traum oder mein schlimmster Albtraum ist. Die Magie, die ich noch nie hatte, pocht durch meine Brust und rast durch meine Arme und Beine. Die Hand, die nicht meinen Mund vollstopft, tätschelt meinen Kopf, um sicherzugehen, dass mir nicht die Haare zu Berge stehen. Es ist, als hätte ich meinen Finger in eine Steckdose gesteckt und einen Stromschlag bekommen. Es ist, als ob ich jetzt Teil eines Stromkreises bin.

Ich greife nach dem Tee und nehme einen großen Schluck. Ich denke daran, was der Fae-Typ gesagt hat. Der

Elf. *Hallo, kleine verlorene Hexe. Man sagte mir, du seist ein Blindgänger, aber du bist mehr als das, nicht wahr? Dein Hexenzirkel hat dich gut versteckt.* Ich schiebe den letzten Bissen des Butty-Sandwiches in meinen Mund. *Es ist über ein Jahrhundert her, dass ich einen von deiner Art in der echten Welt getroffen habe. Das ist wirklich dumm von dir.*

»Dein Hexenzirkel hat dich gut versteckt«, murmle ich. Na ja, den Teil hat er missverstanden. Mein Hexenzirkel – meine Eltern – haben mich nicht vor dem hier versteckt. O nein, das wäre so, als würde meine Mum in der Lotterie einen Hauptgewinn erzielen.

»Echte Welt?« Ich nippe an meinem Tee und lehne mich gegen das Bett. Während ich die Worte in meinem Kopf kreisen lasse – *echte Welt* –, klopfe ich mit meinen Fingernägeln gegen die Tasse und starre in den Tee. Die restliche Flüssigkeit tanzt im Rhythmus meiner Finger. Vielleicht hat er nicht nur dummes Zeug geredet. Vielleicht hat er recht.

Daisys Krallen graben sich in den weichen Teppich, während sie sich mit einem Stück Gurke zwischen den Zähnen auf mich zubewegt. Es ist ihr Lieblingssnack. Ein Snack, der genauso aus dem Nichts aufgetaucht ist wie mein Frühstück. Sie klettert auf meinen Schoß, schließt sich mir beim improvisierten Picknick auf dem Boden an und mampft lautstark.

Eine Welt, die ich geschaffen habe. Wie ... wie *ein Taschenreich.*

Nein.

Ein seltsames, unangenehmes Ziehen in meiner Brust. Nein. Wer auch immer die Taschendimensionen erschaffen hat, hat sie nicht so groß gemacht. Ich schnaufe ungläubig.

Kleine Räume und Taschen, um Ausrüstung zu verstecken. Nicht ... Ich lehne mich nach vorn und starre auf den Wald, die Hügel und den verdammten See hinaus. Hektar um Hektar Land. Was auch immer das sein mag, *das* kann es nicht sein.

Und doch kenne ich jeden Zentimeter dieses Ortes. Seit Jahren habe ich ihn in meinem Kopf erschaffen. Die Tatsache, dass ich das hier gemacht habe, ist nicht zu leugnen.

Ich reibe mir das Gesicht und schüttle den Kopf. Sie sind ein Mythos.

Weltenbummler, Weltenmacher.

Gottgleiche Macht.

Mein Magen ist plötzlich voller Schmetterlinge, und ich kann nicht anders, als zu zittern, während sich die Härchen auf meinem Körper alle gleichzeitig aufrichten.

Alles über sie war nur eine Vermutung.

Wir Hexen können Portale bauen, feste Tore, die Orte mit Hilfe der Ley-Linien der Erde miteinander verbinden. Aber irgendjemand vor uns hat schon Portale zu anderen Welten gebaut. Dieses Wissen soll verloren gegangen sein. Manche sagen, es sei mit einer ausgestorbenen Kreatur gestorben. Andere, vor allem die Hexen, sagten, es sei ein Zweig der Magie, der ausgestorben sei.

Das einzige Zeichen ihrer Existenz war das, was sie zurückgelassen haben: Taschendimensionen. Die begehrt sind und für Unsummen verkauft werden. Ich starre wieder nach draußen. Der Gedanke, dass ich nicht mehr in Schottland war, als mein Auto die Auffahrt hinuntergerollt ist. Eine Gänsehaut macht sich wieder auf meinen Armen breit. Portale, Taschendimensionen und künstliche magische Welten sind seltsame Orte. Wenn eine Kreatur stark genug und magisch an sie gebunden ist, kann sich die Dimension verschieben und verändern. Aber nicht in diesem Ausmaß. Das ist so viel mehr als das kleine, traurige Hotel und der schäbige Fleck Land von letzter Nacht.

Mein Bauch überschlägt sich wieder. Ich reibe meine Arme, der flauschige rosa Einhorn-Pyjama hebt sich durch die Bewegung und mein Atem stockt, als ich ... »Was ist denn das jetzt?«, jammere ich.

Ich starre auf meine Arme. Meine Haut ist mit magischen Tattoos bedeckt.

Leuchtenden Tattoos.

Ich setze den immer noch mampfenden Drachen sanft auf den Teppich und richte mich auf. Ich renne ins Badezimmer, ziehe das Einhorn-Top aus und werfe einen Blick in den opulenten Spiegel. Glühende silberne Linien ziehen sich in komplexen Mustern über meinen ganzen Körper. Vorsichtig lehne ich mich zum Spiegel und zeichne die zarten tanzenden Wirbel *auf meinem Gesicht* nach.

Schockiert starre ich mich mehrere Minuten lang an.

Anstatt zu stören, betonen sie meine Wangenknochen und bringen meine Augen zum Leuchten, wie die beste Art von Make-up. Ich hasse sie nicht. *Es ist, als hätten sie schon immer da sein sollen.* Nein, das ist ein verrückter Gedanke. Ich weiche vor dem Spiegel zurück und mein nackter Rücken trifft auf die kalten Fliesen.

Ich habe Angst, aber ich kann mich den Tatsachen nicht entziehen. Dieses Hotel, dieser Ort, diese Welt? Sie hat *mich* magisch gemacht.

Ha.

Meine Mum wird ausflippen.

Kapitel Zehn

Ich beschliesse, das Hotel zu erkunden und ein paar Antworten zu bekommen. Immerhin habe ich meine treue Schlafpistole. Die wird wahrscheinlich gegen jemanden, der über Magie verfügt, die eine Welt verändern kann, und Bacon auf Toast mit Heinz-Tomatenketchup besorgen kann, völlig nutzlos sein.

Tuesday, du redest von dir selbst. Es ist deine Magie. Ich ignoriere diese lästige innere Stimme für einen Moment, denn ich muss nach Antworten suchen, und obwohl diese schicke Wohnung toll ist, kann ich mich nicht hier verstecken. Nein, ich muss mich anziehen. Antworten finden.

Der Kleiderschrank hat sich von dem des Hotels in einen begehbaren Schrank verwandelt und ist randvoll mit Klamotten.

Genau wie beim Butty-Sandwich, weiß ich nicht,

woher die Klamotten stammen. Ich werfe einen Blick auf die Tasse und den Teller, die ich nachlässigerweise auf dem Boden stehen gelassen habe. Sie sind verschwunden. Das Hotel ist selbstreinigend. Aha. Klar, das ist ganz normal.

Mit großen Augen und leicht zusammengezogenen Schultern drehe ich mich um, und ohne hineinzugehen, stupse ich vorsichtig die Kleidung an. Sie wackelt und die hölzernen Kleiderbügel klappern und quietschen an der Stange.

Hat irgendjemand, irgendwo, heute Morgen seine Klamotten vermisst? Verschwinden sie von anderen Personen? Kommen hier die vermissten Socken hin? Oder wird irgendein armer Einzelhandelsmanager feststellen, dass seine Ware verschwunden ist?

Es ist ... Magie.

Es muss Magie sein. Das wirft die Frage auf: Wenn ich magische Kleidung trage, bin ich dann in der Außenwelt nackt? Was passiert, wenn mich wieder jemand mit einem Nullband erwischt? Wird die Kleidung verschwinden wie magische Haarfarbe? Aaah, so viele Fragen. Ich bekomme Kopfschmerzen.

Ich stoße einen rauen Atemzug aus, der eine Haarsträhne aufwirbelt, und schiebe dann alle Fragen in den Hinterkopf. Ich schlurfe zum Kleiderschrank und werfe einen genauen Blick auf die Klamotten.

Ich arbeite in einem Kaufhaus, das voller Designerklamotten ist. Ich habe ein Auge für Qualität. Ich kann nicht verhindern, dass mir ein aufgeregter Schauer über den Rücken läuft, als ich meine Lieblingsstücke sehe. Lieblingsstile, Lieblingsmarken – das sind Kleidungsstücke, die ich mir nie leisten könnte oder mir ausgeredet habe zu kaufen.

Ich ziehe eine Schublade heraus. Sie ist bis zum Rand mit teurer Unterwäsche gefüllt.

In wenigen Augenblicken habe ich meinen Einhorn-Pyjama ausgezogen und ziehe eine weiche, schwarze Hose und ein schönes, langärmeliges, aber leichtes Oberteil mit einem bunten Schmetterlingsdruck an. Es ist zwar mädchenhaft, aber auch professionell, und die Hose sitzt perfekt. Es gibt keinen Grund, sich so schick anzuziehen; ich könnte auch die Jogginghose von gestern und einen Hoodie anziehen. Aber was ich trage, fühlt sich richtig an. Powerklamotten? Ich zucke mit den Schultern. Vielleicht.

Um den Look zu vollenden, schnappe ich mir ein Paar schwarze, glitzernde Turnschuhe. Praktisches Schuhwerk, falls ich rennen muss. Ich glaube, ich habe bereits festge-stellt, dass ich keinen Kung-Fu-Kampf austragen werde. Fluchtschuhe sind also ein Muss. Als ich meine Füße hineinstecke, bemerke ich, dass sie von Gucci sind. Gucci-Turnschuhe.

Das ist verrückt.

Ich lasse Daisy zurück, damit sie ein Nickerchen machen kann. Ich will sie sicher im Zimmer haben. Als ich die Haupttür schließe, überprüfe ich noch einmal den Schutzwall. Auch hier habe ich keine Ahnung, warum er noch steht. Schließlich ist der Raum jetzt sechsmal so groß. Aber er ist noch da und funktioniert noch. Er hält jede Kreatur davon ab, ins Innere zu gelangen.

Nicht zum ersten Mal habe ich Angst, Daisy allein zu lassen. Eines Tages werde ich meinem Mädchen einen Freund schenken.

Ich ziehe die schwere Tür auf und trete in eine ganz andere Lobby. Mein Herz macht einen leisen Sprung in meiner Brust. Altes und Neues verschmelzen jetzt perfekt miteinander und bilden einen atemberaubend schönen Eingang zum Hotel. Wenn diese Magie nur von mir kommt, habe ich mich wirklich selbst übertroffen. Das, wovon ich so lange geträumt habe, in Wirklichkeit zu sehen, ist einfach überwältigend.

»Wo ist der Typ?«, murmle ich, als ich die leere Rezeption betrachte.

»Larry? Er ist weg«, sagt eine kultivierte Stimme hinter mir. Ich kann mich gerade noch davon abhalten, aus der Haut zu fahren, und kauere stattdessen wie eine Schildkröte, während ich versuche, in einem nicht existierenden Panzer zu verschwinden. Ich drehe mich um.

»Oh«, sage ich, als ich den Mann sehe, der auf einem Stuhl hinter mir sitzt. Wo kommt der denn her? Ich weiß nicht, was ich sagen soll. Ich nehme an, das ist der Gast aus Zimmer Nummer eins. Er kommt mir auf seltsame Weise bekannt vor. Kurze, schwarze Haare, die zu seinen schwarzen Augen passen, seine Haut ist fast plastisch in ihrer Perfektion. Er sieht außerirdisch aus, als wäre er eine wandelnde Schaufensterpuppe.

Reinblütiger Vampir, wimmert meine ängstliche innere Stimme.

Ein geborener Vampir.

Ich spanne meine Knie an, damit ich keinen Schritt

zurückweiche. *Zeig keine Angst, Tuesday. Du bist seine wandelnde, sprechende Version eines Bacon-Butty-Sandwiches.* Ich schlucke und versuche mein Bestes, um meine Atmung zu kontrollieren. Vor meinem geistigen Auge sehe ich mich schon mit Ketchup beschmiert und zwischen zwei Brotscheiben geklemmt. Ich erschaudere und schiebe die unheimliche Vorstellung beiseite.

Die letzten Tage haben mir die Augen geöffnet, wenn es um Kreaturen geht. Ein Elf, ein Hellhound und jetzt ein reinblütiger Vampir.

Vampire wären in diesem verrückten Mix echt nicht nötig gewesen.

Ich habe ihn definitiv schon einmal gesehen, aber wo? Im Fernsehen? Geborene Vampire sind selten und die meisten von ihnen sind berühmt. Sie sind die Elite, oft die Top-Filmstars unserer Welt. *Atticus.* Meine Augen weiten sich, als mir sein Name in den Sinn kommt. Was macht das Oberhaupt des Vampirrats hier? Dieser Typ ist superalt, supermächtig und weitaus erfahrener als ich im Umgang mit allen Kreaturen.

Seine kalten, ausdruckslosen, schwarzen Augen jagen mir ein wenig Angst ein, während sie mich mustern und sein Blick die Wirbel in meinem Gesicht nachzeichnet. Ich wippe leicht von einem Fuß auf den anderen und unterdrücke den Drang, mein Gesicht mit meinen Haaren zu verbergen. Zum Glück habe ich mich elegant angezogen. Als er seine Begutachtung beendet hat, hält er mir höflich die Hand hin.

Ich schüttle sie automatisch. Sie ist warm und seidig weich.

»Atticus«, sagt er mit einer kleinen Verbeugung seines

Kopfes. Ich kann mich kaum zurückhalten, seine Füße zu überprüfen, um zu sehen, ob er sie zusammengeklatscht hat.

Er ist so förmlich.

»Tuesday. Tuesday Larson.« Ich huste leicht, um mich zu räuspern. Meine Stimme ist einige Oktaven höher als normal. »Du bist der Vorsitzende des Vampirrates«, sage ich wie ein Dummkopf, aber ich kann jetzt nicht aufhören, denn ich bin in Fahrt. Ich beschließe, noch mehr zu improvisieren, wie ich es immer tue. »Was tust du hier?«

Wurde er auch hierhergelockt? Oder war er derjenige, der gelockt hat? Heiliger Bimbam, das ist ja mal ein Gedanke.

»Ich bin dein Gast«, schnurrt er. »The Sanctuary ist mein ständiger Wohnsitz, und das schon seit über tausend Jahren. Jetzt, da du hier bist, sollte dein Reich endlich in die Gemeinschaft der Dimensionen zurückkehren können.«

Das Blut schießt mir in den Kopf, und ich schwanke. Was? Mein Reich? Das Kollektiv der Dimensionen? Himmel, Arsch und Zwirn. Ich habe so viele Fragen, dass ich fast platze. Ich glaube, ich muss klein anfangen. Wenn ich es nicht tue, wird mein Gehirn explodieren.

Soll ich diesem Mann überhaupt trauen? »Ist das eine Taschendimension?«

»Ein Taschenreich.« *Ah, dann war ich nah dran; ein Punkt für Tuesday.* »Das ist deine Welt, deine Dimension. Sie wurde zu deiner, als du kamst und die Kontrolle übernommen hast. Du kontrollierst die Luft, die wir atmen, die Jahreszeiten und alles, was wir sehen und hören. Es gibt nichts, was du nicht tun kannst.«

Atticus kommt näher und ich schaue verdutzt zu, wie

er langsam seine Hand ausstreckt und mit seinen Fingerspitzen sanft mein Schlüsselbein berührt. Meine Haut kribbelt. Ich kann mich gerade noch zurückhalten, seine Hand wegzuschlagen. »Die Quelle der Macht, die wie ein riesiger silberner Ozean in dir schwappt, wurde nicht angezapft. Nach nur wenigen Stunden, die du hier bist, ist sie an die Oberfläche gekommen. Ein einziger Tropfen Kraft, während du schliefst, und sieh, was schon alles passiert ist.« Er wedelt mit seiner eleganten Hand in der Luft. »Sieh, was du erreicht hast, ohne es überhaupt zu versuchen. Du bist unglaublich.«

Das ist nicht wahr. Es ist nicht wahr. Das kann doch nicht wahr sein, oder?

Ein ungläubiges Lachen kocht in meiner Brust auf und kommt über meine Lippen. Ich schüttle den Kopf, als ich mich von seinen Fingern wegbewege, und zucke mit dem Drang, das Gefühl seiner Berührung wegzuwischen. Ich mag es nicht, wenn der fremde Vampir mich berührt. Sein Kopf neigt sich mit einem Schnalzen zur Seite und mein Lachen verstummt. Verflixt und zugenäht, der ist unheimlich.

Plötzlich wünsche ich mir, ich würde in die weichen grauen Augen des Hellhounds starren, statt in die dieser Kreatur. Seine schwarzen Augen erinnern mich an einen Hai.

»Wie kommt es, dass dieses Reich mir gehört? Oh, und hast du zufällig einen Ansprechpartner, mit dem ich darüber reden kann?« Ich weiß, dass ich einen reinblütigen Vampir nicht so ausfragen kann wie einen einfachen Mann aus der Kneipe. Aber die verzweifelten Worte wollen nicht versiegen. »Die kollektiven Dimensionen?«, quieke ich mit einem Zucken heraus. *Halt die Klappe. Du bist unhöflich.*

Atticus' schwarze Augen verengen sich. »Ich muss sagen, deine Ahnungslosigkeit ist reizend.« Er nickt auf den Folianten, der immer noch auf dem inzwischen schicken Empfangstresen liegt. Dieser hier scheint noch stabiler zu sein als der letzte. »Du hast noch viel zu lesen. Als der letzte Gastwirt starb ...«, er haucht das Wort *Gastwirt*. Hm. Interessant. »... hat mir die Magie erlaubt, das Sanktuarium weiterhin zu meinem Zuhause zu machen. Es gibt andere Wirte, andere Welten und eine Gilde.«

»Eine Gilde?«

»Die Details stehen in dem Buch.«

Ich starre das Buch an. Muss ich das Ding wirklich lesen? Dafür werde ich ein ganzes Jahr brauchen. Ich reibe mir die Schläfe. Der schwere Foliant zuckt. Ich verenge meine Augen. Was war das? Die Seiten flattern und mit einem Knarren klappert das antik aussehende Ding härter gegen das Holz. Oha. Das Buch wackelt und dann erscheint an seiner Stelle mit einem Blitz blendend weißer Magie ein schickes Tablet.

Ich blinzle hastig.

Der Vampir grunzt. »Interessant«, murmelt er. Ich zucke zusammen und schenke ihm ein ungeschicktes Achselzucken. Nach dem Gespräch entlässt er mich mit dem gleichen Nicken, mit dem er mich begrüßt hat, und schlendert davon.

Ich sehe ihm mit wachsender Panik hinterher. »Oh, ähm ... Sir? Ähm ... Atticus!«, schreie ich. »Muss ich irgendetwas tun? Für dich, ich meine ... Ich habe noch nie ein H-Hotel geleitet. Brauchst du H-Handtücher?«

Er dreht den Kopf und seine Lippen verziehen sich zu einem winzigen Lächeln. »Deine Magie wird meinen Bedarf decken. Lies das ...« Er schüttelt den Kopf. »Das Ding.« Er deutet auf den Schreibtisch und verschwindet im Flur.

»Okay, danke.« Meine Hände flattern an meine Seiten und ich mache einen zögerlichen Schritt auf das harmlos aussehende Tablet zu. »Ooookay«, murmele ich.

Ich schlurfe näher an den Empfangstresen heran und nehme das Gerät in die Hand. Es ist ein sogenanntes Datapad, ein ZS-T, das neueste Modell. Ich schalte den Bildschirm ein, warte ungeduldig und trommle mit den Fingern auf den Empfangstresen. »Danke, dass du mir alles erklärt hast, *Larry*.« Meine Oberlippe hebt sich zu einem Zähnefletschen. Ist es hier so schlimm, dass er nicht in der Nähe bleiben wollte, um mir zu sagen, wie es weitergeht? Nicht einmal eine einfache Übergabe. Kaum hatte ich meinen Zimmerschlüssel bekommen, muss er sich aus dem Staub gemacht haben. Kein Wunder, dass er so glücklich aussah.

Der Bildschirm des Datapads bleibt leer. Habe ich es kaputtgemacht? Ich drücke den Einschaltknopf noch ein paar Mal.

»Ich habe es kaputtgemacht«, murmle ich. Was zum Teufel soll ich jetzt tun? Mein Herz fühlt sich an, als würde es aus meiner Brust fallen. Was soll ich jetzt tun?

Ich spiele mit dieser Magie – einer unbekannten, mächtigen Magie. Ich habe keine Ahnung, was zum Teufel ich da tue.

Die Magie macht einfach wahllos irgendeinen Scheiß.

Ich bin so überfordert ... Das Datapad leuchtet auf und

dann blinkt da ein Cursor. Mir bleibt der Mund offen stehen, als ich die Buchstaben sehe.

Da steht: ›*Hallo, Tuesday. Was möchtest du wissen?*‹ Der Cursor blinkt und meine Hand verharrt wie eingefroren über dem Bildschirm.

Oh-oh. Wenn das nicht das Gruseligste ist, was ich je gesehen habe.

Kapitel Elf

Ich starre auf das Datapad und knabbere an meiner Lippe. Ha, na, das ist doch mal interessant. Ich fahre mit meiner Zunge über meine Unterlippe. Sie ist nicht mehr so wund wie letzte Nacht. Ich runzle die Stirn. Als ich eingeschlafen bin, war sie furchtbar rissig. Ich muss über Nacht geheilt sein. Ich reibe mir die Brust, plustere meine Wangen auf und ignoriere es vorerst. Das ist im Vergleich zu all den magischen Dingen eine Kleinigkeit.

Nun zurück zu dem Tablet, das meinen Namen kennt. Was zum Teufel soll ich tippen? Ich schnaufe und klopfe auf den Tresen. »Ich muss alles wissen«, murmle ich.

›*Du musst schon ein bisschen genauer sein.*‹

Vor Schreck lasse ich das Datapad fast fallen. Mit großen Augen lege ich es vorsichtig ab. Ich kann das kleine, manische Lachen, das aus meinem Mund quillt, nicht unterdrücken. Ich stochere und ziehe an meiner verheilten Lippe und zerdrücke sie zwischen Daumen und Zeigefinger. Ich muss nicht einmal tippen; der Foliant beziehungsweise das Datapad hört zu und hat einen Sinn für Humor. *Gut zu wissen.* Ich klammere mich an den Empfangstresen und schlurfe steif zur Seite, weg von dem verfluchten Tablet. Der Cursor auf dem Datapad blinkt ein wenig schneller.

Ich räuspere mich. »Ähm, gibt es hier jemanden, der mir etwas antun will?«

›*Nein*‹, lautet die knappe Antwort.

Ich räuspere mich erneut. Mein Mund ist so trocken, der salzige Bacon vom Frühstück hat mich durstig gemacht. Ich habe eine Bacon-Zunge. Das verräterische Klacken einer Tasse und die plötzliche Wärme neben meiner Hand lassen meinen Blick auf den Empfangstresen fallen, wo eine neue, dampfende Tasse mit Tee steht.

Oh, Junge, das alles taucht wirklich aus dem Nichts auf.

»Danke«, sage ich mit einem nervösen Quieken. Ich zucke mit den Schultern, nehme den Tee in die Hand und trinke einen großen Schluck. Fun Fact: Ich bedanke mich regelmäßig bei leblosen Gegenständen. Zum Beispiel Geldautomaten. Es ist sogar schon vorgekommen, dass ich mich mit einer schwierigen Schaufensterpuppe auf der Arbeit unterhalten habe. Wenn man so ein Ding nicht schon mal angezogen hat, hat man keine Ahnung, wie umständlich die Gliedmaßen sind. Deshalb ist es höflich, sich bei der Magie zu bedanken – Magie, die zum ersten Mal in meinem Leben für mich arbeitet.

Oh! Bin ich ein Flaschengeist? Ist diese Taschenwelt wie die Flasche eines Flaschengeists? Heißt das, dass Hotelgäste drei Wünsche frei haben, wenn meine Magie Dinge einfach erscheinen lassen kann? Ich stoße ein ersticktes Lachen aus. Ein Flaschengeist ist kein Wesen, das in dieser Welt existiert. Ich reibe mir etwas zu heftig über die Stirn. Jetzt weiß ich, dass ich zu viel über die Dinge nachdenke. Wenn ich nicht aufpasse, dauert es nicht lange, bis ich in einer Ecke hocke und weine.

Ich umklammere die Tasse und nehme einen weiteren Schluck. Der Tee ist köstlich.

Oh, Mist, ein weiterer Gedanke kommt mir in den Sinn. Ich hoffe, ich rede mit der Magie oder dem, was einmal das Buch war. Ich glaube nicht, dass ich es ertragen könnte, wenn Larry, der Manager von gestern Abend, irgendwo in einem geheimen Raum versteckt ist, mich beobachtet und sich kaputtlacht.

Ich stütze beide Ellbogen auf die Arbeitsfläche. Hierzubleiben, wäre nicht so schrecklich. Im Herzen bin ich ein introvertierter Mensch. Ein Stubenhocker. Ich mag es, in meinem eigenen Raum zu sitzen und mein eigenes Ding zu machen. Aber das hilft trotzdem nicht über die Sorgen in meiner Brust hinweg. Ich habe Verpflichtungen. Ich meine, was ist mit der Arbeit? Ich bin der Superstar der Firma, seit ich mit sechzehn angefangen habe. Ich bin die jüngste Geschäftsführerin in der Geschichte des Unternehmens.

Acht Jahre. Acht verdammte Jahre. So viel Zeit und Mühe wäre verschwendet, wenn ich weggehen würde. Ich schnaufe. Ich habe mich noch nie krankgemeldet. Was werden sie denken, wenn ich ohne Vorankündigung kündige? Oh, das alles ist furchtbar. Vielleicht kann ich die Magie irgendwie mitnehmen? Ich nehme noch einen Schluck Tee.

Ja, ich bin gern zu Hause, aber es ist ein großer Unterschied, ob man sich entscheidet, zu Hause zu bleiben, oder ob man nicht gehen darf.

»Bin ich gefangen?«

›Nein, du bist nicht gefangen.‹

Okay. Es sagt also niemand, dass ich nicht gehen darf, und es ist auch nicht so, dass ich allein in einem Zimmer festsitze. Das Reich ist wunderschön. Es gibt eine ganze Welt außerhalb des Hotels, meilenweite Entdeckungsmöglichkeiten. Das ist schon irgendwie faszinierend.

Aus dem Augenwinkel heraus blinkt der verdammte Cursor des Datapads ungeduldig.

Aber ... ich hasse Veränderungen. Ich hasse das Unbekannte. Ich hasse verflixte Magie. Ich hasse diese ganze Situation.

»Wenn ich gehe, was passiert dann?«

›Das Reich wird in eine Stase gehen und auf einen neuen Gastwirt warten. Mit der Zeit wird es langsam zerbröckeln, bis nichts mehr übrig ist.

Du wirst dein altes Leben als sterbliche Hexe weiterführen. Die Magie, die du in dir trägst, wird nach außen hin unantastbar sein. Wenn du bleibst, bekommst du Macht, die deine kühnsten Träume übersteigt, allmächtige Magie und Unsterblichkeit.‹

Oh. Ich blinzle im Takt mit dem Cursor. Werden so nicht Superschurken gemacht? Großartig! Oder Superhelden ...

›*Wenn du gehst, geht auch deine neue Magie verloren.*‹

Wenn ich gehe, bin ich wieder die Blindgängerhexe. Tja, und das möchte ich nicht. Macht mich das zu einer schlechten Person? Ich möchte aber auch nicht für immer in einer Taschendimension gefangen sein. Und Unsterblichkeit? Das ist ein beängstigendes Experiment.

Vielleicht liege ich im Koma und das hier ist nicht real. Vielleicht ist es nur ein verrückter, ausgeklügelter Traum. Ich streiche mit meinem Zeigefinger über die Rezeption und trinke den Tee aus. Es fühlt sich echt an.

Es fühlt sich richtig an.

All das hinter mir zu lassen, ist unvorstellbar. Ich neige meinen Kopf nach hinten und schaue mir die wunderschöne Lobby an. Ich muss nicht nach draußen schauen, um zu wissen, dass dieser Ort perfekt ist. Ich habe mich selbst – meine Seele – in das Gewebe dieses Reiches gesteckt. Auch wenn ich zu dem Zeitpunkt nicht wusste, was ich da tue.

Hier bin ich zu Hause. Ich kann zurück in meine Wohnung rennen, zurück in mein nicht ganz so perfektes Leben, oder ich kann mutig sein, diese seltsame neue Magie erkunden und herausfinden, wer ich bin.

Mein Schicksal selbst in die Hand nehmen.

Ich zittere. Wow, jetzt bin ich gar nicht mehr der Sidekick, oder?

»Wie funktioniert das? Wie bekommen wir Gäste?«

›*Du hilfst den Leuten, die auf der Suche nach einem Zufluchtsort sind. Daher der Name Sanctuary. Sanctuary bedeutet im Englischen Zuflucht.*‹

»So einfach, was?«, nörgle ich. »Was ist mit bösen Leuten? Kann meine Magie mit Kreaturen umgehen, die einfach so mir nichts, dir nichts auftauchen?« *Es könnten Millionen von Leuten sein.* Ich bin vierundzwanzig. Ich glaube nicht, dass meine Ausbildung zur Einzelhandelskauffrau ausreicht, um eine ganze Welt zu verwalten. Nervöser Schweiß rinnt zwischen meinen Schulterblättern herunter.

>*Es ist deine Dimension, deine Regeln*<, tippt es. Die Worte überschlagen sich in meinem Kopf. Das Rauschen und Pochen meines Herzens überwältigt meine Sinne. Mir ist schlecht. Wie zum Teufel soll ich das schaffen? Eine ganze verdammte Welt. Diese Magie sollte nicht existieren. Ich kann das nicht tun. Ich hasse Magie.

Die Realität trifft mich mit der Wucht eines Doppeldeckerbusses. Ich ignoriere das magische Tablet und stoße mich vom Empfangstresen ab.

»Fuck.« Das Schimpfwort hallt in der Lobby wider und ich fahre mir mit einer zittrigen Hand über die Lippen. Was zur Hölle war das? Habe ich gerade laut geflucht? Heiliger Bimbam, der Anti-Fluch-Zauber, den mir meine Mum auferlegt hatte, muss gebrochen sein.

Mein Gehirn muss genau wie meine Lippe geheilt sein.

Ein schmerzhafter Schluckauf lässt mich aufschrecken. Der Bann ist *gebrochen.* »Der Zauber, der der Bann meines Lebens war, ist gebrochen.« Ich schnippe mit den Fingern. »Einfach so.«

Das ist nicht das Einzige, was gebrochen ist.

Ein ersticktes Lachen, halb Schluchzen, kocht in meiner Kehle hoch, zusammen mit einem weiteren verdammten Schluckauf, der meine Brust zum Beben bringt. »Arschloch«, flüstere ich. Das unanständige Wort fühlt sich auf meiner Zunge fremd an. »Arschgeige, Arschi,

Arschi, Arschi.« Mit jedem weiteren Schimpfwort wird meine Stimme ein bisschen lauter und schriller, bis ich beim letzten Wort schreie. »ARSCHLOCH!« Ich halte mir beide Hände vor den Mund, um den Wahnsinn zu unterdrücken. Oh! Oh, ich werde wahnsinnig.

Meine Beine sind so wackelig, dass ich keinen Schritt mehr machen kann. Ich kann nicht entkommen. Stattdessen sinke ich zum zweiten Mal heute wie ein Sack Kartoffeln auf den Boden. Ich knalle mit dem Rücken gegen den Arbeitsplatz und drücke meine Knie an meine Brust.

Warum ich?

Ich habe gelernt, mit meinem Mangel an Magie zu leben. Ich habe mich schon vor Jahren mit meiner Mittelmäßigkeit abgefunden. Ich habe mein Leben endlich in den Griff bekommen und bin zufrieden mit der Person, die ich bin. Wen kümmert es schon, dass ich kein Talent habe? Ich war noch nie gut in irgendetwas, aber das ist okay. Ich bin gut in meinem Job. Ich bin eine wunderbare Managerin. Eine nette Person.

Jetzt hat sich alles wieder geändert. Die Messlatte hat sich in eine andere verdammte Dimension verschoben.

Warum? Es lief doch alles gut. Warum musste ich eine heimliche, versteckte Kraft haben, die aus dem Nichts auftaucht und mein vollkommen langweiliges Leben ruiniert? Warum hat es mich mit dieser seltsamen Scheiße erwischt? *Ich werde immer eine Außenseiterin in der übernatürlichen Welt sein. Immer der Freak.*

Ich schüttle den Kopf und meine Haare rascheln, als sie gegen das Holz an meinem Rücken reiben. *Magie.* Sie wird sich immer danebenbenehmen und mir unendlich viel

Frust bereiten. Es gibt kein Entkommen. Es hat nie ein Entkommen gegeben. Ich bin dem Untergang geweiht.

Die meisten Leute nehmen an, dass ich ein Mensch bin. Ich kann es immer noch hören: »Oh, du bist eine Hexe. Was für eine Art von Magie praktizierst du?« Wie soll man darauf antworten? Die Antwort lautet: »Tja, ich bin die berühmte Larson-Hexe, die nicht zaubern kann, also gar keine.« Das bringt sie in Verlegenheit, oder schlimmer noch, es passiert das Gegenteil, und sie nutzen dieses Wissen, um mich runterzumachen.

In der realen Welt wird Magie für alles verwendet. Technologie, Medizin, alberne Dinge wie das Verändern deiner Haare oder die Passform deiner Klamotten. Selbst als nicht praktizierende Hexe dreht sich mein Leben um Magie. Ich kann sie nicht vermeiden. Ich muss sie im Alltag nutzen, denn sie ist in das Gefüge unserer Gesellschaft integriert. Es ist eine unverzichtbare Sache, wie Elektrizität.

Ich habe gelernt, mich damit abzufinden und es zu ertragen. Aber jedes Mal, wenn ich die abgefüllte Magie von jemand anderem benutze, bekomme ich dieses mulmige Gefühl in meinem Bauch.

Abscheu.

Jedes Mal hasse ich mich ein bisschen mehr. Denn das Offensichtliche schreit mich an: Ich bin nicht gut genug. *Ich bin noch nie gut genug gewesen.*

Es ist eine Qual, zu wissen, dass ich, wenn ich ein bisschen anders geboren worden wäre, in der Lage gewesen wäre, meine eigenen Zaubersprüche zu erschaffen. Dann würde ich sie nicht kaufen – und schon gar nicht in die Luft jagen.

Ich wiege mich ein wenig und reibe meine Stirn an

meinem Knie. Ich dachte, ich wäre entkommen. Ich dachte, ich könnte es ignorieren. Meine geliebte Außenseiterrolle im Leben begrüßen. Ich hatte das falsche Lächeln perfekt aufgesetzt. *Die Leute können dich nur verletzen, wenn du es zulässt*, war mein Mantra. Ich habe mich von der Hexengemeinschaft, meinen Eltern und meinen supertalentierten Schwestern abgekapselt. Ich habe mich in einer emotionalen Blase eingeschlossen. In vollkommener Sicherheit.

»Es ging mir gut. Es lief endlich alles gut«, jammere ich in meine Knie. Tja, bis diese verdammten Power-Ranger-Söldner meine Haustür eingetreten haben.

Jetzt bin ich hier und *sprudle nur so vor Kraft.*

Ich sprudle so stark, dass ich mit einem einzigen Gedanken ein magisches Reich verändern und Essen und Trinken aus dem Nichts erscheinen lassen kann. Ich kann Dinge tun, die selbst die stärkste Hexe nicht kann und wofür sie wahrscheinlich töten würde. Das ist eine Menge, die ich verarbeiten muss.

Anstatt geheilt zu sein, bin ich wieder anders. »Ist es zu viel verlangt, eine normale Hexe zu sein?« Mit einem dumpfen Schlag schmettere ich meinen Kopf gegen den Empfangstresen. Ich tue es noch einmal, um mich zu bestrafen. Um meinem dummen, kaputten Kopf etwas Verstand einzuhämmern.

Warum muss es ausgerechnet ich sein? Ich schlucke meine Frustration und den schwelenden Schmerz hinunter, der in mir sitzt. Ich habe mich von der Hexe, die eine Schande ist, verwandelt in ...

Eine Wirtin. Eine Weltenmacherin.

Wie zum Teufel kann ich das schaffen? Ich kann es nicht. Es gibt keinen Weg. Das Schicksal hat die falsche

Person ausgewählt. Ich bin nicht stark genug. Ich bin nicht mutig genug. Ich habe mein ganzes bisheriges Leben damit verbracht, vor der Magie wegzulaufen. Ich bin vor allem weggelaufen. Um das zu tun, muss ich alles willkommen heißen, was ich hasse. Die Magie, die ich hasse. Ich kann das nicht tun. Ich kann es nicht. Nicht, wenn ich mich nicht bewegen kann, wenn ich ein erstarrter, erbärmlicher Klotz auf dem Boden bin.

Verflucht noch mal, Tuesday, reiß dich gefälligst am Riemen!

Ich würde ja gern, aber ich habe solche Angst.

Ich wische mir die dummen Tränen weg, die mir über das Gesicht laufen. Ich habe schreckliche Angst.

Das Handy, das Owen mir gegeben hat, klingelt, und der schrille Ton erschreckt mich fast zu Tode. Ich hätte das Klingeln fast ignoriert. Fast wäre ich in der Selbstmitleidsparty versunken, die ich gerade für mich schmeiße. Fast. Ich schniefe und senke wie ein Roboter meine Knie und hebe meinen Hintern vom Boden, damit ich meine Finger in die enge Tasche stecken kann. Ich gehe ran und halte das Telefon mit zittriger Hand an mein Ohr.

»Hallo?«, krächze ich.

»Wo bist du, Blitzi?« Seine Stimme ist rau. Er klingt besorgt. Ihn und seinen albernen Spitznamen zu hören, beruhigt mich irgendwie und durchbricht die dunklen Schichten meiner Panik und Angst. Ohne es zu wissen, gibt er mir ein wenig Kraft.

»Ich bin in einer Taschendimension«, krächze ich.

»Eine Taschendimen...« Er pustet in den Hörer und der Ton rauscht. Ich glaube, er reibt sich das Gesicht. »Wow, du warst ja ziemlich fleißig.«

»Ja.« Ich schlucke einen Schluchzer hinunter.

»Okay, brauchst du Hilfe? Willst du, dass ich dich abhole? Sag mir, was du brauchst.«

Brauchst du Hilfe? Das hat mich noch nie jemand gefragt, es sei denn, er wurde dafür bezahlt. *Mach mal halblang. Jetzt mach aus der Sache bloß nicht gleich einen Elefanten. Vergiss nicht, dass Dad ihn geschickt hat.* Ich schniefe. Es ist schon so lange her, dass ich jemanden um Hilfe gebeten habe. »Bitte«, sage ich trotz des Kloßes in meinem Hals.

»Ah, Scheiße, Tuesday, du bringst mich noch um. Bist du in Sicherheit?«

»Ja.« Glaube ich zumindest.

»Kommst du da wieder raus?«

»Ich weiß nicht ... J-ja, vielleicht?«

Es folgt eine Pause, während er darüber nachdenkt, was ich nicht gesagt habe. »Willst du da überhaupt raus?«

»Die Situation ist ... kompliziert.«

»Wir können das gemeinsam lösen. Der Eingang zu dieser Taschendimension liegt also in Schottland?«

»Ich glaube schon.« *Ich wünschte, ich könnte einen Zauberstab schwingen und ihn hierherbringen.*

Meine Hände und Füße kribbeln und die wirbelnden Muster, die sich auf meiner Haut gebildet haben, fangen an, sich im Takt meines pochenden Herzens zu bewegen. *Was?* Ich habe den Drang, mich an den Armen zu kratzen und mir die Zeichen von der Haut zu reißen. *Mir gefällt das ganz und gar nicht.* Ich sauge panisch große Atemzüge ein, aber der Sauerstoff im Raum hat sich verdünnt, und es ist fast unmöglich zu atmen. Meine Brust schmerzt und meine Kehle brennt. *Irgendetwas passiert hier.*

»Tuesday? Tuesday? Blitzi, rede mit mir.« Das Telefon rutscht mir aus der Hand und klappert auf den Boden. Meine Ohren summen und rauschen, als ob ich unter Wasser wäre.

Schmerz schießt durch meine Brust und die Magie – meine Magie – strömt aus mir heraus. Mein Rücken krümmt sich und mein Kopf schlägt gegen das Holz hinter mir. Ein verängstigter Schrei löst sich von meinen Lippen. Mit Tränen in den Augen beobachte ich, wie die Magie einen Punkt in der Mitte des Raumes erreicht und sich ausbreitet.

Der Bereich wird dunkler. Er schimmert. Dann zersplittert die Realität, als wäre sie aus Glas und als hätte ich gerade mit einem Hammer darauf eingeschlagen.

Das Gewebe der Welt bekommt Risse. Der Spalt wird breiter und ein schwarzes Loch erscheint. Es ist rund und so dunkel, dass es aussieht, als hätte ich ein schwarzes Loch in das Universum gesprengt. Ein schwarzes, endloses Loch, das mich in sich hineinziehen wird.

Meine Füße schaben über den Boden und ich drücke mich mit dem Rücken gegen das Holz. Meine Schulterblätter und meine Wirbelsäule graben sich in die verschnörkelte Oberfläche. *Was zum Teufel ist das?* Ich habe noch nie so viel Angst gehabt. Ein unheilvolles Gefühl des bevorstehenden Untergangs schreit durch meine Knochen. Ich fühle mich so verdammt hilflos. Selbst als die Söldner gekommen sind und der Elf mich angegriffen hat, war das, was ich fühlte, Kinderkram im Vergleich zu dem hier.

Ich weiß nicht, woher ich das weiß – vielleicht erkennt irgendetwas in mir das Gefühl –, aber das Taschenreich fügt seine Magie zu der Mischung hinzu, bis sich das brodelnde

Loch verfestigt. Die Farbe ändert sich von Schwarz zu Dunkelgrün und stabilisiert sich dann. Da bewegt sich etwas. Ein riesiger Schatten erscheint in der Mitte des Lochs und eine Person schreitet hindurch.

»O mein Gott, das darf nicht wahr sein. Das darf nicht wahr sein«, murmle ich und schließe die Augen. Ich bin erledigt. Ich bin nicht mutig genug, meinem bevorstehenden Tod ins Auge zu sehen. Eine flüchtige Bewegung ertönt, und statt mein Gesicht zu fressen, setzt sich ein großer, warmer Körper neben mich auf den Boden.

»Hey, Blitzi, es ist alles in Ordnung. Ich bin bei dir.« Der Hellhound drückt mich an seine Seite. Ein warmer, fester, riesiger Arm legt sich um mich und umhüllt mich auf die beste Art und Weise mit einer Umarmung.

Owen.

Es ist Owen.

Ich stoße einen erleichterten Schluchzer aus und lasse mich in seine Arme sinken. »Was? Wie? Ich verstehe das nicht«, murmle ich gegen seine feste Brust.

»Du hast ein Portal geschickt.«

»Nein ... das habe ich nicht. Das ist nicht möglich.« Ich löse mich von ihm und schaue ihn ungläubig an. »Ich habe ein Portal geschickt?«

»Na ja, zumindest nehme ich an, dass du es warst.«

»Aber das ist unmöglich. Niemand kann Portale aus dem Nichts erschaffen.« *Es kann auch niemand eine Tasse Tee aus dem Nichts erschaffen.* Die Magie ist omnipotent. »Ich habe also ein Portal geöffnet? Ich schätze, das ergibt Sinn, immerhin bin ich in einer magischen Auffahrt hierhergefahren, also kann ich selbstverständlich auch Portale zu Freunden in anderen Welten öffnen, ohne darüber nachzudenken.« Klar, warum auch nicht? »Warte mal ... Du bist einfach in ein willkürliches Portal gesprungen?«

»Du hast mich gebraucht«, sagt er mit ernster Miene und schaut mich mit seinen schönen grauen Augen an. »Du hast geweint und geschrien. Natürlich bin ich in das Portal gesprungen.«

Ich schüttle ungläubig den Kopf und drücke ihn ein bisschen fester an mich. »Danke. Aber mach das nicht noch einmal für mich; das war echt gefährlich. Aber vielen Dank, dass du gekommen bist.«

»Ich hätte dich nie verlassen dürfen. Ich hätte dich selbst fahren sollen. Ich bin ein Idiot. Ich lasse dich erst wieder los, wenn ich weiß, dass du in Sicherheit bist«, brummt er mir in meine Haare.

»Es ist nicht deine Schuld. Es ist meine.« Ich habe Schuld. Ich habe darauf bestanden, dass ich selbst fahren kann. Der Gedanke, stundenlang mit Owen im selben Auto zu fahren, war ... Sagen wir mal so: Nachdem ich mich so blamiert hatte mit dem Nackter-Hintern-Zombie-Catwalk, war ich sehr motiviert, allein zu fahren. Letztendlich bin ich einfach zu introvertiert und unbeholfen.

»Was ist mit dem Elfen?«, frage ich in den Stoff an seiner Brust hinein.

»Forrest jagt ihn in genau diesem Moment. Ich bin für dich da.« Es sollte sich komisch anfühlen, dass ich diesem Mann, einem *Hellhound*, den ich gerade erst kennengelernt habe, erlaube, mich mit seiner männlichen Art zu trösten und mir Geborgenheit zu bieten. Ich ignoriere die Stimme meiner Mum, die schreit, dass das nicht in Ordnung ist, und kuschle mich stattdessen enger an ihn. »Weißt du das denn nicht?« Als er eine Pause macht, hebe ich mein Kinn an, um ihn anzuschauen. »Wir sind Po-Kumpel.« Seine Augen tanzen vor Vergnügen, während ich stöhne.

Ich schmiege mich wieder an seine Seite und stoße ein entsetztes Lachen aus. *Po-Kumpel.* Ach, was soll's? Ich kann nicht glauben, dass er mich zum Lachen gebracht hat.

Wie könnte ich diesen Mann nicht sofort lieben?

Kapitel Zwölf

Lieben, ich pruste über meine dummen Gedanken. Was sollte der Hellhound von mir wollen? Ich kenne ihn nicht. Ich lehne mich trotzdem an ihn und wir sitzen still da. Owen hat keinerlei Nachgiebigkeit. Keinerlei Weichheit in seinem Körper. Er besteht aus harten Muskeln und Knochen, umhüllt von einer rauen, raubtierhaften Kraft. Ich habe mich noch nie so sicher gefühlt.

Tuesday, er ist ein unerreichbarer Traum.

Wie kann ich erwarten, dass mich jemand liebt, wenn die Personen, die mich bedingungslos lieben sollten, es nicht tun? Sie mögen mich nicht einmal. Ich bin eine Schande. Ich bin nicht einmal eine gute Freundin. Alles, was ich tun will, ist, zu Hause zu bleiben, am Computer zu spielen, fernzusehen und zu lesen. Ich bin langweilig. Mein

Bauch dreht sich um und ich entferne mich von Owens Wärme.

Ich bin eine Wegwerfperson.

Ich bin so oft eingesammelt und wieder abgesetzt worden, dass ich es jetzt erwarte; ich erwarte, weggeworfen zu werde. Wenn ich also diesen starken, gut aussehenden Mann sehe, sagt mir meine bisherige Lebenserfahrung, dass er so weit außerhalb meiner Liga ist, dass es keinen Sinn hat, es überhaupt zu versuchen.

Doch in jedem Moment, in dem ich bei ihm bin, wiegt er meine Ängste in seinen riesigen Händen und überschüttet mich mit echter Freundlichkeit. Ich habe noch nie jemanden wie ihn getroffen. Er ist etwas Besonderes. Deshalb weiß ich, dass, wenn er einen genauen Blick auf die Person wirft, die ich bin ... er angewidert sein wird. Er wird zweifellos weggehen, wie alle anderen auch.

Was sollte er von mir wollen?

Ich habe mich von dem kleinen Mädchen, das früher Zaubersprüche gestohlen hat, weit entfernt.

Sicher, es gibt Tage, an denen ich wackelig auf den Beinen bin, an denen mein Herz so sehr schmerzt, dass ich kaum aus dem Bett komme. Die Tage, an denen ich nach Zuneigung lechze, und an denen ich, selbst wenn mich Leute umgeben, einsam bin. Es war schon immer einfacher, mich zurückzuhalten, mich zu verstecken, damit, wenn es so weit ist, immer ein kleiner Teil von mir übrig bleibt, der die Scherben aufhebt und die zerbrochenen Teile wieder zusammenfügt.

Die einzige Person, die tagein, tagaus bei mir sein wird, bin ich selbst. Also werde ich mir vorübergehend seine

Kraft leihen, und wenn er geht, was er tun wird, werde ich damit zurechtkommen.

Ich werde tapfer weitermachen.

Ich rolle mit den Augen. Verflucht, jetzt nerve ich sogar mich selbst. Wuääwuää, niemand liebt mich. Andere Leute haben es viel schlimmer. Ich schaue durch meine zerzausten Haare zu ihm hoch. Die Stille ist unangenehm geworden. Ich muss etwas sagen.

»Das Datapad«, stoße ich hervor. Meine Hand deutet auf das Tablet, das immer noch auf dem Tresen über uns liegt. »Da steht, wenn ich hierbleibe, werde ich unsterblich.«

»Oh. Na ja, du solltest nicht alles glauben, was du liest.«

»Ich weiß. Es hat mich nur erschreckt. Diese ganze Situation ist beängstigend. Als ich hier ankam, war das ein heruntergekommenes Hotel.« Ich fuchtle wild mit den Händen. »Sieht es für dich auch so aus? Heruntergekommen?«

»Nein.«

»Ich habe das getan, Owen. Ich habe die Taschendimension irgendwie verändert, und jetzt weiß ich nicht, was ich tun soll. Ich bin ein Freak, ein mächtiger Freak, und vielleicht unsterblich. Werde ich zusehen müssen, wie alle anderen sterben?« Ich beiße mir auf die Zunge, um nicht noch mehr verzweifelte Worte aus meinem Mund zu spucken.

»Tuesday, jeder stirbt. Wahre Unsterblichkeit gibt es nicht.« Ich zucke zusammen und blinzle ihn durch meine zuckenden und zweifellos roten Augen an. Das bedeutet viel, wenn es von einem Wandler kommt.

Jeder stirbt. Ich schätze, er wird die ein oder andere Erfahrung mit der Unsterblichkeit gemacht haben. Wandler sind eine der sogenannten unsterblichen Rassen. Aber jeder weiß, dass Wandler eine überwiegend gewalttätige Rasse sind.

»Du bist uralt, nicht wahr?«

Der Hellhound lächelt auf mich herab und zuckt mit den Schultern. »Uralt würde ich nicht sagen. Ich bin noch keine tausend Jahre alt, aber ich bin nah dran.«

»Wow.« Es ist schwer, das zu fassen. Ich bin mit diesem Kerl so überfordert, dass es nicht mal mehr lustig ist. Junge Wandler haben es schwer, die Pubertät zu überleben. Hundert Jahre alt zu werden, ist eine Leistung, aber fast tausend zu werden ... Das bedeutet, dass Owen ein sehr gefährlicher Mann ist.

Ich rapple mich auf. Ich fühle mich plötzlich unwohl und ein bisschen albern, weil ich auf dem Boden sitze. Ich schnappe mir mein Handy, und ohne darüber zu reden, verlassen wir beide den Empfangsbereich und gehen in die Lounge. Ich lasse mich in einen der bequemen Stühle sinken.

Ich beobachte, wie der Hellhound den Raum umrundet, durch Fenster späht und hinter Türen nach Bedrohungen sucht. Wenn ich meine Augen so weit entspanne, dass mein peripheres Sehen verschwommen ist, kann ich die Kraft des Hellhounds wahrnehmen, wie sie durch den Raum weht. Ein Schauer läuft mir über den Rücken. So etwas habe ich noch nie geschafft.

Letztendlich wählt Owen den freien Stuhl, auf dem der Vampir gesessen hat. Ich schätze, er hat von dort aus einen perfekten Blick auf den Raum und alle Türen.

»Wenn du Hilfe brauchst und ich nicht da bin«, er nimmt das Telefon, das ich immer noch in der Hand halte, und tippt eine Nummer ein, »ruf Forrest an. Sie ist die Einzige, der ich zutraue, dich zu beschützen. Auch wenn sie so rüberkommt, als ...« Owen seufzt und reibt sich die Augenbraue. »Sie ist eine unglaubliche Person und sie würde sterben, um dich zu beschützen.«

Mein Blick schweift zur Decke, während ich mir das Arsenal an Messern neben dem Bett vergegenwärtige. Die, die sie zusammen mit der Spielzeugpistole in mein Notgepäck gepackt hat. Forrest anzurufen, wäre der letzte Ausweg; ich hoffe, dass ich nie in eine so schlimme Situation komme, dass ich ihre Hilfe brauche. »Danke. Ich bin mir sicher, dass ich zurechtkomme. Ich fühle mich schon besser. Es tut mir so leid, dass du mich so sehen musstest. Normalerweise bin ich nicht ...« Ich täusche ein Lächeln vor und zucke mit den Schultern. »Es ist einfach gerade etwas viel, mit dem ich fertigwerden muss.«

Owen nickt verständnisvoll. Er lehnt sich auf dem Stuhl nach vorn und seine freundlichen grauen Augen betrachten die leuchtenden Tattoos in meinem Gesicht. »Hast du vor, mir das zu erklären?«

Ich nicke und wackle auf dem Stuhl. Mein Mund ist knochentrocken, was wahrscheinlich eher an den Nerven als am Bacon liegt. Ich weiß nicht, wo ich anfangen soll.

Wird er mir glauben?

Es klappert und eine Tasse Tee und ein Becher, der mit Schlagsahne und kleinen Marshmallows fast überquillt, erscheinen vor uns auf dem Tisch. Ich runzle die Stirn über die ungewöhnliche Auswahl.

Owen nimmt das aufgebauschte Getränk in die Hand.

Ein rosafarbener Marshmallow entwischt dem Berg von Sahne und rollt vom Rand des Bechers. Er schnappt ihn mit der Hand aus der Luft und steckt ihn sich in den Mund. Dann grinst er mich an und mein Inneres verdreht sich. Ich habe noch nie so eine intuitive Reaktion auf eine andere Person erlebt. Es ist erschreckend. Er lässt sich auf dem Stuhl zurückfallen, und als der Hellhound meinen ungläubigen Blick bemerkt, lächelt er verlegen.

»Danke. Das ist ein sehr praktischer Trick. Heiße Schokolade ist mein Lieblingsgetränk.« Ich blinzle ihn an. »Forrests Schuld«, murmelt er zur Erklärung.

Während der Dampf aus der Tasse mein Gesicht wärmt, erzähle ich ihm in lebhaftem Tempo, was bis jetzt passiert ist. Am Ende lasse ich meine Hand fallen. Es ist noch nicht einmal zehn Uhr morgens und ich bin erschöpft.

»Das Buch, in dem du unterschrieben hast, war das, welches du in ein Datapad verwandelt hast?«, fragt Owen, während er sich mit der Hand durch seine kurzen Haare fährt.

»Ja.«

Er nickt. »Das gefällt mir nicht. Aber manchmal lässt sich Magie nicht logisch erklären, wie du weißt.« Der Hellhound beugt sich zu mir. »Ich muss dir nicht sagen, dass du vorsichtig sein sollst.« Sein warmer Atem streicht über mein Gesicht und ich werde von seinem Duft nach Zimt, Vanille und dem Hauch von Schokolade in seinem Atem umhüllt.

Er riecht wie die beste Zimtschnecke der Welt. Seltsamerweise knurrt mein Magen und ... klack! Beschämt starre ich auf den Teller, der vor mir steht. Eine riesige, quadratische Zimtschnecke mit weißem Zuckerguss und einem Klecks Schokolade liegt auf dem Tisch zwischen uns. Ich habe keinen Zweifel, dass mein Gesicht knallrot ist.

Mit einem gemurmelten »Danke« für die Magie schiebe ich mir das Backwerk in den Mund. Ja, viiieeelen Dank.

Der Hellhound schaut amüsiert zu. »Willst du auch eine?«, frage ich, nachdem ich den Bissen heruntergeschluckt habe. Er schüttelt den Kopf und lacht, als er sich weiter nach vorn beugt, um einen Krümel von meinem Oberteil zu pflücken.

Oh, wow, hat er das gerade getan?

Ich pruste ein kleines beschämtes Lachen aus. Ich kann nicht glauben, dass ich meinen Mund verfehlt habe. Mit einem *Wusch* glüht mein ganzes Gesicht vor peinlicher Hitze. Ich wackle und suche verstohlen mein Oberteil nach weiteren Überraschungen ab.

»Du bist bezaubernd.«

Während ich das Gebäck so schnell wie möglich aufesse, lässt sich der Hellhound auf seinem Stuhl zurücksinken – eher wie eine Katze als wie ein Wolf. Jeder Muskel ist trügerisch entspannt. Owen reibt mit seinem Daumen über seine Unterlippe, während er nachdenkt. Ich wende meinen Blick ab, während mein Magen einen seltsamen Salto macht. Mann, ist der Typ sexy.

Und jetzt werde ich wieder rot. Mein ganzes Gesicht steht in Flammen. Er ist nur hier, um mich bei Verstand zu halten und mit diesem Albtraum fertigzuwerden. Das ist keine Gelegenheit, ihm hinterherzusabbern. Ich muss meine Gedanken aus der Versenkung holen. Professionell sein. Ich atme tief ein und ignoriere die Tatsache, dass ich nichts anderes als ihn riechen kann.

Ich nerve mich schon wieder selbst.

Ich stütze meinen Ellbogen auf die Armlehne des Stuhls und lege meine warme Wange in meine Handfläche, während ich mich durch das magische Problem kämpfe.

Erstens: Es ist der erste Tag dieser verrückten Freakshow. Ich muss aufhören, so streng mit mir zu sein. Ich war schon immer ein strebsamer Typ. Ich ignoriere die böse Stimme in meinem Hinterkopf, die mich darauf hinweisen will, dass meine sogenannte Strebermentalität mir bei der Magie nie geholfen hat. Ich zeige ihr im Geiste den Mittelfinger. Die Stimme, die immer noch deutlich nach meiner Mutter klingt, kann mich mal kreuzweise. Jetzt weiß ich ganz sicher, dass ich nie eine normale Hexe war. Egal, wie sehr ich mich bemüht hätte, ich hätte in der echten Welt nie etwas erreichen können.

Diese ganze Sache ist wie ein neuer Job. Ich weiß nichts, also kann ich auch nicht überheblich sein. Ich lasse mich auf meinem Stuhl zurücksinken und ahme Owens entspannte Haltung nach. Anstatt darauf zu schauen, was ich nicht weiß, muss ich meinen Gedankengang ändern und mich darauf konzentrieren, was ich weiß.

Ich knabbere an meiner Lippe. Ich fühle mich nicht gefangen – es ist, als ob ich in diesem Taschenreich zu Hause wäre. Mein Blick wandert zum Telefon auf meinem Schoß. »Es ist kurz nach *Knoppers*-Zeit«, murmle ich. Ich verenge meine Augen bei einem Gedanken, der mein Herz zum Rasen bringt. »War die Zeit dieselbe, als du gegangen bist?«

»Kurz nach halb zehn. Kurz nach Knoppers-Zeit.« Owen lacht und seine grauen Augen funkeln, während er seinen leeren Becher auf den Tisch stellt. »Das habe ich schon seit Jahren nicht mehr gehört«, fügt er mit einem Grinsen hinzu, das einer Nonne den Schlüpfer wegschmelzen würde. Ich spüre, wie meine Wangen wieder heiß werden. »Ja, die Zeit hier ist die gleiche wie zu Hause.«

Ich nicke ihm dankend zu. Puh. »Okay, also keine Zeitumstellung.« Das ist eine gute Sache. Ich habe von einigen Taschendimensionen gehört, in denen die Zeit schneller oder langsamer vergeht, und das will niemand.

Was noch? Okay, ich weiß auch, dass meine Magie hier so einfach ist wie das Atmen. Ich kann praktisch alles tun, was ich will. Ich meine, ich habe eine Portaltür aus dem Nichts erschaffen, nur um Owen hierherzubringen. Nicht, dass es einfach gewesen wäre – ich dachte, ich würde sterben. Portale sollten eigentlich an Ley-Linien befestigt sein, aber ich habe eines aus dem Nichts erschaffen und es mit meiner Magie stabilisiert. Das ist ein Wahnsinn, den es so noch nie gegeben hat und der den Beweis für eine allmächtige Macht darstellt. Jetzt, nachdem ich ein Portal geöffnet habe, sagt mir irgendetwas, dass es einfacher sein wird, ein weiteres zu öffnen. Ich klopfe mir auf den Oberschenkel. Ich schätze, ich muss mich in diesen neuen verrückten Kräften üben.

Juhu. Großartig! Etwas, auf das ich mich freuen kann.

Ohne Vorwarnung fangen Owens Nasenflügel an zu flattern und seine Hand schießt auf mein Gesicht zu. Der leere Becher in meiner Hand rutscht aus meinem Griff, aber bevor er auf dem Boden aufschlägt, ist er verschwunden. Ich stoße einen *Iiip*-Laut aus und zucke mit großen Augen von seinem massiven Arm weg.

»Was zum Teufel?« Habe ich irgendwas Falsches gesagt?

KAPITEL DREIZEHN

HINTER MIR ERTÖNT ein panisches Quietschen und ich drehe meinen Kopf, um einen Mann zu entdecken, der sich in Owens Griff windet. »Larry?« Es ist der Typ, der mich eingecheckt hat, der verschwundene Mitarbeiter.

Owens Muskeln sind angespannt, während er Larry um die Lehne meines Stuhls zerrt. Die Hände des kleineren Mannes krallen sich verzweifelt in das Handgelenk des Hellhounds. Seine Schuhe quietschen auf dem Boden, während er versucht, sich loszureißen, und seine Augen rollen in seinem Kopf hin und her wie bei einem verängstigten Kaninchen.

Meine Hände zittern unkontrolliert von dem Adrenalin, das mich durchströmt. Ich schwanke auf meine Füße. Wenn ich sitze, fühle ich mich verletzlich. Einen Moment lang dachte ich, mein neuer Freund würde mir wehtun.

Heiliger Bimbam, mein Herz bekommt Rhythmusschwankungen. Er hat mich zu Tode erschreckt.

»Tuesday, es tut mir leid«, jammert Larry, als sich unsere Blicke treffen. »Ich dachte, du würdest sauer sein, also habe ich das Tablet benutzt, das du erschaffen hast, um mit dir zu reden. Das war ich.« Ich wusste es! Hat er mich auch ausgelacht? »Meine Aufgabe ist es, dir zu helfen. Aber ich kenne dich nicht und ich wollte nicht, dass du mich tötest. Tuesday, bitte töte mich nicht.«

»Tuesday soll dich nicht töten? Ich bin derjenige, der seine Hand um deine Kehle gelegt hat, du Arschloch«, knurrt Owen und schüttelt Larry kräftig durch. »Er ist nicht das, was er vorgibt zu sein«, grummelt er. »Ich weiß nicht, was dieses Ding ist. Er gibt keinen Laut von sich und er hat keinen Duft. Er war unsichtbar, bis ich ihn gepackt habe.«

Larrys Gesicht wird immer roter.

»Tu nicht so, als ob du atmen müsstest. Sie wird dich nicht retten.« Die sorgfältig versteckte Hellhound-Kraft wird stärker und trifft mich mitten in die Brust, als Owens andere Hand mit einer blauen Flamme aufleuchtet. Ich schlucke schwer.

Abgesehen von dem Handgemenge im Hotelzimmer, als ich mit den Auswirkungen des Nullbands zu kämpfen hatte, habe ich die volle Wirkung seiner Macht noch nicht erlebt. Nicht wirklich. Ich habe Owens Grrr-Seite noch nicht gesehen. Nicht so wie hier. Die Gewalt ist schockierend. Die Feuermagie ist schockierend. Der Hellhound war immer nur nett zu mir. Aber dass er innerhalb eines Wimpernschlags von einem schläfrigen, entspannten Zustand in einen aggressiven umschlägt, selbst wenn es nicht gegen mich gerichtet ist, lässt mein Herz rasend schnell schlagen. Die außerirdische Magie in mir flammt auf und mein pochendes Herz setzt einen Schlag aus.

O Gott!

Meine Magie mag das nicht. Nein, nicht meine. Die Magie des Reiches mag diese Konfrontation nicht. Das Wort *Zuflucht* schreit immer wieder in mir auf. Es hallt nach, bis das Wort durch mein Blut fließt und sich in meine Knochen eingebrannt hat.

Okay, ich hab's kapiert. Ich knirsche mit den Zähnen und schließe meine Augen. Die Magie ist wie ein lebendiges Wesen. Ich ringe mental mit ihr und sie löst sich aus meinem nutzlosen Griff wie ein Wasserfall. Nein, wie ein Tsunami. Es tut weh, wenn sie in mir tobt und raus will, um Chaos zu stiften.

Nein, das wirst du nicht tun, knurre ich in meinem Kopf. *Beruhige dich verflucht noch mal.*

Ich kann das nicht tun, flüstert ein kleiner Teil von mir. Das ist viel zu viel. Ich schaffe das nicht.

Ein Wimmern entweicht meinen Lippen. O nein, ich kann das nicht tun. Ich werde nicht in der Lage sein, es aufzuhalten. Meine Haare werden zur Seite gestrichen und eine warme Hand legt sich um meinen Nacken und massiert ihn sanft. »Es ist alles in Ordnung, Blitzi. Es tut mir leid, dass ich dich erschreckt habe. Atme tief durch!« Seine Stimme lässt ein leises Grollen durch mich fahren. Bei seiner Berührung bildet sich eine Gänsehaut auf meiner Haut und ich kann nicht verhindern, dass mich ein Schauer überkommt.

Der Hellhound leiht mir seine Kraft.

Ich schlucke und atme dann einen einzigen tiefen,

zitternden Atemzug ein. Dann noch einen. Seine heiße, schwere Hand in meinem Nacken erdet mich, und mit einem aggressiven Stoß von mir verflüchtigt sich die Magie des Reiches – nein, sie zieht sich zurück und erlaubt meiner Magie, sich wieder in einem Sammelbecken in der Mitte meiner Brust zu sammeln.

Vorsichtig öffne ich meine Augen und stoße Owen mit dem Ellbogen an. »Du tust ihm weh. Dem Reich gefällt das nicht. Es mag keine Gewalt.« Der große Hellhound lässt sofort von Larry ab und er stolpert ein paar Schritte weg.

Larry steht mit weit aufgerissenen Augen da und reibt sich zitternd den Nacken.

»Die Wahrheit«, brüllt Owen.

Larry schluckt, wobei sein Adamsapfel wackelt. Sein Gesicht verzieht sich, während er versucht, eine Antwort zu finden, die den knurrenden, furchterregenden Hellhound zufrieden stellen würde. »Ich wurde vom ersten Gastwirt erschaffen.« Seine Augen flehen mich an und er presst seine Hände zusammen, als würde er beten. »Bitte töte mich nicht, Tuesday. Ich wollte dich nicht hängen lassen. Ich hatte Angst. Ich dachte, du wärst sauer, dass ich dich hierhergelockt habe. Als du dann anfingst zu weinen ...« Er wirft die Hände in die Luft und seine Unterlippe wackelt. »Ich fühlte mich so schlecht. Dann kam der große Kerl und hat versucht, mich zu erwürgen.« Larry zupft an seinen Fingern, seine grünen Augen sind groß vor Angst. »Nur der Wirt des Reiches kann mich vernichten. Ich wurde nur für eine vorübergehende Zeit geschaffen, aber ich bin schon seit über tausend Jahren hier und passe auf das Hotel auf. Ich fühle Schmerz.« Er schaut Owen finster an und reibt sich den Nacken. »Ich bin genauso real wie jeder andere. Bitte, ich kann dir helfen.«

»Du bist ein magisches Konstrukt?«

»Ja. Ja.« Larry zeigt auf mich, als ob er ein Lehrer wäre und ich eine Frage im Unterricht richtig beantwortet hätte. Er gibt mir sogar die doppelten Daumen hoch. Seine Augen funkeln vor Erleichterung und er nickt so schnell, dass ich befürchte, er würde gleich wegploppen. »Ich lenke die Magie dorthin, wo sie gebraucht wird. Ich wurde geschaffen, um die Welt am Laufen zu halten, bis ein neuer Wirt gefunden wird. Aber der Wirt kam nie, und als das Sanctuary langsam zerfiel, machte ich mir Sorgen. In meiner Verzweiflung streckte ich meine Fühler in alle Welten aus. Ich war mir so sicher, dass ich einen neuen Wirt finden würde. Ich habe dich gefunden.« Er grinst.

Eine Erkenntnis durchzuckt mein Gehirn, als ich eine Verbindung herstelle. »Ah, du warst es. Du hast das Auto angehalten.« Ich verenge meine Augen.

Larrys fröhliches Gesicht verzieht sich vor Sorge. Er nickt und wringt seine Hände. »Und das Telefon. Ich wollte nicht, dass du um Hilfe rufst, bevor du das Sanctuary betreten hast. Ich wusste, dass du, sobald du hier angelangt bist, dein Zuhause finden würdest. Du brauchst dieses Taschenreich, genau wie wir dich brauchen.«

Ich starre ihn an. Ich sollte so wütend sein. Ich sollte rasend wütend sein. Aber ... ich bin es nicht. Ich schätze, er hat nicht ganz unrecht. Kaum hatte ich das Hotel betreten, ergriff meine nicht vorhandene Magie von meinem Körper Besitz und fing an zu wirken. Ich hebe meinen Blick und betrachte die wunderschöne Lobby. Ich habe das getan.

Ich wünschte nur, ich wüsste, dass er die Wahrheit sagt.

»Na gut, Magiermann, sagen wir mal, wir würden dir glauben. Was ich nicht tue. Was hat es damit auf sich, dass Tuesday im Buch unterschrieben hat? Was sollte das?« Owen senkt seine Stimme zu einem bedrohlichen Knurren. »Was hast du getan?«

Larry tritt noch einen Schritt zurück und hält sich die Hände vor die Brust, als wolle er einen Angriff des wütenden Hellhounds abwehren. »Wow, er mag mich wirklich nicht, oder?«, murmelt er. Owen macht einen bedrohlichen Schritt auf ihn zu. Larry winkt hektisch mit den Händen. »Jeder, wirklich jeder Gast, muss sich anmelden«, quiekt er. »Das ist eine normale Prozedur. Sie hat ihr Leben nicht überschrieben oder so. Ich habe nichts getan, außer sie hierherzubringen. Ich schwöre, ich würde ihr nicht wehtun. Ich würde dir nie wehtun, Tuesday.«

Meine Magie läutet seltsamerweise in mir mit einer Art unheimlicher magischer Bestätigung, als ob sie seinen Worten zustimmt. Verflixt und zugenäht, was jetzt? Was zum Teufel war das? Ein seltsamer magischer Lügendetektor? Ich schüttle den Kopf und blinzle schnell. Das war freakig. Es fühlte sich an, als wäre mein Gehirn gekitzelt worden.

»Er lügt uns nicht an«, murmle ich und reibe mir den Hinterkopf.

Owen schnüffelt gezielt, vielleicht versucht er, eine Lüge zu wittern. Können Wandler so was? Er grunzt bestätigend.

»Okay?«, flüstere ich.

»Okay.« Der Hellhound stimmt zu und mustert Larry mit einem bösen Blick.

Larry grinst und klatscht in die Hände. Seinem fröhlichen Gesichtsausdruck nach zu urteilen, scheint die Sonne herausgekommen zu sein. Dann verschwindet sein Lächeln und er neigt den Kopf zur Seite. Mit monotoner Stimme sagt er: »Sie wissen, dass du hier bist und bitten um eine Audienz.«

»Wer?«, frage ich, während Owen grummelt.

»Ach, um Himmels willen. Was ist denn jetzt schon wieder ...« Er wischt sich mit der Hand über das Gesicht. »Wer?«

»Das Kollektiv der Dimensionen.«

Oh. Das hört sich nach einem ganz neuen Level an Spaß an.

Aaaahhh.

»Muss ich sie persönlich treffen?«, jammere ich und streiche mit den Händen über meine schwarze Hose.

»Nicht persönlich. Keiner von euch wird sich persönlich treffen. Wirte verlassen in der Regel nie die Dimensionen ihrer Taschen. Hier bist du am stärksten, und je länger du bleibst, desto weniger bist du geneigt zu gehen«, sagt er mit unverhohlener Ehrlichkeit. »Die Telefonkonferenz beginnt in zehn Minuten. Komm, ich bringe dich in dein Büro.«

Oh, verdammt, das ist ganz schön kurzfristig. Was für ein Haufen von Idioten. Wissen die denn nicht, wie man Meetings richtig plant? Sie machen das mit Absicht, um mich aus dem Konzept zu bringen. Na, das werden wir ja sehen. Die Idioten merken wahrscheinlich gar nicht, dass ich schon auf dem Zahnfleisch krieche. Was soll ich denn noch zu dem überquellenden Sack voller Scheiße, der mein Leben geworden ist, hinzufügen?

KAPITEL VIERZEHN

OWEN GIBT einen leisen Pfiff der Anerkennung von sich. Ja, das Büro ist besser, als ich es mir vorgestellt habe. Während der Empfangsbereich in etwa fünf Minuten Traumzeit entstand, als ich darauf gewartet habe, im Hotel eingecheckt zu werden, hat es mich Jahre gekostet, das Büro links von der Rezeption liebevoll in meinem Kopf zu gestalten.

Mein Büro im Kaufhaus ist winzig und liegt in einer Ecke des kotzgrün gestrichenen Lagerraums. Es ist gerade mal groß genug für einen Schreibtisch und zwei Stühle. Eine Wand ist voll mit Überwachungsmonitoren und die anderen Wände sind mit Arbeitsplänen und Kalendern zugekleistert. Ich tue mein Bestes, um den engen Raum zu meiden, und versuche, irgendwo anders im Laden zu sein.

Da ist es nur logisch, dass ich im Laufe der Jahre von etwas Ausgefallenerem geträumt habe. Es ist eine Mischung aus einem Büro und einer Bibliothek. Ein hochmoderner Raum mit weißen Wänden und Glasregalen. Riesige, vom Boden bis zur Decke reichende Doppelflügeltüren führen auf eine Terrasse mit Blick auf den See. Hm. Eigentlich sollte der Blick auf den See gar nicht möglich sein.

»So wie dieser Raum im Gebäude liegt, sollte man von diesen Türen aus einen Teil des Parkplatzes sehen können«, sagt Owen und nimmt mir die Worte aus dem Kopf. Er schiebt die Tür auf und tritt heraus. Ich lehne mich gegen die Scheibe und beobachte ihn, wie er zur Seite des Gebäudes schlendert. Bei jedem Schritt fährt er mit der Hand über die Wand, vielleicht auf der Suche nach Illusionen oder einer offensichtlichen Erklärung.

Ich hoffe, er kann es mir beantworten. Ich nehme mir einen Moment Zeit, um die süße Luft eines perfekten Frühlingstages einzuatmen. Was an sich schon seltsam ist, denn ... sollte es nicht eigentlich Winter sein?

»Wir sind in einer Taschenwelt und Tuesday kann die Realität nach ihren Launen zurechtbiegen«, erklärt Larry spöttisch. »Natürlich will sie eine schöne Aussicht von ihrem Büro aus haben. Komm jetzt, hör auf, herumzualbern. Meine Herrin muss sich im Konferenzraum einrichten.«

Ich erschaudere. »O nein, bitte nenn mich nicht *Herrin*.« Ich folge ihm zu einer Tür, die nicht in meinem ursprünglichen Entwurf vorgesehen war. Larry stößt die Tür auf und der vertraute Geruch von Füßen weht herein. Ich rümpfe meine Nase. Er klopft ein paar Mal gegen die

Wand und es macht klick. Der fahle Schein der einzelnen nackten Glühbirne an der Decke beleuchtet einen grauenvollen und trostlosen Raum.

Der Konferenztisch hat schon bessere Tage gesehen. Keine Fenster. Die cremeweiße Farbe an der Decke löst sich streifenweise ab und in den Ecken befinden sich Klumpen von schwarzem Schimmel. Schutt von der abblätternden Farbe und dem Putz liegt auf dem Tisch.

Owen folgt mir wie ein Schatten nach drinnen. Seine Stiefel knirschen, als er den Tisch umrundet. »Schön.«

»Das habe ich nicht gemacht«, murmle ich.

»Das sehe ich«, sagt er und schnippt mit dem Finger ein Stück abgeplatzten Gipses an. Es bricht sofort ab und krümelt zu Boden.

»Der Raum wird nur geöffnet, wenn eine Ratssitzung einberufen wurde. Wenn du es versuchst, solltest du es vor der Sitzung reparieren können.« Larry hüpft von einem Fuß auf den anderen und wringt seine Hände. Er will, dass ich genau das tue.

Ich schüttle den Kopf und lehne die Idee ab, den Raum hübsch zu machen. Solange ich nicht mit eigenen Augen sehen kann, wer Freund oder Feind ist, werde ich ihnen nichts geben. Ich werde mir kein unwiderstehliches, helles, glänzendes Ziel auf den Kopf malen. Ich will nicht, dass sie meine Stärke erkennen, und nichts bringt das Schlimmste in jemandem hervor als die Schwäche eines anderen.

Nicht, dass ich irgendeine Stärke hätte ... Ich weiß nicht, was zum Teufel ich hier überhaupt tue. Aber ich werde auf mein Bauchgefühl hören. Wenn ich ein offensichtlicher Underdog bin, wird das ihr wahres Gesicht schneller offenbaren. Diese Leute sind – wenn man Larry glauben kann – unsterblich, und Unsterbliche haben alle Zeit der Welten. Für sie sind hundert Jahre wahrscheinlich wie ein Tag für eine Hexe. Ich habe keine Lust, ein langes Spiel zu spielen. Entweder werden sie mir helfen oder mich angreifen. Ich sollte es lieber früher als später hinter mich bringen. Zumindest solange ich mich hinter der Masse des Hellhounds verstecken kann.

Was für ein Spaß.

»Werden sie wissen, wie sehr sich die Welt über Nacht verändert hat?«, frage ich Larry, als ich mir einen Stuhl heranziehe.

Er schüttelt den Kopf. »Nein, das werden sie nicht, und sie werden auch nie hierherkommen. Das können sie nicht. Wirte gehen nicht in die Dimensionen der anderen. Das bringt die Reiche aus dem Gleichgewicht und verwirrt die Magie.«

Es besteht also die Möglichkeit, dass sie Spione schicken, also wird meine List nicht lange halten.

Vielleicht irre ich mich und diese Leute sind nett und hilfsbereit. Aber ich habe im Laufe der Jahre gelernt, das Schlimmste zu erwarten. Die meisten Kreaturen sind egoistisch und berechenbar.

Wenn ich also die Rolle des Underdogs spielen will, muss ich mich entsprechend kleiden. Ich werfe einen Blick auf das hübsche Schmetterlingsoberteil mit seinen zarten Farben und wallenden Ärmeln. Es ist nicht das ideale Outfit ... Ich muss ihnen zeigen, was sie erwarten.

Ein verängstigtes Wrack.

Ein Haargummi erscheint in meiner Hand. *Vielen*

Dank dafür. Ich stecke meine Haare in einen schlampigen Pferdeschwanz. Seit ich heute Morgen aufgewacht bin, sind sie wie Seide, so glatt und glänzend, und sie scheinen länger zu sein, denn sie reichen mir jetzt bis zur Taille. Meine Haut ist genauso. Wenn ich die wirbelnde Magie für eine Sekunde ignoriere, kann ich den Unterschied deutlich spüren, denn sie strahlt vor Gesundheit. Sogar meine Nägel sind härter und sehen aus, als hätte ich eine teure Maniküre bekommen.

Die Plastikpistole klappert auf dem Tisch, als ich sie aus meiner Tasche ziehe. Der Hellhound macht diese sexy, fragende Bewegung mit seiner Augenbraue.

»Forrest«, murmle ich zur Erklärung. Er grunzt. Ich habe keine Zeit, nach oben zu rennen und mich umzuziehen, also schließe ich die Augen und denke an die Klamotten, in denen ich angekommen bin. Der Stoff auf meiner Haut verändert sich. Er wechselt von dem leichten, fließenden Material zu der Schwere von Baumwolle. Als ich die Augen aufschlage und fast nicht hinsehen will, sehe ich einen schwarzen, übergroßen Hoodie und eine Jogginghose. Erleichtert blähe ich meine Wangen auf. Perfekt! Im Stillen danke ich der Magie ein weiteres Mal.

Die Ärmel fallen über meine Hände, ich ziehe die Kapuze hoch, sodass die glühenden Spuren in meinem Gesicht verdeckt werden, und stecke die Waffe wieder in meine Tasche.

Als ich mich auf den Stuhl setze, knarrt er unter meinem Gewicht und kippt leicht nach rechts. Hoppla. Ich drücke etwas mehr Gewicht auf meine linke Arschbacke, um den Stuhl gerade zu halten. Ich hoffe, dass sich dieses Treffen nicht hinzieht.

Von der anderen Seite des Raumes beobachten mich schöne graue Augen. Der Hellhound nickt mir zu. Er weiß, was ich vorhabe, ohne dass ich es sagen muss. Kluger Wolf.

Ich lege mein Handy auf den Tisch und ziehe eine Augenbraue hoch. »Larry?« Er starrt mich ausdruckslos an. Es kostet mich alles, um nicht vor Verzweiflung mit dem Kopf auf den Tisch zu schlagen. »Was soll ich jetzt tun? Machen wir eine Videokonferenz?« Ich winke mit der Hand, um den ganzen Raum mit einzubeziehen. »Es gibt keine Technik hier. Soll ich das Telefon benutzen?« Larry öffnet und schließt seinen Mund, während Owen knurrt. Dieses Mal ist das Knurren tiefer und dröhnt aus seiner Brust.

Ich sollte sein Knurren und Grunzen nicht so faszinierend finden, aber ich tue es.

»Was? O ja, entschuldige, die Magie wird sie herbringen. Sie wird alle in den Raum beamen. Nun, ähm, nicht direkt. Aber eine magische Version. Damit ihr, na ja, du weißt schon, sprechen könnt.« Er lässt seine Zähne in einem zu weißen Lächeln aufblitzen.

Ich seufze und schließe meine Augen. Das habe ich definitiv verstanden ... nicht. Das übersteigt mein Fassungsvermögen und um meines Verstandes willen sollte ich so schnell wie möglich weglaufen und nach Hause gehen.

Owen murmelt etwas vor sich hin, während er durch den Raum schlendert und sich hinter mir aufstellt. Alles in mir ist sich seiner hyper-bewusst, während er hinter mir steht. Seine Wandlerkraft und die Hitze seiner Hellhound-Magie jagen mir einen Schauer über den Rücken. *Statt Angst zu machen, ist seine Hellhound-Kraft ...* Nein. Ich verscheuche diesen Gedanken. *Hellhounds sind nicht lecker.*

Der Raum summt und die Härchen auf meinen Armen stellen sich auf, als der plötzliche Druckwechsel im Raum meine Ohren zum Pochen bringt. Meine Gäste schimmern ins Leben. Oh-oh, jetzt geht's los.

Showtime.

Kapitel Fünfzehn

Vier Kreaturen – zwei Männer und zwei Frauen – sitzen am Tisch. Es ist äußerst merkwürdig, sie magisch projiziert zu sehen. Ich muss ein paar Mal blinzeln, um meine Augen zu schärfen. *Helft mir, Obi-Wan Kenobi. Ihr seid meine letzte Hoffnung.* Die Stimme von Prinzessin Leia aus *Star Wars* ertönt in meinem Kopf und ich muss grinsen.

Ich bin froh, dass sie meinen Gesichtsausdruck nicht sehen können. Ein Grinsen würde nicht unbedingt den besten ersten Eindruck machen. Ich mag wie ein mürrischer Teenager wirken, da ich meine Kapuze hochgezogen und mein Gesicht im Schatten verborgen habe, aber ich weiß instinktiv, dass ich das Richtige getan habe, als ich eine weitere offensichtliche Besonderheit an meinen Gästen bemerke.

Ihre ausgefallenen leuchtenden Markierungen.

Während mein Gesicht mit hübschen Wirbeln übersät ist, haben die Kreaturen mir gegenüber hier und da mal einen Wirbel. Die Markierungen müssen auf Macht hinweisen, und ich bin von Kopf bis Fuß damit bedeckt. Das ist nichts, was ich vor einem Haufen Fremder zur Schau stellen sollte.

Zum Glück habe ich mein Gesicht versteckt.

Unter der Kapuze werfe ich ihnen einen prüfenden Blick zu und lasse meine Augen von links nach rechts wandern. Der erste Mann hat weiße Haare, die fast bis auf die Kopfhaut geschoren sind. Er ist schmerzlich dünn und alles an ihm ist weiß, von seinen Lippen bis zu seiner Hautfarbe. Sogar seine Augen haben keinerlei Pigment.

Neben ihm sitzt eine Frau. Ihre Haut und ihre langen Haare haben einen leichten Grünstich. Sie hat einen einzelnen, auffälligen Wirbel auf ihrem spitzen Wangenknochen. Die zweite Frau ist die menschlichste unter den vieren. Sie hat ein rundes Gesicht, braune Haare und haselnussbraune Augen, die Intelligenz ausstrahlen. Der letzte Mann, eine männliche Version der Frau, die neben ihm sitzt, hat ein Grinsen auf seinem hübschen Gesicht – ein Grinsen, das er auf mich gerichtet hat.

Oh, und sie alle haben die wohlbekannten, verräterischen spitzen Ohren der *Aes Sídh*.

Elfen.

Ha! Ich runzle die Stirn und bewege mich leicht, wobei der wackelige Stuhl knarrt. Ich weiß nicht, was ich erwartet habe. Außerirdische vielleicht, aber keine Fae. Irgendetwas in mir läutet eine Erinnerung ein, und ich denke an den

Elfen, der mich angegriffen hat. Er hatte auch kurze Haare. Vielleicht war er kein Elf von der Erde?

Großartig!

»Wie reizend. Ein Hellhound-Bodyguard.« Die grünhäutige Lady schnurrt, während sie mit einem Finger über den Wirbel auf ihrem Schlüsselbein fährt, der ihre beeindruckende Brust betont. Sie lächelt Owen an wie ein Krokodil.

Wow, die Frau hat viiieeel zu viele Zähne.

»Vielleicht kannst du nach diesem Treffen ja über mich wachen.« Sie leckt sich über die Lippen.

Widerlich.

Ich rümpfe die Nase und kann mich nicht zurückhalten. Ich drehe mich – besonders vorsichtig, um den ohnehin schon wackeligen Stuhl nicht aus dem Gleichgewicht zu bringen oder zu zerbrechen –, sodass ich Owens Gesicht sehen kann. Der Hellhound steht hinter mir auf der Lauer. Er hat die Beine breit aufgestellt und seine Hände ruhen fast schon lässig an seinen Seiten.

Wie es sich für einen Profi gehört, reagiert er nicht auf ihre Worte. Doch seine sanften grauen Augen sind hart wie Feuerstein geworden. *Die toten Augen eines Mörders.* Ich atme zitternd ein. *Hör auf, Tuesday. Das ist nicht nett. Owen hat bisher nichts anderes getan, als zu versuchen, dich zu beschützen. Das ist sein Pokerface.* Ich habe Glück, dass ich seine Hilfe habe. Es ist ja nicht so, dass ich vier außerirdische Elfen abwehren könnte, wenn ich nicht mal mit einem fertigwerde. Den Sternen sei Dank, dass sie nicht wirklich hier sind.

Der arme Kerl hat versprochen, mich zu beschützen,

aber wir wissen nicht, wovor. Dank dieser seltsamen Welt und dieses improvisierten Treffens sind wir beide direkt in diese Situation geraten. Ich habe Mitleid mit ihm.

Ich kann nicht mit gutem Gewissen zulassen, dass das so weitergeht. Er ist ein Hellhound, um Zaubers willen. Er ist der Beste der Besten, der ultimative Soldat, und statt loszuziehen und Leute zu retten, ist er hier und spielt Bodyguard für mich. Das ist ein Scherz. Ich muss ihm sagen, dass er von seinem Versprechen befreit ist, denn es ist nicht seine Aufgabe, mir zur Seite zu stehen. Das ist nicht sein Kampf. Er muss meinem Dad einen gewaltigen Gefallen geschuldet haben.

Ich bin seine Zeit nicht wert.

Ich gebe mein Bestes, um ihm ein kleines, beruhigendes Lächeln zu schenken. Seine linke Hand verkrampft sich. Ja, nach diesem Treffen werde ich den armen Kerl weiterschicken.

Widerwillig wende ich meine Aufmerksamkeit wieder den Kreaturen auf der anderen Seite des Tisches zu. Die Elfen – nein, sie sind keine Elfen, oder? Sie sind Wirte, und wenn ich an den ersten Eindruck zurückdenke, muss ich sagen, dass ein sexuelles Angebot, nicht unbedingt der beste Eindruck ist. Es sieht so aus, als würde das hier ein lustiges Meeting werden. Der Hellhound ist nicht der Einzige, der ein Pokerface braucht.

»Armer kleiner verlorener Wirt, du musst so einsam gewesen sein in einer Welt, die dich nicht versteht. Die Erde, nicht wahr? Wenn du so unter der Kapuze hervorlugst, siehst du aus wie ein Mensch.« Die Krokodil-Lady lächelt mich an und ich erschaudere. Ich kann nicht anders, als meine Zähne mit der Zunge zu zählen. Ja, die Krokodil

Lady hat mindestens doppelt so viele Hauer in ihrem breiten Maul. Freaky.

»Du bist erdgeboren?« Der Mann auf der rechten Seite schnieft angewidert. »Die Erde ist voll von Aasfressern. Es ist eine rückständige Welt. Seit vielen Jahrhunderten ist es für uns nicht von Vorteil, mit den wehleidigen, abscheulichen Kreaturen zu handeln, die auf diesem Planeten leben. Als ich das letzte Mal nachgesehen habe, haben sie Menschen wie Sklaven und Wirte wie Hexen behandelt. Kannst du das glauben? Hexen? Wir sind Götter.«

Als Nächstes klopft er sich auf die Brust. Ich blinzle, als er weiter schimpft und mit den Händen in der Luft fuchtelt. *Und was für ein Gott*, höhne ich im Geiste. Ich verwende diesen Titel sehr locker – seine Worte. Die Hexen auf der Erde können nicht so schlimm sein, wenn irgendwann in der Geschichte ein Wirt seine DNA in den Genpool getunkt hat.

Ich muss ein rezessives Gen haben.

Soll ich es ihm sagen? Nein. Ich halte meine Klappe und lasse seine unhöflichen Bemerkungen über mich ergehen. Was kümmert mich das schon? Wen kümmert es, was diese Außerirdischen denken? Ich bin keine Botschafterin der Erde. Außerdem bin ich dank meiner Mum schon abgestumpft, was diese Art von Spiel angeht. Keiner spielt es besser als sie. In einer selbstberuhigenden Bewegung reibe ich immer noch meine Hand an meinem Bein. Ich habe für diesen Moment trainiert. Genau für diesen Moment. Der Umgang mit meiner Mum, meinem Hexenzirkel und der Umgang mit albtraumhaften Kunden und Kollegen hat mich darauf vorbereitet.

»Kleiner menschlicher Wirt«, fährt die Krokodil-Lady

mit einem zahnigen Lächeln fort, »stimmt etwas mit deinem Gesicht nicht?« Sie senkt ihre Stimme auf ein schauriges Flüstern. »Wir haben kein Problem mit Narben.«

Aaahh. Es kostet mich alles, um nicht mit den Augen zu rollen. Jetzt fordern sie mich auch noch heraus. Ich habe keine andere Wahl. Ich muss die Kapuze fallen lassen, denn ich muss mein Gesicht zeigen.

»Ich entschuldige mich«, sage ich in einem falschen, ängstlichen Flüsterton, während ich mit zitternder Hand nach der Kapuze greife. »Ich habe nicht nachgedacht, und der Raum ist kalt.« Als der Stoff von meinem Kopf rutscht, macht mein Herz einen Sprung. Ich ziehe den Kopf ein und kneife meine Augen ganz fest zusammen, während ich die Magie um Hilfe bitte. Ein Stromstoß antwortet auf meinen Ruf und lässt die Haut in meinem Gesicht kribbeln. Als der schwere Stoff gegen meinen Rücken klatscht und sich die losen Haare meines Pferdeschwanzes um mein Gesicht legen, spüre ich, wie alle bis auf ein Zeichen verblassen, wie eine Maske. Sie verschwinden unter einer Schicht aus Magie.

Puh. Das wird genügen. Ich hebe mein Kinn.

Die Krokodil-Lady lächelt zufrieden, während ihre Augen mein Gesicht abtasten. Sie begutachten mich alle und stellen fest, dass ich keine Markierungen habe.

»Bist du sicher, dass sie überhaupt ein Wirt ist? Seht sie euch nur an. Eine einzige mickrige Markierung. Sie ist nicht mächtig. Das Menschenblut hat sie ruiniert«, sagt der braunhaarige Scheingott mit einem abfälligen Schniefen.

Hexe. Die Worte *Hexenblut, nicht Menschenblut*

schreien in meinem Kopf. Ich hebe mein Kinn höher und halte meinen Mund fest geschlossen. Sie machen mich wütend.

»Schau dir dieses Zimmer an. Sie kann nicht einmal einen grundlegenden Wandel vollziehen. Sie ist keine von uns. Den Flüssen sei Dank, dass ich diesen Ort nicht riechen kann. Es ist ekelhaft. Sie ist ekelhaft«, meldet sich die Krokodil-Lady wieder zu Wort.

Nett.

Ich muss mich beherrschen, um nicht zu seufzen und meine Nasenflügel aufzublähen. Jetzt die Beherrschung zu verlieren, wäre ein großer Fehler. Ich bin so etwas gewohnt. Wenigstens ist sie direkt und sagt es mir ins Gesicht. Was soll's, ihre Worte werden das Mum-Gen nicht auslösen. Ich habe schon Schlimmeres gehört.

Ich lächle.

»Sieh dir das an!« Krokodil zeigt auf mein Gesicht. »Sie weiß nicht einmal, dass sie gerade beleidigt wird. Was für eine Verschwendung. Sie ist ein solch hübsches kleines Ding, diese großen violetten Augen ... sie würde wunderschöne Babys machen. Tendris, du hast immer gesagt, dass du auf eine Wirt-Gefährtin wartest.« Sie stößt den weißhaarigen Elfen mit dem Ellbogen an, und er brummt abweisend.

Hinter mir ertönt ein leises Knurren. Owens Stiefel knirschen auf dem Holzboden, als er sein Gewicht verlagert. Ich fuchtle hektisch mit der Hand unter dem Tisch und das Knurren verstummt. Ich glaube nicht, dass sie ihn gehört haben, denn sie reden weiter über mich, als ob ich nicht im Raum wäre. Ich habe gesehen, was ich wissen wollte. Mein Auge zuckt und ich reibe es. Tut mir leid, aber die Wirte sind ein Haufen von Arschlöchern.

Ich hatte noch nicht einmal die Gelegenheit, das Reich zu erkunden, denn diese Kreaturen haben sofort ein Treffen verlangt. Ohne zu fragen. Was hat es mit meinem Gesicht auf sich, dass alle so aufgeregt sind? Sie gehen von null auf hundertachtzig mit Beleidigungen. Selbst wenn ich nichts gesagt habe, was das rechtfertigen würde. Jedenfalls noch nicht.

Ich räuspere mich lautstark. »Entschuldigt mich bitte«, sage ich, während ich auf den Tisch klopfe, um ihre Aufmerksamkeit zu bekommen. »Es tut mir leid. Ich dachte, ihr könntet mir helfen, mich beraten. Jetzt sehe ich, dass das nicht der Fall ist. Wenn ihr mich entschuldigen würdet, ich habe noch einiges zu erledigen.« Ich erhebe mich von meinem Stuhl. Beim Aufstehen streiche ich mir eine Haarsträhne hinters Ohr und lasse den Schlabberärmel absichtlich bis zum Ellbogen herunterrutschen, sodass die silbernen Wirbel auf meinem Arm aufblitzen.

»Oh, Jupiter, ihre Arme«, quiekt die braunhaarige Lady. »Bitte, bitte geh nicht weg.« Irgendetwas in ihrem Tonfall lässt mich innehalten. Ich stöhne auf, als ich die echte Panik in ihren braunen Augen sehe. Was ist schon eine Minute mehr? Ich ziehe den Stuhl zurück und will mich setzen, aber der arme Stuhl hat genug und zerbricht in Stücke. Ich starre auf den traurigen Holzklotz in meiner Hand und blähe meine Wangen auf. Ohne nachzudenken, lasse ich das Holz fallen und verteile meine Magie im ganzen Raum. Die Kraft trifft das Zimmer in einer Welle und von einem Atemzug zum nächsten verändert sich alles.

Oha. Es vor meinen Augen geschehen zu sehen, ist ein Erlebnis. Es ist, als ob ich voll im Disney-Fieber wäre.

Der Konferenzraum spiegelt jetzt das Büro nebenan wider, mit weißen Wänden und raumhohen Fenstern, die ebenfalls auf den See blicken. Eine schicke Glaswand trennt jetzt die beiden Räume und lässt viel Licht herein.

Das ist schon wesentlich besser. Ich nicke und die schützende Maske der Magie löst sich von meinem Gesicht, während ich lässig den nun soliden, eleganten Stuhl hervorziehe und Platz nehme.

Die Münder der Wirte stehen offen.

»Mein Name ist Tuesday Larson. Der Hellhound hinter mir ist Owen, und Larry hier ist das magische Konstrukt des vorherigen Gastwirts. Donnerwetter, sieh sich das mal einer an«, ich verenge meine Augen, »ich habe ja doch Manieren. Nicht schlecht für eine dumme irdische Wilde, denke ich.«

Ein paar Augenblicke lang ist die einzige Antwort, die ich bekomme, Schweigen.

Wow, wie unangenehm.

So viel zum Thema, die Klappe halten. Supi, Tuesday, gut gemacht.

»Sie ist verwildert.« Die Krokodil-Lady erholt sich zuerst. Sie knirscht mit den Zähnen und holt tief Luft, um sich auf eine epische Schimpftirade vorzubereiten. »Sie versteht die Regeln nicht. Du kannst nicht einfach ...«

»Nein. Sie ist grandios. Ich nehme alles zurück, was ich über die Erde und die Menschen gesagt habe. Sie kennt die Regeln nicht, also ist sie auch nicht an sie gebunden. Ihre Magie ist wild.« Der Braunhaarige beugt sich vor und zeigt mit dem Finger auf das Gesicht von Krokodil. »Wage es nicht, das zu ruinieren.« Er ist ein mutiger Mann. Ich würde meinen kostbaren Finger nicht in die Nähe dieser Zähne halten.

Die Krokodil-Lady beweist mir, dass ich recht habe, als sie versucht, einen Bissen davon abzubekommen.

Bäh.

Ihre Bilder verschmelzen für den Bruchteil einer Sekunde, und er grinst. O ja, sie sind nicht wirklich hier. Er lehnt sich mit einem süffisanten Lächeln zurück.

Wenn ich darüber nachdenke, was er gesagt hat, bin ich ausnahmsweise mal froh, dass mir die Magie des Gastwirts völlig unbekannt ist. Es ist erfrischend, dass ich mich nicht an die Version von Perfektion eines anderen anpassen muss. Ich kann darauf hören, was meine Magie mir sagt, und es spontan umsetzen. Ich muss mir auf die Lippe beißen, damit ich nicht wie eine Bekloppte grinse. Ich mag die Vorstellung, wild zu sein.

Die Lady mit den braunen Haaren räuspert sich. Ihre Wangen sind vor Verlegenheit gerötet. »Ich glaube, wir müssen uns bei Miss Larson entschuldigen. Es tut mir leid, dass wir uns nicht vorgestellt haben. Es ist ein bisschen überwältigend, einen neuen Gastwirt zu finden. Mein Name ist Nyssa. Das ist mein Bruder Nestern. Die reizende Lady neben mir ist Zaina, und der Herr am Ende ist Tendris.«

Ich schnaufe. Es ist ein bisschen zu spät für höfliche Begrüßungen.

»Du hast uns absichtlich in die Irre geführt«, sagt Tendris mit einem finsteren Gesichtsausdruck.

»Ja«, antworte ich mit einem scharfen Nicken. Seine Augen weiten sich, und ich zucke mit den Schultern. Was? Ich werde nicht lügen. Na ja, jedenfalls nicht vollständig. Ich verzichte darauf, ihnen zu sagen, dass ich meine Markierungen versteckt habe, weil ich mir selbst fast in die Hose geschissen habe.

»Es war ein Test«, sagt er und reibt sich das Gesicht.

»Ja.«

»Ein Test, den wir nicht bestanden haben«, sagt Nyssa in einem trauernden Ton. Ich zucke wieder mit den Schultern. Ich muss dieses Treffen zu Ende bringen.

Die Art und Weise, wie Zaina, auch bekannt als Krokodil-Alien-Wirt, mich jetzt anstarrt, gibt mir ein unangenehmes Gefühl. Wenn Blicke töten könnten, wäre ich bereits tot und mit einem hübschen Grabstein beigesetzt. Sie streicht mit gruseliger Absicht über einen klobigen Goldring an ihrem rechten Ringfinger und wirft dann einen Blick auf meinen leeren ringlosen Finger und grinst.

Mir fällt auf, dass jeder meiner Besucher einen hat. Nein, ich gehöre nicht zum Club der Ringe. Die Ringe müssen mächtige Artefakte sein. Das werde ich wohl auf die Liste der Dinge setzen, die ich noch herausfinden muss. Zaina lächelt mich jetzt an. Ein Teil von mir wünscht sich, sie wäre physisch hier. Ich streiche über die Spielzeugpistole in meiner Tasche. Am liebsten würde ich ihr eine Schlafschaumkugel in die Mitte ihrer grünen Stirn schießen. Ich senke den Kopf und grinse bei dem Gedanken. Schade, dass es direkt durch sie hindurchgehen würde. *Sieh mal einer an, kaum habe ich eine Plastikpistole in der Tasche, schon bin ich eine richtige Rebellin geworden.*

Okay, zurück zu den Antworten. »Ihr seid also der Rat der Gastwirte?« Wie hat Atticus sie genannt? »Das Kollektiv der Dimensionen?« Meine Augenbrauen heben sich bei dieser Frage und ich setze einen hoffentlich ermutigenden Gesichtsausdruck auf.

»Rat der ...« Nyssa stößt ein ersticktes Lachen aus und wendet sich hilfesuchend an ihren Bruder, der auf einmal suuuper interessiert an seiner Hand ist. Habe ich etwas Falsches gesagt?

Dann erhebt Nyssa sich von ihrem Stuhl. Auf dem Weg zum Fenster geht sie durch den Tisch. Die magische Projektion von ihr flackert so sehr, dass ich mich übergeben möchte. Sie nimmt die Aussicht in sich auf und lässt ihre Hand am Glas schweben. »Schöne Aussicht«, murmelt sie. »Ich kann meilenweit sehen.« Die anderen Gastwirte verstummen, als auch sie die Aussicht in Augenschein nehmen.

Zaina knirscht mit den Zähnen und knurrt. »Du bist also mächtig. Na und?«

»Und du hast schnell gelernt«, sagt Tendris leise. Seine weißen Augen bleiben auf den See gerichtet.

»Wenn du willst, kann ich dich unterrichten und dir mit deiner Magie helfen. Ich kann dir die Werkzeuge geben, mit denen du dich schützen kannst«, bietet Nyssa an.

»Danke.«

»Tja, das werde ich nicht tun. Ihre Macht wird die Sealgairí hervorbringen und ich bringe mich nicht um, um einen Baby-Wirt zu schützen. Sie ist ein Magnet für Ärger«, knurrt Zaina.

»Wer sind die Sealgairí?« Ich versuche, das Wort so

auszusprechen, wie es die Krokodil-Lady getan hat, aber ich verpatze es total.

»Geh mir einfach aus dem Weg, Wednesday.«

Ich rolle mit den Augen. Als ob ich das nicht schon mal gehört hätte. »Nein, mein Name ist Tuesday«, sage ich mit einem traurigen Kopfschütteln. »Wednesday ist meine Schwester.«

»Was?« Ihr grünes Gesicht verzieht sich verwirrt.

»Junge, das ist ein bisschen zu einfach, oder?«, murmle ich.

»Deine Schwester heißt Wednesday?«, stottert sie ungläubig.

Ich schnaube. »Nein. Aber du hättest mal dein Gesicht sehen sollen.« Ich grinse. Alle meine drei Schwestern haben wunderbare, normale Namen. Nur ich habe einen verrückten Namen. So was nennt man, das Schicksal herausfordern. Ich glaube, meine Mum war sich so sicher, dass ich ein Junge werde, dass sie nicht einmal darüber nachgedacht hat, eine Alternative zu wählen. Als sich dann herausstellte, dass ich ein putzmunteres Mädchen bin, hat sie meinem Dad erlaubt, mir einen Namen zu geben. Ich wurde an einem Dienstag geboren. Ja, wirklich. *Danke, Dad.*

»Wir sind die Gastwirte«, sagt Nestern mit leiser Stimme.

»Wie bitte?« Ich blinzle schnell. Oh, er antwortet auf meine Frage, die Nyssa zuvor beunruhigt hat – dass sie Teil des Rates sind. Ich glaube, ich verstehe nicht ganz. Haben sie nicht den Rat geschickt? Die Gilde?

»Es gibt vier von uns, nun ja, fünf.« Nyssa setzt sich wieder auf ihren Platz, winkt den anderen zu und lächelt herzlich. »Das ist der Grund, warum wir dieses Treffen so schnell einberufen haben.« Sie beugt sich enthusiastisch vor, aber ihr Lächeln erreicht ihre traurigen, haselnussbraunen Augen nicht. »Miss Larson, du bist in Gefahr. Die Wirte wurden bis zur Ausrottung gejagt. Wir sind die Letzten.«

Fünf von uns? »Oh.« Tja, Scheiße.

Kapitel Sechzehn

Nachdem ich mit Nyssa eine Trainingseinheit für den nächsten Morgen vereinbart habe, kappe ich die Magie im Zimmer. Das ist so einfach, als ob man einen Schalter umlegt. *Bäm*, und schon sind sie weg.

»Ausrottung. Verfluchte Scheiße.« *Aaahh, Tuesday, warum hast du ihnen deine Magie so schnell gezeigt? Warum bist du so ungeduldig?* Ich lasse meinen Kopf auf den Tisch plumpsen und stöhne. Mein ruhiges Leben als Ausgestoßene war mir lieber, als gejagt zu werden. »Ich will keine außerirdische Elfe sein«, jammere ich.

»Du bist keine außerirdische Elfe«, sagt Owen mit schroffem Amüsement. »Du bist immer noch eine Hexe, aber mit Wirtsmagie.«

Ich stoße ein undamenhaftes Grunzen aus. Ich bin weit davon entfernt, eine Hexe zu sein. Meine verschwitzte Stirn schnalzt gegen den Tisch, als ich versuche, meinen pochenden Kopf gegen das Holz zu drücken.

»War das klug, deine Zeichen und deine Magie so zu zeigen?«, fragt Larry und spricht damit die höfliche Version meiner eigenen verstreuten Gedanken aus.

»Sag du es mir, Larry«, murre ich. »Wahrscheinlich nicht.« Ich setze mich auf und reibe mir das Gesicht. Großartig! Sogar das magische Konstrukt denkt, dass ich ein bisschen zu voreilig war. *Ach was, das war es doch wert, allein um ihre Gesichter zu sehen.*

Ich stehe auf und verlasse mit wackeligen Knien den Konferenzraum. Die beiden Männer folgen mir schweigend. Ohne nachzudenken, torkle ich zum Empfang. Ach Scheiße, ich hätte dieses Gespräch vertraulich halten sollen. Bevor ich mich umdrehen und unsere Schritte zum Büro zurückverfolgen kann, taucht um uns herum eine Schallblase auf. Sie ist so ähnlich wie ein *Jetzt Hörst Du Mich Nicht Mehr*-Zauber. Wow, das ist irgendwie cool. Freakig, aber ein cooles Stück Magie.

Larry stupst die Blase mit einem zustimmenden Nicken an. Ich zucke mit den Schultern. Es ist ja nicht so, dass ich es mit Absicht gemacht habe. Dieser Zauberkram ist verrückt. Ich werfe mit Magie um mich, ohne dass ein Spruch oder ein Zauber in Sicht ist. »Ich musste etwas tun«, fahre ich fort. »Sie sind auf mir herumgetrampelt. Hast du gehört, was sie gesagt haben? Was für eine Bande von A-Arschgeigen«, stottere ich. Aus irgendeinem Grund, vielleicht weil ich müde und ein bisschen nervös bin, liegt mir das Wort *Arschgeige* schwer auf der Zunge. Mein Gehirn schaltet bei dem seltsamen Gefühl, dass ich endlich laut aussprechen kann, was mir durch den Kopf geht, leicht ab. Ich reibe mein Bein. Ich glaube nicht, dass ich mich jemals daran gewöhnen werde.

Mein Kopf dreht sich wieder um die große Enthüllung. Ich habe alle meine Karten offen auf den Tisch gelegt. Ich hoffe, ich habe mich stärker aussehen lassen, als ich bin. Das alles fühlt sich an, als würde mich das Schicksal aggressiv vorwärtstreiben. Ich weiß immer noch nicht, ob mir das alles um die Ohren fliegen wird. Ich hasse es, nicht zu wissen, ob ich das Richtige tue. Obwohl ich glaube, dass die Wirte verängstigt sind und größere Probleme haben als meine Existenz, sagt mir mein Bauchgefühl, dass alle zukünftigen Prüfungen, die ich habe, wahrscheinlich nicht von ihnen kommen werden.

»Nein, ich musste mich offenbaren. Ich musste das Treffen unter meine Kontrolle bringen und jetzt halten sie mich für ein böses Genie«, füge ich mit viel Sarkasmus hinzu. Der Lügendetektor in mir piepst. Das Ding funktioniert sogar bei mir. Oh, Scheiße, ich hoffe, es gibt eine Möglichkeit, das verdammte Teil abzuschalten. Ich belüge mich oft selbst. Wenigstens ist es gut zu wissen, dass ich bei diesem Treffen Unterstützung durch den Lügendetektor hatte. Sie haben nicht gelogen. »Wenn man so schwach ist wie ich, lernt man, zu bluffen«, beende ich halbherzig.

»Die Sealgairí. Hast du schon mal von ihnen gehört?«, frage ich Owen und zucke zusammen, als ich merke, dass ich wieder die Aussprache verhunze.

»Nein. Aber das Wort bedeutet *Jäger* auf Irisch. Ich werde meine Kontakte fragen.«

»Wirtsjäger.« Ich schüttle den Kopf. »Danke. Das würde ich zu schätzen wissen.« Eine Welle von Schwindelgefühlen überkommt mich, also lehne ich mich so lässig wie möglich gegen den Empfangstresen. Niemand braucht zu wissen, dass er mich aufrecht hält. Wenn ich es ignoriere, wird es wieder verschwinden. Ich seufze und reibe mir die Schläfe.

Ich blinzle einen weiteren Schwindelanfall weg und begegne Owens besorgtem Blick. Er hat sich von meinem lässigen Lächeln nicht täuschen lassen. »Es tut mir leid, dass sie unhöflich zu dir war. Ich hätte etwas sagen sollen.«

»Nein«, antwortet der Hellhound schroff. »Du hast das Richtige getan.«

»Nein, das habe ich nicht. Ich hätte sie zur Rede stellen sollen. Sie hat sich unangemessen verhalten. Es tut mir leid, dass du dir das anhören musstest.« Ich schäme mich für mich selbst. Ich greife zu ihm und drücke seine warme Hand. Dann richte ich meine Aufmerksamkeit wieder auf Larry. »Larry, eine Frage: Warum hast du eine Benachrichtigung über das Treffen bekommen und ich nicht? Bist du etwa ein magischer persönlicher Assistent?«

»Du musst nur der Magie Bescheid sagen.«

»Großartig. Gibt es sonst noch etwas, was ich der Magie mitteilen muss?«

»Ja.« Ich neige meinen Kopf zur Seite und winke mit der Hand, als wolle ich sagen: *Rede weiter. Komm schon, Larry.* »Oh, es gibt so viel zu erzählen, dass ich Wochen dafür brauchen würde.«

»Richtig.« Ich verenge meine Augen. Larry wippt von Fuß zu Fuß. »Du weißt, dass du nichts vor mir verheimlichen musst. Ich werde dich nicht rausschmeißen oder, Gott bewahre, dich umbringen. Sei einfach ehrlich, ja? Ich brauche deine Hilfe. Ich brauche einen Freund.«

»Einen Freund?« Larry blinzelt mich an.

»Nun, ja ...« Verlegen ziehe ich das Telefon aus der Tasche und tippe damit auf meine Hand. Ich schalte das Telefon wieder ein und es funktioniert einwandfrei. »Ich brauche immer mehr Freunde«, flüstere ich.

»Ich bin dein Freund.« Larry kichert mit einer kindlichen Freude. Ich hebe den Blick, und er lächelt mich an und hüpft auf den Zehen. »Ich habe noch nie einen Freund gehabt. Das ist fantastisch.«

»Freunde.« Ich lächle über seine Faxen und halte ihm meine Hand hin. Er hüpft auf mich zu und schüttelt sie behutsam.

»Du musst nur deine Sinne öffnen und die Magie wird dir alles sagen, was du wissen musst.«

Ich nicke und versuche es. Um mich zu konzentrieren, schließe ich die Augen. Er hat recht. Es ist so seltsam, als ob ich einen Phantomteil meines Bewusstseins berühre. Ich kann alles in diesem Taschenreich spüren, wenn ich nur meine Sinne ausstrecke.

Mit einem mentalen Stupser erscheint vor der Schwärze meiner Augenlider eine Karte. »Eine Karte des Reiches.« Ich schnaufe. *Das ist Wahnsinn.* Ich schiebe meine Überraschung beiseite, rümpfe die Nase und halte meine Augen fest geschlossen. »Ich schätze, das ist nicht *alles*, was ich wissen muss, aber es ist ein Anfang.« Owen grunzt anerkennend. Irgendwie werden alle Bewohner des Reiches als farbige Kleckse auf der Karte angezeigt. Und wenn ich auf den schwarzen Klecks tippe, weiß ich, dass der Vampir leise in der Bibliothek arbeitet. Gold. Daisy spielt mit ein paar Freunden. Mein ganzes Gesicht verzieht sich und alles, was ich tue, gerät ins Stocken ... Moment mal. Was? Freunde? Ähm, das ist neu. Ich weiß, dass sie sicher und zufrieden ist, also werde ich nicht losstürmen und mich wie eine Helikopter-Mama aufführen.

In Gedanken an Helikopter-Mütter öffne ich meine Augen und klammere mich an das Telefon in meiner Hand. Nichts ist besser als die Gegenwart, um etwas von meiner furchtbar langen To-do-Liste abzuhaken. Tief durchatmend und mit kribbelndem Magen lege ich meinen Daumen auf die Tastatur, bereit, meinen Dad anzurufen, was zweifellos auch ein Gespräch mit Mum nach sich ziehen wird. Ich schlucke.

Nee, ich denke, ich werde diesen spaßigen Anruf auf einen anderen Tag verschieben. Ich sollte nach Daisy und ihren *Freunden* sehen. Oh-oh. Meine Augen weiten sich. Ich habe keine Ahnung, was eine Drachin hervorzaubern kann, wenn die Magie des Reiches auf alle ihre Wünsche eingeht. »Ich muss nach Daisy sehen.« Ich bewege mich und taumle dann zur Seite. Eine starke Hand packt mich unter meinem Ellbogen. »Oh, danke«, murmle ich. »Was zum Teufel ist mit mir los?«

»Du hast gerade einen Haufen Magie benutzt. Magie, die du vor letzter Nacht noch nie benutzt hast. Natürlich wackelst du jetzt herum wie Bambi. Wann hast du das letzte Mal gegessen?« Der Hellhound schaut stirnrunzelnd auf mich herab.

»Die Zimtschnecke?« Owen verzieht das Gesicht. »Oh, und ich hatte heute Morgen ein Bacon-Butty.«

»Also ein magisch hergestelltes Gebäck und ein Frühstückssandwich? Das macht vielleicht deine zukünftigen Gäste satt, aber weißt du, ob es auch nahrhaft für dich ist?«

Ich stöhne auf, schüttle den Kopf und kann mir gerade noch verkneifen, mir auf die Stirn zu klopfen. *Oh, Tuesday, warum denkst du nicht nach? Der Mann wird mich für eine Vollidiotin halten.* »Ich habe keine Ahnung.«

»Okay, dann musst du erst mal richtig was essen, bevor du irgendwas anderes machst.«

»Ja, okay, klingt nach einem Plan. Aber ... ähm ... ich weiß nicht, ob ich eine Küche geschaffen habe. Ich schätze, hier gibt es kein richtiges Essen.« Wir drehen uns beide um und starren Larry an, der den Kopf schüttelt. Das ist also ein Nein zu der Idee mit dem Essen.

Owen knurrt. Larry fuchtelt mit den Händen vor sich herum, als wolle er einen Angriff abwehren. Ich verdrehe die Augen und der Hellhound fährt sich mit der Hand über das Gesicht. »Es gibt keinen Grund zur Panik«, quietscht Larry und setzt seine Dramatik fort. »Das Essen hier wird Tuesday versorgen.« Er dreht sich mit flehenden grünen Augen zu mir. »Es kommt nicht aus deiner magischen Quelle. Das Taschenreich kann alle deine Bedürfnisse erfüllen. Owen hat recht: Du hast viel Magie eingesetzt. Du musst nur mehr essen.«

Ein nussiger Proteinriegel erscheint in Owens Handfläche. »Daran könnte ich mich gewöhnen; die Magie ist unglaublich.« Die Verpackung raschelt, als er sie öffnet. »Wenn es dir wieder besser geht, sollten wir vielleicht ein Portal öffnen und uns frisches Essen liefern lassen, nur für den Fall.« Er blickt Larry an und reicht mir den Riegel.

Ich nicke und stopfe ihn mir in den Mund. »Warst du schon einmal in einer Taschendimension?«, frage ich, als ich endlich fertig gekaut habe.

»Ja, in mehreren. Aber keiner so großen. Ich kann es kaum erwarten, sie zu erkunden.«

»Ich auch nicht.« Nachdem ich zwei weitere Proteinriegel gegessen habe, fühle ich mich schon besser. »Oh, ich muss jetzt aber wirklich mal nach Daisy sehen. Sie führt irgendwas im Schilde.« Mit neuer Energie eile ich in mein Zimmer. Owen folgt mir schweigend. Es ist seltsam, dass mir ein so großer, aber schweigsamer Mann folgt. Der Wandler strahlt wirklich eine gewisse Hitze aus. Kein Wunder, dass Daisy ihn mag.

Sein warmer Atem kitzelt mich am Ohr. Ich schließe verzweifelt die Augen und atme zittrig ein, bevor ich mich schneller von ihm wegbewege. »Wo willst du hin?«, murmle ich.

»Da, wo du hin willst.«

Ich drehe mich um und sehe ihn an. Ich muss meinen Kopf weit nach hinten neigen, um ihm in die Augen sehen zu können. Ich kann immer noch nicht fassen, wie groß er ist. Schnaufend stemmte ich die Hände in die Hüften, bereit zu diskutieren. Ich kann es nicht gebrauchen, dass er mir den ganzen Tag folgt.

Ich fühle mich schon jetzt unwohl und meine Verliebtheit muss erstickt werden, bevor ich mich noch mehr blamieren kann.

»Ich bin in Sicherheit. Du brauchst mich nicht zu bewachen. Niemand wird hier reinkommen, ohne dass ich davon weiß.«

»Wirklich?«, fragt er, hebt eine Augenbraue und verschränkt seine muskulösen Unterarme vor seiner Brust. »Und das weißt du ganz genau, ja?«

Ich stöhne und reibe mir das Gesicht. »Nein«, murmle ich unter meiner Hand.

»Dann sag mir Bescheid, wenn du alles über deine

Magie in dieser Welt weißt. Dann werde ich dich in Ruhe lassen.«

Ich blinzle.

Der Hellhound grunzt.

Ahh, wir haben eine Pattsituation.

Dieser verflixte dickköpfige Hellhound. Nichts, was ich sage, wird ihn überzeugen. »Von mir aus. Ich denke nur, dass die Zeit eines Elite-Hellhounds besser genutzt werden könnte, als sich um mich zu kümmern.« Er grunzt. Ich schnaufe und drehe mich auf den Zehenspitzen um. Mit den Füßen stampfend, gehe ich weiter. Ich bin mir sicher, er braucht eine Pause. Ich weiß, dass ich die brauche.

Ich öffne die Tür zu meinem schmucken Zimmer und gehe hinein. Die ganze Bude ist etwa dreimal so groß wie meine Wohnung zu Hause. Es gibt drei zusätzliche Schlafzimmer. Ich reibe mir das Gesicht und stöhne zum gefühlt millionsten Mal heute. Das ist eine weitere Sache, die ich tun muss – den Mietvertrag für meine Wohnung kündigen. Mit jeder Minute, die ich hierbleibe, wird es unwahrscheinlicher, dass ich jemals wieder nach Hause gehen kann. Ich wette, mein Vermieter wird sich freuen, mich gehen zu sehen, wo doch die Power-Ranger-Söldner seinen teuren Schutzwall zerschlagen haben.

»Daisy?«, rufe ich mit süßlicher Stimme. Ich suche die ganze Wohnung ab und als ich ein zweites Mal suchen muss, bricht Panik in mir aus. Sie ist nicht hier. Warum ist sie nicht hier? »Daisy Duco? O nein, Oh, Grundgütiger, hat die Magie meine Drachin mitgenommen?« Wenn dieses verdammte Taschenreich meine Daisy verletzt hat ...

Owen öffnet eine Tür und ich möchte ihn anschreien, dass Daisy unmöglich da drin sein kann, hinter einer geschlossenen Tür. Sie hat keine Daumen. Aber seine grollende Stimme stoppt mich. »Tuesday, das musst du dir ansehen. Ich glaube, sie ist hier, und sie hat ... Freunde.«

Die Freunde. Ich eile zu ihm und schaue mir die Welt hinter der Tür an. Ich dachte, ich hätte schon alles gesehen, aber das hier – das ist verrückt.

»Drachinnen-Utopie«, murmle ich schockiert.

Habe ich mir gewünscht, dass Daisy Freunde hat? Ich glaube, das habe ich heute Morgen getan, als ich gegangen bin. Oh, verflixt. Aber ich erinnere mich auch daran, dass sie einen Sack voll Gurken gefressen hat, also könnte sie das selbst gemacht haben.

Der Raum ist kein Raum, sondern ein Lavafeld. In dem felsigen Gelände gibt es vulkanische heiße Quellen mit Lavapools dazwischen. Der eierige Geruch von Schwefel erfüllt die Luft. In der Mitte steht ein Baum, der bestimmt fünfzehn Meter hoch ist. Ein tiefes Loch in der Wurzel des Baumes deutet auf eine Höhle darunter hin. Als Larry sagte, die Magie könne die Gesetze der Physik beugen, hat er nicht gescherzt.

Aber was mir den Mund offen stehen lässt, sind die vielen Drachinnen.

Das ist Drachenland.

Eine hellblaue Drachin nimmt einen großen Bissen Vulkangestein und zerkleinert ihn geräuschvoll. »O nein, was hat sie denn da gerade gegessen? Sie muss sich vollgefressen haben. Daisy wird Bauchweh haben.« Ich reibe mir mitfühlend den Unterleib. »Normalerweise bin ich so vorsichtig mit dem, was ich ihr zu essen gebe.« Daisy ist noch jung und wir haben uns auf einen speziellen Drachin-Mix konzentriert, der genau die richtige Anzahl von

Steinen enthält, um ihre Verdauung zu fördern.

Wir stehen da und starren auf all die Drachinnen, die rennen, fliegen und spielen. Der Gedanke, dass Daisy einsam war, bricht mir ein wenig das Herz. Ich habe das Gefühl, egoistisch gewesen zu sein. Ich habe sie ganz für mich allein behalten.

Daisy krabbelt um den Baum herum und stürmt auf mich zu. Ich lasse mich auf die Knie fallen, ignoriere die Unebenheiten des Bodens und kann mir ein Lächeln nicht verkneifen, als sie mir in die Arme läuft. »Hast du Spaß? Ich hoffe, es gibt hier keine Jungs.«

Als ich ihre goldenen Schuppen streichle, flattert ihr aufgeregtes Herz unter meinen Fingern. Instinktiv lasse ich einen Hauch meiner Magie durch sie hindurch sickern. Ich weiß nicht, was ich da tue, aber um meines Verstandes willen muss ich überprüfen, ob es ihr körperlich gut geht. Nach nur wenigen Sekunden verflüchtigt sich meine Magie zum Glück. Ich seufze vor Erleichterung. Daisy ist vollkommen gesund. Ihrem Bauch geht es gut, sie ist nur erschöpft vom Spielen und dem überfälligen Nickerchen.

»Sie riechen nicht echt«, sagt Owen mit leiser Stimme. »Sie riechen wie Larry.« Oh. Ich nicke. Das ergibt Sinn. Falsche Drachinnen sind sichere Drachinnen.

Nachdem sie genug von meinem Geschmuse hat, benutzt der kleine Golddrache mein Knie als Sprungbrett und hüpft von mir weg. Mit flatternden Flügeln, um ihrem Lauf noch mehr Schwung zu verleihen, hüpft sie in Richtung eines heißen Pools. Es wird noch ein paar Jahre dauern, bis die Knochen in ihren Flügeln so stark sind, dass sie fliegen kann.

Ich stehe auf und wische Schmutz und Steine von meiner Jogginghose ab.

»Hey.« Owen stupst mich an. »Geht's dir gut?« Ich schlucke ein paar Mal und wringe meine Hände umeinander. Ich glaube nicht, dass ich antworten kann, denn meine Gefühle sind völlig durcheinander, also nicke ich und schüttle dann fast gleichzeitig den Kopf.

Es geht mir nicht gut.

Sein schwerer Arm legt sich um meine Schultern, und er zieht mich an seine Seite. Ich schmiege mich an ihn. Nach zehn schweigenden Minuten, in denen wir den Drachinnen beim Spielen zugesehen haben, greift seine große Hand nach meinem Kinn und seine grauen Augen finden meine. Ich erwarte, dass er etwas Ergreifendes sagt. »Die beste Taschendimension aller Zeiten.« Er grinst. Sein Lächeln erstreckt sich über seine Augen und er leuchtet förmlich.

Wow! Mein Herz setzt einen Schlag aus.

»Willst du spazieren gehen?«, räuspere ich mich. Drinnen zu bleiben, macht mich nervös. Ich muss raus aus dem Hotel und etwas frische Luft schnappen. Nicht, dass ich wüsste, ob die Luft frisch ist. Ich weiß nichts über dieses seltsame Reich. Es ist beängstigend.

Owen grunzt zur Bestätigung und ich schlurfe neben ihm her, als wir uns auf den Weg ins Erdgeschoss machen. Ich bin traurig. Es ist das Gefühl, das man bekommt, wenn der beste Freund eine Gruppe neuer Freunde hat und man nicht dazugehört. Ich weiß, dass es albern ist. Die meisten Leute würden sagen, dass Daisy nur eine Drachin ist. Aber in den wenigen Monaten, die sie jetzt in meinem Leben ist, ist sie mir sehr wichtig geworden. Ich liebe sie.

Jetzt sieht es so aus, als wäre ich grausam gewesen, weil ich sie egoistisch für mich behalten habe. Ich blinzle schnell, damit ich nicht weine. Ich habe sie noch nie so glücklich gesehen.

Das ist eine gute Sache und ich sollte nicht traurig sein. Was bin ich doch für ein Arsch. Ich sollte mich für meine kleine Drachin freuen.

Kapitel Siebzehn

Wir verlassen das Gebäude durch den Haupteingang. Der Weg, der gestern Abend noch rissig und holprig war, ist jetzt glatt unter unseren Füßen. Ich kann nicht glauben, dass das erst gestern Abend war. Es sind schon so viele Dinge passiert. Kein Wunder, dass mein Kopf sich anfühlt, als würde er gleich explodieren.

Owen macht einen Schritt für drei meiner Schritte. Ich versuche, meine Bewegung zu vergrößern, aber ich rutsche ab und zerre mir fast einen Muskel. Aus den Augenwinkeln sehe ich, wie die Lippen des Hellhounds zucken, während er ein Lachen unterdrückt. Zum Glück wird der große Flegel langsamer.

Als ich normal gehe, wird jeder Schritt, den ich mache, leichter. Die Luft riecht klar und frisch und ist weit entfernt von der Verunreinigung in der echten Welt. Wenn ich meine Augen entspanne, funkeln und knistern winzige schwebende magische Filamente. Sie sind voller Energie. Dieses Taschenreich ist für mich realer als die Welt, aus der ich komme. Alles um mich herum surrt vor Magie. Das Gefühl, zu Hause zu sein, durchströmt mich. Es steigt in meinen Beinen auf und schießt mir in die Brust.

Zuhause.

»Fühlst du dich willkommen, als ob du nach Hause gekommen wärst?«, frage ich ihn.

»Friedlich. Ich fühle mich hier so sicher, wie ich es noch nie zuvor getan habe. Willkommen, ja, aber nicht so, als ob ich nach Hause gekommen wäre. Ist es das, was du fühlst?«

»Ja, es ist seltsam.« Ich reibe mir die Brust. »Das habe ich noch nie gefühlt.«

»Aber ...« Er stoppt seine Worte und reibt sich den Nacken.

»Was?«

»Na ja, du kommst aus einem großen Hexenzirkel. Fühlst du dich nicht auch so, wenn du zu deiner Mum gehst?«

Ich lache. Es klingt bitter in meinen Ohren und ich schüttle den Kopf. Ohne nachzudenken, erzähle ich zu viel. »Ich bin die Blamage des Hexenzirkels. Das Fehlen meiner Kräfte hat meine Eltern verärgert.« Ich stöhne innerlich auf. Ich habe zu viel gesagt. Der Hellhound ist praktisch ein Fremder, und schlimmer noch, mein Dad hat ihn geschickt, um mir zu helfen.

Jetzt bin ich an der Reihe, mir unbeholfen den Nacken zu reiben. Er muss denken, dass ich eine regelrechte Kuh bin. »Es war meine Schuld. Ich war ... ähm ... ein schwieriges Kind.« Ich zucke mit den Schultern und täusche ein Lächeln vor.

Der Hellhound verengt seine Augen. Ich vertraue Owen und bin mächtig in ihn verknallt, aber er ist mit meinem angesehenen Dad befreundet. Ich will gar nicht wissen, wem er glauben würde, wenn ich ihm die Wahrheit sagen würde.

Ach was, selbst ich würde es nicht glauben. Ein guter Ruf ist schnell kaputt, und wenn er ein wenig nachforschen würde, würde er feststellen, dass mein Ruf schon lange nicht mehr intakt ist. Zerbrochen und so fein gemahlen, dass er nur noch Sand ist. Ich werde als jenseits von nichts gesehen. Daran ändert auch ein Tag als fantastischer Gastwirt nichts.

Ich werde immer die defekte Hexe sein.

Ein kleiner Seufzer des Schmerzes entweicht meinen Lippen und ich zupfe an einem kleinen Steinchen, das sich in den Stoff meiner Jogginghose gefressen hat. Ich bin eine nette Person – es sei denn, ich kanalisiere meine Mutter –, und wenn es eine Sache gibt, die Kreaturen nicht verstehen, dann ist es Nettigkeit. Das lässt sie ausflippen.

Aber es spielt keine Rolle, ob du eine nette Person bist, wenn dein ganzer Hexenzirkel denkt, dass du eine Platzverschwendung bist. Deshalb habe ich schreckliche Angst davor, dass er einen vollständigen Einblick in mein Wesen bekommt. Er wird entsetzt sein und mit Sicherheit weglaufen, wie alle anderen auch. Ich dachte, ich hätte das überwunden. Ich weiß es besser, als in der Vergangenheit zu leben. Jetzt herrscht eine peinliche Stille zwischen uns.

Der Weg wechselt zu einem knirschenden, goldenen Stein. Es ist dieses schicke Zeugs, das ich früher mal auf einem Landgut bewundert habe. Mein Blick schweift über den leeren Parkplatz. Er scheint größer zu sein als gestern Abend und es steht dort ein Wegweiser – der gestern noch nicht da war – der die Leute zu einem Freizeitzentrum, zum Schwimmbad und zum Fitnessstudio dirigiert. Heiliger Bimbam, es gibt auch ein Schild für die Ställe. Daran kann ich mich nicht erinnern.

Irgendetwas nagt an mir, irgendetwas fehlt ... Mein Blick sucht den leeren Parkplatz ab. Oh. Moment mal. Das Auto ist weg! »Der Mietwagen ist weg«, quieke ich. »Ich wollte ihn zurückbringen ... Habe ich das?« *Oh, verdammt, was habe ich mit dem Auto gemacht?* Ich hüpfe von einem Fuß auf den anderen. Meine Güte, wenn das passiert ist, ist dieser Ort noch viel gefährlicher, als ich dachte.

Owen runzelt die Stirn und fischt sein Telefon heraus. Es wirkt winzig in seiner Hand. Seine Finger sind so groß, dass ich nicht weiß, wie er es schafft, nicht alle Tasten auf einmal zu drücken.

Ich kann verflixt noch mal nicht einmal denken, ohne dass die Magie etwas Verrücktes tut.

Hör auf damit, flüstere ich innerlich. Die Brise zerrt spielerisch an meinen Haaren und ich starre auf den knirschenden Stein unter meinen Turnschuhen. Wenn sie meine Gedanken hört, dann kann sie auch das hier hören. *Wenn ich deine Hilfe brauche, werde ich dich darum bitten, aber du musst aufhören, auf jeden meiner Gedanken zu reagieren. Das ist gruselig. Es könnte sein, dass ich nicht mit dir spreche, also überprüfe das vorher, ja? Danke, dass du so schlau bist und mir hilfst, aber frag einfach oder warte, bis ich direkter bin. Okay? Es ist freakig. Du bringst mich völlig aus dem Konzept.*

Und jetzt, jetzt verliere ich den Verstand.

»Das Auto ist zurück bei der Autovermietung. Es ist aus dem Nichts aufgetaucht, mit den Schlüsseln im Zündschloss.« Owen hebt seine funkelnden Augen vom Telefon und zieht eine Braue hoch.

»Oh.« Meine Hände flattern in einer *Was kann ich tun?*-Geste herum.

»Praktisch, was?«, sagt er mit einem Grinsen und einem freundlichen Stupser, der mein dummes Herz zum Flattern bringt.

»Sehr«, murmle ich.

Ich streiche mir eine Haarsträhne hinters Ohr, während ich verzweifelt nach einem anderen Thema suche. »Ähm, bist du gern ein Hellhound?«, platze ich heraus. Ja, erschlage ihn mit einer netten, einfachen Frage. Ich rolle mit den Augen. Ich schätze, ich will einfach mehr über diesen Mann wissen. Er hat diese starke maskuline Energie und trotzdem sickert seine Freundlichkeit durch. Es ist eine berauschende Kombination.

Owen neigt seinen Kopf nachdenklich zur Seite, während wir weitergehen. »Ja, es macht mir Spaß, die bösen Jungs zu stoppen und Leuten zu helfen. Es ist kein langweiliger Bürojob, und ein oder zwei Mal wurde es so brenzlig, dass ich dachte, ich würde es nicht schaffen. Ich vermisse es, mit den Burschen draußen im Einsatz zu sein. Ich habe Forrest in Irland den Rücken freigehalten und dieses Mädchen ...« Er lächelt. Meine Enttäuschung darüber, dass dieses Lächeln nicht mir gewidmet ist, lässt mein Herz schneller schlagen. »Sie schafft es immer wieder, sich verdammt viel Ärger einzuhandeln.«

Wieder Forrest. Sie arbeiten nicht nur zusammen und

haben eine Beziehung, in der er ihr Hilfe garantieren kann, ohne sie fragen zu müssen, sondern er trinkt auch das, von dem ich annehme, dass es ihr Lieblingsgetränk ist. Mit so einer Freundschaft kann ich auf keinen Fall konkurrieren. Mein Herz sinkt und ich zwinge mein Gesicht zu einem neutralen Ausdruck. Eifersucht passt nicht zu mir. *Ich habe die Kontrolle verloren.* Je schneller dieser Typ verschwindet, desto besser.

»Ich war noch nie so beschäftigt. Ich bereue nicht, was ich bin und was ich getan habe. Es liegt mir im Blut. Das Einzige, was ich bereue, ist, dass ich in einer brenzligen Situation nicht schneller war, dass ich zu langsam war, um einen Unschuldigen zu retten. Das kann einen auffressen, wenn man es zulässt. Wenn du immer wieder das Schlimmste in den Leuten siehst, wird es ermüdend. Es wird sehr schnell ermüdend. Ich schätze, ich war schon immer dazu bestimmt, Soldat zu sein.«

Es ist seine Berufung. Das kann ich nachvollziehen. Seine Ehrlichkeit berührt mich. Ich hatte Glück, dass ich so lange ein privilegiertes Leben führen konnte. Ich war vielleicht eine Ausgestoßene, aber wenigstens war ich in Sicherheit. Die schrecklichen Dinge, die Owen gesehen haben muss, die er getan haben muss. Und doch würde er alles noch einmal tun, um die Leute zu beschützen. Der Hellhound ist ein Held. Ich greife nach ihm und streichle seinen Unterarm, woraufhin er mich anlächelt.

Mit einem überraschten *Uff* aus meinem Mund, zieht mich Owen an seine Seite und legt seinen schweren Arm um mich, während wir weiterspazieren. Ich neige den Kopf, um mein Lächeln zu verbergen. *Nur Freunde,* schreit meine innere Stimme. *Der spielt nicht in deiner Liga.* Mit diesem einen Gedanken ist das Lächeln von meinen Lippen verschwunden. Ich kann befreundet sein. Ich kann meine Gefühle verdrängen und mit diesem Mann befreundet sein. Es ist nicht seine Schuld, dass ich hoffnungslos in ihn verknallt bin. Als wir an einer Wegbiegung ankommen, nutze ich die Chance, mich von seinem Arm zu lösen. Es ist das Richtige, das zu tun.

Erst als wir eine Weile gegangen sind, merke ich, dass mich noch etwas anderes beunruhigt, und ich brauche ein paar Minuten, um genau festzustellen, was es ist. Es gibt keine Vögel oder Insekten. Keine Anzeichen von Leben. Es gibt nur die Sonne und die Brise.

Das Kitzeln des Windes und das Quietschen der Äste der Bäume über uns sind zusammen mit unseren Schritten die einzigen Geräusche. Wow, das ist freakig. Jetzt erkenne ich es, die Umgebung um uns herum ist so unecht, so beunruhigend.

Als würden wir durch eine virtuelle Realität schlendern.

Ich schließe meine Augen und bitte die Magie, das zu ändern. Ich will nicht, dass sich dieser Ort eigenartig anfühlt. Immerhin gibt es schon die falsche Sonne und das falsche Wetter. Ich öffne die Augen und sehe, wie eine dicke Hummel an meiner Nase vorbeisurrt und sich ein Monarchfalter auf einem Fleck mit Blauglöckchen unter den Bäumen niederlässt. Ich weiß nicht, ob es sie zu dieser Jahreszeit geben würde, aber sie sind nicht echt und es ist ja nicht so, als würde ich einen harten Frost verursachen und sie töten. Sie sind perfekt.

Ein Kichern entweicht mir, als ein fetter Brummer

gegen Owens Wange klatscht. Er runzelt die Stirn. »Dein Werk, nehme ich an?«

»Ja.«

»Es gefällt mir.« Er reibt sich das Gesicht. »Vielleicht nicht die Kamikaze-Brummer, aber ich mag die Lebenszeichen.«

Als wir um die Ecke biegen und die Bäume weichen, fällt der Weg zum See hin ab. Ich bleibe stehen und genieße die Aussicht. Der See ist riesig und viel größer, als er vom Hotel aus zu sein scheint. Etwa ein Dutzend Enten schnattern lautstark. Ich lächle, als wir näher kommen, und beobachte eine Ente, die kopfüber im Wasser dümpelt und mit dem Hintern auf und ab wippt, während sie unten nach einer Entenleckerei stochert.

»Willst du auf den See rausfahren?«, fragt Owen.

»Hm?«, antworte ich wortkarg. Meine ganze Aufmerksamkeit gilt jetzt einer männlichen Stockente, die den Weibchen hinterherjagt und nicht zum Ziel kommt. Sie sind so lebensecht. Es ist, als hätte ich die rote Pille geschluckt und wäre jetzt in der Matrix.

»Das Boot«, sagt Owen und stößt mich sanft an. Seine große Hand deutet auf ein hellblaues Ruderboot, das an einem urigen Holzsteg angebunden ist.

»Oh, das würde ich gern tun. Ich saß noch nie in einem Ruderboot.« Ich klatsche in die Hände und hüpfe auf meinen Zehen. Ich freue mich darauf, den See zu erkunden, der sich endlos vor uns ausbreitet.

Owen grinst, während er das Holzboot ruhig hält und mir mit einer Hand hineinhilft. Das Boot wagt sich keinen Zentimeter zu bewegen, während der große Hellhound es festhält. Kaum sitze ich, steigt Owen ein und demonstriert, dass er für einen großen Kerl die Balance eines Kämpfers hat. Er lässt sich auf der Sitzbank mir gegenüber nieder, löst das Seil und wirft es auf den Steg, damit es nicht nass wird. Dann nimmt er die hölzernen Ruder in die Hand. Ich nicke aufmunternd, als er sie ins Wasser taucht.

In diesem Moment wird alles ein bisschen verwirrend, ein bisschen seltsam. Das Boot schlingert vorwärts und neigt sich dann zur Seite. Es kreist zurück zum Steg und stößt dagegen.

Holz knirscht gegen Holz und die Ruder platschen.

Sie platschen ordentlich.

Owen flucht leise vor sich hin. *Wage es bloß nicht zu lachen.* Ich ziehe beide Lippen in den Mund und beiße zu, während wir weiter in einem seltsamen Kreis herumfahren. *Wage es bloß nicht zu lachen.* Ich stütze meine Ellbogen auf meine Knie und tue höflich so, als würde ich die Enten beobachten. Der arme Kerl kann es nicht gebrauchen, dass ich ihn anstarre, während er immer frustrierter wird. Ich schlage mir lässig die Hand vor den Mund, um das Lachen zu unterdrücken, das aus mir heraussprudeln will.

Nachdem er etwa fünf Minuten lang gerudert hat und eine Lache Seewasser zu meinen Füßen liegt, muss ich ihn fragen. »Owen, bist du schon mal gerudert?« Ich murmle die brenzlige Frage durch meine Hände.

Wage es bloß nicht zu lachen.

Er muss es doch schon mal gemacht haben, oder? Owen ist uralt. Er stammt aus einer Zeit lange vor der modernen Technik. Vielleicht hat er vergessen, wie es geht?

Owen knurrt die Ruder an. Er packt fester zu, die Muskeln in seinen Unterarmen spannen sich an, und das Holz knarzt. Ich glaube, jedes normale Ruder wäre bei dem

Druck, den er ausübt, zerbrochen. Er seufzt und hebt den Kopf. Er blickt mich mit ernsten grauen Augen an.

»Na ja, ähm ... ich habe das Rudergerät im Fitnessstudio benutzt.«

Das war's. Ich verliere die Fassung. Das Lachen bricht aus mir heraus und ich brülle.

Der Mann ist einfach bezaubernd.

»Ich dachte, es wäre ganz einfach.«

Tränen rinnen über mein Gesicht und das Boot schaukelt heftig, als Owens Lachen sich meinem anschließt. »Du hast das Rudergerät im Fitnessstudio benutzt«, stoße ich hervor. Ich lache so sehr, dass ich mir den Bauch halten muss, weil er schmerzt. »Oh, Owen«, sage ich, als ich endlich wieder zu Atem komme. Ich wische mir über die Augen. »Das habe ich gebraucht. Danke.« Ich schenke ihm ein Lächeln, das so breit ist, dass meine Wangen wehtun. Er blinzelt mich mit einem verblüfften Blick an.

»Ich mag es, wenn du glücklich bist«, sagt er rau.

Kapitel Achtzehn

Als wir aus dem Boot steigen, grinse ich immer noch wie ein Honigkuchenpferd. Ich befestige das Boot, bevor Owen es tun kann, und lache über sein Knurren.

»Du musst ein anständiges Mittagessen essen«, sagt Owen. »Lass uns ein Picknick machen.« Kaum hat er diese Worte ausgesprochen, liegt eine Picknickdecke auf dem Rasen und nach und nach erscheinen Teller, Gläser, ein Korb mit Essen und eine Karaffe mit scheinbar frisch gepresster Limonade.

Man kann viel über die Magie der Gastwirte sagen, aber sie ist unglaublich praktisch. Ich habe das Gefühl, dass es mich faul machen wird.

Ich lächle insgeheim und wir lassen uns auf der Wiese nieder. Ich habe noch nie ein Picknick gemacht. Owen belädt einen Teller für mich, woraufhin ich rot werde, bevor ich ein »Danke« murmle.

Während ich an dem Salat aus Roter Bete und Schafskäse knabbere, fällt die Sonne durch die Bäume. Sie ist warm auf meiner Haut, brennt aber nicht. Ich schätze, wenn ich das Wetter kontrollieren kann und die Sonne nicht echt ist, kann ich wahrscheinlich auch den ganzen Tag draußen sitzen, ohne zu verbrennen. Ich hebe meinen Kopf und lächle, als eine willkommene Brise über mein Gesicht weht.

»Zu Hause ist es bestimmt eiskalt«, grummelt Owen. Ich nicke und steche in den Salat, um noch eine weitere Portion zu bekommen. »Ich finde es gut, dass deine Lieblingsjahreszeit der Frühling ist. Das Wetter hier ist herrlich.«

»Ich wusste gar nicht, dass ich den Frühling so sehr liebe. Alles, was ich tue, scheint instinktiv zu sein. Ich glaube, ich muss mir mehr Gedanken über das Wetter machen, wenn die Leute hierbleiben werden. Vielleicht muss es ein Spiegelbild der Außenwelt sein. Vielleicht kann ich das später ausprobieren? Wenn ich die Magie besser im Griff habe. Nicht, dass ich vorhabe, mit dem Regen durchzudrehen oder so.« Ich erschaudere am ganzen Körper und stopfe mir den Salat in den Mund.

»Das musst du nicht tun. Wie in den Ländern der Fae haben die verschiedenen Höfe das ganze Jahr über das gleiche Wetter.«

»Das ist ein gutes Argument.«

»Ich finde es beeindruckend, was du bis jetzt geschaffen hast. So etwas habe ich noch nie gesehen.« Ich senke den Blick und stochere im Salat herum. *Er denkt, meine Magie ist beeindruckend.* Mein Herz singt.

Owens Handy klingelt und ich winke seinen besorgten Blick mit einem Lächeln und einem Nicken ab. »Ist schon okay«, sage ich. »Geh ans Telefon.« Geschmeidig steht er auf und schlendert davon.

Ich wende mich ab, um ihm etwas Privatsphäre zu geben.

Nach ein paar Minuten kommt er zurück, setzt sich aber nicht hin. Ein trauriger und doch entschlossener Blick zieht über sein hübsches Gesicht. »Das war Forrest. Sie braucht meine Hilfe.«

Oh.

Er sieht besorgt aus, hin- und hergerissen zwischen seiner Pflicht und mir zu helfen. Das kann ich nicht zulassen. Es stehen wahrscheinlich Leben auf dem Spiel. Also beschließe ich wieder, ihn davon zu überzeugen, dass ich froh bin, allein zu sein, so wie ich es getan habe, als ich mit dem Mietwagen losgefahren bin. Das ist nicht sein Kampf, und es ist unfair von mir, seine Zeit zu missbrauchen.

»Guck doch mal, wo wir sind; es wird nichts passieren. Ich werde schon klarkommen. Musst du jetzt gehen? Wo soll ich dich hinschicken?« Ich will nicht den ganzen Exorzisten-Mist mit dem Öffnen des Portals machen, den ich veranstaltet habe, um ihn hierherzubringen. Aber ich denke, wenn es meine Idee ist, meine Magie zu benutzen, ohne vom Reich dazu gezwungen zu werden, sollte es einfacher sein ... Ich sollte in der Lage sein, es zu tun, kinderleicht. Es wird ein Klacks sein. Ich hoffe, ich kann ihn dorthin schicken, wo er hin muss. *Himmelherrgott, mir wird sofort schlecht.*

»Ja, bitte, wenn es dir nichts ausmacht. Zurück zu dem Ort, von dem ich gekommen bin, wäre gut. Blitzi, es tut mir leid, dass ich dich verlassen muss. Ich weiß, dass du eine Menge zu tun hast ...«

»Schon gut«, unterbreche ich ihn, während ich hinter ihm ein Portal öffne. *Wow, ich habe es geschafft.* »Ich verstehe das. Ich habe sowieso nicht erwartet, dass du lange hierbleiben würdest. Du hast eine sehr wichtige Aufgabe zu erledigen. Danke, dass du mir geholfen hast. Ich weiß das zu schätzen.« Ich wende meinen Blick von ihm ab, denn mein dummes Herz tut weh. Ich benehme mich lächerlich. Ich richte meinen Blick auf die Picknickdecke und wickle eine Quaste um meine Finger. »Bitte sei vorsichtig!«

»Ich komme zurück. Es sollte nicht lange dauern«, sagt er mürrisch.

Meine Magie pingt bei seiner Lüge.

»Klar.« Meine Lippen verziehen sich zu dem falschesten Lächeln, das er wahrscheinlich je gesehen hat. Ich brauche keine Magie, um zu wissen, dass ich auch lüge, dass sich die Balken biegen.

Alles in mir schreit: »Geh nicht weg! Bitte verlass mich nicht!« Aber ich habe meinen Stolz, und diese Worte würden niemals meine Lippen verlassen. Ich kann nicht so egoistisch sein. Meine Probleme sind im Vergleich zu denen der anderen winzig. Die Kreaturen brauchen ihn, und Owen schuldet mir rein gar nichts. Er hat schon so viel getan. Er braucht nicht noch mehr zu tun und er muss sich nicht länger mit meinem Scheiß beschäftigen.

»Sieh zu, dass du was isst. Du musst mindestens das Doppelte von dem essen, was du normalerweise isst.«

Ich rolle mit den Augen. »Ja, Papa.« Ich winke mit der

Hand in Richtung des Portals. »Geh! Sei vorsichtig und wir sehen uns bald wieder.« Owen nickt und tritt durch das Portal, dann wirft er mir noch einen letzten Blick zu und ist weg.

Alle gehen. Ich bin schließlich eine Wegwerfperson.

Ein traurig klingendes Wimmern kommt aus meiner Kehle und ich schlage mir die Hand vor den Mund, um das Geräusch zu dämpfen.

Es ist okay. Es geht mir gut. Ich bin nur ein bisschen idiotisch.

Ich zwinge mir eine Gabel voll Salat in den Mund. Er schmeckt wie Asche auf meiner Zunge, aber ich esse jeden Bissen auf. Als ich mit dem Nachtisch fertig bin, rolle ich mit den Schultern und mit einer Handbewegung ist alles weg. Als ich vom Boden aufstehe, schaue ich auf meine Hände. Ich glaube nicht, dass ich die Handgesten brauche. Das ganze Herumfuchteln mit den Händen ist irgendwie seltsam. Wenn ich jemals in einer Situation bin, in der ich meine Absicht nicht zeigen will, muss ich mit dem seltsamen Fuchteln aufhören, sonst könnte ich mir genauso gut einen falschen Zauberstab und Glitzer besorgen.

Ich drehe mich um, um zurück zum Hotel zu gehen, und Kälte erfasst meine Glieder. Das Gefühl ist gespenstisch eigenartig. Die Magie kribbelt eine Warnung und dann faltet sich meine gesamte Existenz um mich zusammen. Sonnenlicht, Sternenlicht, die Magie explodiert, und alles, was ich bin, wird gewaltsam weggerissen.

O nein!

Kapitel Neunzehn

Ich unterdrücke einen Schreckensschrei, während ich wie in einem reißenden Strom mitgerissen werde. Als sich die schwindelerregende Welt um mich herum beruhigt, versuche ich, mein Gesicht zu einem heiteren Ausdruck zu formen. Eine Gruppe von Fremden starrt mich an. Natürlich war das meine Absicht gewesen ... Bin ich *geblinkt*?

Ich habe mich verflixt noch mal teleportiert. Unglaublich.

Ich glaube, ich habe meinen Magen am See zurückgelassen. Ich stehe an der Rezeption und mindestens ein Dutzend Dryaden stehen vor mir, während die Reste eines Portals hinter ihnen verblassen.

»Gnädiger Gastwirt«, sagt eine Lady und tritt aus der Gruppe hervor. Sie macht einen unglaublich tiefen Knicks.

Ich blinzle ein paar Mal und mein Mund klappt auf. Was zum Teufel? Wie soll ich darauf reagieren? Ich stöhne innerlich auf, als alle Dryaden ihrem Beispiel folgen. Vierzehn von ihnen, sagt meine Magie hilfreich.

Ich fuchtle mit den Händen in der Luft und ein »Hallo« quiekt aus mir heraus.

Mein verzweifeltes Winken ermutigt sie, zur Normalität zurückzukehren, und die anführende Lady fährt mit ihrer wohl vorgefertigten Rede fort. »Wir sind hier, weil wir Zuflucht suchen – unsere Bäume sind in Gefahr. Die Menschen und die Zwerge wollen den Fortschritt, also haben sie unsere Wälder abgeholzt und die Umweltschutzauflagen des Rates der Fae ignoriert. Niemand will uns helfen, und wir sind am Aussterben.« Die gertenschlanke Lady beugt sich zu mir, ihre blassblauen Augen schimmern unter Tränen. Ich schlucke und muss meine Arme an den Seiten verschränken, damit ich nicht herumzapple.

»Es tut mir leid, das zu hören.«

»Mit Eurer Erlaubnis, werte Hausherrin, möchten wir unsere Bäume mitbringen, damit sie in Eurer Taschenwelt Wurzeln schlagen können. Wir werden dir unsere Kraft leihen, und du wirst uns erlauben, ohne Angst zu leben, damit alle Äste gedeihen und die Blätter den Boden nähren können.«

Ah, das klingt geradezu zeremoniell, und ich habe keine Ahnung, was ich sagen soll. Meine Augen zucken nervös umher, als wäre ich ein Cartoon-Bösewicht. Ich brauche Larry. »Also, okay.« *Gut gemacht, Tuesday. Wirklich wortgewandt.* Ich gebe mir selbst einen sarkastischen Daumen nach oben.

Die umstehenden Dryaden scheinen alle auf meine

Worte hin aufzuatmen. Ermutigt versuche ich es erneut und hoffe auf das Beste. »Ihr seid alle mehr als willkommen.« Schon besser. Das ist alles ein ziemlicher Schock. Was kann ich noch sagen? Die armen Dryaden werden sterben. Das kann ich nicht auf meinem Gewissen haben. Und wer liebt denn keine Bäume?

»Danke, Herrin.« Ich zucke innerlich zusammen. Die Sache mit der *Herrin* ist etwas seltsam. Daran können wir arbeiten, wenn sie sich eingewöhnt haben. Die anderen Dryaden bedanken sich ebenfalls, während ich mich verzweifelt nach Larry umschaue. Wo ist er? Es ist ja nicht so, dass er eine Toilettenpause braucht.

»Hier ist unsere Opfergabe.«

Die ... bitte was? Opfergabe?

Die Dryaden trennen sich und ein Mädchen wird ohne Umschweife zwischen sie geschleift. Ihre schmutzigen Klamotten hängen von ihrem schmerzhaft dürren Körper herunter. Als die Dryaden sie loslassen, sehe ich, dass die Haut an ihren Unterarmen rissig ist. Als ich genauer hinsehe, sehe ich, dass es nicht nur ihre Arme sind. Wie die Rinde eines Baumes schält sich die Haut von ihrem Gesicht und ihrem Hals ab.

Ich habe Angst, dass sie schon bei der kleinsten Berührung zerbröckelt. Sie braucht dringend medizinische Hilfe. Mein Herz hämmert gegen meine Rippen, als sie sie grob zu mir schieben. Die Wucht des Stoßes ist zu groß. Ihr linkes Bein schleift hinter ihr her, und ihr rechtes Bein kann ihr Gewicht nicht halten. Sie plumpst in einem Knäuel von Gliedmaßen vor meinen Füßen auf den Boden.

Ich stoße einen stummen Schrei aus, meine Augen weiten sich vor Entsetzen und ich falle auf die Knie. Ohne nachzudenken, strecke ich meine Hand aus und sie weicht zurück.

Natürlich tut sie das. Sie ist die Opfergabe.

Ihre Augen zucken wie die eines verängstigten Pferdes und mit letzter Kraft schleppt sie sich von mir weg. Mein Herz überschlägt sich. Es zerspringt in meiner Brust.

»Wirst du ihre verbleibende Lebenskraft als Bezahlung für unsere Umsiedlung nehmen?«, fragt die Dryade.

Ein seltsames Glucksen verlässt meine Kehle. Meine Zunge ist wie erstarrt, und ich weiß nicht, wie ich antworten soll. *Wirst du ihre verbleibende Lebenskraft als Bezahlung für unsere Umsiedlung nehmen?* Die Stimme der Anführerin hallt weiter in meinem Kopf wider. Diese ganze Situation übersteigt mich und meine Lebenserfahrung. Ich presse meine Lippen zusammen. O nein, ich muss kotzen. Ich würge trocken in meine Faust.

Vielleicht sollte ich versuchen, mein Gesicht zu einem bösartigen Zähnefletschen zu verziehen, um sie davon zu überzeugen, dass ich eine böse Kreatur bin. Die Bedrohung, die sie zweifelsohne in mir sehen. *Das ist alles zu viel.*

Schlagartig verschwindet alles um mich herum. Trübe wird mir bewusst, dass ich unter Schock stehe. Für ein paar Augenblicke kann ich nichts sehen oder hören und es ist, als würde mein Gehirn abschalten und neu starten. Was passiert, wenn mir schlecht wird oder ich der taumelnden Panik nachgebe, die unter dem Schock lauert? Wenn diese Kreaturen schon bereit sind, einen der ihren zu opfern, was werden sie dann mit mir machen, wenn ich mich wie eine Beute verhalte?

Wo zum Teufel ist dieser verdammte Larry, wenn ich ihn brauche?

Wie auf Zuruf taucht das rothaarige Konstrukt auf. Er sieht mich mit großen Augen neben dem Mädchen auf dem Boden sitzen und schreitet lässig über uns hinweg.

»Willkommen im Sanctuary Hotel«, sagt er in seinem freundlichen, fröhlichen Ton. Ich runzle die Stirn. Sieht er denn nicht, dass alles aus dem Ruder läuft? »Wenn Sie alle unsere Geschäftsbedingungen unterschreiben, kann ich Ihnen ein Zimmer zur Verfügung stellen.« Er schnappt sich das Datapad für den Check-in. »Sind Sie bereit, im Namen Ihrer Gruppe zu unterschreiben? Ausgezeichnet. Unterschreiben Sie bitte hier und hier. Wie ich sehe, haben Sie ein Opfer mitgebracht. Reizend.«

Reizend?

Ich merke, dass die Fae-Wesen uns höflich ignorieren. Es ist so, als ob nicht gerade ein Familienmitglied und ein Freund vor Schmerz und Angst auf dem Boden zu ihren Füßen röcheln würde. Wie ein Stück Abfall ignorieren sie sie. Sie tun so, als würde ich ihr das restliche Leben aussaugen, während sie einchecken.

Was zum Teufel ist mit diesen Leuten los?

»Wunderbar. Setzen wir jetzt Ihre Bäume um?« Larry führt die Dryaden weg und sie machen sich auf den Weg nach draußen.

Sie überlassen das Mädchen ihrem Schicksal.

Wut entflammt und die Magie in meiner Brust brodelt vor lauter Emotionen. Dies sollte ein Zufluchtsort sein. Ein Zufluchtsort sollte keine Opfer verlangen. Ich muss weg von diesen Parasiten, bevor ich etwas tue, was ich später bereue. Mit einem einzigen Gedanken, der diesmal kontrolliert ist, dreht sich die Magie um uns und saugt uns mit einer weiteren sanften Welle in den Äther.

Wɪʀ sɪɴᴅ auf der Spitze des Hügels, am Rande des Waldes. Der See ist weit unter uns und wir sind vor jedem Wind geschützt. Die Dryade schnauft neben mir, am Rande der Hyperventilation. Ihr Atem geht stoßweise durch ihre aufgesprungenen Lippen und rasselt in ihrer Brust.

Das Mädchen rollt sich zu einem Ball zusammen. »Bitte, mach es schnell. Lass es nicht wehtun«, flüstert sie.

Ich bürste das lose Gras weg und setze mich dann neben sie. Ich umarme meine Knie. »Wie ist dein Name?« Puh, meine Kehle ist so verdammt eng. Das schnelle Schnaufen des Mädchens stockt. Ich sehe ihr an, wie verwirrt sie von dieser seltsamen Frage sein muss. Mörder fragen niemanden nach seinem Namen, oder?

»E-Erin.«

»Nun, Erin, mein Name ist Tuesday. Ich weiß, was man dir erzählt hat, aber es stimmt nicht ... Jedenfalls nicht für mich. Ich werde dir nicht wehtun. Ich werde sogar mein Bestes tun, um dir zu helfen.« Ich wiege mich leicht und knabbere an meiner Lippe. »Ich denke, dass du wegen deines Baumes Probleme hast?« Da Erin sich bewegt, deute ich das als Nicken. »Okay, dann werde ich euch beide irgendwie in Ordnung bringen.«

Erin hebt ihren Kopf. Haselnussbraune Augen blicken mich völlig verwirrt an. »Soll das ein Scherz sein?«

»Nein.« Ich meinte in meinem Leben noch nie etwas so ernst.

»Du wirst mich nicht umbringen?«

»Nein, aber ich brauche deine Hilfe. Ich bin erst seit einem Tag Wirt und habe so etwas noch nie gemacht.« Es sei denn, ich zähle dazu, meine Magie durch Daisy zu schicken.

»Einen Tag? Und du willst versuchen, uns zu retten – mich und meinen Baum?«

»Ich will es versuchen.«

Eine Träne rinnt ihr über das Gesicht und eine weitere folgt.

Oh.

Erin vergräbt ihren Kopf in ihren Händen und schluchzt. Ich wackle auf dem Boden und meine Hände flattern nutzlos umher. Ich möchte sie trösten, aber ich weiß nicht, ob ich das kann. Noch vor einer Minute dachte sie, ich würde ihr das Leben aussaugen. Es passiert nicht jeden Tag, dass deine Freunde und deine Familie versuchen, dich einem *Monster* zu opfern.

Ich bin das Monster.

Ich verschränke meine Hände unter den Knien und wippe ein wenig, während sie weint. Der Schmerz der Dryade ist ansteckend und am liebsten würde ich auch losheulen. Aber ich halte es zurück. Verzweifelt halte ich meine Gedanken zurück. Ich kann das alles jetzt nicht analysieren. Erin ist zu wichtig, sie hat Priorität. Also zwinge ich mich in einen blanken Zustand, eine professionelle Gefühllosigkeit.

Wenn ich später darüber nachdenke oder mich traue, es jemandem zu erzählen, werde ich wahrscheinlich wütend. Aber jetzt, mit dem Weinen der Dryade, jenseits der erzwungenen Gefühllosigkeit ... fühle ich mich so traurig.

Ich hoffe, Owen kommt bald zurück. Ich brauche eine Umarmung.

Als Erins Schluchzen nur noch ein Flüstern ist, räuspere ich mich. »Bist du bereit, dass ich es versuche?«

»Ja, bitte«, kommt als gedämpfte Antwort.

»Okay, ich muss dich ähm ... anfassen.« Ich zucke zusammen. »Darf ich bitte deine Hand halten?«

Ich kann mir gar nicht vorstellen, wie mutig Erin sein muss, als sie zitternd einatmet, sich aufrichtet und eine zarte Hand in meine legt. Obwohl sich ihre Hand anfühlt, als würde ich ein Stück Holz halten und Splitter von rindenartiger Haut in meine Handfläche dringen, drücke ich sie sanft und – wie ich hoffe – beruhigend.

»Okay.« Ich atme zitternd ein und schließe die Augen. Ich brauche meine Magie nicht zu rufen, sie ist da.

Die Tattoos leuchten in hellem Weiß und malen Muster auf die Bäume hinter uns, während sie auf meiner Haut wirbeln und tanzen. Ich kann mir vorstellen, dass ich fast ein bisschen wie eine Discokugel aussehe.

Die Magie weiß, was ich will, ich schätze, weil sie ein Teil von mir ist. Wie mein Herz, dessen Rhythmus das Blut durch meinen Körper treibt. Die Magie ist dasselbe. Sie ist ein Teil von mir. Wie schnell sich die Dinge geändert haben – vom abgrundtiefen Hass auf die Magie zum Vergleich mit einem Organ. Nicht in meinen wildesten Albträumen hätte ich geglaubt, dass das passieren könnte.

Die silberne Magie fließt in die Dryade. Oh. Oooh, ich kann die Fäulnis spüren. Der Schmerz ihres Baumes, die Qualen von der Spitze seiner Äste bis hinunter zu seinen Wurzeln. Etwas Schweres ist auf ihn gestürzt, und der Baum wurde achtlos aus der Erde gerissen.

Sie sind miteinander verbunden. Symbiose. Und beide sterben. Durch diese Verbindung gelangt meine Magie in die reale Welt. Sie krabbelt durch die Erde. Zielsicher befreie ich die abgeknickten Äste vom Boden und wickle sanft die im Schlamm vergrabenen Wurzeln aus. Ich lindere den Schmerz des Baumes, während ich ihn zu mir rufe. Ich ziehe ihn durch ein Portal.

Das Portal öffnet sich hinter uns, und ich suche mir den perfekten Platz aus. Dort, wo der Boden voller Nährstoffe ist, wo er vor den Elementen geschützt ist und wo das Licht meiner Sonne den Baum perfekt treffen wird.

Der Boden teilt sich behutsam und zieht den Baum in seine Wärme. Jede Wurzel wird entknotet und repariert. Die Magie kriecht in einer Spirale um den Stamm herum, heilt alle Wunden, breitet sich Zentimeter für Zentimeter über die Äste aus und regt neues Frühjahrswachstum an.

Mein Forst ist bereits voller Magie und genauso verbunden wie ich; ich kann das Summen des Waldes hören, der sich freut, einen so schönen Fae-Baum in seiner Gesellschaft zu haben. Der Baum von Erin singt ebenfalls. Er hat keine Schmerzen mehr. Als sie nicht mehr tun kann, wirbelt meine Magie sanft und widerstrebend davon.

Erin stöhnt und meine Konzentration schwindet. Ich blinzle und der Schweiß läuft mir in die Augen, sodass sie brennen. Ich schließe sie kurz und gehe tief in mich. Ich bin erst halb fertig. Jetzt kommt der beängstigende Teil: Erin heilen.

Ich kann das tun. Ich muss es tun.

Meine Magie kriecht sanft in sie hinein und beginnt sofort, ihre Zellen zu reparieren. Sie heilt bis zu dem Punkt, an dem ihr Körper die Arbeit übernehmen kann. Ich kann beinahe sehen, wie die roten und weißen Blutkörperchen in jeden Bereich strömen. Meine Magie sammelt die Giftstoffe und die Fäulnis ein, während sie die Zellen repariert und alles andere aufsaugt. Mein Atem wird schwer, als sich Erins Atmung stabilisiert, aber ich mache weiter. Ich brauche nur noch ein paar Minuten.

So, das war's.

Ich lasse mich auf den Waldboden fallen und Erin lehnt sich an mich.

»Du hast es geschafft. Du hast uns gerettet. Oh, Tuesday, ich danke dir. Ich danke dir so sehr ... Oh, geht es dir gut?«

»Es geht mir gut«, lalle ich. Die vier dürftigen Worte bleiben mir im Hals stecken. *Es ist nicht sicher, hier zu liegen*, warnt meine innere Stimme. Ich zwinge mich, mich auf die Seite zu drehen und blinzle zu Erin hoch. Ich muss mein Lächeln nicht erzwingen. »Hey, du siehst toll aus.« Mein Blick schweift zu ihrem Baum. »Ihr seht beide toll aus.« Erins kurze braune Haare glänzen, und ihre Haut hat wieder einen weichen, gesunden Farbton.

Als ich mich aufsetze, ist mein Kopf ein bisschen schwummrig, als hätte ich einen niedrigen Blutdruck. Beim nächsten Satz kann ich Erin nicht ansehen. Ich fahre mit meinem Finger über den Boden. »Die anderen Dryaden, ähm, sie sind auf der anderen Seite des Waldes.« Ich kann sie spüren. »Ich wusste nicht, ob du näher dran sein willst. Wenn du mir ein paar Tage Zeit gibst, kann ich dich umsied...«

»Nein«, unterbricht mich Erin schnell. »Wenn es in Ordnung ist, würde ich gern hierbleiben. Dieser Ort ist wunderschön. Wenn es für dich okay ist, möchte ich sie nicht sehen. Nicht in der nächsten Zeit. Niemals, wenn ich es einrichten kann.« Eine dicke Träne läuft ihr über die Nase.

»Nimm dir so viel Zeit, wie du brauchst. Brauchst du einen Platz zum Übernachten? Ich bin zwar ausgelaugt, aber du kannst im Hotel übernachten. Ich könnte dir eine Hütte bauen? Du musst sie nicht sehen.«

»Ich werde bei meinem Baum bleiben. Macht es dir was aus?« Ihre haselnussbraunen Augen glänzen mit unvergossenen Tränen. »Ich würde jetzt gern schlafen.«

»Oh, natürlich«, quieke ich heraus. Ich rolle mich in entwürdigender Weise auf die Knie und klettere allein aus purem Willen auf meine Füße.

»Danke. Ich danke dir so sehr, Tuesday. Du hast mein Leben gerettet. Ich kann es gar nicht glauben.« Mit jedem Wort geht Erin einen Schritt zurück zu ihrem Baum. Als sie sich berühren, verblasst ihre menschliche Gestalt und sie wird ein Teil des Stammes.

»Gern geschehen«, krächze ich.

Kapitel Zwanzig

Nach dem überwältigenden Trauma des Tages und den schrecklichen Gedanken, die in meinem Kopf herumschwirrten, dachte ich, ich würde nie wieder richtig schlafen können. Aber ich schlief wie ein Stein. Kaum hatte ich den Kopf auf dem Kissen, war ich weg. Ich kann das nur auf den Gebrauch all dieser Magie zurückführen. Mein Gehirn war zwar immer noch aktiv am Ausrasten, aber mein Körper war fertig. Ich schlief so fest, dass ich mich beim Aufwachen fast verkatert fühlte.

Daisy ist bei ihren Drachenfreundinnen geblieben, was mich ziemlich unglücklich gemacht hat. Dann musste ich mich mit meinem Gewissen auseinandersetzen, das mir sagte, dass ich unglaublich egoistisch war. Ich muss mich für Daisy freuen und für sie da sein, wenn sie mich braucht.

Ich bin in aller Frühe aufgestanden. Ich habe mich

schon mit Frühstück vollgestopft und da ich mir Owens Rat zu Herzen genommen habe, habe ich mehr gegessen als sonst. Ich ziehe mir sorgfältig ein hochgeschlossenes Midikleid aus marineblauem Kaschmir mit langen Ärmeln und kniehohe Stiefel an.

Meine Haare habe ich offen gelassen und sie schwingen um meine Taille, als ich mich auf den Weg in mein Büro mache. Ich muss sie unbedingt schneiden lassen, aber ich weiß, dass ich die kürzere Länge hassen werde. Also verzichte ich darauf, bis es wirklich nötig ist. Aber mit der neuen Magie, die durch mich schwappt, könnte das noch eine Weile dauern.

Ich erschrecke, als ich Atticus im Lounge-Bereich der Rezeption sitzen sehe, wo er lässig eine Tasse *irgendwas* trinkt. Ich nehme an, Kaffee. *Kein Blut. Würg.* Er mustert mich mit seinen schwarzen Augen, und nachdem ich irgendeinen vampirischen Test bestanden habe, begrüßt er mich mit einem stummen Nicken.

»Morgen«, sage ich und erwidere sein Nicken.

»Guten Morgen. Wie ich sehe, haben wir noch mehr Gäste, die Baum-Fae.«

»Ja. Ich hoffe, sie werden dich nicht stören. Deine Privatsphäre und dein Komfort sind wichtig.«

»Ganz und gar nicht. Mir gefallen die Änderungen, die du vorgenommen hast. Sie sorgen für einen angenehmeren Aufenthalt. Keine Sorge, ich werde keinen von ihnen fressen.« Er lässt seine Fangzähne aufblitzen.

Ich verdrehe die Augen angesichts seiner Theatralik. Er ist nicht der erste Vampir, mit dem ich zu tun habe, auch wenn er der erste Reinblütige ist. Aber der Typ ist superalt und er hat einen Ruf zu wahren.

»Das ist gut zu wissen. Aber ich muss dich warnen: Meine Magie wird es dir nicht erlauben, einem anderen Gast zu schaden. Bitte lass mich oder Larry wissen, wenn wir dir helfen können, deinen Aufenthalt angenehmer zu gestalten, oder wenn du etwas brauchst.«

»Das werde ich. Vielen Dank, werte Dame.«

»Wenn du mich entschuldigen würdest.«

Atticus nickt und ich drehe mich weg. Ich gehe zum hinteren Teil der Rezeption und in mein Büro. Aber ein verirrter Gedanke lässt mich innehalten. Brennende Neugierde. Ich drehe mich wieder zu dem Vampir um und die neugierige Frage sprudelt aus mir heraus. »Was machst du eigentlich hier?« Ich zucke zusammen. Ja, das habe ich sehr schön formuliert. »Du kannst mir sagen, dass es mich nichts angeht, aber du bist ...«, ich zeige auf seinen makellosen Anzug und die ganze *Grrrr, ich bin ein reinblütiger Vampir*-Ausstrahlung, die er an den Tag legt, »und das hier ist ...« Ich fuchtle mit den Händen in Richtung Rezeption und verdrehe bedeutungsvoll die Augen. »Das Hotel war vor meiner Ankunft kein schöner Ort zum Wohnen.«

Atticus neigt seinen Kopf zur Seite und seine schwarzen Augen mustern mich erneut. Ich bin mir fast sicher, dass er mir sagen wird, dass ich mich verdrücken soll. »Ich habe einmal eine Frau geliebt. Sie ist verschwunden und alles, was ich finden konnte, führte mich hierher. Zu diesem Hotel.«

»Oh«, sage ich wortgewandt wie immer. Tja, das ist tiefsinnig. Damit habe ich nicht gerechnet. Ich schlurfe von einem Fuß auf den anderen, halte aber den Augenkontakt. Ich habe versehentlich eine schmerzhafte Frage gestellt und jetzt muss ich mich darum kümmern. Das Mindeste, was ich tun kann, ist, ihm in die Augen zu sehen. »Es tut mir leid.«

»Ich werde bleiben, bis ich herausgefunden habe, was mit ihr passiert ist.«

Oh. Mein Magen dreht sich um, als er mir erlaubt, den Schmerz in seinen Augen zu sehen. Es ist wie eine echte, tragische Liebesgeschichte. Meine Unterlippe wackelt vor Mitleid. »Sie muss eine ganz besondere Person sein.« Ich kann mir nicht vorstellen, so sehr geliebt zu werden oder jemanden so sehr zu lieben, dass ich nicht weiterziehen kann. Meine Augen huschen nervös über die Rezeption. »Irgendetwas stimmt nicht mit diesem Ort.«

Die schwarzen Augen des Vampirs verengen sich. Ich betrachte diesen unheimlichen Blick als Bestätigung. Ich denke, dass ihm kaum etwas von dem, was hier passiert, entgehen wird. Ich würde ihn gern aushorchen. Ich bin sicher, dass ich im Gespräch mit ihm die Feinheiten dieses Taschenreichs erfahren würde.

Aber du musst ein bisschen was geben, um etwas zurückzubekommen. Baue Vertrauen auf!

Also bemühe ich mich um Ehrlichkeit und hoffe, dass der Vampir mir irgendwann einmal helfen wird.

Ich lecke mir nervös über die Lippen und fahre fort. Ich muss auf meinen Instinkt vertrauen. »Als die Dryaden kamen, haben sie ein Opfer mitgebracht. Sie wollten, dass ich einem Mädchen ihre Kraft entziehe. Ihre Lebenskraft. Erin ... Sie ist nett ... Sie lebt«, quietsche ich und fuchtle mit den Händen in der Luft herum. »Ich habe sie nicht, du weißt schon, ähm, entleert. Ich würde nie eine Unschuldige verletzen.« Ich zucke mit den Schultern und kratze mich am Hinterkopf. Ich lasse meine Stimme sinken. Ich hätte eine Privatsphäre-Blase einrichten sollen, aber meine Magie sagt mir, dass sonst niemand in der Nähe ist. »Hör zu, es ist erst der zweite Tag, aber egal wie lange es dauert, ich werde allem auf den Grund gehen. Wenn ich, du weißt schon, Antworten über deine Lady finden kann ... Hilfe ...« Meine Worte kommen ins Stocken, als sein Blick finster wird.

Seine Wut zerreißt die Luft um uns herum. Mein Herz macht einen Sprung und mein Magen dreht sich. Scheiße, diese Kreatur ist furchterregend.

Er atmet tief ein, und es ist, als würde eine Maske aufgesetzt werden. »Deine netten Worte bedeuten nichts. Ich habe die Hoffnung aufgegeben. Ich weiß, dass sie tot ist.« Er klopft sich auf die Brust und seine Stimme wird leiser. »Ich kann einfach nur nicht weitermachen. So ist das mit den alten Dingen. Veränderung ist schwer.«

»Nicht nur, wenn du älter bist. Ich hasse Veränderungen.« Ich rümpfe die Nase und kratze mich am Handgelenk. »Davon bekomme ich Ausschlag.« Atticus' Oberlippe verzieht sich zu einer Art Lächeln, und mit einem abschätzigen Nicken nimmt er seine *Kaffee*tasse und schlendert davon.

Ich seufze erleichtert und wische meine verschwitzten Handflächen an meinem Kleid ab. Ich hätte nicht gedacht, dass ich so ein Gespräch mit dem Anführer des Vampirrats führen würde. Ich glaube, er ist der Anführer Europas, nicht nur Großbritanniens.

Ich zittere und husche in mein Büro. Hoffentlich beißt mich das Wissen um seine verlorene Liebe nicht in den Hintern und er bringt mich um. Ich blähe meine Wangen auf und mache für ein paar Sekunden La-la-la-la-la in meinem Kopf.

Ich habe ein Treffen mit Nyssa, der netteren Gastwirtin. Hoffentlich finde ich ein paar Antworten. Ich kenne diese Lady nicht. Ich weiß, dass ich ihr nicht blindlings vertrauen kann. Ich kann niemandem blindlings vertrauen. Auch wenn sie bei unserem ersten Treffen nett zu mir war – netter als die anderen Gastwirte – muss ich mich daran erinnern, dass sie keine Freundin ist.

Ich überlege, wo ich das Treffen abhalten soll. Ich will ihr nicht noch mehr zeigen, als ich ohnehin schon habe. Also entscheide ich mich, wieder den Konferenzraum zu benutzen. Larry hat gesagt, dass der Konferenzraum nur für Ratssitzungen geöffnet ist, aber ich sehe kein Problem.

Ich setze mich auf denselben Platz und klopfe mit den Fingern gegen den Glastisch, während ich warte. Die Zeit tickt. Ich bin zu früh dran. Am Ende muss ich nicht lange warten. Die Magie des Treffens pulsiert in meiner Brust, im Rhythmus eines Telefons. Als ich das seltsame Gefühl bestätige, flimmert die Luft vor mir und da sitzt sie.

»Hallo, Tuesday.« Sie begrüßt mich mit einem warmen Lächeln, dem ich auf Anhieb nicht traue. Ich habe den gleichen Blick schon auf meinem Gesicht gesehen.

»Nyssa, danke, dass du dich mit mir triffst.« Ich lächle mit meiner eigenen professionellen, aber vorgetäuschten Herzlichkeit zurück.

»Das freut mich sehr. Du musst jetzt vor Fragen platzen. Lass uns damit anfangen, dass du mich alles fragst, was du wissen musst.«

Wow. Das ist unverblümt. Ich habe den fast überwältigenden Drang, alles, was mir durch den Kopf geht, in Worten auszukotzen. Ich schüttle die begierigen Worte wieder in mich hinein und setze Prioritäten, was ich besprechen möchte. Was ist das Wichtigste?

Mein Mund ist trocken. »Ich danke dir. Das ist ein nettes Angebot.« Ich schlucke und eine Tasse mit Tee erscheint auf dem Tisch. Ich bedanke mich im Geiste für die Magie und umschließe sie mit beiden Händen. Nyssa sieht sich das Ganze an, mit einem Anflug von Gier in ihren Augen. Interessant. Kann ihre Taschendimension das auch? Oder ist das nur bei meiner so?

Das ist nicht wichtig. Ich muss diese ganze Sache mit der Macht in den Griff bekommen, denn wenn ich das nicht tue, wird es mich in den Wahnsinn treiben. »Bezahlen sie? Wenn du ein Hotel in deiner Dimension hast, bezahlen sie dann, wenn sie zu Gast sind?« Was ich damit sagen will: Bezahlen sie mit Leuten? Ich komme immer noch nicht über die ganze Situation mit den Dryaden hinweg. Es ist unheilvoll. Das ganze Gastwirt-Ding ist so abscheulich.

»Nun, es gab in unserer Geschichte nur ein einziges Hotel, und das ist deines. Niemand sonst lässt Fremde in seine Dimension kommen. Das Sicherheitsrisiko ist immens. Ich würde mich niemals in diese Situation begeben. Meine Taschendimension ist klein und hat keinen Außenbereich. Ich nutze meine Magie, um magische Räume zu bauen – Taschen, Lagerräume, nichts allzu Aufwendiges. Meine Kunden lieben die Tatsache, dass sie eine magische Tasche kaufen können. Sie wiegt so gut wie nichts, aber in ihr findet ihre gesamte Garderobe Platz.« Sie lehnt sich in ihrem Stuhl nach vorn, während sie mich mit ihren Augen mustert. »Der Wirt, der deine Dimension erschaffen hat, wollte den Leuten helfen. Kannst du das glauben?« Sie kichert in ihre Hand. »Er war der Erste, der starb. Er wollte eine Welt, die ein Zufluchtsort sein kann.« Sie rümpft die Nase. »Aber er hatte nicht die Macht dazu. Es war eine Zeit, in der die Kommunikation mit den anderen Welten schwierig war, nicht so wie heute. Ich bin mir sicher, dass du mit deiner Verbindung zur Erde genug Gäste bekommen kannst. Um deine Frage zu beantworten: Die Leute zahlen, aber nicht immer in Form von Geld. Um die Schnapsidee, einen Zufluchtsort zu betreiben, aufrechtzuerhalten, müsstest du die Energie deiner Gäste aussaugen.«

Die Macht der Besucher zu stehlen, scheint ein gängiges Thema zu sein.

Ich kauere auf dem Stuhl und schlinge meine Arme um mich. Ich fühle mich unwohl. Es sieht so aus, als wäre meine Abscheu vor den Dryaden ungerechtfertigt gewesen. Sie waren so verzweifelt und dachten, sie würden das Richtige anbieten.

Kein Wunder, dass die Wirte gejagt wurden, meldet sich die schnippische Stimme. Dieses Mal muss ich zustimmen; es sieht nicht gut aus.

Nyssa fährt fort, anscheinend ohne zu merken, wie unwohl ich mich fühle. »Ich schätze, du kannst Geld verlangen. Manch ein Gastgeber ist durch unsere Gabe sehr wohlhabend geworden. Das ist es, was ich tue. Aber wenn man ein Taschenreich leitet, ist Energie wichtig. Wenn du die Risiken ignorierst, hat die Idee des Hotels durchaus Vorteile. Angenommen, du hast Gäste, dann trägt ihre Essenz zum Zauber bei. Das ist bei jedem Gastwirt und in jeder Dimension anders. Eine kleine Dimension wie ein Lagerraum kann mit ein paar Sekunden Lebenskraft –

einem Tropfen Blut – für tausend Jahre versorgt werden. Für ein Reich von der Größe deines Reiches«, sie schaut aus dem Fenster, »mit der Art, wie es gewachsen ist, benötigst du vielleicht Jahre.«

Ich kann meine entsetzte Miene nicht verbergen. Ich blinzle schnell. Meint sie das ernst? Ich habe meine Karriere im Einzelhandelsmanagement für ein Hotel aufgegeben, das seine Gäste kannibalisiert.

O mein Gott, was habe ich getan?

Nein, das werde ich auf keinen Fall zulassen. Was ist mit Owen? Hat dieses verdammte Hotel ihn gefressen? Ich glaube, mir wird schlecht.

»Sieh dir dein Gesicht an. Das musst du nicht tun, Tuesday«, sagt Nyssa und ihre Augen leuchten vor Verständnis. Sie streicht mit ihrer Hand über meinen Arm, wie bei einem Luftkuss. »Schließe das Hotel, wenn die Idee so schrecklich ist. Behalte deine Magie für dich. Du musst dir keine Sorgen machen, wenn du nur an dich denkst. Warum solltest du deine Magie überhaupt dafür verschwenden, anderen zu helfen? Niemanden sonst interessiert es, dass wir Wirte sterben. Nimm die Macht zurück, schrumpfe die Welt auf ein überschaubares Maß und lebe dein Leben.« Nyssa verengt ihre Augen. »Du willst den Leuten helfen?« Sie schmunzelt über die Idee und über das, was sie in meinem Gesicht sieht. »Aber du hasst den Gedanken an einen Machtaustausch. Sieh es doch mal anders. Du kommst von der Erde?«

Ich zucke zur Bestätigung mit den Achseln. Meine Schultern und mein Nacken sind so verspannt.

»Du verbringst, sagen wir mal, acht Stunden deines Lebens mit Arbeit, um den Lohn für deinen Lebensunterhalt zu verdienen. Du tauschst deine Zeit ein, um deine Rechnungen zu bezahlen. Ja?« Sie sieht mich bedeutungsvoll an und ich nicke. »In deinem Taschenreich, deinem Zufluchtsort«, sie rümpft die Nase und knurrt das Wort angewidert, »zahlen die Gäste nicht mit Geld, sondern mit Macht.« Sie lehnt sich auf ihrem Stuhl zurück und streckt sich ein wenig. Sie dreht ihre Handgelenke so, dass ich, wenn ich bei ihr wäre, das Knacken ihrer Gelenke hören würde. »Beide Methoden kratzen ein wenig an der Seele. Zumindest bekommt der hypothetische Gast auf diese Weise keine wunden Füße und die Stunden des Tages gehören ihm.«

»Das Gleichgewicht liegt bei dir«, fährt sie fort, streckt ihre Hand aus und kippt sie wie eine Waage. »In welche Richtung die Nadel fällt, liegt an dir. Zu viel und du verletzt jemanden. Zu wenig, und die Taschendimension löst sich um dich herum auf.« Sie wackelt mit den Fingern. »Diese Waage macht dich nicht böse. Es ist nur ein anderes Zahlungssystem als das, an das du gewöhnt bist. Du würdest nicht viel Macht von einem Pixie bekommen, kaum einen Tropfen. Aber von einem Unsterblichen, wie deinem Hellhound, könntest du einen beträchtlichen Teil nehmen. Er würde den Tausch nicht einmal bemerken.«

Ihre Erklärung lässt mich ein wenig aufatmen. Es macht auf eine verrückte, schreckliche Art Sinn. Nicht, dass ich irgendetwas von Owens Kraft anfassen würde. Oder die Macht von irgendjemandem ohne Erlaubnis. So etwas könnte ich niemals gutheißen, denn ich bin keine Psychopathin.

Dieses Gespräch verdeutlicht den Unterschied zwischen den Gastwirten und mir. Ich werde nie dazugehören, und wisst ihr was? Ich bin glücklich darüber. Ich will es nicht.

Ich glaube, was mich an Erins Situation verletzt hat, war, dass ich mich in ihre Lage versetzen konnte. Ich wurde immer als die schwache Person in einer Gruppe gesehen. Ich bezweifle nicht, dass ich bei einer Schicksalswende, an der Hexen beteiligt sind, die Rolle der Opfergabe übernommen hätte.

»Ich könnte den Preis dafür zahlen«, murmle ich.

»Nein, das ist nicht möglich und auch völlig unrealistisch. Die Magie funktioniert so nicht. Wie ich schon sagte, braucht Magie ein Gleichgewicht. Aber du musst das Sanctuary nicht offen lassen. Du musst auch kein Hotel haben. Du kannst einfach deine Türen schließen und so tun, als wäre das alles nur ein böser Traum gewesen.« Sie lächelt zufrieden und ist glücklich mit ihrem Rat.

Hm. Vielleicht ein bisschen zu glücklich.

Kapitel Einundzwanzig

Ich spüre ein warnendes Kribbeln, dass sich gleich ein Portal öffnen wird, und dann ertönt Larrys verzweifelte Stimme vom Empfang. »Tuesday, komm schnell!«

»Was jetzt?«, stöhne ich. Ich klatsche mit den Händen auf den Tisch, springe auf und lasse meinen Geschäftsplan sausen, um zu sehen, was es mit dem Trubel auf sich hat. Ich glaube, ich brauche eine Pause.

Ich stürme zur Rezeption. Das Hotel ist ein einziges Chaos.

Alles verlangsamt sich. Es ist, als wäre ich am Set eines Films, als Rauch aus dem Portal aufsteigt und herzzerreißendes Stöhnen die Luft zerschneidet.

Der unangenehme Geruch von Schweiß, verbrannten Haaren und Blut durchdringt das Hotel und bringt mich zum Würgen. Ich halte mir den Mund zu und schwanke, als meine Füße mich am Holzboden verwurzeln. Ich kann nur schockiert auf das hektische Treiben vor mir starren.

Ein riesiges Portal ist offen. Es erstreckt sich fast über den gesamten Raum und es spuckt übel aussehende Kreaturen auf meinen Boden. Die Kreaturen tragen zerfledderte schwarze Uniformen und tragen jede Menge Waffen. Ihre übergroßen Augen, spitzen Ohren und langen Haare verraten, dass diese neuen *Gäste* Elfen sind.

Nicht einfach nur Elfen, denn ich sehe die verräterischen schwarzen Kriegerzeichen, die zwischen dem zerrissenen Stoff ihrer Arme hervorlugen. Krieger der Aes Sídh, um genau zu sein, und keine normalen Fae. Zwei von ihnen sehen schwer verletzt aus und bleiben liegen, obwohl sich einer von ihnen windet und stöhnt, also kann es ihm nicht allzu schlecht gehen.

»Ich bin für so etwas nicht ausgebildet«, murmle ich. Es ist, als wäre ich in einem luziden Albtraum aufgewacht. Ein durchschnittlicher, wenn nicht gar merkwürdiger Tag hat sich auf unerklärliche Weise in diesen hier verwandelt. Was zum Teufel soll ich denn jetzt tun? *Ich bin eine angehende Ex-Einzelhandelsmanagerin und jetzt eine widerwillige Hotelierin. Ich kann mich anpassen.* Ich ziehe die Schultern hoch, hebe mein Kinn und nehme ruhig meine unerwarteten Gäste in Augenschein.

Die Elfen gehen in Verteidigungsstellung.

In *meiner* Empfangshalle.

Das geht so nicht.

Als einer von ihnen ein Sofa vom Fenster wegschiebt und mit dem Griff seines Messers die Glasscheibe einschlagen will, schaltet mein Gehirn sofort in den

Notfall-Managermodus. Ich muss dieses Durcheinander in den Griff bekommen. Und zwar sofort.

»STEHEN BLEIBEN! DIES IST EIN ZUFLUCHTS-ORT, KEIN SCHLACHTFELD!«, brülle ich.

Die Elfen halten kurz inne und starren mich an, als ob ich verrückt wäre, dann machen sie weiter, als hätte ich nichts gesagt. Zumindest der Elf, der das Fenster einschlagen wollte, hält sich zurück.

»Ungezogener Elf«, knurre ich einem Typen magisch ins Ohr, während ich das Sofa wieder an seinen Platz schiebe. Er springt auf, reibt sich das Ohr und sieht sich wild um.

Mir kommt eine Folge einer Ärzteserie in den Sinn und die Theorie, die hinter der einfachen Triage steckt. »JEDER, DER WUNDEN UND VERLETZUNGEN HAT, ABER KEINE SOFORTIGE MEDIZINISCHE VERSORGUNG BRAUCHT, WARTET BITTE DORT DRÜBEN!«, rufe ich und zeige auf die linke Seite des Raums. »ALLE ANDEREN WARTEN IM AUFENT-HALTSBEREICH!«

Ich blähe meine Wangen auf und reibe mir die Schläfe. Als ich von zu Hause weggelaufen bin, habe ich mindestens vier Fläschchen von Jodies Heiltrank mitgenommen. Forrest hat außerdem noch sechs weitere Fläschchen einge-packt. Auf einen Krieg bin ich nicht vorbereitet ... aber die Folgen eines Gefechts? Ja, das kann ich regeln.

Larry kommt zu mir geeilt. »Larry, bitte, kannst du dafür sorgen, dass sie alles haben, was sie brauchen?« Mit einem Ruck der Magie hole ich die Tränke aus meinem Zimmer und schiebe sie ihm zu. »Fang an, Heiltränke auszuteilen.«

»Natürlich.«

»Danke.«

Larry drückt die Tränke an seine Brust und stürmt davon. Ich bewege mich schnell durch die Elfen zu dem schweigenden Mann, den ich auf dem Boden gesehen hatte. Die Elfen ignorieren mich. »LOS LEUTE! BEWEGT EUCH!« Ich klatsche in die Hände und stoße sie mit meiner Magie an. »JE LÄNGER IHR HERUMSTEHT UND MICH ANSTARRT, DESTO WENIGER ZEIT HABE ICH, EUREN FREUNDEN ZU HELFEN!«

Sie grummeln und humpeln auf die ihnen zugewiesene Seite des Raums.

Geht doch.

Ein paar von ihnen schnippen ihre langen Haare hinter sich, als wären sie Models. Ich rolle mit den Augen. Jetzt befinden sich alle bis auf den schwer verletzten Elfen in der Mitte des Raumes.

Oh, und seine gruselig aussehende Freundin. Juhu. Sie hat dunkle Haare, die genauso lang sind wie meine, aber in komplizierte Zöpfe geflochten, und sie starrt mich an. Ihre großen, braunen Augen sind voller Hass. Meine Güte, ich war es nicht, der ihr in den Arsch getreten und ihren Freund verletzt hat. Sie muss ihren Hass im Zaum halten. Ich starre sie zurück an. Ich bin stocksauer. Die Wut, gepaart mit Angst, macht mich mutig.

»Beweg dich!«, sage ich ihr.

»Ich kenne dich nicht«, knurrt sie.

Ich zucke mit den Schultern. »Ach ja? Ich kenne dich auch nicht, aber das hat dich und deine Mitstreiter nicht davon abgehalten, in meine Hotellobby zu stürmen, oder? Du bist zu mir gekommen, also geh mir aus dem Weg, damit ich ihm helfen kann.« Für einen Moment denke ich, dass sie mich mit dem verrucht aussehenden Messer, das sie in der Hand hält, abstechen will. Aber anscheinend hat sie es sich anders überlegt. Sie steht nicht auf, sondern rutscht auf ihren Knien weg und lässt mir gerade genug Platz, um zu sehen, womit ich es zu tun habe.

Der bewusstlose Elf ist wenigstens noch am Leben, aber er blutet stark aus einer Stichwunde im Unterleib. Ich lege beide Hände auf seine Wunde und sein heißes, blaues Blut quillt zwischen meinen Fingern hervor. Ich rümpfe die Nase. Bah, ich hätte an Handschuhe denken sollen.

Das ist eklig. Ich bin für diesen Scheiß nicht ausgebildet.

Wenigstens wird die Heilmagie jede Kreuzkontamination beseitigen. Er wird durch meine Hände nicht krank werden.

Nein, ich bin eher durch die unfreundlichen Elfen gefährdet.

Wenn das ein ganzer Hofstaat von Kriegerelfen ist, der durch das Portal geploppt ist, habe ich ein ernstes Problem. Das hier soll ein Hotel sein, kein Krankenhaus. Warum in aller Welt haben sie beschlossen, hierherzukommen? Ich habe keine Ahnung.

Ich bücke mich und stütze meine Hände ab, damit sie nicht zittern. *Verdammt, ich fühle mich verletzlich.* Mit diesem Gedanken errichte ich eine Barriere um die Rezeption. Nicht nur, um zu verhindern, dass die Dryaden oder Atticus in diesen Albtraum stolpern, sondern auch, um die Elfen davon abzuhalten, umherzuziehen. Ich will nicht, dass sie Ärger machen, während ich beschäftigt bin und ihnen den Rücken zudrehe.

Die Magie des Reiches bebt und mehr Leute kommen

durch das immer noch offene Portal. In meinem Blickfeld spuckt das Portal ein weiteres blutiges Häufchen aus. Dann klappt das Portal mit einer Energie zu, die meine Haare flattern und an meinem verschwitzten Gesicht kleben lässt. Dem Himmel sei Dank, dass das passiert ist. Ich wollte es nicht schließen, falls ich jemanden eingeschlossen hätte.

Ich puste mir die Strähnen, die an meiner Wange kleben, aus dem Gesicht und konzentriere mich. Ich habe keine Zeit für Feinheiten. Ich muss ihn schnell heilen. Seine Lebenskraft flattert, während ich in die Magie versinke. Sie hält kaum noch durch. Ich lasse meine Magie in seinen Körper fließen und nutze dabei, was ich bei der Heilung von Erin gelernt habe. War das erst gestern?

Mein Patient stöhnt. Ich zucke zusammen, und die Hand der Elfin wandert zum Griff ihres Messers. Meine Augen verengen sich mit Blick auf ihre Finger, und ich knirsche mit den Zähnen. *Was für eine Dreistigkeit. Ich muss ihrem Freund nicht helfen. Diese Gäste wollen mich wohl verarschen.*

Mit einem mentalen Ruck meiner Magie verschwinden die Waffen der Frau. Alle Waffen im Raum verschwinden. Das hätte ich gleich tun sollen, als sie ankamen, aufgerüstet, um einen Krieg zu beenden. Das war ein Fehler, den ich nicht wiederholen werde.

Ich frage mich, ob ich es so einrichten kann, dass die Portale keine Waffen durchlassen? Das könnte eine großartige Idee sein. Die meisten Kreaturen sind an sich schon wandelnde Waffen, aber so ist zumindest das Risiko, erstochen zu werden, geringer.

Der Lärm im Raum wird lauter, als meine *Gäste* die fehlenden Waffen bemerken. Ihre Rufe werden immer empörter und die wütende Energie im Raum erreicht ihren Höhepunkt. »IHR BEKOMMT EURE SACHEN ZURÜCK, WENN IHR GEHT!«, schreie ich. Ich hebe den Blick und starre die Frau an. »Das war deine Schuld«, murmle ich unhöflich.

»Ich brauche keine Klinge, um dich zu töten«, faucht sie.

Ich rolle mit den Augen. »Gut zu wissen. Ich auch nicht. Wenn du mir gegenüber auch nur mit dem Finger zuckst, schicke ich deinen Arsch dahin zurück, wo er hergekommen ist. Kapische?« Sie verengt ihre Augen auf mich und nickt. »Wunderbar.« Ich grinse manisch und zeige zu viele Zähne.

Owen wäre stolz.

Noch mehr Magie und die Wunde des Elfen schließt sich. Ich klopfe ihm auf die Brust. »Bitte sehr, Mr. Elf, so gut wie neu.« Erschöpft sinken meine Hände an die Seiten und ich lehne mich auf meine Fersen zurück. Meine Lederstiefel graben sich unangenehm in meine Knie.

»Ich entschuldige mich. Die Anspannung ist noch groß von der Schlacht. Danke«, sagt die Elfin und überrascht mich. Das alte Märchen über die Fae und ihren Dank ist leider übertrieben. Manche sagen, wenn man den Fae dankt – oder umgekehrt –, steht man ein Leben lang in der Schuld. Das ist nicht der Fall. Aber ich weiß die Entschuldigung zu schätzen.

»Kein Problem. Schön, dass ich helfen konnte.« Sie zieht ihren Freund, der nun halb bei Bewusstsein ist, auf die Beine und führt ihn in den Aufenthaltsbereich, wo die anderen gerade Wasser schlürfen. Ich schleppe mich auf die Beine und stolpere zu meinem nächsten Patienten.

Meine Güte, bin ich erschöpft.

Ein gigantischer schwarzer Wolf liegt mitten auf dem Boden und ein zierliches Mädchen mit einer Masse von rosa Haaren hält seinen zotteligen Kopf in ihrem Schoß.

Wandler können sich von allem selbst heilen. Ihre Zellen regenerieren sich jedes Mal, wenn sie sich wandeln. Deshalb altern sie nicht mehr, wenn sie ihre biologische Volljährigkeit erreicht haben. Es sei denn, sie treffen auf Silber, das den Wandlungsprozess komplett stoppt, dann ist alles möglich. Schließlich müssen sie lebendig sein, um sich zu wandeln. Silber. Genau das ist mit diesem großen Kerl passiert. Er ist von Silber durchlöchert worden und blutet aus.

Ich lasse mich neben ihnen auf die Knie fallen. »Eine Silberbombe«, krächzt das zierliche Mädchen und hustet dann heftig. »Der Staub ... Er ist in unserer Lunge. Er hat mich aus dem Weg gestoßen und die Hauptlast des Schrapnells abbekommen. Du verdammter Idiot, Nanny-Hound. Warum hast du das getan? Ich hätte es geschafft.« Ihre Stimme ist so rau, als würde sie zwei Schachteln Zigaretten am Tag rauchen. Ich hätte es auf den Silberschaden geschoben, aber ich habe ihre Stimme schon einmal gehört. Ich erkenne sie auf Anhieb.

Forrest.

»Wirst du ihm helfen?«, bittet sie und hebt flehend ihren Blick.

In ihren Augen liegt eine tiefe, gequälte Traurigkeit mit einem scharfen Ausdruck. Ihre Augen flüstern vom Tod. Mein Herz hämmert und die Nerven in meinem Inneren verkrampfen. Ein Auge ist gelb, das andere zwar auch, aber mit einem Hauch von Grün, das sich am unteren Rand sammelt. Das macht es schwierig, ihrem wilden Blick standzuhalten.

Ich wusste, dass Owens Freundin wild und auch hübsch sein würde, aber ich habe nicht erwartet, dass sie so klein und unschuldig aussieht.

So verdammt mächtig.

Sie ist eine Wandlerin. Und zwar eine sehr imposante. Ich lege meinen Kopf schief; ihre Magie ist seltsam. Sie beißt sich mit meiner. Nicht mit Aggression, denke ich, sondern fast spielerisch. Ich ignoriere es und die Gänsehaut, die sich aufbaut.

Ein weiblicher Wandler in meinem Hotel, bedeckt mit Blut.

Oh, Scheiße. Wenn ihr etwas zustößt ... Daran will ich gar nicht denken.

Weibliche Wandler sind superselten. Es gibt etwa zehn in Europa. Zehn. Es werden Kriege um sie geführt. Sie sind begehrt und werden gehütet wie kostbare Juwelen, und trotzdem kniet eine davon blutüberströmt neben mir und hustet Silberpartikel aus. *Ich sollte sie zuerst heilen.*

Aber wenn ich das tue, wird der schwarze Wolf sterben. Obwohl ich weiß, dass Forrest nicht so bald sterben wird, zermürbt mich die Unschlüssigkeit. Ein Gefühl in meinem Hinterkopf sagt mir, dass ich diesen Wolf kenne, aber ich verdränge den schmerzhaften Gedanken. Er kann es nicht sein. So grausam kann das Schicksal doch nicht sein? Ich lehne mich zurück und versuche, meine Hände zu beruhigen, die vor Müdigkeit und Nervosität zittern. *Du drehst durch. Reiß dich davon los.* Ich muss an die Triage denken.

»Bitte versuch, ihn zu heilen«, röchelt sie.

Das ist ein bisschen mehr, als eine offene Wunde zu

versorgen. »Ich werde mein Bestes tun. Komm schon, Wolf, wir machen dich wieder gesund.« Ich kenne niemanden, der das in Ordnung bringen könnte. In Gedanken kremple ich die Ärmel hoch, atme tief durch und mache mich an die Arbeit.

Mit klopfendem Herzen fahre ich mit meinen Fingern durch das schöne, dichte Fell des Wolfes. Die äußere Schicht ist grob und das flaumige Unterfell superweich. Vorsichtig taste ich seine Wunden ab. Aus seinen Wunden ragen Silberbrocken heraus. Wie ein pelziges Nadelkissen. Ich weiß, wenn ich das Silber nicht herausnehme, oder wenn er nicht vorher verblutet, wird das Metall ihn vergiften und eine Nekrose verursachen.

Ich kann das schaffen. Ja, es ist eine komplizierte Prozedur, aber ich kann ihn heilen. Ich bin die Einzige hier, die das kann.

Dieses Mal schließe ich die Augen. Ich brauche meine ganze Konzentration, während ich meine Magie ausstrecke. Vorsichtig berühre ich die Energie des Wandlers mit der Absicht, sie nicht zu stören. Ich stelle mir vor, wie mein Finger über ein Gewässer streicht, so sanft, dass die Spannung gelöst wird und das Wasser sich wellenförmig ausbreitet. Meine Magie sind die Wellen.

Behutsam, ach so behutsam, folge ich den Wellen durch das Gewebe seines Körpers und spüre selbst die kleinste Menge an silbernen Nanopartikeln auf. Ich zerstöre jede Spur des gefährlichen Silberoxids und repariere gleichzeitig seine Zellen. Jede Zelle vibriert mit einer etwas anderen Frequenz. Ich muss sie anpassen.

Meine Magie reist weiter und weiter, zerstört und repariert, bis … nichts mehr übrig ist.

Alles in ihm ist normal.

»Ich habe es geschafft«, flüstere ich. Ich streichle ihn sanft und wende meine Aufmerksamkeit dann Forrest zu. »Okay. Jetzt du.«

»Du bist erschöpft. Ich kann warten.«

»Nein, kannst du nicht. Bitte?« Ich strecke meine Hand aus, und mit einem finsteren Blick legt sie ihre zierliche, blasse Hand in meine. Ich wiederhole meine Schritte. Diesmal geht es viel schneller, denn das Silber hat sich nur an den Stellen festgesetzt, an denen sie es eingeatmet hat. Ihre Nasenwege, die Luftröhre und der empfindliche Bronchialbaum der Lunge. »So«, sage ich mit einem zufriedenen Lächeln.

»Danke.«

»Nichts zu danken.«

»Das ist deine Schuld. Wenn du ihn nicht ermutigt hättest, für die Fae zu arbeiten, wäre das nie passiert«, knurrt eine wütende Stimme. Ich seufze und hebe meinen Kopf.

»Arschloch, kannst du nicht einfach mal, keine Ahnung, für fünf Minuten keine Nervensäge sein?« Forrest knurrt den großen, grimmig dreinblickenden blonden Mann an, der über uns thront.

Noch ein Wandler.

»Forrest«, knurrt er zurück und seine grünen Augen funkeln.

»Fick dich!« Sie zeigt ihm beide Mittelfinger und wendet sich ab. Als sie meinen Blick bemerkt, lächelt sie verlegen. »Tut mir leid wegen meines Bruders. Er ist ein Arschloch.«

Ich hebe das Kinn als Zeichen der Anerkennung und

senke meinen Kopf, um den schwarzen Wolf zu begutachten. Er ist immer noch nicht aufgewacht, und ich mache mir Sorgen, dass ich etwas falsch gemacht habe.

Forrests Bruder schleicht um uns herum, und als Reaktion auf seine aggressive Körpersprache legt sie den Kopf des Wolfes sanft auf den Boden und steht auf. Sie nutzt ihren kleinen Körper, um ihren Bruder daran zu hindern, näher zu kommen und treibt ihn von uns weg. Mit jedem Schritt pikst sie ihn in die Mitte seiner Brust. Meine Lippen zucken. Ich mag ihren Stil.

»Ja, weil er ja auch nicht in Gefahr ist, wenn er mit dir arbeitet«, schimpft sie. »Was für ein Haufen Blödsinn.« Piks, piks. »Das nächste Mal nimmst du deine eigenen Leute und lässt meine Freunde in Ruhe. Die Fae brauchen deine Hilfe nicht, Arschloch.«

»Im Sanctuary wird nicht gekämpft«, murmle ich. Ich ignoriere die beiden, während sie sich weiter zanken. Mit wachsender Panik überflutet meine Magie den Wolf. Ich untersuche ihn erneut, sein Blut, seine Zellen, und ich kann keine Spur von Silber in seinem Körper finden. Während ich nachdenke, streiche ich mir die Haare zurück. Er sollte jeden Moment aufwachen ... In diesem Moment bemerke ich, dass ich immer noch das schöne Fell des Wolfes streichle. Ich bin zu müde, um rot zu werden. Was für ein seltsames Verhalten.

Widerstrebend ziehe ich meine Hand weg. Kaum haben meine Finger ihn verlassen, wandelt sich der prächtige schwarze Wolf. Es ist eine atemberaubende Wandlung, als er seine Gestalt ändert.

Schöne, dunkle Haut und ein nackter, muskulöser Oberkörper begrüßen meine plötzlich hellwachen Augen.

Ich habe noch nie jemanden mit so gut proportionierten Muskeln gesehen – noch nie. Ich verschlucke fast meine eigene Zunge. Wie gebannt verfolge ich das Heben und Senken seiner Brust mit jedem seiner flachen Atemzüge. Ich zwinge meine Augen, seinen Oberkörper hinauf, statt hinunterzuschauen ... Die grauen Augen des Wolfes finden mich. Er grinst.

Wow! Mein Herz setzt einen Schlag aus. Den Sternen sei Dank, dass es ihm gut geht.

»Hi, Blitzi.«

Kapitel Zweiundzwanzig

»Owen. Es geht dir gut!« Forrest sinkt neben uns auf die Knie, ihr Bruder ist längst vergessen. Mein prächtiger Hellhound lächelt sie an, als wäre sie vom Himmel gefallen. Meine rasende Libido kommt zum Stillstand und mein verwirrtes Herz schmerzt. Meine Seele zerbricht ein wenig.

Er liebt sie. Ich kann es sehen.

Mit einer zierlichen Hand tätschelt sie seine Brust und ich kann nicht anders, als mit den Zähnen zu knirschen, während meine Augen auf diese Berührung fixiert sind. *Nimm die Finger von ihm.* Alles in mir schreit. Meine Magie peitscht mit Wut hervor. Forrest zuckt nicht einmal mit der Wimper, als der nackte Hellhound, den sie tätschelt, plötzlich von Kopf bis Fuß in seine normale schwarze Kampfkleidung gehüllt ist. *Besser.*

»Du hast mich kurz erschreckt, Nanny-Hound. Zieh

nie wieder so eine Nummer ab. Wenn du gestorben wärst, wäre ich dir nachgelaufen und hätte dich dem Tod entrissen, nur um dir die Scheiße aus dem Leib zu prügeln.« Sie schnaubt und grummelt dann: »Ich bin froh, dass es dir gut geht.« Dann umarmt sie ihn. Sie liebt ihn auch.

Warme graue Augen treffen meine über ihrem Kopf und er zuckt mit den Schultern, als wolle er sagen: *Was kann ich tun?* Mein Gesicht verzieht sich zu einem brüchigen Lächeln und ich stehe entschlossen und ohne jegliche Eleganz auf. »Ich muss dieses Chaos aufräumen. Bitte entschuldigt mich.« Ich mache auf dem Absatz kehrt und taumle davon. »Geht zu Larry, wenn ihr was braucht«, sage ich über meine Schulter.

Owen ist nur jemand, den mein Dad bezahlt hat, um mir zu helfen. Es gibt keinen Grund, sich aufzuregen, und ich bin nicht die Art von Mädchen, die dem Mann eines anderen Mädchens hinterherläuft. Das ist das Schlimmste, was man einer anderen Person antun kann und jetzt, wo ich Forrest persönlich gesehen und ihre Macht gespürt habe, wäre es unmoralisch und offen gesagt selbstmörderisch, ihr in die Quere zu kommen. *Sie lieben sich.*

Mein dummes Herz ist wie ausgehöhlt.

Anstatt wegzulaufen, wie ich es gern möchte, beteuere ich, dass ich eine Aufgabe zu erledigen habe. Ich muss mich darauf konzentrieren, was um mich herum passiert. Owen muss hier das Portal für die Kriegerelfen geöffnet haben, während er und Forrest einen großen Bösewicht bekämpft haben, der illegale Silberbomben benutzt. Ich hoffe, das hat nichts mit dem Elf zu tun, den sie jagen und der versucht hat, mich zu entführen.

Als ich auf Larry zustapfe, fühle ich mich mit jedem

Schritt mehr und mehr wie betrunkener Dreck. Ich bin mir ziemlich sicher, dass das niemand merkt. Ich bin mir sicher, dass ich den Eindruck erwecke, dass ich die Situation zu hundert Prozent im Griff habe. Ich habe mein Managergesicht aufgeklebt. Meine Güte, diese ganze Magie in so kurzer Zeit zu benutzen, hat mir viel Energie geraubt.

Wenn das ein typischer Tag in meinem Leben als Gastwirt ist, werde ich wahrscheinlich noch vor Ende der Woche tot sein. Ich schüttle den makaberen Gedanken ab, als mir ein energiereicher Proteinriegel in die Hand gedrückt wird.

»Oh. Danke, Larry.«

»Kein Problem. So wie du durch den Raum gewackelt bist, dachte ich, du brauchst ihn.« Tja, so viel zum Thema, dass ich meinen Abgang perfekt gemeistert habe. Mit einem finsteren Blick und zitternden Händen packe ich den Riegel vorsichtig aus und stopfe mir den Mund damit voll. *Ich sollte mir die Hände waschen. Sie sind noch etwas glibberig von dem ersten Elfen.*

Während ich kaue, stolziert ein anderer Mann herüber, um mit Larry zu plaudern. Er ist ein Wandler und hat helle Haare. Auch er ist schwarz gekleidet. Ha! Die Wandler müssen eng mit den Elfen zusammenarbeiten. Das ist seltsam. Aus dem Geschichtsunterricht weiß ich, dass eine solche Zusammenarbeit noch nie vorgekommen ist. Wandler und Elfen hassen sich seit eh und je, und wenn ich mich richtig erinnere, dürfen Wandler keinen Fuß nach Irland setzen.

Es scheint, dass sich die Dinge geändert haben. Ich zucke mit den Schultern. Solange es im Hotel keinen

Aufruhr gibt und sie nicht versuchen, sich gegenseitig umzubringen, hat das nichts mit mir zu tun.

Auf unserem Spaziergang hat Owen gesagt, dass er und Forrest in Irland arbeiten würden. Ich war wohl zu sehr damit beschäftigt, Owen hinterherzusabbern, um das alles zu realisieren.

»Wir werden dir in einer Stunde nicht mehr im Weg stehen«, sagt der Typ mit sanftem irischen Akzent zu Larry. »Ich wusste gar nicht, dass es dieses Hotel gibt. Das ist doch ein Taschenreich, oder? Mit der Energie, die im Raum herumschwirrt, und der Tatsache, dass niemand weglaufen kann, weil ein undurchdringliches Kraftfeld besteht, deutet alles darauf hin, dass du ein legendärer Gastwirt sein musst.« Er klopft Larry auf die Schulter. »Das ist unglaublich.«

Mein Blick huscht zwischen den beiden hin und her, und mein Kiefer schmerzt, während ich kaue. Warum sind diese extra nussigen Proteinriegel, so hart, als würde man auf Beton kauen?

»Ich habe noch nie jemanden mit deiner Art von Magie getroffen. Mein Boss wäre bestimmt an einer Zusammenarbeit mit dir interessiert.«

»Mit mir? An einer Zusammenarbeit mit mir?«, stammelt Larry. Seine leuchtend grünen Augen weiten sich. »O nein, Sir. Sie müssen mich verwechseln. Ich bin nur ein niederer Diener meiner Herrin.« Larry präsentiert mich mit einer schwungvollen Handbewegung und einem Klicken seiner Absätze.

Niedlich.

»Hallo«, sage ich, während ich mir den Mund bedecke, um mein Kauen zu verbergen. Da mein Mund immer noch voll ist, kommt das Wort nur bruchstückhaft heraus. Die leere Packung knistert in meiner Hand, als ich dem Wandler erschöpft zuwinke. Der Wandler starrt mich an, als ob ich zwei Köpfe hätte.

»Du? Du bist der Wirt?«, höhnt er. »Aber du bist doch nur ein Mädchen.«

Arschloch.

Ich ignoriere seinen Fehltritt. Ehrlich gesagt geht mir das am Arsch vorbei. Wenigstens habe ich den Proteinriegel aufgegessen, ohne Blut darauf zu schmieren. Gut für mich. Larry reicht mir noch einen.

»Danke. Also eine Stunde?«, frage ich und winke mit dem Proteinriegel, als wolle ich den Wandler zur Eile antreiben. Ich habe wichtige Dinge zu tun. Zum Beispiel ... weinen. »Du hast gesagt, dass ihr alle in einer Stunde abreist?«

Als ich den neuen Riegel auspacke, zittern meine Hände nicht mehr. Mein Energielevel hat sich bereits erhöht. Meine Lippen verziehen sich angesichts des Zustands meiner Hände und als Reaktion darauf wäscht Magie mein marineblaues Kleid und meine Haut von Schweiß-, Schleim- und Blutresten.

Praktisch.

Ich beiße in den Riegel, während sich der Wandler an seiner eigenen Spucke verschluckt. Ach herrje, ich habe ihn mit meiner schnellen Reinigung ungewollt schockiert. Ich verzichte darauf, ihm einen Klaps auf den Rücken zu geben. Vielleicht sollte Larry das tun, schließlich sind die beiden so kumpelhaft.

»Ja, ähm ... Herrin«, murmelt der Wandler in einem ungläubigen Tonfall.

Als das Wort *Herrin* von ihm kommt, trifft es ein bisschen unter die Gürtellinie. Ich zucke zusammen und schüttle den Kopf. »O nein, nichts von alledem. Ignoriere Larry, nenn mich bitte Tuesday.«

»Tuesday?« Seine harten braunen Augen verengen sich. Ich kann fast sehen, wie er meinen Namen in seinem Kopf durchspielt. »Kenne ich dich nicht? Bist du nicht die Tochter von Matthew Larson? Die jüngste von ihnen?« Er zieht eine Augenbraue hoch.

O nein, er kennt meinen Dad. Kann dieser Tag noch schlimmer werden?

»Der Blindgänger.« Er nickt verständnisvoll. »Dein Mangel an Magie wurde wirklich maßlos übertrieben.«

»Dir kann ich nichts vormachen, oder?« Ich täusche ein Kichern vor. *Ich muss hier raus.* »Ja, ich bin Tuesday Larson, und ja, ich habe Wirtsmagie. Und du bist? Ich weiß, wir sind uns noch nie begegnet.« Ich lasse das vorgetäuschte Lächeln fallen und verenge meine Augen.

»Mac. Freut mich, dich kennenzulernen, Tuesday.« Er hält mir seine Hand hin. Nachdem ich meinen Snack in die linke Hand genommen habe, schüttle ich sie widerwillig. »Nein, wir sind uns noch nicht begegnet, aber ich habe ein Foto von dir im Büro deines Vaters gesehen.«

Oh. Ich nicke verständnisvoll. Damit deute ich an, dass ich von dem Foto weiß. Ich wusste nicht, dass Dad ein Foto von mir hat. Es muss ein Gruppenfoto sein. Ich räuspere mich.

»Das ist also *dein* Taschenreich?«

»Ja.«

»Beeindruckend.«

Ich weiche von dem Wandler zurück. »Nun, ich werde dann jetzt ...«

»Unsere Waffen?« Mac klopft sich auf den Oberschenkel und verengt die Augen.

»Wir geben sie euch zurück, sobald ihr das Portal betreten habt.«

»Danke für deine Hilfe«, sagt er widerwillig. »Wir hätten nicht überlebt, wenn du uns nicht rechtzeitig das Portal geöffnet und uns geholfen hättest. Bitte richte deinem Vater meine Grüße aus.«

»Das werde ich. Vielen Dank, dass ihr das Sanctuary Hotel besucht habt. Ich hoffe, ihr besucht uns wieder, wenn auch unter weniger spektakulären Umständen. Larry wird euch helfen, wenn ihr etwas braucht. Wenn ihr mich entschuldigen würdet.« Ich warte nicht auf eine Bestätigung, sondern mache auf dem Absatz kehrt und eile davon.

Ich starre auf die Tür hinter der Rezeption, denn ich traue mir nicht zu, dass ich nicht nach einem bestimmten Hellhound Ausschau halte. Als ich fluchtartig den Rückzug antrete, höre ich die raue Stimme von Forrest, die sich über Mac auslässt. »Heute wieder etwas sexistisch unterwegs? Man sollte meinen, dass du als mein Freund gelernt hättest, kein Arschloch zu sein.«

Kapitel Dreiundzwanzig

BLITZE zucken durch den Himmel und der Donner dröhnt so laut, dass die Scheiben klirren. Draußen wird es stockdunkel, als wütende graue Wolken heranziehen und ein Sturzbach von Regen gegen die raumhohen Fenster prasselt.

Ich habe es regnen lassen.

Ohne es zu merken, hat meine Stimmung das Wetter beeinflusst. Ich habe mich geweigert zu weinen, also tut es das Reich für mich. Ich starre auf die Regentropfen, die meinen inneren Gefühlen entsprechen, und meine schuldbewussten Gedanken gehen zu Erin und den anderen Dryaden. Ich bin mir sicher, dass die Bäume einen Drink begrüßen werden, solange ich den verdammten Ort nicht überflute. Ich schiebe die Wolken auseinander und lasse die seltsame Energie in der Atmosphäre frei.

Was ich tun muss, ist arbeiten. Das ist es, was ich gut kann. Ich ziehe das Datapad zu mir und klicke mich zurück zu meinem Geschäftsplan. Ich mache mir sorgfältig eine Notiz, dass ich die Wohnsuiten verbessern muss. Es wird eine Weile dauern, bis ich die nötige Energie gesammelt habe – diese verdammten Fae-Krieger und ihr kraftraubender Besuch. Geistesabwesend streiche ich mit meiner Magie gegen die Reiche. *Ich kann nicht* ... meine Gedanken schweifen ab.

Sie sollte durch die riesigen Portale und alles andere fast leer sein, aber sie ist zum Platzen voll. Das ist nicht richtig.

Was hat sie getan? Habe ich aus Versehen jemanden verletzt?

O nein, nein, nein, nein.

Meine überwältigende Panik lässt mich zittern wie Espenlaub. Mir ist schlecht. Ich wusste es. *Ich wusste, dass ich diesem verfluchten Ort nicht hätte trauen dürfen.* Mit einem Machtimpuls, den ich zweifellos bereuen werde, weil er mir den Kopf verdreht und mein Herz in den Ohren klopft, schließe ich meine Augen und breite meine Magie aus, wie ich es bei der Heilung eines Körpers tun würde.

Vor der Schwärze meiner Augenlider erscheint die Karte des Reiches. Als jeder Gast auftaucht, überprüfe ich sie im Geiste. Ich beginne mit den Elfen und den Wandlern an der Rezeption und arbeite mich langsam zu den Fae in den Wäldern vor. Mein ganzer Körper sackt gegen den Schreibtisch, als ich feststelle, dass alle Personen in Sicherheit sind und versorgt werden. Den Sternen sei Dank.

Das Reich hat nicht einen Funken Macht gestohlen. Tatsächlich glühen alle meine Gäste mit jeder Sekunde, die vergeht, ein bisschen stärker. Hm. Während meine Magie noch ihre Arbeit verrichtet, zapfe ich die Magie des Reiches ein wenig stärker an.

Ich muss mehr wissen. Ich entdecke ein riesiges, blubberndes Kraftreservoir in seinem Zentrum. Das war vorher noch nicht da. Ich runzle die Stirn. So vorsichtig wie möglich und mit denselben schleichenden, zarten Fingern der Magie, die ich bei Owen benutzt habe, erkunde ich die Ränder des tiefen Brunnens. Ich sehe, woher die Rinnsale der Macht und die Flüsse der Magie kommen.

Ein erleichtertes Lachen entweicht mir, als ich erkenne, was ich sehe: Das Dimensionsreich hat es nicht nötig, Macht zu stehlen. Die Kraft, ähnlich wie die Bildung von Wolken, entsteht auf natürliche Weise. Die unsichtbare Energie, die von jedem Lebewesen ausgeht, entweicht auf natürliche Weise in die Luft. Ich kann sie irgendwie sehen. Unter normalen Umständen würde ich die Macht nur spüren, wenn jemand wie Forrest beängstigend mächtig ist. Aber auf meiner mentalen Karte sehe ich sie. Ich sehe Forrest leuchten wie die Sonne und all meine anderen Gäste, die sich wie Sterne um sie herum bewegen. Ihre Kraft sättigt die Luft, kondensiert und formt sich zu unsichtbaren Tröpfchen. Diese fließen dann in den Kraftbrunnen des Reiches.

Allein die Anwesenheit der verschiedenen Kreaturen reicht aus, um die Magie wieder aufzufüllen. Die Magie erfüllt dann die Bedürfnisse der Gäste, einschließlich meiner eigenen.

Magische Symbiose.

Es war nie nötig, sich mit Gewalt Macht anzueignen. Die ganze aufrührerische Opfersaga war eine komplette

Farce. Wussten die anderen Gastwirte davon? Donnerwetter, das ändert alles.

Es sei denn ... Ich öffne meine Augen und blinzle, während sie sich wieder an das helle Licht in meinem Büro gewöhnen. Es sei denn, die Magie täuscht mich. Mein Magen dreht sich und ich stöhne. Ich lasse meinen Kopf auf den Schreibtisch sinken. Vielleicht brauche ich etwas Zeit in der realen Welt, um meinen Kopf wieder frei zu bekommen. Ich muss ungestört nachdenken, denn es ist offensichtlich, dass die Magie mich hier haben will.

Ich weiß nicht, was real ist.

Ich weiß nicht, ob ich manipuliert werde.

Ich kann mir selbst nicht trauen.

Natürlich kann ich mir selbst nicht trauen – ich habe mir eingeredet, dass ich in einen völlig Fremden verliebt bin, während er die ganze Zeit in ein anderes Mädchen verliebt war. Ich drehe meinen Kopf und drücke meine Wange gegen das eiskalte Glas des Schreibtisches. Zuerst muss ich etwas essen, um meine Energie wieder aufzufüllen, und dann warten, bis die Elfen und Wandler weg sind. Dann verbringe ich ein paar Stunden fernab von diesem verrückten Ort.

Im Flur raschelt es, Schuppen reiben aneinander, dann schaben Krallen über das Holz. Mit einem Grinsen springe ich vom Stuhl und reiße die Tür auf. Daisy hüpft herein.

»Hey, hübsche Prinzessin, was für eine angenehme Überraschung«, sage ich im Singsang. »Wie bist du hierhergekommen, wo doch der Zauber den Empfang blockiert?« Ich schließe die Tür fest hinter ihr und setze mich wieder hin. Ich würde es ihr zutrauen, dass sie blinkt. Ich strecke meine Hände aus und wackle mit den Fingern. Daisy springt, ihre Flügel flattern und sie gewinnt genug Höhe, um auf meinem Schoß zu landen. »Perfekte Landung. Du wirst immer besser«, lobe ich.

Mit einem tiefen, zufriedenen Schnurren in ihrer Kehle zieht sie ihre Flügel ein und rollt sich zu einem Ball zusammen. Ich streiche sanft über ihre Wirbelsäule und schniefe. Das ist schön. Normal. Ich blinzle ein paar Mal. Ich weine nicht.

EINE TASSE mit heißem Tee balanciert auf meinem Bauch. Ich greife nach dem einzeln verpackten Stück *Terry's Chocolate Orange*. Normalerweise kommt die Schokolade in Form einer Tafel oder einer originellen Orangenkugel, die man auf eine harte Oberfläche klopfen muss, um die Orangen-Milchschokoladensegmente zu entfesseln. Aber diese Packung ist etwas Besonderes. Sie enthält verschiedene Geschmacksrichtungen von Schokolade, gemischt mit der berühmten Orange.

Ich verenge meine Augen und mir läuft das Wasser im Mund zusammen, während ich mit einer Hand an der Verpackung herumfummle und mit der anderen Hand die Tasse balanciere. Diesmal ist es weiße Schokolade. Daisy, die jetzt auf meinem Schreibtisch sitzt, beobachtet mein Treiben mit Interesse. Sie streckt ihren Kopf hervor und schnuppert mit ihrem linken Nasenloch an der Schokolade. Völlig unbeeindruckt rümpft sie die Schnauze. »Nein?

Gut. Schokolade ist nichts für Drachenmädchen«, sage ich ihr weise.

Die Plastikverpackung raschelt und das Stück weiße Schokolade springt. Ein erschrockener Laut entweicht meinen Lippen, als ich mit nur einer Hand, die bereits mit der Verpackung beschäftigt ist, nicht in der Lage bin, die entlaufene Leckerei rechtzeitig zu fangen. Die Schokolade fällt.

»Nein«, stöhne ich entsetzt auf, als sie in die falsche Richtung fliegt und mit einem Platschen in die Tasse plumpst.

Mein armer Tee.

Ich mag meinen Tee superheiß, also kann ich nicht einfach meine Finger hineinstecken und sie herausfischen. Jodie, meine Schwester, sagt, ich hätte einen Asbestmund und dass mir kein Tee zu heiß sein kann. Ich zucke mit den Schultern und klimpere auf dem Porzellan. Was kann ich tun?

Traurig starre ich in meine Tasse. Ich neige sie, aber ich kann nicht durch die braune, wässrige Tiefe sehen. Das macht nichts. Ich wollte sie sowieso eintauchen. Jetzt muss ich wohl warten, bis ich sie essen kann.

Ich nehme einen Schluck. Wie ein Teekenner neige ich meinen Kopf zur Seite und schmatze mit den Lippen. *Hm, der Tee schmeckt wie immer.* Ich wackle mit den Fingern über der Tüte, schließe die Augen und greife mit einer dramatischen Bewegung hinein. Ich öffne mein linkes Auge. Oooh, das hier ist dunkle Schokolade. Diesmal packe ich sie weit weg von der Tasse aus.

Als ich den letzten Schluck meines Gebräus nehme, grinse ich, als ich den weißen Klecks am Boden entdecke.

Ich führe die Tasse an meinen Mund und rüttle sie. »Komm zu mir, meine Süße«, murmle ich. Die weiße Masse will sich nicht bewegen, also knalle ich die Tasse gegen meine Unterlippe, um sie zu ermutigen. Fasziniert schaue ich zu, wie der Klecks in Richtung meines Mundes rinnt.

Langsam, ach so langsam.

»Ach, komm schon.« Ich stecke meine Zunge in die Tasse, um sie anzuspornen. Ich grinse, als der geschmolzene Brei meine Geschmacksknospen trifft.

Lecker.

Ich muss mich daran erinnern, das noch mal zu tun. Ich könnte ein Superfan von mit Tee geschmolzenem Schokoladenschmelz werden.

Als meine Zunge die restliche Schokolade nicht mehr erreichen kann, stopfe ich meine ganze Hand in die Tasse. Ich summe, während ich mit dem Zeigefinger die Schokoladenspur aufnehme. Nachdem ich sie eingesammelt und die Beweise für das Missgeschick mit der Schokolade beseitigt habe, lecke ich meinen Finger sauber.

Immer noch um den Finger in meinem Mund summend, hebe ich meinen Blick. Der Hellhound lehnt an der Wand. Er starrt mich an. Mein Finger löst sich mit einem *Plopp* aus meinem Mund.

Ich zucke zusammen.

Seine grauen Augen tanzen vor Belustigung. »Hier bist du.«

»Hier bin ich«, sage ich, während ich den Kopf einziehe und mit der leeren Tasse spiele. Ich ignoriere Daisys freudiges Fiepen, mit dem sie den Hellhound begrüßt. Verräterin. Meine Finger fahren über den Henkel, und meine Augen konzentrieren sich auf die Bewegung. Ich kann ihn nicht ansehen.

»Warum bist du weggelaufen?«, fragt er schroff.

Owen trägt nicht seine normale Kampfausrüstung. Stattdessen hat der Hellhound eine graue Anzughose und ein schwarzes Hemd mit Krawatte an. Er sieht umwerfend aus. Mein Magen überschlägt sich, als ob ich eine Ladung Feen in mir hätte, die da herumhopsen – betrunken herumhopsen.

Sein großer Körper bewegt sich, und er schlendert durch den Raum. Er stellt sich neben den Stuhl. Die Hitze und der männliche Geruch von ihm erfüllen meine Sinne. Ich denke an seine nackte Haut und spüre, wie meine Wangen sofort rot werden.

Ach, Scheiße.

»Ich ...« *Sag ihm die Wahrheit!* Mein Herz hämmert in meiner Brust und mein Magen fühlt sich an, als würden diese blöden betrunkenen Feen in mir *verrückt* spielen. Ich lecke mir über die Lippen. »Ich wollte dich und dein Mädchen in Ruhe lassen.«

»Mein Mädchen?« Owens Stimme grollt. »Was? Wen? Meinst du Forrest?« Er lacht.

Das ist überhaupt nicht witzig. Ich spüre, wie sich die Röte von meinen Wangen über meinen Hals auf meine Brust ausbreitet. Wut kocht in mir hoch. Frauen sollten sich gegenseitig aufbauen, nicht niedermachen. Doch dieser Hellhound findet das alles zum Totlachen. Ich werde mich nicht mit dem Mann eines anderen Mädchens einlassen.

Meine Hand umschließt die Tasse fester und ich kauere zusammen. Ich muss so erbärmlich aussehen.

»Hey. Hey, Tuesday, sieh mich an.«

Ich schüttle den Kopf. Seine große Hand umfasst mein Kinn und er neigt meinen Kopf so, dass ich ihm in die Augen schauen muss. »Ich habe kein Mädchen. Forrest ist wie meine liebenswerte, verrückte, nervige kleine Schwester. Ich liebe sie; sie gehört zum Rudel.« Ich erstarre und mein Atem bleibt mir in der Kehle stecken. »Ich bin Single, Blitzi.«

Er. Ist. Single.

Die Magie schlägt nicht an. Er lügt nicht, nicht, dass ich denke, er würde es tun, aber ... O Gott, er ist nicht mit Forrest zusammen.

»Wirklich? Du bist Single?«, flüstere ich.

»Das bin ich. Was ist mit dir?« Die fähigen Finger seiner anderen Hand kraulen die Stelle hinter Daisys Hörnern, und sie schlingt ihren Schwanz um sein Handgelenk.

»Ähm ... Single. Sehr, ähm, single«, quieke ich und mache eine bizarre Bewegung mit meinen Händen.

Owen lacht. »Ach, bist du das?« Er kommt so nah an mich heran, dass ich kleine blaue Farbtupfer in seinen Augen tanzen sehen kann. Ich schnappe nach Luft und nehme seinen warmen, minzigen Atem und den frischen Duft von Seife wahr. Er hat geduscht.

»Ja«, krächze ich.

»Das ist gut zu wissen.« Bei seinem atemberaubenden Lächeln bleibt mir fast das Herz stehen. »Aber du wirst nicht mehr lange Single sein. Nicht, wenn ich ein Mitspracherecht habe. Ich werde dich zu meiner Frau machen, Blitzi.«

Mein Mund klappt auf und Owen streicht mit seinem

Daumen über meine Unterlippe. Der Geschmack von ihm erfüllt meinen Mund.

»Das wirst du?«, erwidere ich gegen seinen Daumen. »Mich?«

Oh.

Mein ganzer Körper steht in Flammen. Er ist so nah, dass ich den Hauch seines Atems auf meinen Lippen spüren kann. Ich winde mich auf meinem Sitz, als er die wenigen Zentimeter zwischen uns schließt. Ich schiele, während ich ihn beobachte. Er küsst meine Nasenspitze. Und dann die linke Seite meines Mundes. Dann die rechte. Nicht ganz ein Kuss. Ich habe plötzlich das Verlangen, diesen vollen Mund auf meinem zu spüren.

»Darf ich dich küssen?«, flüstert er rau.

»Oh, also ...« Bevor ich noch mehr sagen kann, greift Owen nach mir und schlingt seine Arme um mich. Er hebt mich vom Stuhl und zieht mich an sich. Er knurrt. Das Geräusch ist so tief, dass es in seiner Brust rumpelt. Mein Herz setzt einen Schlag aus. Ich bin so verdutzt und erregt, dass ich glaube, ich explodiere gleich. Ich schließe die Lücke zwischen unseren Lippen.

Ich küsse ihn! Ich küsse ihn wirklich! Und er küsst mich zurück!

Autoscooter, flüstert mein verwirrtes Gehirn seltsamerweise. Wow, der Hellhound hat mein Gehirn frittiert. Es ist wie ein Aufprall von gepolsterten Autoscootern. Seine Lippen sind fest, aber auch so weich. Owen neigt mein Kinn, um einen besseren Winkel zum Befallen meines Mundes zu bekommen. Seine Zunge stößt gegen meine Lippen und ich öffne sie. O mein Gott! Unsere Zungen wirbeln umeinander.

Das ist ein epischer Kuss.

Viel zu schnell zieht er sich von meinem Mund zurück und ich folge seinen Lippen mit einem kleinen, enttäuschten Stöhnen. »Dein Dad hat mich vorgewarnt – er hatte ein interessantes Gespräch mit unserem Freund, Mac. Dein Hexenzirkel wird jeden Moment eintreffen.«

Verwirrt blinzle ich ihn an und reibe meine Lippen aneinander. Sie kribbeln auf die beste Art und Weise. »Okay ...« sage ich verträumt. »Können wir ... das irgendwann ... ähm, wiederholen?« Meine Stimme klingt atemlos, als ob ich eine Meile gelaufen wäre.

»Klar, verdammt noch mal.«

Kapitel Vierundzwanzig

Ich lasse mich glückselig auf den Stuhl zurückfallen, dann fängt mein kussverwöhntes Gehirn an zu arbeiten und die Worte *Dein Dad hat mich vorgewarnt – er hatte ein interessantes Gespräch mit unserem Freund, Mac. Dein Hexenzirkel wird jeden Moment eintreffen*, hallen schließlich in meinem Bewusstsein wider.

O nein.

Nein, nein, nein. Meine Augen weiten sich. Ich beuge mich vor und schlinge meine Arme um mich, während mich das Grauen packt. Meine Mum und mein Dad werden kommen. Sie kommen und ich habe keine Zeit mehr, die Situation unter Kontrolle zu bringen.

Verdammter Mac. Dieser verdammte Wandler hat mich bei meinem Dad verpfiffen.

Meine Mum wird ausflippen. Sie wird sich in eine Art

Albtraum verwandeln. Ich lasse mich auf den Stuhl zurücksinken und meine Hände zittern, als ich mir ihr Gesicht vorstelle, wenn sie von meiner neuen, glänzenden Magie erfahren hat. Nicht von mir, o nein, sondern von einem der Mitarbeiter meines Dads. Ich erschaudere. Sie hatte Zeit, sich in Rage zu reden, und jetzt kommen sie zu Besuch.

Juhu.

»Was ist los?«

»Nichts«, flüstere ich.

»Sag mir, was du denkst, dass dich so traurig und verängstigt aussehen lässt.«

»Es sind meine Gedanken«, murmle ich in einem bockigen Ton.

Was hat es mit Eltern nur auf sich, dass sie uns von völlig normal funktionierenden Erwachsenen wieder zu kleinen Kindern machen können?

»Es geht mir gut.«

Owen lacht, wodurch ich mich noch dümmer fühle. Seine grauen Augen verengen sich, und er legt seine Hände auf meinen Schreibtisch und lehnt sich zu mir. Unsere Gesichter sind so nah beieinander, dass ich nicht anders kann, als auf seine schönen vollen Lippen zu starren.

Heiliger Bimbam, ist der Mann schön.

»Du bist eine schreckliche Lügnerin.« Er tippt sich an die Nase. »Die Angst, die von dir ausgeht, brennt.«

»Oh.« *Oh, Mist.* Ich schaue auf meine Hände und erschaudere. »Es tut mir leid.« Ich will nicht, dass seine empfindliche Wandlernase mit meinem Gestank kämpfen muss.

Ich versuche, den Stuhl wegzuschieben, aber der frustrierende Hellhound folgt mir einfach, Besorgnis und Entschlossenheit stehen ihm ins Gesicht geschrieben. Er packt den Stuhl und zieht mich zurück zu sich, während er auf die Knie sinkt. *Er versucht, sich kleiner zu machen.* Mein Magen verkrampft sich.

Ich atme tief ein und stoße eine Reihe von kurzen Atemzügen aus, um die Kontrolle zu erlangen. Mein Knie wippt.

Irgendwie weiß ich, dass er meine Privatsphäre respektieren und die Sache auf sich beruhen lassen wird. Aber er hat eine Erklärung verdient. Bin ich mutig genug, ehrlich zu sein? Ich habe es noch nie jemandem erzählt. Er wird meinen Hexenzirkel selbst in Aktion sehen. Es gibt kein Verstecken mehr.

Vorgewarnt ist gewappnet, denke ich.

Aber andererseits ... sie ist immer so nett zu Fremden, und selbst in meinem Zirkel versteckt sie ihre Bosheit so gut. Sie sehen in mir das schwarze Schaf. Ich bin ihr Sündenbock. Wenn ich es ihm sage und sie sich so liebevoll verhält, wird er mich für eine Lügnerin halten. Ich möchte nicht das Misstrauen oder die Abneigung in seinen Augen sehen. Das würde mich nur noch mehr verletzen. Deshalb lasse ich niemanden an mich heran.

Ich kaue auf meiner Lippe und dann kommen die Worte heraus. »Ich mache mir Sorgen darüber, was sie sagen wird, wegen der Sache mit dem Wirt ...« Meine Stimme verstummt und Owens Augen werden weicher. Ich senke meine Stimme auf ein leises Flüstern. »Meine Mum kann ein bisschen anstrengend sein.« Ich verdrehe den Kaschmirstoff meines Kleides und lasse ihn durch meine Finger gleiten. »Es ist dumm, aber sie kann beängstigend sein. Ich habe sie nicht angerufen, als ich es hätte tun sollen, und jetzt hat Mac ...«

»Hey, Blitzi, ich bin bei dir.« Seine riesige Hand hebt sich und sein Daumen streicht die dummen Tränen weg, die mir über das Gesicht laufen. *Nein, das ist er nicht wirklich.*

»Du bist nur hier, weil mein Dad dich darum gebeten hat.«

»Ist es das, was du denkst? Ich bleibe aber nicht, weil dein Dad mich gebeten hat. Tuesday Larson, du faszinierst mich. Ich habe ein überwältigendes Verlangen, in deiner Nähe zu sein.« Der Hellhound lächelt auf mich herab. Ich lehne mich in seine Hand und schließe für einen Moment die Augen. »Ich bin auf deiner Seite. Ich werde immer auf deiner Seite sein. Wenn du willst, kann ich mich mit ihnen treffen und sie wieder zurückschicken. Du musst nichts tun, was du nicht tun willst. Ich habe breite Schultern; ich kann mit deiner Mum fertigwerden. Ich kann dein Fels sein, dein Schutzschild.«

Wow.

Noch nie hat jemand so etwas zu mir gesagt. Wirklich niemand. Wirklich niemals.

»Und wenn du mich nicht als Schutzschild haben willst, kann ich dich auffangen und abstauben, wenn du mal fallen solltest.«

Uff, mein Herz ist gerade doppelt so groß geworden und dann explodiert. Ich bin verloren.

»D-danke«, krächze ich. Der Hellhound küsst meine Stirn, und ich drehe meinen Kopf und küsse seine Hand, die mein Gesicht gehalten hat.

Ich bin so verliebt in diesen Mann. Es ist mir egal, dass

ich ihn erst seit ein paar Tagen kenne. Tief in meiner Seele fühle ich eine überwältigende Liebe. Er ist *mein*. Ich bin vielleicht nicht sein, aber das ist mir egal, auch wenn ich mich damit lächerlich mache. Er ist es wert.

»Du musst mit Leuten zusammen sein, die die Magie aus dir herauslocken, nicht den Wahnsinn«, sagt er. Ich blinzle ihn an und schniefe.

»Ich hasse Magie«, jammere ich.

Owen schnaubt. »Das ist ein Zitat und ich habe es im übertragenen Sinne gemeint. Du musst mit Leuten zusammen sein, die das Beste in dir zum Vorschein bringen, nicht mit Leuten, die dich in den Wahnsinn treiben oder dir Angst machen.«

»Sie ist meine Mum.«

»Das spielt keine Rolle«, sagt er schroff. »Du hasst deine Magie? Ha. Echt jetzt? Soweit ich das beurteilen kann, bist du wie geschaffen für diese Aufgabe. Du benutzt deine Magie so mühelos. Für dich ist sie so einfach wie das Atmen. Glaubst du, den anderen Wirten fällt das so leicht? Glaubst du, ich habe schon jemanden gesehen, der das kann, was du kannst? Forrest hat mir erzählt, wie du mit den Kriegern umgegangen bist. Wie du sie alle herumkommandiert hast.« Seine Augen glitzern. »Wie du Sebastian gerettet und mich geheilt hast. Du bist so unglaublich, einzigartig und so verdammt mutig. Hör auf, an dir zu zweifeln. Ich glaube an dich.«

Ich schniefe noch mal, und meine Lippen verziehen sich zu einem kleinen Lächeln. Owen ist superalt. Er muss doch wissen, wovon er spricht, oder?

»Wirst du zurechtkommen?«

Ich nicke. »Ich glaube schon.«

»Gut. Okay, ich werde mich mal kurz mit Mac unterhalten«, knurrt er.

Der Hellhound küsst mich auf die Stirn und verlässt mein Büro, um sich mit seinem Freund zu beschäftigen, von dem Owen glaubt, dass er immer noch am Empfang herumlungert. Seinem Gesichtsausdruck entnehme ich, dass er auch vorhat, Mac in den Schwitzkasten zu nehmen und ihm ein paar Mal ins Gesicht zu boxen. Ha. Ich möchte Mac in den Schwitzkasten nehmen und sehen, ob ich ihm ins Gesicht boxen kann. Ich bin so wütend auf ihn. Ich wusste, dass der Wandler ein Arschloch ist. Aber ich hatte keine Ahnung, in welchem Ausmaß er ein Arschloch ist. Wenn ich das gewusst hätte, hätte ich ihm die Kosten für die Nutzung des Hotels in Rechnung gestellt. Ich schnaufe und stehe von meinem Stuhl auf.

Ich reibe mir die Arme. Ich muss mir einen Weg überlegen, wie ich Owen von hier wegbekomme, zumindest für ein paar Stunden. Ich will nicht, dass der Mann, den ich liebe, in meine Zirkel-Scheiße hineingezogen wird. Wir haben etwas Besonderes miteinander. Wir haben uns zum ersten Mal geküsst und jetzt ... Jetzt kommen meine Mum, mein Dad und wer auch sonst noch aus meinem Zirkel, um alles zu ruinieren.

Ach, Scheiße.

Meine Hände flattern, als ich den Stoff meines Kleides erst fest zurechtzupfe und dann glätte. Soweit ich das beurteilen kann, sieht es tadellos aus. Ich streiche mir eine lose Strähne meiner violetten Haare hinters Ohr und seufze zur Decke hinauf. *Ich bin eine furchtbare Person.* Ich weiß, dass es nicht Macs Schuld ist, und er ist kein Arschloch. Ich sollte ihm nicht die Schuld für meinen Fehler geben.

Es ist meine Schuld. Ich hätte es meinem Zirkel sagen sollen, bevor jemand anderes die Gelegenheit dazu hatte. Das ist meine Schuld.

Zum Glück hat Mac die Dimension bereits mit den übrigen Elfen, inklusive Forrest, und ihrem Bruder verlassen.

»Komm schon, Daisy Duco, unser lästiger Hexenzirkel ist auf dem Weg.« Daisy erhebt sich vom Schreibtisch, streckt sich und gähnt herzhaft. Sie winkt mir mit ihrem Flügel zu – ihre Art, mich zu bitten, sie zu tragen. Ich rolle mit den Schultern, hebe sie vom Schreibtisch und schlurfe zum Empfang. Wie von Zauberhand lasse ich die Barriere vor dem Hotel fallen und ...

Mein Gott, alles in mir will, dass ich die Tore schließe und weglaufe.

Ich liebe meinen Hexenzirkel, aber ich will nicht, dass sie hier sind. Diese ganze Situation wird in einem peinlichen Chaos enden. Verschiedene Versionen dieses Moments haben sich schon einmal abgespielt. Am Ende bin ich immer die Loserin.

Owens Telefon klingelt. »Hallo. Ja, Sir. Ich werde sie fragen.« Er drückt das Telefon an seine Brust. »Es ist dein Dad. Er bittet dich, das Portal zu schicken. Er hat erfolglos versucht, um Zuflucht zu bitten.«

Nein, sie brauchen keine Zuflucht, das brauchten sie noch nie. Ich bin es, die sie braucht. *Reiß dich zusammen, Tuesday!*, knurre ich im Geiste. *Andere Leute haben es schlimmer und deine Hexenmädchenprobleme sind nicht einmal so übel.* Ich sollte mich glücklich schätzen.

Ich stelle mir meinen Dad vor und visualisiere, wie sich das Portal bei ihm öffnet. Mit einem Knacken der Magie, das die Luft zum Knistern bringt und die kleinen Haarsträhnen in meinem Nacken aufsteigen lässt, gibt es das vertraute warnende Kribbeln, und dann, mit wirbelnder grüner Magie, reißt das Portal in meinem Reich auf.

Kapitel Fünfundzwanzig

SUPER, meine Panik bringt mich zum Schwitzen. Mein Herz klopft und ich zapple. Der Erste, der durch das Portal kommt, ist Dad, gefolgt von den anderen Mitgliedern meines Zirkels. Völlig cool schlendert Dad in die Mitte des Raumes, die Hände auf dem Rücken, während er alles mit einer hochgezogenen Augenbraue in Augenschein nimmt.

Auch ich schaue mich um und versuche, das Hotel aus seiner Sicht zu sehen. Es ist traumhaft schön. Ich bin so stolz auf die Veränderungen, die ich vorgenommen habe.

Genau an der Stelle, an der mein Dad jetzt steht, hat ein Elf den Boden vollgeblutet. Jetzt ist die gesamte Lobby wieder tadellos. Man könnte nicht vermuten, dass eine riesige Gruppe von Elfen und Wandlern erst vor ein paar Stunden hier durchgestapft ist. Für jemanden, der nicht gern putzt und der in der Vergangenheit seinen Wollmäusen Namen gegeben hat, ist ein selbstreinigendes Hotel der Hammer. Wie ein Mega-Jackpot-Lotteriegewinn.

Ich atme tief durch, bewege meinen Nacken von einer Seite zur anderen und schüttle meine Hände aus. Meine armen Finger verkrampfen, weil sie so fest zu Fäusten geballt wurden. Ein leichter Windhauch zerzaust meine Haare und kühlt meine verschwitzten Wangen. Mit dem nächsten Atemzug dringen Vanille und Zimt in meine Lunge. Das Hotel riecht irgendwie nach Gemütlichkeit, als hätte ich ein Dutzend Zimt- und Vanillekerzen für ihren Besuch angezündet.

Es riecht nach Owen.

Ich stoße ein überraschtes Geräusch aus. Wow, das tut es. Ich schnuppere noch einmal. Es riecht genau wie der Hellhound. Seltsam. Es ist, als würde das Hotel versuchen, mich zu beruhigen.

Ich danke dir. Ich hoffe, der Zauber des Reiches weiß, dass ich dankbar bin. Es ist auch eine Erinnerung daran, dass ich sie jederzeit wieder in ein Portal stopfen und nach Hause schicken kann, wenn alles in die Hose geht. Zum ersten Mal in meinem Leben habe ich die Macht.

Daisy schlägt mit einem Flügel und ich zucke zusammen, als sich ihre langen Krallen in meine Schulter und meinen Arm bohren. Meine Drachin kuschelt sich an mich und ihre Schuppen streichen über meine Wange. Ich kraule sie unter ihrem Kinn und küsse die besonders weiche Haut zwischen ihren Nasenlöchern.

»Hi, Süße«, sagt mein Dad zu mir und nickt dann höflich in Richtung Owen, der wie eine Wache direkt hinter uns steht.

»Hi, Dad. Danke, dass du gekommen bist«, murmle ich unbeholfen.

Meine Mum sagt nicht Hallo. Sie sagt kein einziges Wort. Zuerst denke ich, dass sie mir die kalte Schulter zeigt, während ich beobachte, wie sie durch den Raum zur Sitzecke schlendert. Ihre Absätze klackern bedrohlich auf dem Holzboden. Jeder klickende Schritt, den sie macht, versucht, mich in meine Kindheit zurückzuversetzen, und die Hilflosigkeit, die ich spüre, lässt mich erschaudern. Als Mum am Fenster ankommt, stochert sie an den Vorhängen herum und lässt den Stoff zwischen ihren Fingern kreisen, als wolle sie die Fadenzahl überprüfen. Dann schaut sie mit einem zufriedenen Seufzer auf den See hinaus.

O nein, sie ist nicht böse auf mich. Sie ist stolz. Ich brauchte einen Moment, das zu begreifen, denn ich kenne den zufriedenen Ausdruck auf ihrem Gesicht nicht.

»Hi, Tantchen Tuesday. Hallo, Daisy. Hallo, heißer Bodyguard«, sagt meine fünfzehnjährige Nichte Heather, während sie kaum von ihrem Handy aufblickt. Sie winkt halbherzig, bevor sie auf meinen Lieblingssessel zu hüpft.

»Heather!«, krächzt Ava.

Heathers lockige blonde Haare flattern um ihre Schultern, als sie im Sessel zusammensackt. »Cool. Du hast schnelles WLAN«, murmelt sie und ignoriert ihre Mum, während ihre Daumen blitzschnell über den Bildschirm huschen.

»Es tut mir so leid, Owen. Sie ist jetzt in dem Alter. Danke, dass du dich um Tuesday gekümmert hast. Es ist schön, dich wiederzusehen«, sagt Ava.

Meine Mum ist dabei, alle losen Kissen aufzuschütteln. Sie sprüht förmlich vor Freude.

Meine beiden anderen Schwestern erwachen aus ihrer Schockstarre, drehen sich gleichzeitig um und stürmen auf mich zu. Jodie kommt zuerst bei mir an und schon bin ich von ihrem starken Parfüm umhüllt, als sie mich umarmt. Daisy niest und zischt dann, als Jodie nicht sofort loslässt. Daisys Schwanz schlägt um sich wie bei einer Katze. Sie mag es nicht, wenn man in ihre Privatsphäre eindringt.

»Sei still, Mini-Monster. Ich darf meine Schwester umarmen«, schimpft Jodie. »Kleine Schwester, ich habe mir solche Sorgen gemacht.« Mitten in der Umarmung schüttelt sie mich. Daisy schlingt ihren Schwanz um meinen Arm und grummelt mir ihre Missbilligung ins Ohr. »Als du nicht in das Safe House gekommen bist, dachte ich, dass dir etwas Schreckliches passiert ist.«

Das war auch so.

»Es tut mir leid. Wie du sehen kannst, geht es mir gut.« Ich strecke meine Arme zur Inspektion aus, aber Jodie drückt mich nur fester an sich. »Es tut mir leid, dass ich dich beunruhigt habe.«

Jodie ist von uns vieren das Ebenbild von Dad, nur eben eine kleinere weibliche Version. Ich muss den Blick von ihren braunen Augen abwenden, als sie endlich aufhört, mich zu umarmen und mir in die Augen schaut. Sie strahlen zu gleichen Teilen Schmerz und Sorge aus. »Du hast eine Menge wiedergutzumachen.« Jodie senkt ihre Stimme. »Ich verstehe, warum du mir keine Nachricht geschickt hast. Es macht mich nur traurig, dass du uns wegen ihr meidest.«

Mit einem weiteren wütenden Grunzen erklärt meine Drachin, wie sehr Jodie ihr den Tag versaut hat. Sie stößt sich von meiner Schulter ab und springt weg. Ein paar

Sekunden lang ist sie in der Luft, bis sie genau in der Mitte von Owens Brust aufschlägt.

Der Hellhound stößt ein überraschtes Grunzen aus und lässt dann zu, dass sich die goldene Drachendame in seine Armbeuge kuschelt.

»Oh, na, das ist ja interessant«, sagt Jodie, während sie die beiden anschaut.

Ich spüre, wie meine Wangen rot werden, als ich sehe, wie ihr Gehirn auf Hochtouren arbeitet. Daisy hasst jeden – jeden außer mir und jetzt Owen. »Guten Tag, Owen«, sagt Jodie mit einem breiten Grinsen.

»Hey, Owen«, sagt Diane, während sie Jodie ohne Umschweife aus dem Weg schubst. Dann ist unsere ältere Schwester an der Reihe und zieht mich in eine Umarmung.

»Ladys.«

Diane ist fünf Jahre älter als Ava, sechs Jahre älter als Jodie, und damit ist sie vierzehn Jahre älter als ich. Sie ist unserer Mum wie aus dem Gesicht geschnitten, mit ihren dunkelblonden Haaren und violetten Augen. Wenn ich sie sehe, bekommt mein Herz immer einen kleinen Schlag und ich kann nicht anders, als in ihrer Nähe vorsichtig zu sein, was völlig unfair ist, denn sie ist überhaupt nicht wie unsere Mum.

Diane ist unglaublich süß, ganz im Gegensatz zu ihrem gruseligen Freund. Ich kann nicht glauben, dass er hier ist.

Andy, ihr Freund, lungert hinter ihr herum wie ein unangenehmer Geruch. Er holt die Hände aus den Taschen und kratzt sich im Nacken. Seine dunklen Haare völlig durcheinander. Es ist erst ein paar Minuten her, und er scheint jetzt schon gelangweilt zu sein von unserem Hexen-zirkel-Treffen.

»Was hast du denn so getrieben?«, flüstert Diane, während sie mich fest umarmt. Ich drücke mich an meine Schwester und sehe aus dem Augenwinkel, wie Andy zur nächsten Wand taumelt und mit seinen Fingerknöcheln dagegen klopft.

Was für ein komischer Kauz. Ich weiß nicht, ob er das für männlich hält oder denkt, dass die Wände aus Papier sind. *Das ist alles echt, Arschgesicht.* Man sollte meinen, dass er als Wandler ein wenig über Magie weiß. Ich tue mein Bestes, ihn zu ignorieren, während seine dreckigen Turnschuhe über den Boden quietschen. Aber dann versucht der freche Kerl, hinter die Rezeption zu gehen! Bevor ich etwas sagen kann, ist Owen plötzlich da und steht ihm im Weg. Mein Hellhound verengt seine Augen missmutig. Daisy fletscht hinreißend ihre messerscharfen Zähnen und gibt ihm Rückendeckung.

Andy bläht seine Brust auf, runzelt die Stirn und stapft zurück an die Seite meiner Schwester. Er murmelt etwas von elitären Wandlern und etwas von Feuerlöschern.

»Du hast dich ganz schön verändert«, sagt Jodie, als Diane mich endlich schniefend loslässt.

»Ich kann nicht glauben, dass du nicht angerufen und um Hilfe gebeten hast. Wie um alles in der Welt hast du das alles alleine geschafft?«, fragt Diane fast zeitgleich. Sie verschränkt die Arme und schüttelt den Kopf.

Es ist nicht so, dass ich sagen kann: »Ach, weißt du, ich gegen den Rest der Welt«, also zucke ich mit den Schultern und murmle: »Ich wollte niemanden belästigen.«

»Sie war nicht allein«, sagt Jodie mit einem Augenbrauenwackeln und einem anzüglichen Grinsen. Sie senkt ihre Stimme in einen sexy Tonfall. »Der heiße Hellhound hat sie *bewacht*.«

Diane prustet.

Scheiße, ich hoffe, er hat sie nicht gehört. Ähm. Owens stille Belustigung tanzt in seinen Augen und er hustet verdächtig.

Ich räuspere mich und mein verdammtes Gesicht wird rot. Das Blut, das mir in die Wangen schießt, vibriert förmlich. »Wie ihr seht, geht es mir gut.«

»Okay«, lacht Diane. »Es geht dir mehr als nur gut. Die Magie ist unfassbar stark. Ich kann nicht glauben, dass du uns ein Portal geschickt hast! Ein Portal! Aus dem Nichts. Weißt du, was für eine Art von Magie das ist? Nein, natürlich weißt du das nicht. Hexen würden für diese Fähigkeiten töten, und du schaffst das, ohne einen Zauberspruch oder einen Trank in Sicht zu haben. Ich kann nicht glauben, wie sehr du dich entwickelt hast, Tuesday. Ich bin so stolz auf dich.«

»Oh, ähm ... danke.«

»Was zum Teufel ist das für eine Magie in deinem Gesicht?«, fragt Jodie auf eine Weise, wie es nur eine Schwester kann.

Ich zucke mit den Schultern. »Das ist so ein Wirtsding.«

»Es ist hübsch«, sagt Diane und fährt mit ihren Augen über die Wirbel auf meiner Haut.

»Danke, aber du hättest mich schreien hören sollen, als ich sie zum ersten Mal bemerkt habe und die Lichtshow anfing. Sie haben mich zu Tode erschreckt.«

»Darauf wette ich. Schön, aber beängstigend, hm?«

»Du hattest ein verdammt langes Wochenende.« Sie

reden weiter wild durcheinander, und ich spüre, wie ich Kopfschmerzen bekomme.

»Ich frage mich, ob du auch kleine Taschendimensionen herstellen kannst. Diese Dinger sind wahnsinnig teuer. Das wäre eine gute Übung für deine neue Magie und eine tolle Einnahmequelle für den Laden«, sagt Jodie.

»Ich denke, ich kann es mal versuchen.«

»Wow. Du hast deine eigene Taschendimension.« Diane stößt einen Schrei aus und dreht sich im Kreis. »Das ist so cool.«

»Es ist ein Taschenreich«, sagt Ava.

Ich lächle sie an und nicke. »Ja, das ist es.«

Ava hat die violetten Augen unserer Mum und die dunklen Haare unseres Dads, was eine eindrucksvolle Kombination ist. Sie ist eine Tech-Hexe – der richtige Begriff ist Technomantie. Ihre Magie ist so einzigartig. Sie kann Magie und Technologie mit atemberaubenden Ergebnissen kombinieren. Sie kennt sich mit Computern besser aus als mit Leuten, deshalb umarmt sie mich nicht, was ich zu schätzen weiß. Aber ich bekomme ihren tadelnden starren Blick zugeworfen.

Ich stöhne. »Nochmals, es tut mir leid. Ich bin erst seit ein paar Tagen hier, und ihr könnt euch nicht vorstellen, was für ein Albtraum das war. Es war viel, womit ich fertigwerden musste.«

»Ja, wir haben alles mitbekommen«, antwortet Jodie. »Wir wussten nur bis vor ein paar Stunden nicht, dass *du* es warst.«

»Was?« Mein ganzes Gesicht verzieht sich zu einem finsteren Ausdruck. »Aber wie konntet ihr ...«

»Heather!« Mum knurrt meine Nichte an. »Hör auf

zu schmollen und leg dein Handy weg. Das ist ein Treffen des Hexenzirkels, nicht die Zeit, um mit deinen Freunden zu chatten. Du musst dich aufraffen, Kind. Wir haben uns gerade erst von der Schande erholt, die schlechteste Hexe Europas zu haben.«

»Mum, sprich nicht so mit Heather! Sie ist nicht wie Tuesday«, sagt Ava und versperrt unserer Mum den Blick auf ihre Tochter. Avas große Augen treffen auf meine, als sie merkt, was sie gerade laut gesagt hat. »Oh, Tuesday. Ich wollte nicht ... Es tut mir leid.«

Meine Magie pulsiert bei ihrer Lüge.

Ich reibe mir die Brust und setze mein bestes falsches Lächeln auf. »Nein, ist schon gut«, krächze ich. Ich neige den Kopf, aber ich bin nicht schnell genug, denn Ava sieht den Schmerz in meinen Augen. Sie kommt auf mich zu. Ich halte schnell eine Hand hoch, um sie auf Abstand zu halten. »Ehrlich, es ist alles in Ordnung.« Meine Unterlippe zittert.

Schön, wie ich erst auf ein Podest gestellt und dann weggetreten werde. Ja, wow. Mein Hexenzirkel sorgt garantiert immer dafür, dass ich bescheiden bleibe.

»Wir haben von den Elfen gehört«, sagt Ava leise.

»Und von den Dryaden«, sagt Jodie.

»Das ganze Vereinigte Königreich spricht über dich«, fügt Diane hinzu.

»Was?« Entsetzen durchströmt mich. »Nein. Es sollte ein Geheimnis sein.«

Ich bin nicht bereit.

»Das war Mum«, murmelt Jodie.

»Ich habe alle informiert, die ich erreichen konnte«, sagt Mum, während sie durch den Raum zu uns zurückkommt. Sie reißt Heather das Telefon aus der Hand und lässt es in die Tasche fallen, die in ihrer Ellenbeuge liegt. Heather wimmert.

Meine Schwestern gehen ihr unbewusst aus dem Weg und Ava murrt leise vor sich hin. Heather sieht etwas verloren aus, während sie auf ihre leere Hand starrt.

»Du hast es den Leuten erzählt?« Wie konnte sie das in so kurzer Zeit schaffen? »Du hast anderen erzählt, was ich bin? Mum, wie konntest du nur? Du verstehst das nicht. Es gibt diese Jäger ...«

»Natürlich, das habe ich. Ich habe eine magische Ankündigung gemacht.«

Ich sacke niedergeschlagen zusammen. Eine magische Ankündigung ist ein sehr teurer Zauber, der meistens in Kriegszeiten verwendet wird, um eine Nachricht an *alle Hexen* im Vereinigten Königreich zu schicken.

Juhu ...

»Deine Macht sollte gefeiert werden. Deine Magie wird in die Geschichtsbücher eingehen ...«, fährt sie fort und prahlt damit, wie bedeutend der Hexenzirkel geworden ist. Ich reibe mir die Stirn, während ich im Stillen ausflippe.

Wie konnte sie das tun, ohne mit mir zu sprechen? Ich wusste, dass es unmöglich sein würde, meine Identität geheim zu halten, aber ich dachte, ich hätte noch ein bisschen Zeit. Zeit, um meine Magie zu perfektionieren, Zeit, um zu lernen, mich zu schützen, den Hexenzirkel zu schützen, und jetzt habe ich überhaupt keine Zeit mehr, verdammt.

Oh, verdammte Scheiße.

Ich kann nicht denken, angesichts des metaphysischen Messers, das aus meinem Rücken ragt und in meine Schulterblätter beißt. Ich schlucke etwas hinunter, das sich wie ein Klumpen Blei in meiner Kehle anfühlt und für ein paar Sekunden verschwimmt meine Sicht und mein Kopf dreht sich.

Ich spüre die Wärme des Hellhounds, ein Tröpfchen des Bewusstseins, als er hinter mir näher kommt, wie ein Felsen, der die Gezeiten eines Ozeans umkehrt.

»Atme«, murmelt Owen und sein minziger Atem streichelt meine Wange. Seine weichen Lippen streifen die Muschel meines Ohrs. Seine warme Hand gleitet meinen Körper hinunter und legt sich auf meine Hüfte, wo er mich beruhigend festhält. Ein Blitz fährt an der Rückseite meiner Beine hinauf und mit einem Mal werden meine Knie weich. Mein Arm gleitet in seine Hand und sein Daumen fährt über die weiche Haut an der Innenseite meines Handgelenks. Ha, Gänsehaut ist ein Verräter.

Ich atme zitternd ein und hebe mein Kinn. Zum ersten Mal in meinem Leben weiß ich, wie es ist, wenn mir jemand den Rücken gegenüber meiner Mum stärkt.

»Du hättest es niemandem erzählen sollen, Mum, das war viel zu gefährlich.« Meine Stimme ist entschlossen. Ich werde zu der Frau, die bei der Arbeit kompetent die Karriereleiter erklommen hat. Die Frau, die mit einer riesigen Gruppe von Kriegerelfen fertiggeworden ist. »Ist dir klar, dass du den ganzen Hexenzirkel in Gefahr gebracht hast?«

»In Gefahr?«, höhnt meine Mum. »Ich habe den Hexenzirkel eher ins Rampenlicht gerückt. Oh, mein liebes Mädchen, du verstehst unsere Welt nicht, weil du jahrelang mit den Menschen in deiner Schande gefangen warst. Das musst du nicht mehr sein.« Als ich sie weiter anstarre, gibt sie ein tadelndes Geräusch von sich. »Ehrlich, Tuesday, du bist so dramatisch.«

Sie dreht ihren Kopf, um Dad in das Gespräch einzubeziehen. Er starrt auf Owens Hand, die immer noch auf meiner Hüfte ruht. »Matthew, du stimmst mir doch zu, oder? Wir mussten der Situation zuvorkommen. Die Fae in Irland reden ununterbrochen von der großen Dryadenrettung.«

Die große Dryadenrettung? Was in aller Welt?

»Wir mussten sicherstellen, dass jeder weiß, dass die Rückkehr eines legendären Gastwirtes in Wirklichkeit eine Hexe war. Eine Larson.« Sie nickt Dad zu, und er zuckt unverbindlich mit den Schultern. »Herrlich. Oh, Matthew, du hättest Patricia Cordells Gesicht sehen sollen. Ich habe jahrelang darauf gewartet, sie in ihre Schranken zu weisen.«

»Dad, hörst du ihr zu? Du musst doch verstehen ...«

»Versuch nicht, deinen Vater zu manipulieren«, faucht meine Mum. Sie streckt ihre Hand aus und zeigt mit einem spitzen Finger auf mich. Mein Herz macht einen Sprung und ich kann nicht verhindern, dass ich leicht zusammenzucke.

Da bist du ja endlich.

Ihre *Oh, du liebes Mädchen*-Scharade hat nicht sehr lange gehalten. Ihre Maske verrutscht immer weiter. Ein Knall mit einem flammenden Soundeffekt ertönt in meinem Kopf. *Bäm.*

Als Reaktion darauf wird Owens Hand an meiner Taille ein wenig schwerer. Seine Brust rumpelt hinter mir mit einem kaum unterdrückten Knurren.

»Ich bin deine Mutter und weiß, was das Beste für dich ist. Wenn du von Anfang an auf mich gehört hättest, hätten wir diese ganze Wirtsmagie-Sache schon vor Jahren herausgefunden. Was habe ich getan, dass ich so eine respektlose und sture Tochter bekommen habe?« Mums Tonfall unterstellt mir, dass Sturheit die schlimmste Eigenschaft ist, die man haben kann.

Mum, das habe ich von dir gelernt. Es ist eine Eigenschaft des Hexenzirkels.

Sie wirft die Hände in die Luft und wendet ihre Aufmerksamkeit meinen Schwestern zu. »Ich habe euch Mädchen alle gleich erzogen, also verstehe ich nicht, warum Tuesday so … Egal, kommen wir zurück zum Thema. Gleich nachdem ich die Neuigkeiten erfahren habe, habe ich es der Gemeinde mitgeteilt. Ich habe bereits zwei Heiratsanträge erhalten.« Mum klatscht freudig in die Hände. »Zwei!«

Was?

Ich habe sie noch nie so aufgeregt gesehen. Das macht mir Angst. Noch mehr, als sie mich auf einmal strahlend anlächelt.

Kapitel Sechsundzwanzig

Verwirrt schlurfe ich mit den Füßen. Ich neige meinen Kopf und schaue zu Owen hoch. Seine Lippen sind zusammengekniffen und sein Kiefer ist angespannt. An seinen Arm geschmiegt blinzelt mich Daisy träge an. Einer ihrer Flügel baumelt auf seinem muskulösen Unterarm, der andere an seiner Brust. Sie liegt mit dem Bauch nach oben, die Beine angewinkelt, die Zehen gespitzt, während der Hellhound sie am Bauch kitzelt. *Ich bin froh, dass einer von uns beiden Spaß hat.*

Ich reibe mir die Schläfe, um den aufkommenden Stresskopfschmerz zu lindern. Er muss herausgefunden haben, was hier los ist. Ich wünschte, er würde mich aufklären, denn mein Name ist Hase und ich weiß von nichts. Warum redet meine Mum über Heiratsanträge?

»Margaret Harris' Sohn, Peter, der nur ein paar Jahre

jünger ist als du. Zweiundzwanzig. Die beste männliche Hexe in seiner Klasse.« Sie nickt süffisant. »Der andere Mann ist fünfzehn Jahre älter als du. Es ist sehr traurig, dass seine Frau bei den Aufständen gestorben ist. Er hat zwei kleine Mädchen und wartet auf eine mächtige neue Frau.«

Redet sie ... mit mir?

Meine Mum packt mich am Handgelenk und reißt mich von Owen weg, bevor sie mich geschickt um meine Schwestern herum manövriert. Sie schnippt mit den Fingern nach Dad, und der drückt ihr gehorsam ein Datapad in die Hand. Sie hält es mir vor die Nase.

Ich schaue Owen alarmiert an. Vielleicht täuscht mich das Licht, aber seine Schultern wirken noch breiter und in seinen Augen blitzen *blaue Flammen* auf.

Wow. Flamme an!

»Das hier ist Peter.« Ich zucke zusammen, als Mum mich in die Innenseite meines Arms kneift, um meine Aufmerksamkeit von Owen abzulenken, während sie auf das Bild eines gut aussehenden Mannes zeigt. Sie blättert zu einer *langen* Liste mit den Eigenschaften des Fremden. Als meine Augen die Seite hinuntergleiten, bleiben sie wie von selbst an einem hervorgehobenen Abschnitt und einem Vermerk über sein Sperma hängen. Ich quietsche und fuchtle mit den Händen in der Luft herum; mein panisches Fuchteln bringt sie dazu ihren Griff um meinen Arm fallen zu lassen. Mum grinst und versucht, mich erneut zu packen, aber ich weiche ihr gekonnt aus und ziehe mich schnell zurück.

»Dieser Typ? Du willst, dass *ich* ihn heirate? Machst du Witze?«

»Nein? Oh, na ja, der ältere ...«

»Weder noch. Auf keinen Fall.« Ich zeige wild auf Jodie. »Jodie wäre eine fantastische Ehefrau.«

»Oh, danke. Schubse stattdessen mich vor den Bus!«, murmelt sie.

Äh. »Tut mir leid«, murmle ich.

Hexen heiraten wie viele andere auch. Aber ich wusste nicht, dass es im Hintergrund unserer Gesellschaft eine seltsame Art von arrangierter Ehe gibt. Männliche Hexen sind superselten, aber wir brauchen keine männlichen Hexen unserer Art, um uns fortzupflanzen. Heathers Dad ist ein Fae. Das magische Gen ist unglaublich stark und scheint mächtige Hexen hervorzubringen, unabhängig von der Blutlinie. Starke, vollblütige Hexeneltern bringen nicht unbedingt ein starkes Kind hervor. Schaut mich an!

Bevor dieser Schlamassel losging, dachten alle, ich sei ein Blindgänger oder hätte Magielexie. Im Großen und Ganzen machen das Schicksal und die DNA eines Wesens, was es will. Schaut mich noch einmal an! Wo zum Teufel kommt die Magie des Wirts her? Magie ist seltsam.

Wenn man nicht gerade zu einem Hexenzirkel mit superaltmodischen Regeln gehört und ein fanatisches Bedürfnis hat, seine Blutlinien *reinzuhalten*, vermute ich, dass es sonst niemanden in der Gemeinschaft kümmert.

Aus dem manischen Leuchten in den Augen meiner Mutter schließe ich, dass es eine große Ehre ist, eine seltene männliche Hexe zum Ehemann zu bekommen.

»Glaubst du, ich habe es nicht versucht?«, jammert Mum und wirft ihre Hände in die Luft. »Ich arbeite schon seit Jahren daran, einem von euch Mädchen einen anständigen Mann zu besorgen. Seit Jahren. Und jetzt, von allen in diesem Hexenzirkel, bist du es. Und *du* hast die Frechheit, Nein zu sagen? Das glaube ich nicht, junge Dame. Es ist eine große Ehre. Wage es nicht, mir das zu verderben. Du wirst tun, was man dir sagt.«

Eine große Ehre, wie ich sie mir in einem Albtraum vorstelle.

Ich bin in einen Hellhound verliebt. Als ob ich damit einverstanden wäre, einen beliebigen Kerl zu heiraten. Selbst wenn mein weiches Herz nicht Owen gehören würde, kann ich mir nur schwer vorstellen, einen anderen Hexenzirkel als Schwiegereltern zu haben. Himmelherrgott, noch mehr x-beliebige Hexen, die sich in mein Leben einmischen. Ich würde einen permanenten Nesselausschlag bekommen.

»Mum, ich werde keinen Fremden heiraten. Wie kommst du auf die Idee, dass ich das tun würde?«

»Ich habe weder die Zeit noch die Buntstifte, um dir zu erklären, wie wichtig das ist«, knurrt meine Mum. Wow! Diese Beleidigung werde ich mir merken müssen, denn sie war gut. Selbst nach all den Jahren hat sie immer noch die Fähigkeit, mich zu verletzen. Unterschätze niemals die Macht der Worte. »DU WIRST TUN, WAS MAN DIR SAGT!«, schreit sie.

Meine Ohren klingeln. Ich bin so wütend, dass ich für eine Sekunde meinen Filter für brave Mädchen verliere. »Das ist doch Bullshit.«

»ZÜGEL DEINE ZUNGE!«, schreit Mum.

Jodies Mund klappt auf und dann grinst sie vielsagend.

»Wow, Tuesday. Ich habe dich nicht mehr fluchen hören, seit du ein Kind warst«, sagt Diane mit verengten Augen, während sie mir mit ihren langen Wimpern zuzwinkert.

»Du kannst fluchen?« Mum schnappt nach Luft.

Ja, Mum, der böse Anti-Fluch-Zauber, den du mir auferlegt hast, ist endlich gebrochen. Ta-da. Gut für mich.

»Ja, tja, es ist schwer zu fluchen, wenn deine Mutter dich mit einem Knebelzauber belegt hat«, stoße ich bitter hervor.

Die Stille ist ohrenbetäubend.

Scheiße! Habe ich das laut gesagt?

»Einen was?«, quiekt Diane. »Nein ... Das würdest du nicht tun.« Sie lacht unbeholfen und schaut sich um. »Mum, das ist doch ein Scherz, oder? Mum?« Als Mum nichts sagt, um meiner Aussage zu widersprechen, verengt Diane ihre Augen. »Das ist Missbrauch.«

»Mum?«, murmelt Ava.

»Es war ein starker, illegaler Zaubertrank«, sagt Jodie, während sie auf ihre Füße und Zehenspitzen auf den Boden schaut.

»Jodie, du hast es gewusst?« Diane stößt sie mit dem Ellbogen in die Seite. »Du hast es verdammt noch mal gewusst. Warum hast du es mir nicht gesagt? Mum, ich verstehe nicht, warum du so etwas Schreckliches tun würdest.« Dianes verletzter, aber auch wütender Blick ist auf Mum gerichtet.

Mum zuckt mit den Schultern und sieht Dad hilfesuchend an.

Er bleibt stumm.

»Wann? Mum, wann hast du ... einen was?« Diane neigt ihren Kopf zur Seite und ihre violetten Augen blitzen. »Einen Anti-Fluch-Zauber? Wann hast du meine kleine Schwester mit einem Anti-Fluch-Zauber belegt?« Meine streitlustige blonde Schwester stellt sich vor mich, während sie ihre Arme weit ausbreitet, fast so, als könne sie mich vor etwas schützen, das vor Jahren passiert ist. »Wann hast du das getan?«

»Ich war sechzehn«, sage ich hilfsbereit. Ich schlurfe nach vorn und lege meine Hand auf ihre Schulter und drücke sie. »Es ist okay. Das ist Vergangenheit. Jodie weiß es nur, weil sie vor ein paar Jahren versucht hat, mir zu helfen.«

»Warum hast du mich nicht gefragt?« Diane dreht sich um und zeigt auf ihre Brust. »Du weißt doch, dass Zaubertränke meine Spezialität sind. Ich könnte ... warte. Was? Spul noch mal eine Sekunde zurück. Du warst sechzehn? Sechzehn?«, flüstert sie.

»Mum«, knurrt Ava.

Ich kann nicht glauben, dass meine Schwestern sich für mich einsetzen. Vielleicht ist es Owens Anwesenheit, die sie motiviert? Oder vielleicht habe ich meine Schwestern nie genug gewürdigt.

Wow, sie lieben mich.

»Du hast immer gesagt, dass sie einen Stock im Arsch hat.« Andy gluckst und klopft sich aufs Bein.

Zum Totlachen.

»Andrew, das ist nicht der richtige Zeitpunkt«, schimpft Diane. Sie dreht sich wieder zu mir um und packt mich an den Armen. »Hör zu, ich habe das gesagt. Ich habe es oft gesagt, aber ich habe es nicht verstanden. Du hast es so gut versteckt. Ich fand es immer lächerlich, dass du nicht geflucht hast. Ich dachte immer, es sei eine liebenswerte, seltsame Macke.« Ihre Stimme wird leiser und ihre Augen füllen sich mit Tränen. »Ich habe dich immer ausgelacht, Tuesday. Die ganze Zeit dachte ich, weil du nicht zaubern konntest, wärst du verbittert, verdreht ... eifersüchtig.« Sie schluckt.

»Aber du warst nicht eifersüchtig, oder? Du hast nur versucht, dich vor ihr zu schützen.« Eine wütende Träne läuft ihr über das Gesicht und sie wischt sie weg. »Vor unserer Mum.« Sie dreht sich um und hält mich wieder von unseren Eltern fern. »Mum, wie konntest du nur? Was hast du sonst noch alles getan?«

»Ich habe getan, was ich tun musste.« Meine Mum hebt stur ihr Kinn und starrt meine Schwester an. »Und sprich nicht in diesem Ton mit mir. Ich bin immer noch deine Mutter. Wenn du Kinder hast, Diane, wirst du es verstehen ...«

»Ich habe eine Tochter und verstehe es trotzdem nicht, Mum«, unterbricht Ava.

»Am Ende hat es doch geklappt, oder nicht? Ich hatte recht. Tuesday musste nur lernen, sich anzustrengen. Schau dir das hier an! Es muss ein Vermögen wert sein. Wenn wir erst einmal ihre Magie in den Griff bekommen haben, können wir uns nicht mal ausmalen, was sie tun kann.«

»Du wirst nicht in die Nähe von Tuesday und ihrer Magie kommen«, sagt eine bedrohliche Stimme.

Owen.

Kapitel Siebenundzwanzig

OWEN BEOBACHTET MICH. Seine Augen glitzern, während sie mich fixieren, und ich sehe, dass sich in seinen schönen grauen Augen etwa eine Million Fragen verbergen. *Was denkt er gerade?* Unwillkürlich starre ich auf die Art und Weise, wie sich seine Muskeln bei jeder seiner Bewegungen zu spannen scheinen, während er sich auf mich zubewegt.

Er wird noch mein Tod sein.

Er streckt seine Hand aus und nimmt meine Hand in seine. Meine Haut kribbelt bei der Berührung. Winzige Funken sprühen dort, wo wir uns berühren, und ziehen meinen Arm hinauf, bis die silbernen Markierungen wie eine Discokugel tanzen.

Wow.

Das Bewusstsein seines Körpers an meinem ist wie ein lebendiges Wesen in mir.

»Was? Wer bist du?« *Hör auf damit, Mum. Keiner glaubt, dass du den über zwei Meter großen Hellhound nicht bemerkt hast.* »Warum bist du überhaupt hier und betatschst meine Tochter? Behalte deine Hände bei dir! Sie. Ist. Vergeben. Das ist eine Angelegenheit des Hexenzirkels, Wandler. Warum machst du dich also nicht ...«, sie schnippt mit den Fingern, »... auf den Weg. Matthew, schaff ihn weg! Er sollte nicht hier sein, wenn es um den Hexenzirkel geht.«

Mein Dad lässt die Schultern hängen und seufzt traurig. Dad hat schon vor langer Zeit gelernt, sich nicht in die Angelegenheiten der Frauen unseres Hexenzirkels einzumischen. Seine Worte, nicht meine. Ich glaube, er hielt es für das Beste, da er – ich zitiere – in der Unterzahl war. Für einen Mann, der immer professionell ist und sein Arbeitsleben unter Kontrolle hat, steht er wirklich unter dem Pantoffel, wenn es um seine Frau geht.

»Hellhound«, korrigiert Owen. »Und ich jage Leute, die unsere Gesetze brechen«, sagt er warnend.

Mum gibt ein unbeeindrucktes Brummen von sich. Das muss man ihr lassen. Sie schert sich wirklich einen Dreck um alles.

Ich weiß nicht, was Owen tun wird, wenn sie in ihrer Tasche nach einem bösen Zaubertrank kramt.

»Nein, er bleibt hier. Er gehört zu mir«, sage ich ihr. »Aber bring nicht meine Mum um«, murmle ich aus der Seite meines Mundes.

Owen drückt meine Hand, um mich zu beruhigen.

Mum starrt mich auf eine Weise an, die schreit: »Warte, bis ich dich allein erwische.«

»Ich kann ihn vergessen lassen, wenn es sein muss«, sagt sie mit einem bösartigen Lächeln.

»Mum! Wage es ja nicht!« Mein Atem stockt in meiner Kehle. Es herrscht eine unheimliche Stille, die mir die Haare auf den Armen zu Berge stehen lässt. Der Hellhound ist übernatürlich still, und sein Gesicht ist sorgfältig ausdruckslos. Versucht sie, sich umbringen zu lassen? Seine Hellhound-Kraft durchflutet den Raum und schlägt die schwächere magische Signatur meiner Mum wie ein Rammbock aus dem Weg.

»Wow, du schmeißt mit illegaler Magie ja nur so um dich, Mum«, murmelt Diane.

»Machthungriges Miststück«, sagt Ava leise.

Die Kraft des Hellhounds kommt nicht an meine heran. Ich lasse Owens warme Hand los und bewege mich. Ich starre meine Mutter an, und mit jedem Schritt, den ich auf sie zu mache, durchflutet die Magie in mir den Raum. »Du wirst ihn nicht anfassen. Dafür müsstest du erst an mir vorbei, und ich bin kein kleines Mädchen mehr«, sage ich zähnefletschend.

Der Raum verdunkelt sich, und draußen kracht Donner. Heather schreit erschrocken auf, als ein Blitzschlag folgt. Er schlägt auf dem Dach des Hotels ein und fährt durch das Gebäude, tanzt und knistert an den Fenstern. Der süße, stechende Geruch von Ozon und Magie erfüllt die Luft.

Owens baumstammgroßer Arm schlingt sich um meine Taille und er hebt mich mutig hoch. Er führt mich weg von meinem Hexenzirkel, weg von meiner verrückten Mutter.

Er setzt mich sanft auf dem Boden ab. *Ist es denn nicht schon Zeit für sie, nach Hause zu gehen?* Bereitwillig schlurfe ich hinter ihn und lege meine Wange an seinen Rücken.

Heiliger Bimbam, Tuesday, das war ein bisschen dramatisch.

Es war ein langer Tag, das ist meine Entschuldigung. Ich werfe einen Blick auf die Uhr an der Wand und stöhne. *Ist es erst zwei Uhr?* Ich gähne so heftig, dass mir der Kiefer knackt. Es war ein verrückter Tag und ich muss mich zusammenreißen, aber bald werde ich Stöcke brauchen, um meine Augen offen zu halten. Ich könnte eine Woche lang schlafen.

Ich schiebe die Wolken weg und nehme einen tiefen, reinigenden Atemzug, um meine Magie zu beruhigen. Ich hole tief Luft, bis ich nur noch seinen Duft rieche. Der Sauerstoff ist verschwunden und wurde durch Zimt ersetzt.

»Tut mir leid«, murmle ich.

Mit flatternden Nasenlöchern späht Daisy über Owens Schulter. Sie fiepst und eine kleine Rauchwolke steigt aus ihrer Nase auf. Mit katzenartiger Gewandtheit sticht sie ihre Krallen in Owens Schulter und Rücken, während sie zu mir herunterklettert. Owen grunzt. »Vorsichtig«, tadle ich sie. Dann lächle ich, als sich ihr schuppiger kleiner Körper in meine wartenden Hände schlängelt.

Ich stelle mich neben Owen, während Daisy meinen Arm hochklettert und dann zwischen meinen Schultern balanciert, ihre Hinterbeine auf beiden Seiten meines Halses. Ihre Vorderkrallen graben sich in meinen Kopf und reißen eine Haarsträhne heraus. Ihr Schwanz peitscht von einer Seite zur anderen und ihre Flügel flattern, um das Gleichgewicht zu halten. Ich zucke nicht mit mal mit der Wimper, da ich mich an ihre Mätzchen gewöhnt habe.

Zum Glück raucht sie im Moment nur, aber ich behalte es im Hinterkopf. Ich könnte jederzeit einen Haartrank benutzen, um eventuelle Unfälle zu beheben, falls mein süßes kleines Biest meine Haare in Brand setzt. Owens Hand umschließt meine und wir verschränken unsere Finger.

»Entscheide dich nicht zu früh.« Mums spitzer Finger ist wieder da und sie zeichnet einen imaginären Kreis in der Luft um uns herum, während sie sich vorwärtsbewegt, scheinbar unbeeindruckt von meinem Ausbruch oder dem leise aufbrausenden Wandler.

»Ich sehe schon, worauf das hinausläuft. Ein Hellhound? Wirklich, Tuesday?« Ihre Augen mustern uns mitleidig und sie schüttelt enttäuscht den Kopf. »Du wirst deine Meinung ändern, wenn dir seine Muskeln zu langweilig werden.«

Sie sieht Dad an und verengt ihre Augen. »Wenn ich so darüber nachdenke ...« Sie tippt sich auf die Unterlippe. »Je länger wir uns Zeit lassen, um uns für einen glücklichen Ehemann zu entscheiden, desto besser und desto mehr Angebote könnten wir bekommen.«

»Wenn wir uns überstürzt für eine Hexe entscheiden, könnten andere denken, wir seien zu eifrig«, fährt sie fort. »Es ist sinnvoll, zu warten. Ich kann sie dafür arbeiten lassen.« Meine Mum lächelt hämisch und zufrieden.

Ich bin froh, dass Owen hier ist, um mich festzuhalten, sonst würde ich meinem Drang nachgeben, meinen Kopf gegen die Rezeption zu schlagen, während ich jammere, *warum ich, warum ich?* Warum hört sie mir verdammt noch mal nicht zu? Nichts, was ich sage, wird sie umstimmen. In ihrem Kopf hat sie endlich den magischen Jackpot geknackt.

Mum befeuchtet ihren Daumen mit der Zunge, beugt sich dann vor und reibt den mit Spucke beschmierten Finger über mein Gesicht. Über. Mein. Gesicht. Ich reiße mich von ihr los und gebe einen angewiderten Laut von mir.

»Mum, das ist eklig.« Ich rümpfe die Nase und reibe meinen Wangenknochen. Igitt. Ich kann ihre Spucke riechen und das bringt mich dazu, würgen zu wollen. »Warum hast du das getan?«

»Sind die Markierungen echt?«, fragt sie. »Ich dachte, es wäre ein frivoler Zauber.«

Was? Markierungen? Oh, die leuchtenden, wirbelnden magischen Zeichen auf meinem ganzen Gesicht und Körper. »Natürlich sind sie echt.«

»Mum, ich glaube nicht, dass ein Spuckebad starke Magie entfernen kann«, sagt Jodie verärgert.

»Es sei denn, es ist etwas in deiner Spucke, von dem wir nichts wissen«, knurrt Diane. Sie hat immer noch nicht aufgehört, unsere Mum finster anzustarren.

»Tuesday, willst du uns nicht eine Erfrischung anbieten? Ich glaube, es ist bequemer, wenn wir uns in den Aufenthaltsraum setzen. Wenn ihr mir alle folgen wollt.«

Klar, fühlt euch wie zu Hause. Warum auch nicht?, denke ich, als Mum durch den Raum stolziert und Dad, meine Schwestern und Heather ihr gehorsam folgen. Andy und seine Turnschuhe quietschen hinterher.

»Andy war so hilfreich, während wir mit diesem Albtraum zu kämpfen hatten. Er hat sich wirklich ins Zeug gelegt, nicht wahr, Dad?«, sagt Diane, um das Thema zu wechseln. Dad zuckt unverbindlich mit den Schultern und murmelt etwas, das ich für eine Zustimmung halte. Wie aufs Stichwort klingelt meine Magie bei der Lüge. Hm. Interessant. Ich bin nicht die Einzige, die Andy für ein Arschloch hält und meine Schwester ist weeeiiit außerhalb seiner Liga.

Aber Diane ist erwachsen und wenn sie ein männliches Kind lieben will, ist das ihre Sache, solange er ihr nicht wehtut. Ich hoffe, der gruselige Scheißer tut ihr nicht weh.

Der Wandler muss auch auf Owens Abschussliste stehen, denn als Andy versucht, neben mir Platz zu nehmen, muss er dem riesigen Hellhound aus dem Weg springen. Anstatt wie ein anonymer Bodyguard hinter mir zu stehen, setzt sich Owen auf das Sofa und platziert sich zwischen meinen Zirkel und mich. Er zerrt mich an seine Seite.

Das ist alles so schön gemütlich.

Ich lasse die Magie des Reiches auf meinen Hexenzirkel einwirken und eine Auswahl an Speisen und Getränken klappert auf die umstehenden Tische.

»Was? Was ist das denn? So eine Magie habe ich noch nie gesehen.«

»Das ist alles sehr besonders.«

»Wow, können wir das essen?«

Ich kann nicht anders, als meinen Zirkel anzugrinsen.

»Ja«, sage ich und rutsche ein wenig auf meinem Platz hin und her. »Die Magie des Reiches kann ein bisschen verwirrend sein. Ich bin durch den Geruch von Bacon aufgewacht und aus dem Bett gefallen.«

»Du weißt, dass das hier weit über das Fachwissen des

Hexenzirkels hinausgeht, über alles, was wir erlebt haben«, sagt Dad mit sanfter Stimme.

»Ich weiß. Ich glaube, das übersteigt die Erfahrung von allen. Ich glaube nicht einmal, dass die anderen Wirte wissen, was sie da tun.«

»Oh, der Nachmittagstee«, flüstert Jodie beim Anblick des vollen Teeservices und des schicken Turms aus Tellern, die mit Mini-Sandwiches und Kuchen überfüllt sind.

Heather quietscht und wirft mir ein breites Grinsen wegen ihrer Schüssel mit Spaghetti zu. »Tantchen Tuesday, deine Magie ist episch.«

»Vielleicht können wir uns ins Esszimmer setzen?«, frage ich und schaue stirnrunzelnd auf die vielen Teller. Mann, sind die hungrig.

»Nein, wir sind hier gut aufgehoben«, antwortet Mum. Dad grunzt, als sie ihm den riesigen Bacon-Cheeseburger aus der Hand reißt und ihn dann lautstark über seinen Cholesterinspiegel belehrt.

»Ja, Liebes«, brummt er.

Ich verdrehe die Augen, als ob Mum nicht einen Zaubertrank brauen könnte, um alles Negative in seiner Ernährung auszugleichen. Ein weiterer Burger erscheint neben seiner äußeren Hand, zusammen mit einem Pint Carlsberg Lager, um ihn herunterzuspülen. Ich schnaube und Owens Lippen zucken. Ohne dass meine Mum es bemerkt, beißt Dad in seinen neuen Burger. Mit einem stummen Stöhnen schließt er die Augen. Ich helfe ihm, indem ich Mums Aufmerksamkeit auf mich ziehe, während ich Daisy mit einem *Hier kommt das Flugzeug*-Geräusch eine Gurkenscheibe füttere.

»Ein Drachen-Vertrauter«, erklärt Mum, während sie

einen zarten Schluck Kaffee trinkt. »Es lag schon die ganze Zeit vor meiner Nase. Ich kann nicht glauben, dass ich das wichtigste Ereignis in der Geschichte unseres Hexenzirkels nicht gesehen habe. Vor allem, weil du es vermeidest, Zeit mit deinem Hexenzirkel zu verbringen.«

Jaja, es ist alles meine Schuld.

»Vertrauter?« Ich runzle die Stirn. Vertraute sind rar, für Hexen sogar heilig. Selbst in meinem Hexenzirkel ist niemand stark genug, um einen zu haben. Seit über einem Jahrhundert hat es kein neues Band von Vertrauten mehr gegeben. Ich bin vielleicht nicht auf dem Laufenden, was die Hexengemeinschaft angeht, aber das weiß ich.

»Glaubst du, dass Drachinnen so freundlich sind? Es ist ein wildes Tier, Mädchen. Natürlich, Denny ist dein Vertrauter.«

»Daisy.«

»O ja, Daisy. Nettes Geschöpf.« Daisy faucht und versucht, Mum in den Finger zu beißen, der vor ihrer Nase herumfuchtelt. Dad zieht Mums Hand schnell von ihrem schnappenden Maul weg.

Mums Augen sind glasig, also scheint sie es nicht zu bemerken, und selbst nachdem sie fast gebissen worden wäre, lässt sie ihr manisches Lächeln nicht fallen.

»Da hast du recht. Die Drachin zeigt tatsächlich Anzeichen eines vertrauten Bandes. Wie interessant.« Mum nickt bei Jodies Worten und ihr Lächeln wird noch breiter. »Außerdem vergöttert sie Owen. Das ist wunderbar. Sie muss dich, Owen, als Tuesdays Gefährten sehen.«

Owen grinst und Mums Lächeln verschwindet, als Daisy auf Owens Brust hüpft und mit einem fröhlichen Zwitschern ihre Schnauze unter seinem Kinn reibt.

»Jodie?«, frage ich.

»Hm?« Sie hält sich eine Hand vor den Mund und kaut auf einem köstlich aussehenden Sandwich herum.

»Ist es okay, wenn ich versuche, ein Portal mit dem Laden zu verbinden?«

»Das kannst du?« Andys nasale Stimme mischt sich in das Gespräch ein. Er beißt in einen Apfel und schaut mich über die glänzende grüne Schale hinweg an, sein Gesicht ist eine Maske des Unglaubens, während er genüsslich kaut. *Mampf-mampf.* Ich zucke bei seinen Kaugeräuschen zusammen.

»Ich glaube schon ... Ich würde es gerne probieren.«

»Du bist keine Portal-Hexe.« Ich rümpfe die Nase, als ich einen Blick auf den zerkauten Apfel in seinem Mund erhasche, während er spricht. »Da ist aber jemand ein bisschen von sich selbst eingenommen.« Er kichert spöttisch und öffnet den Mund, um etwas anderes zu sagen, überlegt es sich dann aber anders, als Owen sich umdreht und ihn anstarrt. Er schaut weg und beißt noch einmal in den Apfel.

»Natürlich. Das ist eine wunderbare Idee«, sagt Jodie.

»Ich glaube, das wäre eine gute Fluchtmöglichkeit, falls wieder etwas passiert, du weißt schon, wie die Söldner.«

»Das ist eine tolle Idee«, sagt Dad. Er lehnt sich auf seinem Platz nach vorn. »Und, hast du die Fluchtleiter benutzt, als die Söldner in deine Wohnung kamen?« Ich nicke und Dad sieht nur allzu zufrieden mit sich selbst aus.

»Jaja«, stöhne ich und winke unterwürfig mit den Händen. »Ja, Dad, du hattest recht mit deinem Notausgang.« Dad grinst, aber er reibt es mir nicht unter die Nase. »Ich bin bekehrt und schwöre, dass ich von nun an immer einen Notausgang haben werde.«

»Warum der Laden?«, fragt Mum. »Du solltest einen im Haus aufstellen, damit ich direkt hierherkommen kann. Ich will nicht auf deinen schiefen Portalservice warten müssen.«

Schiefes Portal, habt ihr sie gehört? Ja, das wird nie passieren. Ein Portal direkt zu ihrem Haus? Gott, ich muss ein Schaudern unterdrücken.

»Also, ich werde das heute machen, wenn das okay ist?«, frage ich Jodie.

»Kein Problem, die Schutzwälle lassen dich und alle, die du mitnehmen willst, rein«, antwortet Jodie mit einem nicht gerade subtilen Nicken in Owens Richtung. Andy grunzt und wir ignorieren ihn.

»Du kannst dir immer noch dein eigenes Portal bauen, Mum«, sagt Diane zuckersüß. Oh-oh, ihr freches Mundwerk wird sie noch in Schwierigkeiten bringen. Mum kann keine Portale bauen, das kann nur eine Portal-Hexe, und auch nur mit festen Schleusen, die an Ley-Linien befestigt sind.

Mum ignoriert Dianes Angriff.

Als Wirt benutze ich keine Ley-Linien-Magie. Ich glaube, ich reiße einfach eine Verbindung durch die Dimensionen, wenn ich Portale aus dem Nichts schaffe. Wenn die Magietheoriebücher meiner Schule richtig sind, sollte ich in der Lage sein, ein Portal zu öffnen und zu richten, um überall hinzugehen. Das ist ein cooles Stück Magie.

Ich schätze, ich habe gerade erst die Spitze des Eisbergs der Dinge angekratzt, die ich tun kann. Mein Bauch dreht sich um und plötzlich bin ich überwältigt und mir ist ein bisschen schlecht.

Eine weitere Sache, die mich krank macht, ist dieser

ganze Heiratsquatsch. Distanz und Weglaufen war schon immer mein Ding, eine einfache, aber vielleicht ungesunde Art, mich zu schützen. Ich habe schon vor langer Zeit gelernt, dass mir niemand zuhören wollte, also hatte es keinen Sinn, meinen Mund aufzumachen. Aber jetzt ist Owen da. Wir haben uns gerade zum ersten Mal geküsst und ich bin schon Hals über Kopf verliebt. Dieses Mal kann ich mich nicht zurücklehnen und nicken, wenn meine Mutter sagt, dass ich einen Fremden heiraten werde. Owen weiß nicht, dass ich zustimmen würde, nur um meinen Hexenzirkel so lange zu meiden, bis meine Mum ihre wilde Idee über Bord geworfen hat. Wenn nötig, weitere acht Jahre. Aber anstatt mich mit Daisy gegen die Welt zu stellen, muss ich auf die Gefühle eines anderen Rücksicht nehmen. Ich muss an ihn denken.

Was denkt er?

Was würde ich denken, wenn sein Rudel darauf bestehen würde, dass er jemand anderen heiratet ... eine andere als Gefährtin nehmen soll? Ich wäre am Boden zerstört. Es würde mir das Herz brechen.

Nichts zu sagen, wäre das Schlimmste, was ich tun könnte. Es wäre respektlos. Was für eine Person wäre ich, wenn ich das tun würde?

Also tue ich etwas, was ich nicht mehr getan habe, seit ich sechzehn Jahre alt war. Ich kämpfe für mein Ziel. Ich habe eine glänzende Idee und schicke einen Schwall Magie in die reale Welt hinaus.

Ha, es hat funktioniert. Ich lehne mich zurück und bin ein bisschen selbstzufrieden. Ach, was soll's ... Ich kann es genauso gut hinter mich bringen. Ich will nicht, dass das über Owen und mir hängt. Ich habe das Bedürfnis, meinen Hals zu rollen wie ein Boxer, der in den Ring steigt.

Ding, ding.

»Also, Mum, diese ganze Heiratssache ...« Owens Oberschenkel streift gegen meinen. Ich knabbere an meiner Lippe. Das wird wie das Entfernen eines Wachsstreifens sein, unangenehm, aber am Ende lohnt es sich. Aber wie bei einem Wachsstreifen muss es schnell gehen. Nicht, dass ich einen Wachsstreifen benutzt hätte. Dafür gibt es Zaubersprüche. Auch wenn ich Magie hasse – oder gehasst habe – habe ich nichts dagegen, zu schummeln, wenn es um Körperbehaarung geht.

»Nicht das schon wieder.« Mum stöhnt und tupft sich den Mund mit einer Serviette ab. »Ich habe beschlossen, dass du einen dieser Jungs heiraten wirst. Du hast keine Wahl, es wird keine Diskussion geben. Du wirst zum ersten Mal in deinem Leben tun, was man dir sagt.«

Tja, da könnte es ein klitzekleines Problem geben. Ich versuche es noch einmal und gebe mein Bestes, um meine Selbstgefälligkeit zu unterdrücken. »Ich weiß es zu schätzen, dass du dir so viel Zeit genommen hast, und ich verstehe, wie wichtig es für *dich* ist, aber ich werde keinen Fremden heiraten, nur um dich glücklich zu machen.«

»Ich weiß, was ich tue. Du wirst sehen. Ich weiß, was das Beste für dich ist. Ich bin deine Mutter.«

Owen grunzt.

»Wie kannst du es wagen, dich einzumischen?«, knurrt sie ihn an.

Owen sitzt nur da und starrt zurück. Sein Schweigen wird sie in den Wahnsinn treiben. Sie ist weder seine Mum noch die Anführerin seines Hexenzirkels, und er muss auch nicht ihre Regeln lernen oder ihre Spiele spielen.

»Mum, du bist unhöflich.« Diane legt ihr Steakmesser auf den Teller, ignoriert das riesige Steak darauf und starrt Mum an, als hätte sie es mit einem angreifenden Minotaurus zu tun. »Du musst damit aufhören.« Mum blinzelt sie an und schaut dann langsam in die wütenden Gesichter ihres Zirkels.

»Carol«, knurrt Dad. »Das reicht jetzt.«

»Tja, gut, dass ich Magie habe«, sage ich, während ich über meine Nägel puste und sie dann an meinem Kleid poliere. »Denn ich habe beiden Männern eine magische Nachricht geschickt, in der ich mich für ihr Interesse bedanke, aber erkläre, dass ich für eine arrangierte Heirat nicht zur Verfügung stehe und auch nie zur Verfügung stehen werde.«

Mum wird blass. Diane grinst mich zustimmend an, schnappt sich ihren Teller, spießt ein Stück Steak auf und kaut dann genüsslich drauf herum.

»Oh, und ich habe auch eine Ankündigung an den Rest der Gemeinde geschickt, damit es keine weiteren Missverständnisse gibt.« Zum ersten Mal seit ihrer Ankunft ist mein Lächeln echt.

»Du hast was getan?«, krächzt Mum.

Ein Päckchen Buntstifte und ein Malbuch tauchen aus dem Äther auf und klatschen auf ihren Schoß.

KAPITEL ACHTUNDZWANZIG

ALLE SCHNAPPEN nach Luft und Heather stößt ein Lachen aus. Mum öffnet und schließt ihren Mund ein paar Mal. Ich habe sie sprachlos gemacht. *Das könnte das Beste gewesen sein, was ich je in meinem Leben getan habe. Oder das Schlimmste!*

Mum, die sich scheinbar nicht mehr für das Gespräch interessiert, fummelt an der Ecke des Malbuchs herum. Der seltsame Ausdruck auf ihrem Gesicht macht mir ein schlechtes Gewissen. Zweifellos arbeitet ihr Gehirn auf Hochtouren. Ich erschaudere. Psychologische Kriegsführung ist ihr Ding, und ich bin mir sicher, dass sie es mir heimzahlen wird, und oh Mann, das wird knallhart werden. Ich schlucke. Es ist das erste Mal, dass ich auf die unanständige Stimme in meinem Kopf höre und ... es fühlt sich toll an.

Was natürlich sehr, sehr schlecht ist.

Jetzt habe ich das überwältigende Bedürfnis, von hier zu verschwinden, bevor der Schock nachlässt und sie schreit.

Oh-oh.

»Ich, ähm, habe heute noch einiges zu erledigen«, sage ich und springe vom Sofa auf, als ob mein Hintern brennen würde. Ich kann Owen nicht einmal ansehen, falls er denkt, ich hätte mich wie eine Göre benommen. »Ich bin mir sicher, dass ihr auch etwas Zeit für euch selbst braucht. Larry?« Meine Stimme ist leicht piepsig. Larry erscheint mit einem strahlenden Lächeln an meiner Seite. *Lauf-lauf-lauf!*, schreit mein Kopf, als ich ihn schnell meinem Zirkel vorstelle. »Das ist mein Freund, Larry. Er ist das Herz des Hotels.«

Wenn Larry erröten könnte, wäre sein verdutztes Gesicht bestimmt rosig rot. Er lächelt mich an und ich erwidere ein zittriges Lächeln.

»Ich kümmere mich darum, dass alle untergebracht werden, Herrin«, sagt er mit einem Klatschen in die Hände.

Jodie formt mit ihrem Mund das Wort *Herrin* in meine Richtung. Ich rolle mit den Augen und schüttle den Kopf. Schnell wende ich mich an Owen, nehme seine Hand und ziehe den riesigen Hellhound auf die Beine.

»... wir haben einen wunderbaren Pool und das Freizeitzentrum ist göttlich ...«, fährt Larry fort. Seine roten Haare leuchten in einem Streifen Sonnenlicht, das durch das Fenster scheint.

Meine Mum hebt den Kopf und mein Herz setzt einen Schlag aus.

Das Letzte, was ich höre, während ich die Luft um uns herum zusammenfalte, ist Dianes schockierte Stimme. »Oha. Ist sie gerade geblinkt?«

»Du bist geblinkt, hm?«, fragt Owen, als wir in meinem Wohnzimmer ankommen. Ich lächle und schaue auf meine Füße, plötzlich bin ich schüchtern. Ich hätte ihn zuerst fragen sollen, anstatt ihn einfach zu packen und wegzulaufen. »Das ist ziemlich cool.«

»Ja, das ist zum ersten Mal passiert, als die Dryaden gekommen sind. Das hat mich fast zu Tode erschreckt.«

Owen grinst. »Wirst du mir die Geschichte mit den Dryaden erklären?«

»Du hast sie gehört, ja? Ja, das werde ich. Es war schrecklich und traurig ... Aber zuerst möchte ich mich dafür entschuldigen, dass ich dich ohne zu fragen rausgebeamt habe und auch dafür, dass du ... du weißt schon ... Es tut mir leid, mit meiner Mu...«

»Das spielt keine Rolle«, unterbricht mich Owen und legt seinen Arm um mich. »Sie liebt dich.« Ich möchte seine Worte leugnen, aber ich kann es nicht. Ich weiß, dass sie mich liebt. Es ist nur manchmal schwer, es zu glauben. Der Hellhound drückt mich an seine Brust und küsst mich auf den Scheitel. Zwischen uns leckt Daisy über mein Gesicht. Ihre mit Widerhaken besetzte Zunge reißt bestimmt eine ganze Zungenbreite Haut von meiner Wange ab. Autsch und bäh.

Danke dafür, Daisy.

»Ich wollte mich nicht zu sehr einmischen, denn ich weiß, dass es dein Hexenzirkel ist. Ich hoffe, du denkst nicht, dass ich zu weit gegangen bin.«

»Nein, nein, natürlich nicht.« Ich kann nicht verhindern, dass mir ganz warm und kribbelig wird. »Du warst fantastisch. Es war schön, dich an meiner Seite zu haben.« Jemand, der sich tatsächlich um mich schert. Obwohl die Empörung meiner Schwester in meinem Namen eine große Überraschung war.

Ja, er ist toll, bis er sieht, wie du wirklich bist, meldet sich die böse Stimme. Was ist, wenn das wahr ist? Was ist, wenn er geht?

Ich kann nicht kontrollieren, was Owen fühlt oder tut. Alles, was ich tun kann, ist ich selbst zu sein, und wenn ich nicht gut genug bin, dann soll es eben nicht sein.

»Du musst gerade über Fantastisch-Sein reden. Ich musste mir auf die Zunge beißen und neunhundert Jahre Militärausbildung anwenden, um mir das Lachen zu verkneifen, als du die Buntstifte und das Malbuch fallen gelassen hast.« Owen lacht schallend. Ich muss angesichts seiner Miene verlegen grinsen. »Das war unbezahlbar.«

»Es war gemein«, jammere ich. »Sie wird mich umbringen.«

»Das war es wert.« Owens Augen funkeln und wir grinsen uns gegenseitig an. Ich lasse meinen Kopf sinken und kichere gegen seine Brust. »Nein, sie wird dich nicht umbringen. Ich glaube, sie war ziemlich stolz auf dich. Das war ein fantastischer Konter.« Ich schüttle den Kopf, dann lehne ich mich in seinen Armen zurück und schaue ihn an.

Der arme Mann sieht erschöpft aus. Ich streiche ihm mit dem Daumen über die Wange.

»Willst du nicht erst darüber lecken?«, fragt er.

Ich kichere wieder und reiße komödiantisch die Augen auf. »Ich kann nicht glauben, dass sie mir ihre Spucke ins Gesicht geschmiert hat. Wann ist das jemals eine gute Idee?« Owen lächelt zu mir herunter.

Mein Lachen verstummt und ich beiße mir auf die Lippe. Vor ein paar Stunden ist er fast gestorben. Und nach all dem Trauma wird er dann auch noch in meinen Hexenzirkel verwickelt.

»Wann hast du zuletzt geschlafen?«

»Es ist eine ganze Weile her«, murrt er.

»Lass uns dich erst mal unterbringen. Vielleicht hast du ein paar Stunden Zeit, um dich zu erholen.«

»Nein, ist schon okay. Ich kann bis heute Abend warten.«

Daisy, die sich an seine Brust gekuschelt hat, gähnt, und Owen bemerkt ihre Regung und gähnt automatisch zurück. Verlegen reibt er sich das Gesicht. »Vielleicht tun mir ein paar Stunden ganz gut. Was ist mit deinem Hexenzirkel?« *Er will mich nicht allein lassen.* Mein Herz plustert sich auf.

»Larry kümmert sich um sie, und ich verspreche, dass ich ihnen aus dem Weg gehe, während du schläfst. Okay?«, versichere ich ihm.

»Okay«, sagt der Hellhound ruppig.

»Gut, dann wollen wir dich mal ins Bett kriegen.« Meine entsetzten Augen schießen zu ihm. Oh, Scheiße. »Ähm ... Ich meine, ich zeige dir dein Zimmer, damit du alleine, ähm, schlafen kannst.« Ich schließe meine Augen. *Ach, verdammt noch mal. Halt die Klappe, Tuesday.*

Owen lacht.

Ich muss jetzt wirklich gehen.

Ich führe Owen in eines der Gästezimmer. Daisy windet sich aus seinen Armen und wirft sich auf das Bett. Ich stehe unbeholfen da und beobachte, wie er alle seine Waffen von weiß Gott woher holt. Er trägt eine Hose und ein Hemd, in dem er eigentlich nichts verstecken könnte, aber es kommt immer mehr zum Vorschein. Es ist, als hätte er genug Waffen für zehn Männer bei sich.

Ich fahre mit einem Finger über den Griff eines hübschen, aber scharf aussehenden Silbermessers.

»Silber«, murmle ich. Ich glaube, ich habe für heute genug Silber gesehen, vor allem, als ich es aus ihm herausgezogen und Teilchen für Teilchen aus seinem Blutkreislauf gesaugt habe. Ich kann immer noch nicht glauben, dass ich das getan habe.

»Ja, es ist eine Wurfklinge.«

»Warum trägst du Silber bei dir? Macht es dich nicht müde? Warum willst du eine Waffe benutzen, die dich gleichzeitig verletzen kann?« Der Hellhound holt zwei weitere Klingen hervor. Sie klirren gegen den Nachttisch.

»Im Laufe der Jahre bin ich gegen einige der Wirkungen von Silber immun geworden.« Er zieht mich sanft mit meinem Rücken an seinen Körper und seine Arme legen sich um meine Taille.

Ich könnte mich daran gewöhnen, dass er mich festhält. Ich bin kein besonders anschmiegsamer Typ, aber ich glaube, in seinen Armen zu liegen, ist jetzt mein Lieblingsplatz. Der Stoff seines Hemdes raschelt, als er sich herunterbeugt und meinen Hals küsst.

Mein Herz hämmert in meiner Brust und ich erschaudere.

»Oh«, sage ich wortgewandt.

»Jede Waffe kann gegen einen eingesetzt werden«, Kuss, »egal aus welchem Metall sie gemacht ist«, Kuss. Heilige Mutter Gottes ... Das mit den *Waffen* hat er gut gesagt. Meine Haut steht in Flammen und ich will nichts anderes, als mich herumzudrehen und mich auf ihn zu stürzen. Ihn wie einen Baum erklimmen. Ihn auf das Bett schleudern ...

Ich huste, um mich zu räuspern. »Ich werde dich jetzt schlafen lassen.« Widerstrebend entziehe ich mich seinen Armen. »Komm jetzt, Daisy.« Ich wackle mit den Fingern in Richtung der schläfrigen Drachin, aber sie rümpft die Nase und kuschelt sich tiefer in die Bettdecke.

»Ist schon gut. Sie kann ein Nickerchen mit mir machen.«

»Bist du sicher?«

Owen nickt. Wow, das ist süß.

»Okay. Nun, dann lasse ich euch mal in Ruhe und sehe euch beide später wieder.«

Ich lächle. Der wunderschöne, sexy Hellhound schnallt seinen Gürtel ab und lächelt mich an.

Heilige Scheiße!

Kapitel Neunundzwanzig

Ich blinke ins Büro und wedle hektisch mit der Hand, um mein glühendes Gesicht zu fächeln. Wow, der Blick in seinen Augen, als er seinen Gürtel geöffnet hat ... Ich lasse mich verträumt gegen den Schreibtisch sinken und schlucke die reichlich vorhandene Spucke in meinem Mund hinunter. *Das war heiß. So heiß.* Der Drang, zurückzugehen und ihm zu helfen, den Rest seiner Klamotten auszuziehen, ist riesig.

Ich will mit dem Hellhound kuscheln.

Ich stöhne und schaue an die Decke, mit der Bitte um göttliche Intervention. Das Schicksal allein weiß, dass ich Hilfe brauche. Verliebt mag ich sein, aber ich bin nervtötend vorsichtig. Mich von ihm wegzublinken – ich schüttle den Kopf – ist ein Moment in meinem Leben, den ich zweifellos bereuen werde. Für immer. Auf dem Sterbebett werde ich jedem, der mir zuhören will, sagen: »Ich hätte den heißen Hellhound schon in meinen Zwanzigern vögeln sollen.« Ich schnaube und stöhne wieder.

Nein. Ich weiß, dass ich durch diese Magie, die auf mich eindrischt, beeinträchtigt bin. Ich kann nicht klar denken. Mein Kopf ist zum Bersten voll mit allem, was in den letzten Tagen passiert ist. Es war verrückt, und jetzt soll ich auch noch eine neue Beziehung eingehen. Auf keinen, wirklich keinen, Fall kann ich *mit Owen ein Nickerchen machen*. Das ist ihm gegenüber unfair, und ich kann nichts Unanständiges tun, bis ich meinen Kopf wieder im Griff habe. Ich rolle mit den Augen und reibe mir das Gesicht.

Okay. Ich klatsche in die Hände, wie Larry es immer tut. Ich will sehen, ob ich ein dauerhaftes Portal zur realen Welt schaffen kann. Wenn mir etwas zustößt, müssen die Leute in dieser Dimension die Möglichkeit haben, zu gehen. Mum hat mich bereits dafür getadelt, dass ich keinen angemessenen Notfallplan habe, also ist ein Notausgang eine Priorität.

Jodie will auch, dass ich ihr Mini-Taschendimensionen baue. Ich weiß, dass sie es nur am Rande erwähnt hat, aber es wäre schön, ihr etwas zurückzugeben. Sie unterstützt mich immer, also könnte ich auch daran arbeiten. Ich meine, wie schwer kann das schon sein? Nyssa macht sie ... Ich kann blinken. Ich sollte in der Lage sein, etwas Magie in einen Gegenstand zu stecken und ihn in eine eigene Dimension zu bringen. Keine große Sache. Ich sacke an dem Schreibtisch zusammen.

Seufzend greife ich nach dem Datapad, das einmal ein riesiges, verstaubtes Buch war, und durchsuche es ... und finde nichts. Nichts.

Großartig.

Ich werfe meine Hände in die Luft und schiebe dann das Datapad weg. Wozu soll das Ding gut sein, wenn es nicht funktioniert? Dann muss ich es auf die altmodische Art und Weise machen, durch Trial-and-Error. Ja, ich werde improvisieren. Magie auf gut Glück. Was kann schon schiefgehen?

Ich muss weiter auf meine Magie hören. Auf mich selbst vertrauen. Ich wusste nicht, wie man heilt, ich hatte keinen blassen Schimmer und trotzdem habe ich es geschafft. Ich habe drei Personen gerettet. Drei. Und das ohne jegliche Ausbildung. Das ist beeindruckend. Wenn ich mir die Zeit nehme, zuzuhören, sagt mir die Magie deutlich, was ich tun muss, damit sie funktioniert.

Ich zupfe an meinem Kleid. Erstens, ein Outfitwechsel. Mit nur einem Gedanken wechselt meine Kleidung von dem marineblauen Kleid zu einem bequemen, weichen Strickpullover und einer Jeans. Ich kremple meine Ärmel hoch und öffne ein Portal zu Jodies Laden.

Ich gehe in den Lagerraum. Ich lasse das Portal hinter mir offen; ich habe keine Ahnung, ob ich es wieder öffnen kann. *Scheiße!* Ich stoße ein selbstironisches Lachen aus. *Ich würde wie eine richtige Idiotin aussehen, wenn ich nicht wieder reinkommen würde.*

Der Raum ist bis zum Rand mit Hexenutensilien vollgestopft – alles Dinge, die ich aus meiner Kindheit kenne. Statt glücklicher Erinnerungen weckt der Anblick ein unangenehmes Gefühl der Angst.

Alles hier drinnen ist mit einer schrecklichen Erinnerung verbunden. Ich kralle meine Nägel in meine Handflächen, um zu verhindern, dass ich unfreiwillig in eine schlimme Kindheitserinnerung hineingezogen werde. Ich erschaudere am ganzen Körper, um das Gefühl abzuschütteln und die Gedanken zu verdrängen.

Ich suche die Regale ab und finde, was ich brauche: ein schlichter schwarzer Kordelbeutel mit dem Logo des Ladens. Ah, der ist perfekt.

Ich schnappe ihn mir, schlüpfe durch das Portal zurück in mein Büro und werfe mich in den Sessel. *Wie zum Teufel soll ich das nur anstellen?* Ich richte meine volle Aufmerksamkeit auf den Stoffbeutel in meiner mittlerweile verschwitzten Hand.

Okay, ich wische meine Hände an meiner Jeans ab. *Was möchte ich, dass er tut?* Der Beutel muss sich ausdehnen, damit die Person, die ihn benutzt, Dinge in den Dimensionsraum legen und bei Bedarf mit einem Gedanken wieder herausholen kann.

Das Gewicht darf sich nicht ändern, und die Form des Beutels darf sich in der realen Welt genauso wenig ändern. Ich puste meine Wangen auf. Kinderspiel. Mein Bein wippt und meine Hand zittert, als ich mit der Schnur des Beutels herumfummle. *Was, wenn ich es vermassle?*

O nein. Ich will auf keinen Fall den Baumwollbeutel, mich selbst oder das Reich in die Luft jagen. Ich lasse den Beutel fallen und wende mich ab.

Jetzt mach aber mal langsam, Tuesday, flipp nicht gleich aus. Du hast ein ganzes Reich improvisiert. Ich denke, du kommst mit einem kleinen Stoffbeutel zurecht. »Ich brauche nur eine gute Vorstellungskraft, das ist alles«, murmle ich. »Oh, und ich muss die Regeln der Physik komplett ignorieren.« Mein anderes Bein wackelt.

Hör auf damit!

In meinem Kopf schwirrt diese ganze Negativität herum. Ich schnippe den Beutel weg. Ich kann nicht zulassen, dass meine vergangenen magischen Vorurteile das beeinträchtigen, was jetzt mit mir passiert. Ich kann nicht zulassen, dass meine alten Ängste diese seltsame neue Version von mir behindern.

Aber es ist so verflixt schwer.

Ich atme aus und verrenke meine Finger. Ich habe ein paar ausgefallene Dinge getan, unmögliche Dinge. Ich glaube, ich habe noch gar nicht richtig begriffen, was ich tun kann. Bei all dem verrückten Druck, der auf Leben und Tod lastet, ist es völlig normal, dass ich Magie aus dem Ärmel schüttle. Es ist okay und völlig natürlich, ein bisschen nervös zu sein.

Okay, zurück zur Taschendimension und zu den Grundregeln: Lebewesen dürfen sich nicht darin aufhalten. Ich pikse den Beutel an. Ich weiß, es ist nur ein Beutel, aber er könnte so breit sein wie die Schultern eines Kindes. Ich kann nicht dafür verantwortlich sein, dass irgendein armes Würstchen erstickt. Es ist nicht schlimm, wenn Leute ihre Gliedmaßen hineinstecken. Das ist verständlich. Aber nicht eine ganze, luftatmende Person.

Ich knabbere an meinem Daumennagel. Die Größe ... die Größe im Inneren. Muss es so viel Platz bieten wie eine riesige Tasche? Oder muss sie den Inhalt eines Hauses fassen? Ich reiße den Beutel auf und starre hinein. Es passen nur Dinge hinein, die weniger als zehn Zentimeter breit sind, also passt auf keinen Fall etwas Großes wie ein Sofa hinein.

Mein Gehirn springt in Gedanken sofort zu Mums Zaubertasche. Sie schleppt das Ding überall mit hin. Ich schnippe mit den Fingern. *Magischer Kleiderschrank. Nein, das ist nicht richtig.* Mein Herz macht einen Sprung vor Aufregung und meine Augen weiten sich. *Ein Lagerraum.* Ein Grinsen umspielt meine Lippen. Also, ein magischer Lagerraum, eine Taschendimension, die ungefähr einen eineinhalb Quadratmeter groß ist, sollte genügen.

Sobald ich das geschafft habe, muss ich Mum eine zweite Tasche machen oder eine neue Abmessung in ihre bestehende Tasche einbauen. Wenn sie mich lässt.

Okay, ich verenge meine Augen. Der obere Teil der Tasche wird als Mini-Portal fungieren und die Gegenstände werden im Lagerraum aufbewahrt. Was ist, wenn die Gegenstände klein oder supergroß sind? Ich will die Nutzung der Taschengröße nicht einschränken. Das werde ich also nicht tun. Ich muss keine Dinge wie Regale entwerfen. Warum kann die Person, die den Raum nutzt, ihn nicht so gestalten, wie sie möchte? Selbst entwerfen. Uuuh. Ich finde die Idee gut, eine Auswahl zu ermöglichen. Sobald sich der Besitzer mit der Tasche verbunden hat, kann er den Raum innerhalb der ursprünglichen Grundfläche und der Designregeln gestalten. O mein Gott, das ist so cool.

Um sich zu binden, braucht der Besitzer einen Tropfen Blut, und wenn ihm etwas zustößt, wird der Beutel durch eine einfache Beschwörungsformel, wie einen Pin-Code, wieder zurückgesetzt.

Ich nicke. Ja, das wird funktionieren. Ich atme aus.
Nö, ich hab gar kein Druck, nee.
Schweiß kitzelt meinen Nacken. Ich fühle mich, als würde ich eine Bombe entschärfen. Kleine Schweißperlen sprenkeln meine Oberlippe. Ich wische sie mit meinem

Ärmel weg. *Alles in Ordnung, Tuesday, du schaffst das.* Ich drücke meine wackelnden Beine auf den Stuhl, um sie ruhig zu halten, während ich mich konzentriere. Ich starre auf den Stoff und löse meinen Fokus. Ich sehe die kleinen Fäden der Reichsmagie in der Luft schweben wie energetisierte Staubkörnchen. Während sie um mich herumschweben, erlaube ich mir, mich zu entspannen und mit ihnen zu schweben.

Es ist, als hätte ich nicht die Kontrolle über mich selbst, sondern eine höhere Macht, die mir hilft und mich führt. Mein klopfendes Herz kommt in einen gleichmäßigen Rhythmus, ebenso wie meine Atemzüge. Ich befinde mich in einer seltsamen, magischen Zone, in der nichts außer der Magie existiert. Ich tue, was ich schon seit Jahren tue. Ich baue den Lagerraum zuerst in meinem Kopf auf.

Als ich bereit bin, höre ich auf mein Bauchgefühl und ziehe den magischen Staub zu mir und dem Beutel. Ich fülle die Magie, sowohl meine Magie als auch den Staub, in die schwarzen Fasern mit der Absicht, dass der Raum, den ich erschaffe, flexibel sein soll. Aber auch stark genug, um die Wände des dimensionalen Raums zu halten. Als ich das Gefühl habe, dass es funktioniert, dehne ich die Wände aus und mache sie breiter, größer und stärker. Ich setze meine Regeln in die Magie, Schicht für Schicht. Als ich denke, dass ich fertig bin, teste ich alles. Dann komme ich mit einem Seufzer wieder zu mir und lasse mich mit einem zufriedenen Brummen in den Sessel zurückfallen.

Puh, das ist gut. Ich habe es geschafft. Ich werfe einen Blick auf den Beutel und stoße einen überraschten Schnaufer aus. *Ich habe es verdammt noch mal geschafft.* Ich quieke und wackle ein wenig. Der Sessel quietscht und ich vollführe einen Tanz mit dem Hintern auf dem Sitz. Ich habe es geschafft!

Sorgfältig falte ich den Beutel und stecke ihn in meine Hintertasche. Ich werde ihn später Jodie geben und sie ihn ausprobieren lassen, um zu sehen, was sie davon hält. Ich bin mir sicher, dass meine kluge Schwester Ideen hat, wie ich mein Design verbessern kann.

Im Flur vor meinem Büro, aber näher an der Rezeption, füge ich eine willkürliche Tür hinzu, damit ich sie als feststehendes Portal nutzen kann. Ich habe so etwas schon in einigen noblen Häusern gesehen – ein Portalzimmer. Mit Hilfe der Tür öffne ich ein neues Portal, diesmal ins Innere von Jodies Lagerraum.

Ich durchstöbere die Regale und nehme eine Einstichlanzette. Ich drehe den Deckel, um das Siegel zu brechen, und halte die Plastiklanzette ängstlich über meinen armen, unschuldigen Zeigefinger.

»Das ist wie ein Locher«, flüstere ich. »Ein klitzekleiner Locher für die Haut.« Ich rolle mit den Augen. Jupp, jetzt fühle ich mich gleich viel besser. Nicht.

Ein Locher. Verdammt noch mal, Tuesday. Ein Locher? Echt jetzt? Jetzt sehe und höre ich nur noch das Knirschen der runden Metallzacken, die das Papier durchschlagen und diese perfekt geschnittenen, *großen* kreisförmigen Löcher hinterlassen.

Ich kaue auf meiner Lippe und mein ganzer Körper verkrampft sich, als ich die Lanzette herunterdrücke. Ein winziges bisschen Schmerz strömt durch meinen Finger. Das war's.

Ich atme aus. Das war irgendwie ein bisschen enttäuschend. Dann erinnere ich mich streng daran, meinen

Finger zusammenzudrücken. Ich drücke, bis ein guter Tropfen Blut auf der Spitze balanciert. Ich möchte heute auf keinen Fall noch einmal die ganze Sache mit dem Locher machen, wenn ich es vermeiden kann.

Den Blutstropfen im Auge schlurfe ich vorsichtig zur leeren Rückwand des Lagerraums.

Jetzt kommt der eklige Teil. Ich schmiere das Blut an die Wand und fahre um das noch offene Portal herum, aber ich passe auf, dass ich die Magie nicht berühre und das Blut nicht ins Innere des Dimensionstores gerät. Ich habe keine Ahnung, was für einen Albtraum das auslösen würde. Ich weiß, dass es eklig und nicht gerade hygienisch ist, eine offene Wunde an der Wand des Zauberladens meiner Schwester abzuwischen, aber ich höre wieder auf mein Bauchgefühl, und was ich tue, fühlt sich richtig an. Mit ein paar weiteren Abdrücken beende ich das freihändig gezeichnete Rechteck.

Ein Durchgang.

Ich trete zurück und begutachte die nun feststehende Tür, die in mein Taschenreich führt. Vielleicht sollte ich ein paar hexerische Worte sagen? Meine Lippen zucken. Eine ausgefallene Beschwörungsformel, um alles zu fixieren. Ich weiß, das ist nicht nötig. Mein Blut hat die Sache bereits erledigt. Ich stehe und starre es an. Hm. Meine Mum sagte, meine Pforte sei schief, und sieh sich das mal einer an. Ein echtes schiefes Portal. Es ist, als wäre das, was sie sagte, eine Vorahnung gewesen. Ich lege den Kopf zur Seite. Ja, das ist vielleicht nicht das Beste, was ich je gemacht habe. Mum wird meckern, dass ich es zuerst mit Kreide hätte vorzeichnen und vielleicht ein Lineal benutzen sollen. Der Umriss wird sie irritieren.

Es könnte nicht offensichtlicher sein, dass ich das Portal gemacht habe, es sei denn, ich würde mit Blut *Tuesday war hier* daneben kritzeln. Ich grinse und schüttle den Kopf. Nein, das werde ich nicht tun.

Bin ich verrückt, meinem Hexenzirkel direkten Zugang zu mir und meiner Taschenwelt zu geben? Vielleicht. Aber es könnte schlimmer sein. Ich hätte auch auf Mums Vorschlag eingehen und die Tür im Haus meiner Eltern einrichten können. Ich schnaube und erschaudere dramatisch.

Ich werde einen Schutzwall an der Tür anbringen müssen, um sicherzugehen, dass niemand durchkommt, um heimliche Einkäufe zu machen. Der Laden hat genug Schutzwälle. Niemand außer dem Hexenzirkel kann das Portal betreten, also muss ich mich hier wenigstens nicht damit herumschlagen.

Blut ist eine der gruseligsten Zutaten in der Hexerei. Selbst Spuren davon können gegen dich verwendet werden. Ich drücke und halte einen kleinen Knopf an der Seite der Lanzette und etwas, das in dem Plastik versteckt ist, bricht. Mit einer Rauchwolke verdampft das ganze Ding. Ich wische die Asche von meiner Hand in den Mülleimer. Ich sollte jetzt ein mit Medikamenten getränktes Tuch benutzen, um die Wunde zu reinigen, aber da das Portal offen ist, ist das nicht nötig. Mein Finger ist bereits verheilt.

Ich schlurfe davon und richte den Impuls der Magie, der von meiner Brust ausgeht, auf das Portal. Die Blutspur um sie herum leuchtet und mit einem Lichtblitz, der mich kurzzeitig blendet, versiegelt sich das Tor.

Das schwindende Summen der Macht kitzelt meine Haut, dann schließt sich das Portal und verschweißt die Tür mit der Struktur des Gebäudes. Der Raum versinkt in Dunkelheit.

Alles, was ich neben dem Klopfen meines Herzens hören kann, sind meine rasselnden Atemzüge.

Benommen lehne ich mich gegen die Wand und ein paar unbeachtete Gegenstände fallen auf den Boden. Ich blinzle schnell. *Oha, das war ein ziemlicher Schock.* Ich muss meine Knie anspannen, damit ich nicht umkippe.

Es ist nicht die Kraft, mit der ich den Durchgang geschaffen habe, die mich beeinträchtigt. Für jeden anderen wäre es eine große Herausforderung, wenn nicht sogar ein Ding der Unmöglichkeit, so eine Kraft zu benutzen, aber die Macht, die ich benutzt habe, um das feste Portal zu bauen? Na ja, die habe ich nicht einmal registriert.

Nein, ich fühle mich wie ein nasser Luftballon, der geplatzt ist, weil ich von immenser Macht zu *nichts* übergegangen bin. *Nada.* Ohne das offene Tor bin ich wieder ich selbst, und das gefällt mir gar nicht.

Ich merke, dass es süchtig macht, in meinem Taschenreich zu leben.

Ich hatte recht. Ich muss mir einen Überblick verschaffen und eine Pause an der frischen Luft einlegen, wie ich es mir versprochen habe. Ich werde auch nicht zulassen, dass diese mächtige Magie mich kontrolliert. Ich muss eine Entscheidung treffen, die für mich richtig ist, und nicht einfach alles mitmachen wie ein waschechter Dummkopf.

Ich bin niemandes Marionette. Ich muss hier sein. Ich muss ohne magischen Einfluss denken und daran erinnert werden, wie es ist, normal zu sein. *Heiliger Bimbam, wenn ich mich nach ein paar Tagen so fühle? Wie werde ich mich dann erst nach Jahren fühlen?* Was für ein erschreckender Gedanke. Genau aus diesem Grund werde ich mindestens ein paar Stunden hierbleiben.

Ich zwinge mich, meine Füße zu bewegen. Der Holzboden knarrt unter mir, als ich den dunklen Lagerraum hinter mir lasse. Ich trete in das gemütlich aussehende Hinterzimmer hinaus, das ich ignoriere, und begebe mich stattdessen in den Laden.

Der Geruch von Magie ist noch stärker. Die fremde Energie schlängelt sich über meine Haut wie krabbelnde Ameisen. Es kitzelt in meiner Kehle und ich muss flach atmen, um mich vor dem Würgen zu bewahren. Es ist so eklig.

Ich hasse diesen Laden.

Trotzdem kann ich meine Finger nicht davon abhalten, über die Regale zu streichen, die bis zum Rand mit magischen Gegenständen und Artefakten gefüllt sind. Der Name des Ladens steht überall. TINKTUREN UND TONIKA – SPEZIALISTEN FÜR TRAGBARE ZAUBERTRÄNKE. Meine Lippen kräuseln sich vor tief sitzendem Abscheu.

Dieser Laden ist die Ansammlung von allem, was in meinem alten Leben falsch war.

Alles, was ich sehe, wenn ich hierherkomme, ist mein Versagen.

Und damit muss ich Frieden schließen. Es ist nicht die Schuld der Magie in dieser Welt, dass meine seltsame Wirtsmagie nicht kompatibel war. Ich habe die Schuld auf die Magie, die Schule, die Hexengemeinschaft, meinen Hexenzirkel ... Ich schlucke gegen den wachsenden Kloß in meinem Hals an. *Allen. Ich habe allen die Schuld gegeben.*

Diane hatte recht. Ich war verbittert. Ich war neidisch.

Diese imaginären Feen hüpfen wieder in meinem Unterleib herum, als ich zu einer schrecklichen Erkenntnis komme. *Was für ein Monster wäre ich, wenn ich von Anfang an all diese Macht gehabt hätte?*

Ich habe eine einzigartige Perspektive erhalten, die ich nie gehabt hätte, wenn ich sie nicht erlebt hätte. *Eine Gabe.* Ich hatte Jahre, in denen ich schwach und machtlos war. Vielleicht musste ich durch meine Erfahrungen lernen, Empathie und Mitgefühl zu entwickeln. *Vielleicht geschieht alles aus einem bestimmten Grund.*

Ich streife durch den Laden und die Einzelhandelsmanagerin in mir ordnet im Geiste die Dinge neu, um das Sammelsurium an Artikeln in den Regalen sinnvoller zu gestalten.

Mein Arm juckt. Von der Anordnung bekomme ich Ausschlag.

Es gibt einen riesigen Spiegel neben einer Auslage mit hübschem Schmuck. Laut den Etiketten enthalten sie mächtige Verkleidungszauber, die das Aussehen verändern können – Dianes Spezialität. Ich werfe einen Blick auf mein Spiegelbild und bemerke das Fehlen von leuchtenden Spuren auf meiner Haut. Mir dreht sich der Magen um.

Diese Zeichen kennzeichnen mich als anders, als fremd, wie kann ich sie also vermissen? Wie von selbst schweift mein Blick zurück zu dem verborgenen Portal. Ein starker Drang nach *Zuhause* durchzuckt mich. Ich muss einen klaren Kopf bekommen, ohne dass das magische Juju des Taschenreichs mich durcheinanderbringt.

KAPITEL DREISSIG

DIE TÜR zum Zauberladen meiner Schwester klickt zu und ich schlendere die Straße entlang. Ich achte sorgfältig auf die Leute, die sich um mich herum bewegen. Irgendwie bin ich fast davon überzeugt, dass irgendjemand stehen bleiben, auf mich zeigen und rufen wird, dass ich der Wirt bin, über den alle reden. Ich schüttle den Kopf. Ich weiß, dass die Vorstellung, dass das passiert, lächerlich ist. Hexen sind unheimlich verschwiegen. Sie sind zwar die schlimmsten Klatschtanten, aber was in der Gemeinschaft passiert, bleibt auch innerhalb der Gemeinschaft. Es ist wie ein ungeschriebenes Gesetz. Sicherheit ist wichtig.

Ich meide das Einkaufszentrum, in dem sich mein Geschäft befindet. Ich möchte niemanden sehen. *Mein altes Geschäft*, füge ich mit einem Stirnrunzeln hinzu. Ich weiß, dass die Jägergilde bereits einen Großteil der Arbeit erledigt hat, aber ich muss sie trotzdem anrufen und offiziell meine Kündigung einreichen lassen. Egal was passiert, ich kann niemals zurückgehen. Ich würde ein zu großes Sicherheitsrisiko darstellen.

Ich habe immer noch große Schuldgefühle. Ich glaube, ich werde mich immer schuldig fühlen. Natürlich weiß ich, dass es nur ein Job ist und jeder ersetzbar ist, so schlimm das auch klingt, aber zumindest kann ich mir sicher sein, dass ich ein großartiges Team aufgebaut habe, das für mich einspringt; es wird so sein, als ob ich nie da gewesen wäre. Mein Bauch sinkt. Himmel, diese Veränderungen sind echt hart.

Rennende Schritte bringen mich dazu, mich umzudrehen. »Bleib genau da stehen, wo du bist!«, brüllt eine Männerstimme. Ich lehne mich gegen die Scheibe eines Ladens, als drei Jäger auf mich zustürmen. Ihre Waffen glitzern und klirren im Takt ihrer Füße.

Ich atme nur wenig leichter, als sie an mir vorbeirennen. Der Wind wirbelt in ihrem Windschatten meine Haare auf. Alle auf der Straße sind ebenfalls erstarrt. Na ja, alle bis auf einen Mann. Er rennt im Galopp los.

»Halt! Niles Bradbury, du bist verhaftet!« Der schreiende Jäger zückt einen Zaubertrank. Die Menge vor ihm teilt sich und die Leute drängeln und verschwinden in Läden und Hauseingängen. Der Mann bleibt natürlich nicht stehen, und mit einem beeindruckenden Treffer trifft der Zaubertrank seine Schulter und platzt auf.

Der Mann macht noch ein paar Schritte, scheinbar unbeeindruckt, aber dann fällt er mit einem gedämpften Ächzen auf die Knie.

Wie ein eingespieltes Team tritt ein Jäger vor und legt

dem Mann ein Nullband um das Handgelenk. Der andere Jäger legt ihm silberne Handschellen an und zieht seine langen Arme hinter seinen Rücken. *Lange Arme?* Ich stoße einen erschrockenen Schrei aus. Seine Arme sind superlang. Das Nullband muss den Maskierungszauber des Kerls beseitigt haben.

Seine Arme und Beine sind jetzt so lang, dass die Hose nur noch bis zur Hälfte der Waden reicht.

»Du bist illegal auf der Erde, Niles Bradbury, und du wirst mit uns kommen, damit wir dich abfertigen können.«

»Nein. Klick-Klick.« Die Sprache des Gefangenen wird undeutlich und seine – was sind das? Mandibeln? – klappern gegeneinander. Sein Gesicht ähnelt jetzt einem Insekt.

Ein Transporter ohne Kennzeichen fährt aus der nächstgelegenen Gasse vor und der Mann wird auf die Beine gestellt und unsanft hineingeschoben.

Ich muss ein Geräusch gemacht haben, denn der Jäger, der die Zaubertrankkugel geworfen hat, dreht seinen Kopf und sieht mich direkt an. Er schließt die Wagentür und der Knall lässt mich zusammenzucken. Der Jäger verengt seine Augen und starrt mich an.

Meine Augen huschen durch die Gegend. Ups. Ich bin die Einzige, die dumm genug ist, auf der Straße zu stehen. Mit einem Quietschen auf dem Glas sucht meine Hand verzweifelt nach der Tür des Ladens. Wenn ich nicht aufpasse, werde ich wegen meiner Neugierde noch umgebracht.

Mein linker Handrücken stößt auf einen Türgriff. Ich ergreife ihn, schiebe die Tür auf und stolpere unbeholfen hinein.

Die Glocke über der Tür läutet einen fröhlichen Willkommensgruß. Ich kauere, während ich darauf warte, dass der Jäger kommt und mich holt. Aber er kommt nicht, Göttin sei Dank. Verlegen stelle ich mich ein wenig aufrechter hin und schaue mich um. Der köstliche Geruch von Kuchen und Kaffee steigt mir in die Nase und meine Augen weiten sich.

Ich balanciere den Teller in einer Hand und konzentriere mich mit einem Auge auf den vollen Becher, während ich durch den Raum schlurfe. Ich bin mir bewusst, dass ich, wenn ich nicht aufpasse, eine Spur zu meinem Sitzplatz hinterlassen werde. Meine Hand-Augen-Koordination ist grauenhaft. Ich finde den perfekten Platz, um Leute zu beobachten – nein, ich habe meine Lektion nicht gelernt – und lasse mich neben dem Fenster mit den Bücherregalen hinter mir nieder.

Der helle, winterliche Sonnenuntergang trifft genau auf diesen Tisch. Das Licht streift über meinen Arm und mein Gesicht. Ich lehne mich auf dem Stuhl ein wenig zurück, damit mich das Licht nicht blendet. Mit einem tiefen Atemzug hebe ich meinen Blick zu dem Baum über meinem Kopf. Die Äste reichen bis zur Decke. Herrliche rosa Blüten, umschlungen von glitzernden Lichterketten. *Es ist der Baum einer Dryade*, denke ich und erkenne es sofort. *Ich frage mich, ob sie mit Erin verwandt ist oder sie kennt?*

Wenn ich tief genug einatme, kann ich gerade so den

süßen Duft der Blüten über dem Kaffee und den Kuchen riechen. Das Café ist zauberhaft. Ich kann nicht glauben, dass ich noch nie hier drinnen war. Allein der Geruch des Gebäcks lässt meinen Magen knurren.

Ich drehe den Becher so, dass ich an den Henkel komme, und er bleibt auf den Unebenheiten des Tisches hängen und wackelt. Ich bewege ihn nach links und fahre mit dem Finger über die eingekerbten Stellen.

Ha! Es ist ein Name. Ich lege den Kopf schief, denn die Worte stehen auf dem Kopf. Liz. Ich frage mich, warum das jemand geschrieben hat? Vielleicht ist das der Lieblingstisch von jemandes verlorener Liebe. Was würde ich nicht dafür geben, eine Fliege an der Wand zu sein, als die Person das geschrieben hat. Ich nehme den Löffel und mache mich an die heiße Schokolade.

Ich habe Owens Lieblings... eher Dessert als Getränk gekauft. Mit Marshmallows, Schlagsahne *und* Schokostreuseln. Ich hoffe, dass mich das zusammen mit dem riesigen Stück Schokoladenkuchen aufmuntern wird. Ich schätze, das ist zu viel des Guten und wird mich wahrscheinlich eher krank machen, anstatt meine Laune zu verbessern. Aber der Kuchen sieht fantastisch aus und ich konnte nicht widerstehen. Ich werde mein Bestes tun, um ihn ganz aufzuessen, denn es wäre ein Verbrechen, ihn zu verschwenden.

Auf der anderen Straßenseite kratzt sich ein Troll am Hintern und wirft mir einen finsteren Blick zu, als er bemerkt, dass ich ihn beobachte. Ich richte meine Augen auf etwas anderes und lasse sie unscharf werden, in der Hoffnung, dass er denkt, ich würde ins Leere starren. Ich bin ein Profi im Beobachten von Leuten. Auf keinen Fall will ich Stress mit einem Troll haben. Mit einem wütenden, wenn auch etwas verwirrten Blick, stapft er die Straße hinunter. Ich grinse, als seine Hand wieder anfängt zu kratzen. Ich wette, das ist das Werk eines Zaubertranks.

Aus der Tasche von Jodies geliehenem Mantel hole ich mein Handy, einen Notizblock und einen Stift heraus. Ich lege alles auf den Tisch. Schreiben hilft mir beim Nachdenken, also mache ich es ganz altmodisch, indem ich meine Gedanken aufschreibe. Wenn alles aus dem Ruder läuft, macht es mir wenigstens Spaß, die Seite in kleine Stücke zu zerreißen. Das ist viel befriedigender als ein Datapad.

Ich stütze meinen linken Ellbogen auf den Tisch, lehne mich über den Block und lege meinen Kopf auf meine Hand. *Okay, los geht's.* Ich ziehe eine wackelige Linie in der Mitte des Blattes und kritzle oben auf die beiden Spalten: Bleiben. Gehen.

Okay, so weit, so gut. Ich klopfe mit dem Stift auf den Block. Mein linkes Bein wippt und ich plustere meine Wangen auf, als ich mich dabei erwische, wie ich den Song *Should I Stay or Should I Go* von The Clash summe. Stöhnend lehne ich mich auf dem Stuhl zurück und reibe mir das Gesicht. Das ist schwieriger, als ich dachte.

Ich schaue mich um, in der Hoffnung auf Inspiration. Das Café ist fast leer, nur drei andere Kunden sind da.

Mein Blick fällt auf die beiden menschlichen Damen, die in der Nähe der Toiletten sitzen. Ihre Köpfe hängen dicht beieinander, während sie die Gesellschaft des anderen genießen. Ich kann mir ein Lächeln nicht verkneifen, als ich ihr lautes Lachen höre. Sie kichern über einer geblümten blauen Teekanne, und ihre Worte driften zu mir. Das Gespräch dreht sich um einen Hund namens Tobie, der einem albtraumhaften Nachbarn ans Bein gepinkelt hat. *Gut gemacht, Tobie.*

Eine Bewegung in der Kuchenauslage zieht meine Aufmerksamkeit auf sich. Eine saphirblaue Pixie in einem Schutzanzug umklammert einen kleinen Pinsel in ihrer winzigen Faust, während sie auf eine Hochzeitstorte klettert, als würde sie den Mount Everest erklimmen.

Wow, die Torte muss mindestens sieben Etagen haben. Ich kann gerade noch erkennen, dass sie jede Blume mit goldenem Glitter bemalt. Die Liebe zum Detail ist erstaunlich, und ich finde sie faszinierend. Ich greife zu meinem Getränk und stecke mir den Löffel mit einem klebrigen rosafarbenen Marshmallow in den Mund.

Das Mädchen neben der Pixie, die mit den Regenbogenhaaren, die mich bedient hat, stöhnt. Die Hände auf die Hüften gestützt, sieht sie sich im Café um – zu uns, den übrigen Gästen, und dann wieder auf ihre Uhr. Ihr Gesicht verzieht sich zu einem finsteren Blick.

Schuldbewusst tippe ich auf mein Handy, um die Zeit zu überprüfen.

Puh, alles in Ordnung. Es ist noch eine Stunde Zeit bis zum Ladenschluss. Ich werde sie nicht davon abhalten, nach Hause zu gehen. Allein an ihrem Gesichtsausdruck erkenne ich, dass es ein langer Tag gewesen sein muss.

Meine Güte, wie oft habe ich das selbst schon getan, auf die Uhr geschaut, während meine Füße und mein Körper schmerzten. Mein armes Gehirn brummte vor Überreizung und dem überwältigenden Bedürfnis, nach Hause zu gehen. Eine Minute fühlte sich an wie eine Ewigkeit, als würde der Arbeitstag nie enden und wenn sich der Sekundenzeiger der Uhr nicht bewegt, ist das das

Schlimmste. Besonders dann, wenn du endlich die Türen schließen willst und ein x-beliebiger Kunde hereinspaziert. Warum nur? Warum tun sie das?

»Mir ist so langweilig«, murrt sie die Pixie an.

»Kein Wunder«, faucht die Pixie und wackelt mit ihrem Pinsel vor dem Gesicht des Mädchens. »Du bist so damit beschäftigt, die Welt zu retten, kein Wunder, dass du es langweilig findest, hier festzusitzen. Ich weiß, dass du Tilly mit ein paar Arbeitsschichten aushelfen willst, aber du hast Besseres zu tun.« Sie klettert eine weitere Stufe hinauf.

»Ja, vermutlich. Ich wollte nur etwas Normalität, weißt du.«

»Ich weiß, dass du nicht loslassen willst«, sagt die Pixie und hebt bedeutungsvoll eine kleine blaue Augenbraue. Oh, ich wette, da gibt es eine Geschichte zu erzählen.

Verdammt, Tuesday, du bist so neugierig.

Ich lehne mich auf meinem Stuhl nach vorn und schiebe meine Hände unter mein Kinn.

»Aber manchmal muss man einfach weitermachen. Du lebst zu sehr in der Vergangenheit.« Die Pixie schüttelt den Kopf, als das Mädchen nur missmutig auf ihre Worte der Weisheit reagiert.

Sie öffnet ihren Mund.

Klirr, klirr, klirr.

Die Lady, die am weitesten weg ist, rührt anscheinend gern in ihrem Cappuccino. Ich reibe mir die Stirn, als sie den Löffel noch ein paar Dutzend Mal gegen die Tasse knallt. Ich kann nicht hören, was sie sagen. *Ich glaube, du hast genug gerührt. Was macht sie da? Gräbt sie sich nach Australien durch?* Ich hoffe, sie hat nichts zu essen bestellt.

Sie gehört wahrscheinlich zu den Menschen, die sehr laut kauen.

Ich werfe einen Blick auf meinen Notizblock und die einfachen Worte, die ich geschrieben habe, schreien mich an. Bleiben. Gehen.

Ich sage, dass ich eine Wegwerfperson bin, aber wenn ich ehrlich bin, renne ich weg, bevor die Leute die Chance dazu bekommen, mich loszuwerden. Ich halte mich von den Leuten fern, damit ich weniger Gefahr laufe, verletzt zu werden. Ich schaue auf den Stift in meinen Händen. Ich habe so sehr an dem Gummigriff herumgezupft, dass er auseinanderfällt und die kleinen gelben Stücke auf dem Tisch verstreut sind.

Emotionaler Schmerz ist mein Erzfeind. Er schlängelt sich durch mein Gehirn, dreht und wendet sich und verdirbt mein Selbstbewusstsein. Seufzend lege ich den kaputten Stift weg und hebe langsam jedes winzige, zerfetzte Stück Gummistück auf. Ich sammle sie in der Mitte meiner Handfläche und lasse sie dann in die Mantel-tasche fallen.

Ich glaube, meine Mum wusste schon immer, dass mit mir irgendwas nicht stimmt. Irgendetwas an mir mochte sie nicht. Schon bevor sie herausgefunden hat, dass ich in der Schule geschummelt habe, hat sie mich anders behandelt. Sie ist vernarrt in meine Schwestern.

Ich liebe sie.

Ich liebe sie, aber ich hasse sie auch. Wie furchtbar ist das? Wie kann ich meine Mum hassen? Ich bin mir nicht einmal sicher, ob sie bewusst weiß, was sie tut. Ich hoffe nicht. Nein, ich hasse sie nicht. Ich hasse nur einige Dinge, die sie tut. Das ist ein Unterschied.

Die geräuschvolle Cappuccinotrinkerin stapft durch das Café und geht. Das Mädchen mit den Regenbogenhaaren bewegt sich wie eine Tänzerin. Mit ein paar kurzen, leisen Schritten ist sie am Tisch der Cappuccino-Lady, nimmt die Tasse weg und wischt den Tisch kurz ab.

Sie geht zurück hinter den Tresen, während ich einen großen Bissen von dem Kuchen nehme. Ich stöhne auf, als der Geschmack von Schokolade meinen Mund überflutet. Ich sollte wirklich die Kuchengabel benutzen. Ich esse wie eine Wilde. Oh, aber dieser Kuchen ist göttlich. Kein Wunder, dass sie sich damit brüsten, den besten Schokoladenkuchen der Stadt zu haben. Das ist ...

Ich zucke zusammen, als die Tür gegen die Wand kracht und die Glocke darüber alarmierend läutet. Ich schließe kurz die Augen und lege dann den Kuchen vorsichtig zurück auf den Teller. Meine erhöhte Wachsamkeit schaltet auf Hochtouren.

Oh-oh. Ich hoffe, das hat nichts mit mir zu tun.

Kapitel Einunddreißig

Ein dunkelhaariger Vampir schreitet wütend auf den Tresen zu und zeigt auf das Mädchen. Nein, es geht nicht um mich. »Du, Abscheulichkeit«, knurrt er.

»Du musstest es einfach sagen, nicht wahr? Du musstest sagen, dass dir langweilig ist und das Schicksal herausfordern«, sagt die Pixie mit Singsangstimme von der Spitze der Hochzeitstorte.

Als Antwort darauf rollt das Mädchen mit den Augen, lehnt sich lässig gegen den Tresen und verschränkt die Arme. Mit ihrer oberen Hand zeigt sie dramatisch mit dem Daumen auf ihre Brust und klimpert mit ihren vielfarbigen Wimpern. Sie setzt das beste *Wer, ich?*-Gesicht auf, das ich je gesehen habe. Ich kann mir ein Schnauben nicht verkneifen.

»Ja«, knurrt der Vampir. Seine Zähne spitzen sich und

stechen gegen seine Unterlippe. »Mach dich bereit zu sterben.«

Oha. Meine Augen weiten sich. Das ist schnell eskaliert; jetzt wird es ernst.

Das Mädchen, das scheinbar unbeeindruckt ist, grinst und hält eine Hand hoch. »Warte mal kurz. Das ist gegen die Hygienevorschriften. Tut mir leid, die sind ziemlich streng mit den Regeln, was Leichen im Café angeht. Wir müssen das draußen regeln.«

Wow, wie cool ist sie denn? Mein Blick schweift automatisch nach draußen und ich runzle die Stirn über die belebte Straße. Hier wimmelt es von Leuten, die nach einem anstrengenden Arbeitstag nach Hause gehen. Sie muss sehen, was ich gesehen habe, denn sie faucht: »Vielleicht können wir hinten rausgehen.«

»Nein«, brüllt der Vampir.

Es scheint, als hätte er genug von dem Gespräch und um seinen Standpunkt klarzumachen, schlägt er mit dem Arm auf die Kasse und lässt alles durch die Gegend fliegen. Flugblätter flattern umher und ein leerklingendes Trinkgeldglas kracht schallend auf den Boden. Dann zielt seine Faust auf ihr Gesicht.

O nein.

Ich beobachte, wie sie den Schlag des Vampirs mit einer fast trägen Bewegung abblockt, als ob ihr das Kämpfen so leicht fiele, dass sie sich dabei eine Tasse Kaffee kochen könnte. Das gefällt dem Vampir *gar nicht* und er stößt ein dramatisches Gebrüll aus. Sie rollt mit den Augen.

Dann steuert seine Hand auf das Tortenmeisterwerk zu. Meine Augen fallen mir fast aus dem Kopf. *Nein, nicht die Torte!* Die Pixie quiekt entsetzt auf. »Tru, halt ihn auf!«

Das Mädchen, Tru, packt ihn am Handgelenk. »Nein. Böser Vampir«, schimpft sie.

Die Heiterkeit ist verflogen und stattdessen wandelt sich das Mädchen mit einem Aufblitzen der roten Augen in etwas *anderes*.

Was zum Teufel ist sie?

Ich dachte, sie sei ein Mensch. Sie muss ihn in einem knochenbrechenden Griff haben, denn der Vampir windet sich heftig. Wie Owens Freundin Forrest, die so viel verrückte Kraft in sich trägt, hat dieses Mädchen eine ernstzunehmende versteckte Power, bei der ich mich ein bisschen wie ein nasser Salat fühle.

Zwei weitere Vampire stürmen aggressiv in das Café. *Doppeltes O-nein.*

Die Party ist voll im Gange. Wie ein Feigling sacke ich tiefer auf den Stuhl und wische mit zitternden Händen meine schokoladenverschmierten Finger an einer Serviette ab. Ich plustere meine Wangen auf und versuche mein Bestes, um meinen schnellen Herzschlag zu kontrollieren. Gleich geht's los, und ich will nicht mit rasendem Herzen und leckerem Blut in den Adern das Abendessen einläuten.

Nicht, dass es Vampiren erlaubt wäre, auf Leuten herumzukauen, aber ich würde es ihnen zutrauen, dass sie sagen, dass mein Hals ihren Zähnen in die Quere gekommen ist.

Auch die alten Damen versinken auf ihren Plätzen. Wir atmen alle kaum noch. Sie sehen so verängstigt aus.

Ich knirsche mit den Zähnen. Das Regenbogenmädchen wird gegen drei Vampire kämpfen müssen. Ich will nicht, dass sie verletzt wird.

Der erste Typ lächelt selbstgefällig über seine Verstärkung und bläht seine Brust auf. Er reißt sein Handgelenk aus dem Griff des Mädchens, während die anderen beiden Vampire sich im Raum verteilen und der größere von ihnen die Tür blockiert. Er knackt mit den Fingerknöcheln.

Mann, ich hasse Tyrannen.

Als ich jünger war, habe ich immer erwartet, dass die Leute das gleiche Maß an Moral haben wie ich selbst. Dass sie wissen, was falsch und was richtig ist, dass sie das Leben wertschätzen. Das war ein Schock und eine große Lektion, die ich lernen musste. Andere Leute spielen nicht fair. Sie tun schlimme Dinge und schlafen nachts trotzdem gut. Solange es ihnen selbst gut geht, ist die Welt, in der sie leben, perfekt.

Ich kann das nicht tun. Ich kann mich nicht zurücklehnen und zusehen, wie schlimme Dinge passieren, wenn ich etwas tun kann, wenn ich versuchen kann zu helfen. Ich glaube, mein Leben wäre einfacher, wenn ich mich um meine eigenen Angelegenheiten kümmern würde. Das Problem ist, dass ich mich zu sehr sorge.

Meine Güte, nach allem, was ich durchgemacht habe, werde ich in einem winzigen Café von einem Vampir getötet.

Mann, meine Mum wird stinksauer sein.

Alles, was ich brauche, ist mein rasendes Temperament. Ich wusste gar nicht, wie viel Rückhalt das ist. Ich glaube, ich bin lieber wütend, als diese Art von machtloser Angst zu spüren. *Wenn ich doch nur meine Magie hätte, wenn ich Zugang zu meiner Macht hätte ...* Eine Idee kitzelt in meinem Hinterkopf. Es ist ein alberner Gedanke. Ich muss in meinem Reich sein, um meine Magie zu benutzen, aber vielleicht kann ich sie auch auf andere Weise nutzen. Ich habe einen mit Magie beschichteten Gegenstand in meiner Tasche. Die tragbare Dimension. Nein, ich schüttle den Kopf. Nein, das wird nicht funktionieren. So einfach kann es nicht sein.

Oder doch?

Vielleicht braucht Tru meine Hilfe gar nicht. Mein Blick fällt wieder auf den Vampir, der weiterhin mörderische Drohungen ausstößt. Aber wir alle wissen, was mit Zeugen eines Verbrechens passiert, und wenn sie versagt … ist sie nicht die Einzige, die verletzt wird oder möglicherweise stirbt. Ich kann nicht umhin, die beiden alten Damen anzusehen. Die eine wimmert, die andere hält ihr die Hand und beruhigt sie.

Nein, ich werde nicht tatenlos zusehen, ohne wenigstens zu versuchen zu helfen. Ich vergewissere mich, dass die Vampire beschäftigt sind, hebe Millimeter für Millimeter meine Hüften und ziehe die leere Lagertasche aus meiner Hose. Mit einer Hoffnung und einem Gebet wickle ich sie auf und ohne mein Vorhaben zu verraten, stopfe ich meinen linken Fuß hinein.

Mein Bein kribbelt, als würden tausend Nadeln darin stecken. Okay, das ist doch schon mal was.

Der Vampir grabscht nach Trus Haaren und steckt gleichzeitig seinen schmutzigen Finger in den Kuchen. Mit einem Kamikaze-Schrei wirft sich die Pixie auf ihn und beißt in seine Hand. Er zischt und schleudert sie weg. Ihr winziger Körper fliegt quer durch den Raum und prallt mit einem ohrenbetäubenden Knacken gegen das Fenster des Cafés.

»Nein!«, schreit Tru.

O nein!

»Das reicht jetzt!«, schreie ich, während ich meine Hände auf den Tisch schlage und aufstehe. Der Stuhl schrammt über den Boden und klappert, als er gegen das Bücherregal hinter mir stößt. Mein Bein kribbelt weiterhin, während vertraute Energie durch meinen Körper fließt und sich in meiner Brust niederlässt. Erleichterung macht mich fast schwindelig, als ich im Fenster meine leuchtenden Tattoos reflektieren sehe. Es klappt! Zwei Vampire drehen sich um und einer von ihnen, der große, stürmt auf mich zu.

Oh, verflixt.

Mit einem ausgeklügelten Parkour springt das regenbogenhaarige Mädchen über den Tresen und dreht sich auf den Zehenspitzen. In ihrer Hand erscheint mit unnatürlicher Geschwindigkeit eine Klinge und sie sticht dem Vampir, der ihr am nächsten ist, in die Brust, gerade als ich meine Hände hochwerfe, um mein Gesicht zu schützen.

Es gibt einen Moment, in dem es sich anfühlt, als würde sich die Zeit verlangsamen, während ich meine Magie wild umherschleudere.

Die Sekunden ticken.

Als nichts passiert, spähe ich hinter meinen zitternden Armen hervor. Die Faust des knöchelknackenden Vampirs schwebt Zentimeter vor meinem Gesicht.

Ooh.

Ich weiß nicht, warum, aber ich strecke eine zittrige Hand aus und stupse die tellergroße Faust an. *Wenn er mich damit getroffen hätte ... Verdammt, sieh sie dir an.* Ich schlucke. *Er hätte mir das Gesicht zerquetscht.*

Zum Glück habe ich die Vampire an Ort und Stelle eingefroren.

Tru umkreist den eingefrorenen Vampir, auf den sie eingestochen hat, und pikst ihm in die Wange. »Hm.« Sein Blut ist nicht mit seinem Körper gefroren und tropft an seiner Brust herunter auf den Boden. »Scheiße, Tilly wird mir in den Arsch treten. Ich hoffe, du hast etwas Bargeld dabei«, sagt sie zu dem jetzt vermutlich toten Vampir. »Du wirst für den Säuberungszauber bezahlen, Kumpel.«

Ich zucke zusammen.

Sie bewegt sich anmutig und geschmeidig wie eine Tänzerin zu dem nächsten Vampir. Wenn sie nicht gerade an der Theke lehnt, ist das Mädchen mit den Regenbogenhaaren supergroß. Sie ist wunderschön, aber ... sie hat etwas Raubtierhaftes an sich, das ich nicht gesehen habe, als ich sie zum ersten Mal angesprochen habe. Alles, was ich gesehen habe, waren die mädchenhaften Haare. Ich schätze, das war alles, was sie mich sehen lassen wollte.

Ich erschaudere.

Mit einem Achselzucken packt sie den Kopf des nächsten Vampirs. Eine Hand greift in seine dunklen Haare, die andere legt sie auf sein Kinn und bricht ihm mit einem lauten Knacken das Genick. Das Gleiche macht sie mit dem dritten. Dem, der in meiner Nähe ist. Ich schlucke Galle herunter. Diese Art von Gewalt bin ich nicht gewohnt.

Meine großen Augen treffen auf die des Mädchens.

»Es ist okay«, flüstert sie. »Vampire kann man nicht mit einem gebrochenen Genick töten. Sie werden heilen. Zumindest diese beiden. Der, den ich erstochen habe ...« Sie verzieht das Gesicht. »Ich habe sein Herz getroffen. Du kannst sie jetzt freilassen.« Ich löse den Gefrierzauber aus und wie Marionetten, deren Fäden durchtrennt wurden, sinken alle drei zu Boden. Ich erschaudere noch mal.

»Danke. Scheiße, geht's dir gut?«

Ich nicke.

Am anderen Ende des Raumes ist ein leises Rascheln zu hören. Sogar von hier aus kann ich sehen, wie das Blut zwischen den Lippen der Pixie bei jedem ihrer rasenden Atemzüge hervorquillt. »O nein. Bitte, nein.« Die Verzweiflung in Trus Augen lässt meinen Unterleib zusammenkrampfen, während sie sich umdreht und durch das Café zu ihrer Freundin eilt.

Ich weiß nicht, wie lange die Kraft in dem Beutel reichen wird, also verliere ich keine Zeit mit dem Versuch, mich zu bewegen – auch aus Angst, dass ich den Beutel von meinem Fuß lösen könnte – und lenke die Magie auf die Heilung der Pixie.

Ich verziehe das Gesicht und drücke die Daumen. Das ist alles so neu für mich, und ich habe noch nie jemanden geheilt, ohne ihn zu berühren. Meine Magie fliegt wie ein Pfeil von mir zu der Pixie, ohne Probleme. Es dauert nur Sekunden, sie zu heilen. Dann, weil ich es kann, repariere ich die wunderschöne Hochzeitstorte, die der Vampir beschädigt hat.

Wackelig hebe ich meinen Fuß und ziehe den Beutel ab. Mein Turnschuh qualmt. Außerdem hat er jetzt eine ganz andere Farbe als der andere. Wow, ich muss ganz schön viel Kraft gezogen haben. Ich schabe ihn über den Boden und er hinterlässt Gummirückstände. Wenigstens hat er sich nicht aufgelöst.

Der Beutel sprudelt immer noch vor Kraft. Ich kann sie

spüren, aber ich habe keine Energie mehr, um sie abzurufen. In der realen Welt zu zaubern ist anstrengend.

Schwindelig lasse ich mich auf den Stuhl fallen und nehme mit zitternden Händen einen Schluck von dem inzwischen kalten Getränk. Schwarze Flecken tanzen durch meine Sicht. Ich muss etwas essen. Mein Magen knurrt und schmerzt, als würde er sich selbst auffressen. Ich nehme einen großen Bissen vom Kuchen.

»Hey, danke«, ruft die Pixie. Sie steht auf der Glaskuppel, die die Torten umgibt, grinst und winkt. »Du hast mich geheilt und den Kuchen gerettet. Ich danke dir so sehr. Es hat mich so viele Stunden gekostet, ihn zu machen.«

Ich winke mit den Fingern, schlinge meinen Mund voll Kuchen hinunter und wische mir die Lippen ab. »Ach, gern geschehen. Ich bin nur froh, dass es dir gut geht.« Die Glocke über der Tür läutet, als die alten Damen wortlos gehen. Ich versuche, nicht zuzusehen, wie Tru den toten und die bewusstlosen Vampire kurzerhand nach draußen schleppt.

Ich ziehe den Kopf ein und schaufle noch mehr Kuchen in meinen Mund.

»Er wird davon erfahren. Ich wette, er ist schon auf dem Weg«, flüstert die Pixie.

»Ja, ich weiß. Deshalb habe ich Tilly geschrieben, dass ich hier verschwinden werde. Ich bin so was von fertig für heute. Ich muss ins Fitnessstudio und Sachen kaputtmachen.«

»Wir können früher schließen. Es ist schon fast Feierabend.«

Ich springe auf, als das Mädchen mit den Regenbogenhaaren auftaucht. Verdammt, sie ist unglaublich leise. Sie muss wie eine Erscheinung über den Boden geglitten sein und dabei wenig bis gar kein Geräusch gemacht haben. Ich weiß das, weil ich so sehr auf ihr Gespräch geachtet habe. Das ist ein weiteres kleines Detail, das ihre tödliche Natur unterstreicht.

»Ich bin dir etwas schuldig. Du hast dich eingesetzt, obwohl du uns nicht kennst. Du hast das Leben meiner Freundin gerettet. Danke.« Ich blinzle. Ihre warmen orangefarbenen Augen mustern meinen zitternden Körper.

Ich muss erbärmlich aussehen.

Ich rutsche unbehaglich auf dem Sitz hin und her. »Das war kein Problem«, sage ich achselzuckend. »Es war richtig, das zu tun.«

»Ja? Tja, dann danke ich dir. Du bist richtig badass.«

»Ich?«, quieke ich, zeige auf meine Brust und schüttle ungläubig den Kopf. »Ich hatte solche Angst.«

»Du hättest mich täuschen können. Ich fand den *Das reicht jetzt!*-Schrei toll. Es war sehr beängstigend. Hier. Das geht aufs Haus.« Sie stellt mir eine neue heiße Schokolade auf den Tisch.

»Danke«, murmle ich.

»Mein Name ist Tru.« Sie tippt zweimal auf den Tisch und zieht eine Regenbogen-Augenbraue hoch.

Oh, sie will meinen Namen wissen.

»Tuesday«, stottere ich. Mit einem Nicken und einem warmen Lächeln dreht sie eine Pirouette auf ihren Zehen und macht sich wieder ans Aufräumen, scheinbar zufrieden und fertig mit unserem Gespräch.

Hm. Tru hat keine peinlichen Fragen gestellt. Es hat sie

nicht einmal interessiert, was für ein Wesen ich bin. Sie hat sich einfach über meine Hilfe gefreut.

Das war nett.

Mein Zittern verschwindet und mein klopfendes Herz beruhigt sich. Verflixtes Schicksal. Sieht so aus, als wäre ich genau da, wo ich sein sollte. Zurück in meinem Taschenreich, wo ich Leuten wie Erin helfe. Zum ersten Mal seit dem Beginn dieses verrückten Abenteuers kann ich richtig durchatmen. Der Kampf gegen die Vampire hat etwas in mir ausgelöst.

Ich bin gut genug. Ich bin stark genug, und wenn ich mir die Magie aus dem Arsch ziehen kann, um mit wütenden Vampiren fertigzuwerden, kann ich auch mit meiner Mum fertig werden und ein Hotel in einer anderen Dimension betreiben. Ich tippe meinen Finger in die Sahne auf meinem Getränk und nehme etwas davon auf.

Vielleicht kann ich ja ein Badass sein. *Ja*, ich grinse den Teller an. *Das wird ein Klacks.*

Kapitel Zweiunddreißig

»Jodie.« Ich klopfe. »Ich bin's. Hast du einen Moment Zeit?« Ich liebe es, meine Magie einzusetzen, um den Aufenthaltsort meiner Schwester zu bestimmen – Larry kann ich nicht finden, aber ich bin mir sicher, dass er irgendwann auftauchen wird – und je öfter ich die Magie einsetze, desto natürlicher fühlt sie sich an.

Als ich aus der realen Welt zurückkomme, bin ich voller Energie und emotional erleichtert. Meine Güte, wer hätte gedacht, dass diese Tortur so reinigend sein kann? Zum ersten Mal seit Jahren habe ich einen klaren Kopf.

»Tuesday.« Die Tür fliegt auf und Jodie blinzelt mich an, um mir dann mit einem anzüglichen Grinsen über die Schulter zu schauen, das sie dann sofort wieder fallen lässt. »Oh, kein gut gebauter Hellhound?«

»Nein, er folgt mir nicht die ganze Zeit.«

»Na, wenn du das sagst«, haucht sie vor sich hin. Lauter sagt sie: »Ich kenne den Mann schon seit Jahren und wie er dich ansieht ...« Jodie grinst und fächert ihr Gesicht.

»Ich mag ihn auch«, sage ich leise. Ich spüre, wie mein Gesicht so richtig schön knallrot wird. Ich schätze, ich werde mich an die vielen Schattierungen von Rot gewöhnen müssen, wenn sich das Gespräch um Owen dreht. Ich schabe mit meinem ramponierten Turnschuh über den Teppich und das Gummi löst sich ab.

Ach ja, der Grund für meinen Besuch. »Hier.« Ich drücke ihr die Mini-Taschendimension in die Hand. Als ich zurückgekommen bin, habe ich die Mini-Taschendimension überprüft, für den Fall, dass ich sie mit meinem Fuß beschädigt habe. Seltsamerweise hatte sich die Energie im Inneren erhöht, so stark, dass der Beutel praktisch vibrierte. Was auch immer ich in der echten Welt gemacht habe, es hat ihr gefallen.

Freakige Magie.

Jodies Lächeln wird schwächer. Sie neigt den Kopf zur Seite und schaut stirnrunzelnd auf den Beutel. Sichtlich verwirrt öffnet sie ihn und späht hinein. »Oh«, keucht sie. »Oh, Tuesday, das ist ... wow.« Sie guckt mich entgeistert an.

Ich reibe mir den Nacken und kichere. Dann erkläre ich schnell, wie man es mit dem Blut und so benutzt. »Es ist ein Testgerät, also lass mich wissen, welche Änderungen oder Verbesserungen du brauchst.«

»Das werde ich. Ich danke dir so sehr.«

»Kein Problem. Ich habe auch das feste Portal gebastelt. Ich habe es an der Rückwand deines Lagerraums angebracht. Aber jetzt denke ich, dass das eine blöde Idee war, bei all den Schutzwällen im Laden. Wenn jemand Unbefugtes hindurchgeht, bekommt er einen bösen Elektroschock. Ich frage Dad, ob er einen anderen Ort hat, und dann können wir diesen für den Hexenzirkel nutzen.«

Jodie nickt und winkt mit der Hand; sie hört mir nicht zu. Sie starrt den Beutel mit der Taschendimension mit fassungsloser Ehrfurcht an. Ich verdrehe die Augen, als sie sie an ihre Brust drückt. »Mum ist auf Kriegsfuß«, murmelt sie zwischen den Umarmungen der Tasche.

»Sie ist immer auf Kriegsfuß«, höhne ich. »Okay, wir sehen uns morgen früh. Ich werde mich in meinem Zimmer verstec...« Als ich weggehen will, stolpere ich und knalle mit dem ganzen Körper gegen die Wand.

Oh! Tja, das ist nicht gut.

»Was ist los?«, fragt Jodie und stürmt auf mich zu. »Tuesday, du bist kreidebleich geworden.«

Was zum Teufel war das?

Ich drücke meine Stirn gegen die Wand und stöhne. Jodie packt meinen Ellbogen und ich spanne die Knie an, um mich aufrecht zu halten. Die Magie in mir schreit einen Warnruf. »Jemand hat gerade ein verdammt großes Loch in das Reich gerissen«, sage ich ungläubig. Entsetzt starre ich Jodie mit großen Augen an. Meine Ohren klingeln und mein Kopf dröhnt von dem Angriff.

»Ich weiß nicht, was los ist. Niemand sollte so einfach hierherkommen können«, krächze ich. »Du bist nicht sicher. Ich glaube nicht, dass irgendjemand sicher ist. Ich muss die Portale verriegeln. Bitte hol unseren Hexenzirkel und geh zum neuen Notausgang, während ich mich darum kümmere. Es ist die Tür hinter der Rezeption, neben meinem Büro. Ich sag dir Bescheid, wenn die Luft rein ist.«

»Nein, nein, ich kann dir helfen.« Ich schüttle den Kopf und schicke ihr irgendwie den Standort aller Mitglieder des Hexenzirkels. Andy kann ich nicht finden, was seltsam ist. Ich hoffe, es geht ihm gut. »Nein. Komm mit mir. Wir können sie zusammen holen.« Jodie zerrt an meinem Arm.

»Ich kann nicht. Es tut mir so lei...«

»Bitte«, fleht sie.

Ich habe im Café eine Entscheidung getroffen. Ich habe mich für dieses neue Leben und das Reich entschieden. Jetzt kommt ein verrückter kosmischer Test, bei dem ich meine Tauglichkeit beweisen muss. Ich werde nicht an dieser ersten Hürde scheitern. Das werde ich nicht.

Die Leben anderer zählen auf mich.

»Ich habe eine Verantwortung gegenüber meinen Gästen, gegenüber dem Reich. Ich weiß, wo diese Person ist. Ich habe immer noch starke Magie, Jodie.«

Jodie sieht in mein entschlossenes Gesicht, schließt für einen Moment die Augen und sackt besiegt zusammen. »Du bist so verdammt stur.«

»Wenn Owen nicht mit dir gehen will, sag ihm, er soll nach Osten gehen.«

»Okay, okay, geh und tritt ihnen in den Arsch. Ich erledige den Rest, Schwesterherz. Ich werde alle in Sicherheit bringen. Geh! Geh!« Jodie rennt zum Zimmer meiner Eltern und klopft an ihre Tür.

Die Magie zerrt an mir und ich blinke.

Kapitel Dreiunddreißig

Ich komme an einem dunklen Ort an, von dem ich nicht einmal wusste, dass er existiert. Er sieht aus wie eine tote Ecke, die in die Welt gemeißelt wurde. Die Luft um ihn herum ist schwer und abgestanden.

Der Elf, der versucht hat, mich zu entführen, steht direkt vor mir.

»Du«, sage ich schockiert. Als er mich sieht, weiten sich seine übergroßen hellblauen Augen vor Überraschung.

Ja, ich kann genauso blinken wie du. In der realen Welt kann ich das vielleicht nicht, und meine Magie kann ich auch nicht ohne einen Beutel am Fuß einsetzen, aber in dieser Welt bin ich Gold wert.

»Hallo«, sagt er höflich. »Was für eine nette Überraschung. Es ist schön, begrüßt zu werden.«

»Du«, schnauze ich. »Dachtest du, ich würde nicht merken, dass du ein Loch in mein Reich reißt? Was zum Teufel glaubst du, was du da tust? Was schleichst du hier rum? Du bist hier nicht willkommen.«

»Ich suche Zuflucht«, sagt er in einem tiefen, selbstgefälligen Ton.

Meine Lippen verziehen sich zu einem Zähnefletschen. »Zuflucht verweigert. Hau ab!«

»Okay, du hast mich erwischt.« Er hält seine Handgelenke spöttisch zusammen, als ob ich ihm Handschellen anlegen würde. »Nein, ich will deine blöde Zuflucht nicht. Aber danke, dass du alles so viel einfacher gemacht hast. Du bist mir direkt in die Arme gelaufen.«

Ich schnaufe und rolle mit den Augen. »Weißt du, was die Definition von Wahnsinn ist, Elf?« Ich stemme die Hände in die Hüften, während ich den Geist meiner Mum kanalisiere. »Laut Einstein ist es, immer wieder das Gleiche zu tun und ein anderes Ergebnis zu erwarten. Haben wir diesen Tanz nicht schon einmal gemacht? Es ist erst ein paar Tage her.« Der riesige Elf baut sich bedrohlich vor mir auf und ich bereue meine schnippischen Worte sofort und weiche schnell zurück.

»Wage es nicht, noch näher zu kommen.« Ich fuchtle mit den Händen in der Luft, um ihn zu vertreiben. Sein tiefes Lachen bringt mich dazu, ihm einen Schlag ins Gesicht verpassen zu wollen.

Ach du meine Güte, könnte ich noch erbärmlicher sein?

Ich habe Magie. Ich habe eine ganze Dimension zur Verfügung. *Warum vergesse ich das immer wieder?* Ich unterbreche meinen Rückzug. Ich sammle meine Magie und fühle mich sofort sicherer. »Ich habe Freunde, die kommen und dich einsperren werden.« Ich fahre mit ein bisschen mehr Courage fort. »Du hast einen großen Fehler gemacht, hierherzukommen. Damit hast du dich den Fae-Kriegern ausgeliefert.« Selbstgefällig lasse ich ihn an Ort und Stelle erstarren, so wie ich es mit den Vampiren getan habe.

»Meinst du die nutzlose Gruppe von Fae-Kriegern und Wandlern, die ich mit Eisen und Silber bombardiert habe? Diese Freunde?«

O nein. Das war er?

Der Elf grinst und kratzt sich in der Nase. *Warte ... was? Das ist nicht richtig.* Wie kann er sprechen, sich bewegen? Mein Herz setzt einen Schlag aus, als ich merke, dass der Zauber nichts bewirkt hat. Gar nichts. Der Elf ist nicht eingefroren.

Ich versuche, die Magie des Reiches zu ergreifen, denn der Kerl ist stark und ich muss die großen Geschütze auffahren. Aber sie ist irgendwie unwillig. Träge. Ich schnaufe, und nervöse Energie rieselt mir den Rücken hinunter, während sich eine Gänsehaut auf meinen Unterarmen bildet. Vielleicht kann ich die Magie nicht so schnell einsetzen, nachdem ich geblinkt bin? Oder gibt es vielleicht ein Problem, weil er sich den Weg ins Reich gerissen hat?

Ich schlucke meine Panik hinunter und rede weiter, um ihn abzulenken. »Was willst du von mir? Warum hast du meinen Hexenzirkel angegriffen?«, frage ich, während ich die unwillige Magie unter Kontrolle bringe, ich muss ihn zurückhalten. Die feinen Fäden der Magie gleiten schließlich langsam um seinen Körper, als wäre ich eine Spinne und er eine Fliege in meinem Netz. »Ist es, weil du wusstest, was ich bin? Ein Wirt?« So, das war's, davon sollte er nicht wegkommen.

Puh, einen Moment lang habe ich mir Sorgen gemacht. Dann macht es in meinem Kopf klick. »Bist du ein Mitglied der Sealgairí? Bist du ein Sealgair?«

Er gluckst nervig und senkt mit tanzenden blauen Augen den Kopf, um die Magie zu beobachten, die ihn umgibt. »Nennt man mich so, einen Sealgair? Einen Jäger? Wie passend.«

»Wenn du weißt, was ich bin, dass ich ein Wirt bin, warum greifst du mich dann hier an, wo ich am mächtigsten bin? Was stimmt denn nicht mit dir?«

»Bist du das? Bist du das wirklich?« Er hebt sein Kinn an und lächelt manisch. »Bist du wirklich die Mächtigere hier, kleiner verlorener Wirt?« Er lässt das Lächeln fallen, und mein Bauch sinkt ebenfalls.

»Die Magie scheint nicht mit dir spielen zu wollen, oder?« Er winkt mit der Hand und das magische Netz zerknittert.

Was zur Hölle, das ist nicht gut.

»Glaubst du, ich habe dich hier abgeladen, damit du alles kaputtmachst, was ich geschaffen habe?« Seine Augen verengen sich und er schleicht näher heran. Ich will mich wegbewegen, aber der Boden unter meinen Füßen lässt mich nicht los. O mein Gott, meine Füße kleben am Boden.

»DAS IST MEINE DIMENSION, DU DUMMES MÄDCHEN!«, schreit er. Sein Gesicht ist so nah an meinem, dass Spucke auf meine Wange spritzt, während seine Stimme um uns herum widerhallt. Ich zittere. Seine Nasenflügel weiten sich, als er tief einatmet, und als er sich wieder unter Kontrolle hat, wird seine Stimme leiser. »Du bist hier, weil ich dich hierhergebracht habe, damit ich dir deine Magie entziehen kann.« Ich starre ihn entsetzt an, und er rümpft die Nase. »Nicht, damit du Hotelier spielst und dich als wohlwollende Heldin aufspielst. Du hättest die erste Nacht gar nicht überleben dürfen. Ist es nicht so, Larry?«

Larry manifestiert sich neben dem Elfen. Er steht mit gesenktem Kopf und den Händen in den Taschen da, während er den Boden mit Fußtritten bearbeitet.

»Larry?«, räuspere ich mich.

Ich sehe den entsetzten und besorgten Ausdruck, der über Larrys sommersprossiges Gesicht huscht. Seine grünen Augen treffen auf meine und das Licht in seinen Augen erlischt.

Oh, Larry.

Der Elf streckt seine Hand aus. Ich zucke zurück, aber er packt mich am Hinterkopf. Seine Hand greift in meine Haare und er reißt meinen Kopf gewaltsam nach hinten. Ich verziehe das Gesicht, weil meine Kopfhaut brennt und mein Nacken schmerzt. In einem schmerzhaften Winkel hält der Elf meinen Kopf fest und streicht eine entflohene Träne weg, die über mein Gesicht kullert.

Mit einem unnötigen Schlürfen leckt er die Träne von seinem Finger.

»Er sollte dich hierherbringen, damit das Reich dich ausbluten kann«, flüstert er mir ins Ohr und drückt sein Gesicht an meine Wange. »Nicht um sich mit dir anzufreunden.« Die andere Hand des Elfen holt aus und Larry stolpert zur Seite, als der Elf ihm einen Schlag auf den Hinterkopf verpasst.

»Larry, du hast mich hierhergelockt, um mich auszusaugen?« Ich räuspere mich angesichts des wachsenden Kloßes in meinem Hals. Ich hatte noch nie in meinem Leben so viel Angst. Ich richte meine Augen zur Seite. So wie ich festgehalten werde, kann ich meine Augen nur bewegen, um ihn anzuschauen. »Du bist ein Bösewicht?«

Ach was, er ist ein Bösewicht, Tuesday. Hast du denn aus dem Vorfall mit den Dryaden nichts gelernt? Warum dachtest du, dass er sich so verhält, als wäre diese Situation die gleiche wie eh und je? Weil es das verdammt noch mal auch war.

Ich habe es nicht gesehen.

Ich wollte es nicht sehen.

Ich habe es darauf geschoben, dass er kein Mensch ist, sondern ein Konstrukt. Warum habe ich das gedacht? Ich bin eine solche Närrin. Wie konnte ich nur so vertrauensselig sein? *Es sei denn, er hat keine andere Wahl und wird gezwungen?* Man ey, jetzt fange ich schon wieder an, Ausreden zu suchen. Ich bin so verdammt dumm.

O Gott, ich hoffe, mein Hexenzirkel ist weg. Ich kann sie nicht mehr spüren. Meine Verbindung zum Reich ist abgebrochen. Ich kann nicht glauben, dass ich sie hierher gebracht habe. Ich habe angenommen, dass der Ort sicher ist. Selbst als mein Instinkt mir gesagt hat, dass hier irgendwas faul ist, hatte ich nicht die Zeit, es herauszufinden, weil alles auf mich einprasselte. Wenn ihnen etwas zustößt, ist es meine Schuld.

In diesem Moment bemerke ich, dass ich Owen zum Glück immer noch spüren kann. Er ist in seiner Wolfsgestalt und kommt schnell auf mich zu.

»Ich dachte, wir sind Freunde?«, flüstere ich.

»Er ist ein magisches Konstrukt, du dummes Mädchen.« Der Elf schüttelt mich und reißt meinen Kopf ruckartig zur Seite und ich kann mir ein Wimmern nicht verkneifen. »Er ist mein magisches Konstrukt. Er ist nicht echt. Der rothaarige Kerl, den du vor dir siehst, dient dazu, meine Opfer einzulullen.« Er lässt meine Haare los, packt Larrys Gesicht und schleift ihn zu mir. Der Elf drückt Larrys Wangen zusammen, bis sich sein Mund wölbt. »Alle lieben dieses hübsche, sommersprossige Gesicht.« Der Elf spricht in einem niedlichen Babyton und schürzt seine Lippen, um Larrys gequetschtes Gesicht zu reflektieren. »Sein strahlendes Lächeln ist der perfekte Köder.« Mit einem dunklen Glucksen knallt der Elf seine Hand gegen Larrys Gesicht und stößt ihn grob weg.

Das war alles eine ausgeklügelte Falle.

»Wenn du ein Wirt bist und das deine Dimension ist, warum ist sie dann gestorben?« Ich muss ihn zum Reden bringen. Ich muss Owen Zeit geben, hierherzukommen und mir zu helfen. Mein Hellhound wird ihn in Stücke reißen.

»Die Macht gehört mir, dummes Mädchen. Ich kontrolliere die Dimension, nicht sie mich. Ich habe viel zu viel Magie benutzt, um diese Welt zu erschaffen. Ich werde keine Energie darauf verwenden, sie zu verschönern. Sie ist ein Werkzeug.«

»Aber ... aber Nyssa hat mir von dem Mann erzählt, der dieses Heiligtum erschaffen hat, dass er es gemacht hat, um den Leuten zu helfen.«

»Diese alte Leier?«, höhnt er. »Alles nur Schall und Rauch, Mädchen, alles nur Schall und Rauch. Ich wollte mir selbst helfen, nicht anderen Lebewesen. Diese kleine

Unterhaltung ist ja ganz nett, aber ich würde dich jetzt lieber ausbluten lassen. Du wirst eine solch hübsche Hülle abgeben.«

Hülle.

O Gott!

KAPITEL VIERUNDDREISSIG

»Es gibt nichts Süßeres oder Mächtigeres, als einen Wirt auszusaugen. Unsere Magie ist köstlich.« Er leckt sich über die Lippen.

»Du kannibalisierst dein eigenes Volk.« Zu verstehen, was diese Kreatur tut, ist ein fremdes Konzept in meinem Kopf. Es ist entsetzlich. Eine weitere Erkenntnis drängt sich mir auf. »Es gibt keine Sealgairí, nicht wahr? Keine großen, bösen, wirtmordenden Wesen. Du bist das, nicht wahr? Du warst es schon immer. Du hast allen das Blaue vom Himmel gelogen.« Ich schüttle den Kopf. »Du bist nicht nur ein Massenmörder, der unsere Rasse an den Rand der Ausrottung gebracht hat, sondern du hast auch noch andere Kreaturen ausgesaugt und alles auf die Reiche geschoben.«

»So dumm bist du dann wohl doch nicht.« Er legt

gruselig den Kopf schief und tippt sich an die Lippen. Der Mann ist ein verdammter Psychopath. Mit nachdenklicher Miene schüttelt er den Kopf. »Ich sag dir was, ich werde dieses eine Mal nachsichtig sein, denn was macht das schon für einen Unterschied? Ein letzter Wunsch. Die Wirte, die noch am Leben sind, sind zu gerissen, zu eingebettet in ihre kleinen Reiche und verstecken sich wie kleine Mäuse. Also jage ich die Jungen. Solche wie dich.«

Er gibt mir einen Stups auf die Nase. »Baby-Wirte, die ihre Kraft noch nicht entwickelt haben. Ich erschrecke sie so sehr, dass sie fliehen und ich sie in meiner Dimension einsperre. Dadurch wird ihre Magie aktiviert und dann ... bumm, sauge ich sie einfach aus.« Er zuckt mit den Schultern, als würde er nicht gerade davon sprechen, unschuldige Leben zu beenden. »Es hat alles perfekt funktioniert.« Er runzelt die Stirn. »Bis zu dir.«

Er lehnt sich wieder näher und atmet mich ein. Ein Schauer der Abscheu läuft mir über den Rücken. »So viel Magie«, flüstert er. Seine Zunge schnellt aus dem Mund, während er mich anschaut, als wäre ich ein besonders leckerer Cheeseburger. »Weißt du, es ist schon das eine oder andere Mal passiert, dass die Magie meine Beute nicht über Nacht komplett ausgelaugt hat.« Er grinst. »Sie haben die Zeit, die ihnen noch blieb, damit verbracht, herumzuflattern, in Panik zu geraten, zu weinen und auszuflippen. Sie konnten nicht einmal ihr Zimmer verlassen. Als ich nach einem Tag oder so endlich zu ihnen kam, waren sie so gut wie tot. So herrlich verängstigt.«

Mir ist schlecht. Dieser Typ ist ein Monster.

»Was sie nicht getan haben, ist, die Macht zu übernehmen. DU HAST MEINE VERDAMMTE WELT ÜBER-

NOMMEN! GUCK ES DIR AN!« Ich zucke zusammen, als er brüllt und seine Arme ausbreitet, um auf das Reich zu deuten, das hinter dieser dunklen, schrecklichen Ecke hervorlugt. Er senkt seine Stimme, und irgendwie wirkt sie bedrohlicher. »Bäume, Blumen, Schmetterlinge, ein See? Ich habe ein verrottetes Hotel und einen kaum funktionierenden Parkplatz hinterlassen. Du warst damit beschäftigt, dir einen echten Zufluchtsort zu schaffen, obwohl du ein braves kleines Mädchen hättest sein und dich totstellen sollen. Das hier ist nicht das verdammte Disneyland«, faucht er. »Diese Taschendimension gehört nicht dir. Sie gehört mir. *Mir.* Dieser Ort wurde geschaffen, um ein Gefängnis zu sein.«

In Panik schicke ich meine Magie aus und versuche, die Magie des Reiches zu sammeln, aber es ist, als würde ich versuchen, durch Glas zu greifen. Ich stoße immer wieder an eine Wand.

»Mädchen, hör auf, zu versuchen, die Magie zu manipulieren. Du hattest tagelang Zeit, etwas zu lernen, was ich schon seit Jahrtausenden mache. Hör auf damit! Diese Taschenwelt ist nicht deine.«

Sie will es aber sein.

»Genau das ist das Problem, nicht wahr?«, krächze ich. »Dieses Reich ist gerne ein Zufluchtsort. Es gefällt ihm nicht, eine Falle zu sein.« *Empfindsam.* Ich weiß, es klingt verrückt. Die Magie ist empfindungsfähig, und das ist der Grund, warum ich noch lebe. Er tötet seit Jahrhunderten Leute, saugt ihnen die Lebenskraft aus und missbraucht die Magie des Reiches. Genau wie ich will die Magie den Leuten nicht wehtun, sie will helfen, und vielleicht hat sie diesen Funken der Möglichkeit in mir gefunden. Wir harmonieren. Die Magie hat sich eingeschaltet und mich beschützt. »Deshalb bist du so wütend. Das Reich hat dich ausgesperrt.« Meine freigesetzte Wirtsmagie in Verbindung mit der Dimensionsmagie hat die Welt geheilt und sie aus den Händen des abtrünnigen Wirts gerissen.

»Ach, halt doch die Klappe! Was macht das schon, Sherlock? Halt einfach die Klappe und stirb endlich.« Er stöhnt. »Ich werde Jahre brauchen, um deinen Gestank hier rauszukriegen. Und weißt du was? Ich werde dich langsam aussaugen. Es wird Wochen dauern.« Er streicht mit dem Finger über meine Lippen. »Ich werde dir die Zunge herausschneiden, um das unaufhörliche Geplapper zu stoppen, und dich in eine winzige Taschenzelle stecken, sicher und weit weg von meinem Reich. Während ich dir deine Magie entziehe, werde ich mir ansehen, wie du langsam in den Wahnsinn verfällst.«

Schmerz schreit in mir auf. *Saugt er mich jetzt schon aus?* Autsch.

»Du spürst das, nicht wahr? Das Kitzeln unter deiner Haut.« Ein Kitzeln? Eher als ob mein Magen und meine Eingeweide in einen Fleischwolf gesteckt worden wären. »Gefahr macht so etwas mit einem. Die Magie mag es nicht. Sie ist so pingelig, wenn sie versucht, möglichst rein zu sein.«

Meine Sicht wird schwarz und ich bin gezwungen, die Augen zu schließen. Auf der magischen Karte in meinem Kopf ploppen Kreaturen auf, und mir schwirrt der Kopf angesichts der Informationsflut. Ich nutze die Gelegenheit, um hektisch nach Owen, Daisy und meinem Zirkel zu suchen. Für den Moment sind sie in Sicherheit. Ich spüre die Sorge und Entschlossenheit meines Hellhounds. Aber dann sehe ich, was der abtrünnige Wirt wollte, den Grund, warum er mir erlaubt, die Wahrheit zu sehen, um mich damit zu quälen. Acht, nein, zehn Leute, die nicht hier sein sollten. Söldner.

Als ich gespürt habe, dass jemand ein Loch in das Reich gerissen hat, habe ich zuerst alle Portale verschlossen. Er hat sie noch nicht wieder geöffnet.

Ich habe alle Portale verriegelt, bis auf eins.

Das Notfallportal, das zu Jodies Laden führt, habe ich nicht verschlossen. Niemand außer einem Mitglied unseres Hexenzirkels könnte sich Zugang zu ihrem Laden verschaffen. *Und doch haben sie es getan.* Vielleicht hat der schurkische Wirt die Schutzwälle zerstört? Aber Jodie hätte das sicher mitbekommen.

»Ich habe ein paar Freunde mitgebracht.«

Verzweiflung erfasst mich. Seine *Freunde* umzingeln meinen Hexenzirkel. Sie haben es nicht raus geschafft. Ich habe versagt. Die Magie schreit mich an, etwas zu tun, aber der abtrünnige Wirt kappt meine Verbindung. Sie besteht nur noch aus einem Flüstern.

Meine Stimme bricht. »Wie?«

»Ich musste sie nicht einmal bezahlen«, sagt er heiter. »Du hast eine Dryade getötet, und ein Typ hat sie geliebt. Er ist ein bisschen durchgedreht, als ihr Baum verschwunden ist. Der arme, liebesblinde Narr dachte, er könne sie retten – den Baum und das Mädchen.«

Erin.

»Als der ganze Clan auf und davon war, wusste er, dass etwas Schlimmes passiert sein musste. Also hat er ein wenig gegraben. Eine gutherzige Seele – ich – hat ihm deinen Namen ins Ohr geflüstert. Ich habe ihm geholfen, sich aufzuraffen und ihn dazu gebracht, in die richtige Richtung zu gehen. In deine Richtung. Ich habe ihm auch die Nummer einer ausgezeichneten Söldnerfirma als professionelle Unterstützung gegeben. Die Rattenwandler sind wunderbare Soldaten und viel leichter zu manipulieren als Wölfe.«

Ja, dieselben Ratten, die meine Wohnung geplündert haben.

Ich mache mir nicht die Mühe, ihm zu sagen, dass Erin noch lebt und es ihr gut geht. Das würde er nicht verstehen. Zweifellos hält er jeden für ein seelensaugendes Monster wie er selbst.

»Ich brauchte einen Ersatzplan, falls es mit dir schwieriger werden sollte. Das war aber Verschwendung von Energie, wirklich. Ich dachte, du würdest mir zumindest eine größere Herausforderung bieten, aber ...« Er schnaubt. »Was soll's? Inzwischen werden die Ratten all deine Gäste versammelt haben, einschließlich deines erbärmlichen kleinen Hexenzirkels, um sie mir zum Fraß vorzuwerfen. Selbst wenn sie alle töten, bevor ich ankomme, gehört die Macht, ihre Seelen, mir.«

Ich zwinge mein Gesicht, angemessen entsetzt auszusehen. Der Wirt hat einen Fehler gemacht. Er hätte mir ein Nullband verpassen sollen. Er hätte den winzigen Funken, der den Zugang zur Magie des Reiches ermöglicht, nicht zulassen dürfen.

Mit Hilfe dieser Magie ändere ich meinen Plan. Anstatt Owen zu mir kommen zu lassen, soll er den Gästen, meinem Hexenzirkel, helfen. Während mir der Zugang zur Magie des Reiches langsam entgleitet, schicke ich Owen eine Nachricht, in der ich ihm mitteile, was passiert ist und ihm Zugang zur Reichskarte und dem Aufenthaltsort aller Söldner gebe. In der Nachricht lüge ich und sage ihm, dass ich alles unter Kontrolle habe, und lass ihn mit einem Zauberstoß zurück zum Hotel blinken. Ich stoße einen stummen Seufzer aus, als es klappt.

Der Wirt bemerkt es nicht, da er immer noch mit seiner Schurkenrede herumschwafelt. »... Ich muss sagen, ich genieße den Gedanken, dass so viele Kreaturen zu einem richtigen Festmahl zusammenkommen werden.«

»Kannst du dich erinnern, wen du getötet hast?« Der Wirt höhnt und zieht seine Hand in meinen Haaren fest, bevor er die andere um meinen Hals schlingt. »Was ist mit Rebecca Lynch? Sie war eine ...«

»Tot.« Er drückt mir die Kehle zu. »Jede Kreatur, die ins Hotel gestolpert kam und nicht nützlich war, ist tot. Ein simpler Snack. Im Gegensatz zu dir. Ich werde mich an deiner Kraft laben, kleines Mädchen. Ich werde dich so langsam aussaugen, dass du monatelang am Leben bleibst.«

»Was ist mit Atticus? Ist es ihm egal, dass du Wirte tötest und Gäste umbringst?«

Er lacht. »Nein, du naive kleine Närrin, natürlich nicht. Er weiß es nicht. Hältst du mich etwa für einen Amateur? Ich kontrolliere alles, was er sieht. Reinblütige Vampire sind selbstsüchtig. Er schert sich nicht um andere.«

»Da irrst du dich«, sagt eine kultivierte Stimme hinter uns. »Ich schere mich sehr wohl um andere, und außerdem habe ich ein großes Gefallen daran gefunden einen Swimmingpool im Hotel haben.«

Kapitel Fünfunddreißig

Atticus' Fangzähne blitzen auf und er vergräbt sein Gebiss im Hals des Wirtes. Seine schwarzen Augen glitzern vor Befriedigung, als sie die meinen treffen. Der Boden unter meinen Füßen lässt mich los und ich stolpere von der Stelle.

Als ich Owen eine Nachricht geschickt habe, habe ich heimlich auch Atticus eine Nachricht mit zwei Fragen geschickt: Wie sein Mädchen hieß und ob er ihren potenziellen Mörder treffen möchte? Meine Magie brachte seine Antworten zurück: Rebecca Lynch – und wenn ich ihm Rebeccas Mörder liefern würde, wäre er mir auf ewig dankbar.

Als meine Magie Owen dorthin brachte, wo er gebraucht wurde, riss sie gleichzeitig Atticus hierher.

Ich wende meinen Blick von dem Vampir ab und

blende das Geräusch seines Fressens aus. Ich mag keine Gewalt, aber ich akzeptiere Gerechtigkeit.

Auch wenn mir bei *der* Gerechtigkeit ein bisschen mulmig wird.

Meine Knie schlackern aneinander und ich reibe mir erst die Kehle und dann den schmerzenden Nacken. Ich will nie wieder in dieser Lage sein, wenn sich die Hand eines Feindes um meine Kehle legt.

Ich muss besser werden, stärker.

»Tuesday, ich habe getan, was ich konnte, um dich zu schützen. Es tut mir leid, dass ich es dir nicht sagen konnte«, erklärt eine gequälte Stimme. Ich erhebe meinen Blick von einem Fleck auf dem Boden und begegne Larrys flehenden grünen Augen.

O nein, Larry! Das magische Konstrukt ist *durchsichtig*. »Larry? Was ist los?« Warum sieht er nicht mehr real aus?

»Du hast mich von einem Monster befreit. Bitte vergib mir für meinen Verrat. Ich bin froh, dass du in Sicherheit bist.« Ich sehe zu, wie er im Nichts verschwindet. »Danke, dass du mir gezeigt hast, wie es ist, einen Freund zu haben ...«

»Oh, Larry, natürlich vergebe ich dir.« Ich strecke die Hand aus und streiche über die leere Luft. Meine Finger zittern. Ich verschränke meine Arme unter der Brust, sodass ich mich selbst umarme.

Ich höre ein dumpfes Geräusch, als ob etwas Schweres auf den Boden fallen würde. Ein Körper. Ich schlucke, kauere und bleibe mit dem Rücken in die Richtung. Ich habe heute schon eine tote Person gesehen. Ich will nicht noch eine sehen. Eine Sekunde später strömt die Magie des Reiches in mich. Meine Verbindung zum Reich ist wiederhergestellt, und sie ist stärker als je zuvor. Das Gefühl ist so stark, dass ich taumle. Ich muss auf meine Füße schauen, um mich zu vergewissern, dass ich noch auf dem Boden stehe, denn ich könnte schwören, dass ich schwebe. Meine Haarfollikel kribbeln und als ich mir über den Kopf streiche, knistern meine Haare vor Kraft. *Freakig.*

O Gott, was mache ich nur? Ich muss meinem Hexenzirkel helfen, ist mein nächster dringender Gedanke.

Begierig macht die Magie des Reiches Jagd auf jeden Eindringling. Die Söldner haben keine Chance. Wir nehmen ihnen die Waffen ab, heben sie hoch, als ob sie nur Spielfiguren wären, und bringen sie zur Hotelrezeption, wo sie eingefroren werden, während sie darauf warten, dass ich mich um sie kümmere.

»Tuesday«, sagt Atticus.

Ich kann nicht. Ich kann mich nicht umdrehen. Ich würde kotzen. Ich kauere mich zusammen. »Ja«, antworte ich ihm mit steifen Lippen.

»Hier.« Seine Hand greift über meine Schulter und ein schwerer Bronzering landet in meiner Handfläche. »Er hat ihn getragen. Er gehört rechtmäßig dir, denn er ist voller Magie – der Magie deines Reiches.«

Mein Schatz, Gollum aus *Der Herr der Ringe*, gurrt in meinem Kopf. *Meine Güte, ich bin so ein komischer Kauz.* Der Ring ist so schwer in meiner Hand. Ich schaue stirnrunzelnd auf ihn herab und stupse ihn mit meinem Zeigefinger an. Die Kraft darin verpasst mir einen kleinen Stich.

»Danke, und danke, dass du mir zu Hilfe gekommen bist.« Ich beschließe, den Ring in die kleine Tasche meiner Jeans zu stecken, um ihn sicher aufzubewahren. Ich klemme ihn zwischen meine Finger, damit ich ihn hineinschieben kann. Als er den Stoff berührt, löst sich der Ring auf und wird zu einem einzelnen Metallstück. Ich bin wie erstarrt. *Oh, das ist nicht ...* Der Ring, wie aus einem Horrorfilm, springt und wickelt sich um meinen rechten Ringfinger. Er zieht sich fest.

Ein Wimmern verlässt meine Kehle, als ich aus meiner seltsamen Lähmung erwache und dann, als ob meine Hand in Flammen stünde, fuchtle ich damit herum wie eine Geisteskranke. *Lass los, lass los, lass verdammt noch mal los!* Ja, als ob er sich durch Schütteln lösen würde. Ich versuche, ihn abzureißen. Ich schreie auf. Der kleine Kerl hat mir einen Stromschlag verpasst! Autsch, das war mehr als nur ein Zwicken.

Meine Hand zittert, während ich sie so weit wie möglich von meinem Körper weghalte. Ich zische und stütze sie mit der anderen Hand ab, als sich gefühlte tausend Widerhaken in meine Haut, Muskeln und dann in den Knochen meines armen Fingers bohren. »Autsch, autsch, autsch.« Mein Magen dreht sich um und der Schmerz bringt mich dazu, mich übergeben zu wollen.

Als ich kurz davor bin, zu hyperventilieren und etwas Dummes zu tun, wie, ich weiß nicht, eine Klinge aus dem Äther zu holen und mir den verdammten Finger abzuschneiden, weil ich so viel Panik verspüre, hört der Schmerz auf.

Ich lecke mir über die trockenen Lippen.

»So etwas habe ich noch nie gesehen. Schmuck ist normalerweise nicht so aufdringlich«, sagt Atticus.

Meine großen Augen schwenken zu ihm. »Ach was. Der wollte wohl unbedingt an meinen Finger.« Meine Brust schmerzt. Vorsichtig, als ob der Ring ein gefährliches

Tier wäre, nehme ich meine stützende Hand weg und reibe meine Brust. Mein Herz hämmert unter meiner Handfläche. »Himmel, Arsch und Zwirn. Das war gruselig.« Ich räuspere mich und stoße einen Atemzug aus.

Nach ein paar weiteren Sekunden und ohne weitere Schmerzen mischen sich die bisher trägen silbernen Wirbel auf meinem Handrücken in das Geschehen ein.

Oh-oh.

Sie pulsieren im Takt meines pochenden Herzens und ändern dann ihre Richtung. Sie richten sich auf und fließen zu meinem missbrauchten Finger und dem Ring. Wie ein Stromkreis.

»Willst du, dass ich ihn abschneide?«, fragt Atticus ganz sachlich.

»Nein!«, quieke ich und lege meine Hand auf meine Brust. »Ich glaube nicht. Nein. Immerhin tut es mir nicht mehr weh.« Es raubt mir auch nicht die Kraft. Irgendwie fühle ich mich dadurch zentrierter. Die Macht des Reiches ist jetzt kristallklar. Ganz ehrlich, kann dieser Tag noch verrückter werden?

Atticus legt den Kopf schief, während er auf meine Hand starrt. »Ich glaube, so hat er seine Magie außerhalb des Reiches eingesetzt.«

»Oh.« Atticus hat recht. Der Ring ist voller Magie, und die Dinge, die mich verwirrt haben, ergeben jetzt einen Sinn. Die Antworten fügen sich zusammen. »Ich hatte vergessen, dass er in der echten Welt blinken konnte.« Und er zerschlägt mächtige Schutzwälle in wenigen Minuten und zerstört Magie, für die jeder andere Stunden gebraucht hätte, wenn überhaupt. Dann erinnere ich mich, wie Krokodil-Lady mich angegrinst hat, als sie gesehen hat, dass ich keinen Ring habe. »Die anderen Wirte haben denselben Ring«, murmle ich.

Schweigen breitet sich zwischen uns aus.

»Willst du, ähm ... den Körper?«, frage ich unbeholfen.

Was zum Teufel, Tuesday?

Ich weiß nicht, was zur Hölle ich hier tue. Das ist stressig und ich habe keine Ahnung von Racheprotokollen!

»Nein. Nein, danke.« Atticus schmunzelt.

Ich reibe mir das Gesicht. »Okay.« Dann nicke ich wie ein Wackeldackel mit dem Kopf und erlaube der Magie des Reiches, den Körper des toten Wirtes zu absorbieren. Ohne hinzusehen, weiß ich irgendwie, dass er verschwunden ist.

Ich starre auf den Ring. Da er der ursprüngliche Wirt war, sollte das Reich eigentlich mit ihm sterben, aber durch mich ist das Reich stärker und gesünder als je zuvor.

Meine Güte, ich muss noch so viel lernen. Alles, was über Wirte geschrieben steht, scheint irreführend oder eine glatte Lüge zu sein. Ich habe so viel zu tun ... Wow, das wird ein Abenteuer.

»Ich muss mich um alles kümmern.«

»Natürlich. Tuesday, es wäre mir lieber, wenn du mich nicht transportieren würdest. Davon muss ich kotzen«, sagt Atticus und sieht ein bisschen verletzlich aus, weil er mir seine Ehrlichkeit anvertraut.

Ich nicke. »Okay.«

Ich frage mich, ob mein Blinken andere auch krank macht oder ob mein neuer Freund, der große böse reinblütige Vampir, einen schwachen Magen von dem ganzen Blut hat. Ich werde Owen fragen müssen.

Owen. Meine Gedanken und meine Magie gehen automatisch zu ihm. Er hat die Söldner bis zum Empfang zurückverfolgt und bewacht sie, immer noch in seiner Wolfsgestalt. Ich spüre, wie besorgt er ist, also sende ich beruhigende Gedanken durch die Magie.

Richtig. Ich sollte mich besser an die Arbeit machen. Ich muss mich um die Söldner kümmern. Je länger sie bleiben, desto größer ist das Risiko, dass sie meine Magie bekämpfen. Junge, die haben einige Fragen zu beantworten. Das meiste, was passiert ist, weiß ich bereits oder kann es erahnen. Die schleimigen Fingerabdrücke des Wirtes sind überall zu sehen.

»Tuesday, danke, da…«

»Mach dir keine Gedanken darüber«, unterbreche ich ihn unhöflich mit piepsiger Stimme. »Wirklich nicht.«

Der gruselige Vollblutvampir lacht, und ich drehe mich um und eile davon. Ich lasse ihn stehen, sodass er sich selbst auf den Rückweg machen kann.

Kurz bevor ich die Magie um mich schließe, um zu blinken, sende ich einen magischen Ruf an alle im Reich, um sie wissen zu lassen, dass alles sicher ist und der Ausnahmezustand vorbei ist. Dann sende ich eine weitere magische Nachricht an meinen Hexenzirkel, damit sie Owen und mich am Empfang treffen.

Kapitel Sechsunddreißig

Das Laub knirscht unter meinen Füßen, als ich mir vorsichtig einen Weg zwischen den Bäumen bahne. Ich muss kurz anhalten, um Erin einzusammeln, bevor ich mich mit den Söldnern befasse.

Ich bin froh, dass nur mein Hexenzirkel, Atticus und die Dryaden hier sind. Wenn ich mehr Gäste hätte, wäre der Ruf des Reiches als sicherer Ort nach dem heutigen Tag ruiniert. Die Dryaden haben keinerlei Anzeichen geliefert, dass sie die Warnungen überhaupt gehört haben, denn sie haben sich nicht von ihren Bäumen bewegt. Sie müssen sich in einer Art tiefem, regenerierendem Schlaf befinden. Ich werde persönlich nach ihnen sehen müssen. Meine Wut über Erins Situation hat mich nachlässig werden lassen und ich habe sie Larry überlassen ... Scheiße, was habe ich mir nur dabei gedacht? Ja. Ich schüttle den Kopf. *Ich habe gar nicht gedacht.*

Jupp, gute Entscheidung, Tuesday. Ich klopfe mir im Geiste auf die Schulter. *Gut gemacht.*

Einsicht ist eine wunderbare Sache.

Wenigstens sagt mir die Magie des Reiches, dass sie in Sicherheit sind. Andernfalls ... Ich plustere meine Wangen auf, während etwas in mir zusammenbricht. Diese ganze Situation mit dem abtrünnigen Wirt wird mich noch jahrelang mitten in der Nacht aufwachen lassen, mit dem Gedanken daran, was hätte schiefgehen können und was ich hätte besser machen können. Ich kann nicht glauben, dass es so gut gelaufen ist, außer er hat noch mehr Überraschungen für mich parat. Ich werfe einen Blick auf meine rechte Hand. Sobald ich daran denke, wiegt der Ring an meiner Hand eine Tonne. Ich quetsche mich zwischen ein paar Ästen hindurch und schlurfe um einen dornigen Busch herum.

Das Reich war ein verdammtes Gefängnis, also kann es von hier aus nur aufwärtsgehen, oder? Ah, Verbitterung, mein alter Freund. Ein Gefängnis. Und dann war da noch ich, völlig lah-di-dah und mit Friede, Freude, Eierkuchen. Ich dachte, das Reich wäre ein fabelhafter sicherer Ort, obwohl ich nichts darüber wusste. Als hätte ich das Rad erfunden und ein brandneues Sechs-Sterne-Resort. Heiliger Bimbam, ich habe meinem Hexenzirkel erlaubt, hierherzukommen. Ich habe sie in Gefahr gebracht.

Genau, Schluss mit der Selbstgeißelung. Jetzt ist nicht der richtige Zeitpunkt.

In Gedanken verklebe ich mein Inneres mit Isolierband

und verstecke das Entsetzen und die Panik, die ich empfinde, bis ich bereit bin, mich später damit zu befassen.

»Erin.« Ich strecke einen Finger aus und streiche über die raue Rinde ihres Baumes. Sofort habe ich ein eigenartiges Gefühl. Ist das Berühren des Baumes einer Dryade so, als würde man sie berühren? Ich kenne das Protokoll nicht, also lasse ich meine Hand fallen und gehe etwas weiter weg, um hoffentlich einen gesellschaftlich angemessenen Abstand zu wahren.

Erins Baum sieht fantastisch aus. Er ist noch gesünder als bei der ersten Heilung, und der ganze Wald scheint besser zu sein. Gestern war der Wald noch offener. Jetzt ist er dichter geworden, als ob sich eine schützende Barriere um Erins Baum gebildet hätte.

»Erin?« Ich versuche es noch einmal. »Ich weiß, dass du in Ruhe gelassen werden willst, aber es ist etwas passiert. Ich brauche deine Hilfe. Ich habe noch nicht mit ihm gesprochen, aber soweit ich weiß, ist ein Mann, den du kennst und der behauptet, in dich verliebt zu sein, mit Söldnern in das Reich eingedrungen und sucht nach Gerechtigkeit, weil er glaubt, dass du tot bist. Er glaubt, ich hätte dich getötet. Erin? Bitte, ich brauche deine Hilfe.«

Ich komme mir dumm vor, weil ich mit einem Baum rede, und als nichts passiert, bezweifle ich, dass sie mich überhaupt gehört hat. Dann schimmert der Baum, und Erins hübsches Gesicht erscheint. Ihre langen Wimpern flattern und mit jedem Blinzeln werden Rindenstücke in die Luft geschleudert.

Sie gähnt. »Pardon? Habe ich dich richtig gehört? Ein Mann behauptet, mich zu lieben, und hat versucht, dich zu töten?« Erin zieht sich mit einem schmerzhaften Keuchen aus dem Baum. Erst wackelt sie mit dem Arm, dann mit dem linken Bein. Sie muss sich gewaltsam aus den Klauen des Baumes befreien, als ob er sie nicht loslassen will. »Söldner?« Sie starrt mich mit verängstigten, entsetzten Augen an. »Jeff ist gekommen, um mich zu finden?«

Jeff. Ich merke mir seinen Namen. »Es ist eher so, dass er gekommen ist, um mich zu töten. Ich hatte noch nicht das Vergnügen seiner Gesellschaft. Zu seinem Glück hat er niemandem etwas getan und ich habe ihn in Gewahrsam genommen. Er ist in Sicherheit«, füge ich schnell hinzu, falls sie sich Sorgen um ihn macht.

»Er ist gekommen, um mich zu rächen? Denkt er, ich bin tot? O nein.« Erin reibt sich die Stirn. »Was hat er sich nur dabei gedacht? Wir haben uns vor über einem Monat getrennt. Wir sind nicht zusammen. Er … er hat mir gesagt, dass er mit der ganzen Sache mit dem Baum nicht klarkommt, und er hat mich nicht erklären lassen, dass ich ohne meinen Baum sterben werde.« Sie drückt eine Hand an ihr Herz und die andere hinter sich auf den Baum. »Er sagte, ich würde überreagieren und dass meine Dramatik seine Spielzeit stören würde. Er war mehr an seiner Spielkonsole interessiert als an meinem Leben. Kannst du das glauben? Eine Überreaktion auf meinen bevorstehenden Tod. Ich bin so dramatisch.«

»Wir hatten einen riesigen Streit und ich hab ihn verlassen«, fährt sie fort. »Dann ist alles passiert. Mein Baum wurde umgerissen, und das war's. Während mein Baum langsam auf dem Boden in unserem dezimierten Wald verrottete, verrottete ich langsam neben ihm. Die anderen Dryaden wurden panisch. Sie hatten keine andere Wahl, als um Hilfe zu bitten, denn sie konnten sehen, was mit mir passiert war, und sie wussten, dass sie die Nächsten waren.«

Sie atmet einmal tief durch. »Ein Elf hat uns den Weg zum Hotel gezeigt und gesagt, es sei ein sicherer Ort für unsere Bäume. Da wir Erdgeborene sind, dürfen wir keines der Fae-Reiche betreten.« Erin runzelt die Stirn und reibt sich den Kopf. »Ich weiß nicht, warum ich dir das nicht schon früher gesagt habe. Es ist ... es ist, als wäre meine Zunge gebunden gewesen und als ob es nicht wichtig gewesen wäre. Alles, was ich wollte, war zu schlafen.« Sie lässt ihre Hand fallen und schüttelt den Kopf. »Der Elf hat uns gesagt, dass wir ein Opfer bringen müssen. Mir wurde gesagt, dass ich dieses Opfer sein würde, da ich bereits im Sterben lag. Freunde, Geschöpfe, die ich mein ganzes Leben lang geliebt und gekannt habe, haben sich gegen mich gewandt. Mir wurde gesagt, dass mein Tod einen Sinn haben würde.«

Es sieht so aus, als müsste sie sich kurz sammeln. »Aber als wir hier ankamen, hast du mich geheilt und meinen Baum gerettet. Ich hatte keine Zeit, Jeff zu sagen, was los ist. Nicht, dass es ihn interessiert hätte.« Erin lacht verbittert. »Und jetzt liebt er mich? Was soll der Scheiß?« Sie blickt auf den Boden und zertritt ein paar morsche Blätter. »Ich hätte nicht gedacht, dass es ihn interessiert. Es tut mir so leid; ich kann nicht glauben, dass er hierhergekommen ist. Du hast so viel für mich getan, und ich revanchiere mich, indem ich dir Ärger bereite. Es tut mir so sehr leid, Tuesday. Himmelherrgott. Dachte er, dass das Spielen von Kampf-Computerspielen ihn zu einem Söldner macht?« Erin löst sich von dem Baum. »Liebe?«, schnaubt sie. »Ich dachte nicht mal, dass er mich überhaupt mag.«

»Es ist klar, dass der Elf euch alle reingelegt hat. Deshalb haben sich deine Freunde auch so danebenbenommen und du hast mir nicht erzählt, was passiert ist. Bis jetzt. Der furchtbare Kerl ist tot, also kann er niemanden mehr manipulieren.« *Hoffentlich.*

Deshalb ist es wichtig, Fragen zu stellen. Wenn ich nicht so geschockt gewesen wäre, als die Dryaden aufgetaucht sind, hätte ich mir vielleicht einiges an Herzschmerz erspart. Hätte ich ihnen einfache Fragen gestellt, hätte ich vielleicht gemerkt, dass irgendetwas nicht zusammenpasst.

»Kommst du mit mir, um mit ihm zu sprechen?«, frage ich und halte ihr meine Hand hin.

»Natürlich werde ich mitkommen.«

Ich senke meine angebotene Hand, als mir ein Gedanke durch den Kopf schießt. Ich muss es ihr jetzt sagen, bevor sie ihn sieht und vielleicht ihre Meinung ändert. »Ich muss dich warnen, auch wenn ich glaube, dass Jeff manipuliert wurde, muss ich ihn wie eine Bedrohung behandeln. Er ist mit der Absicht hergekommen, andere zu verletzen, also wird er nicht bei dir im Reich bleiben können.«

»Das verstehe ich vollkommen. Glaub mir, ich will auch nicht, dass er bleibt. Ich weiß nicht, warum er dachte, dass es eine gute Idee wäre, mit einer Gruppe von angeheuerten Schlägern hierherzukommen. Um meinen Tod zu rächen ... wenn er mich zum Verrotten zurückgelassen hat.« Erin schaut vom Boden auf, ihre Augen flehend. »Du wirst ihn doch nicht umbringen, oder? Bitte nicht ...«

»Nein, ich werde ihn nicht umbringen«, sage ich erschrocken. Ich bin ein wenig enttäuscht über ihre Unterstellung. Obwohl ich verstehe, warum sie besorgt ist, kann sie wahrscheinlich die Wut sehen, die von mir ausgeht. Ich bin wütend. Aber diese Wut richtet sich gegen mich. Ich bin so enttäuscht von mir selbst. »Ich gebe dir auch nicht die Schuld für seine Taten.« Und um ehrlich zu sein, gebe ich auch Jeff keine Schuld. Dieser Wirt war ein Meister der Manipulation.

»Komm schon, lass uns dieses Chaos in Ordnung bringen.« Ich strecke wieder meine Hand aus und Erin nimmt sie.

Kapitel Siebenunddreißig

Erin und ich sind die Letzten, die ankommen. Die gefrorenen Söldner erregen sofort meine Aufmerksamkeit. Meine Magie hat sie einfach in einer wilden Gruppierung zusammengewürfelt. Ein paar von ihnen stehen sogar mit dem Gesicht zur Wand. Sieben stehen und drei sind bewusstlos. *Die Power Rangers.* »Hat euch nie jemand gesagt, dass eure Power-Ranger-Kostüme lächerlich sind?« Natürlich können die gefrorenen Männer nicht antworten, sie können keinen Pieps von sich geben. Zur Sicherheit und um keine weiteren Überraschungen zu erleben, sperre ich den gesamten Empfang ab.

Die grauen Augen des riesigen schwarzen Wolfs landen auf mir, und er wandelt sich. Was ich nur als einen Ausdruck purer Erleichterung beschreiben kann, geht über Owens hübsches Gesicht, während er sich auf mich zubewegt. Sein ganzer Fokus ist auf mich gerichtet. Seine riesigen Hände landen auf meinen Hüften und er hebt mich in seine Arme. Sein Duft nach Zimt und Vanille erfüllt meine Lungen. Ein Arm liegt unter meinem Hintern – wie die beste Art eines Sitzes – und hält mich an ihn gedrückt, während seine andere Hand mein Gesicht streichelt. Mein Bauch flattert, als ich von seiner Wärme verschlungen werde und seine perfekten Autoscooter-Lippen meine finden.

Er küsst mich zärtlich und ehrfürchtig, als wäre ich die einzige Person auf der ganzen Welt, die ihm etwas bedeutet.

Als ich mich zögernd zurückziehe, um Luft zu holen, stoßen meine Brüste an seinen Oberkörper. Seine Brustmuskeln sind hart. Stahl unter der seidenen Haut, der mich an die Kraft des Mannes erinnert, der mich hält. Wir atmen einige Sekunden lang im Gleichklang und dann schreit mein Kopf leider eine Warnung, dass wir nicht allein sind.

Ups.

Jetzt wird mir bewusst, dass wir uns im selben Raum wie meine Eltern und ein Haufen Söldner küssen. Ich werfe ihm einen reumütigen Blick zu. Owen erwidert den Blick mit einem sanften Lächeln, also gönne ich mir den Luxus, mich noch ein paar kostbare Sekunden gegen die Hand zu lehnen, die meinen Kiefer umschließt.

Als ich endlich den Blick löse, schaue ich ihm über die Schulter. Mein Hexenzirkel wuselt herum; angesichts der aktuellen Situation und der früheren Aufregung wirken sie recht entspannt. Mein Blick fällt auf Mum. Sie ist nicht so entspannt. Ihre Augen sind höflich abgewandt und ihre Hand liegt fest auf Heathers mürrischem Gesicht und versperrt ihr die Sicht.

Weit entfernt in meinem Hinterkopf stelle ich fest, dass mein Hellhound, ähm, nackt ist, weil er sich gerade gewandelt hat. Obwohl ich seine weiche Haut unter meinen Fingerspitzen liebe und weiß, dass er nicht schüchtern ist und es ihm auch nichts ausmacht, wenn alle auf seinen nackten Hintern starren, necke ich ihn. »Ich bin nicht die Einzige, die Blitzi genannt werden sollte.« Ich ziehe ihm seine Kampfkleidung an und gebe ihm zur Sicherheit auch seine Waffen.

»Ich war so besorgt«, flüstert er. »Ich bin so froh, dass du in Sicherheit bist.« Die rauen Bartstoppeln seines Kiefers kratzen auf meinem Kopf, während er meinen Scheitel küsst. Owen stellt mich sanft auf den Boden und bewegt sich gerade so weit weg, dass er mich untersuchen kann.

Der blaue Fleck an meinem Hals, wo mich der Wirt gepackt hat, muss verblasst sein. Aber das hält meinen Hellhound nicht davon ab, die Region anzusteuern. Wahrscheinlich hat er den Duft des Wirts an meiner Haut gerochen. »Wo ist er?«, knurrt er.

»Tot.« Mein Mund wird bei den Worten trocken und meine Kehle schmerzt. »Er ist tot.« Owens Augen erweichen vor Mitgefühl.

»Gut. Hast du ihn umgebracht?«

Ich schüttle den Kopf. »Atticus.«

»Ich stehe in seiner Schuld.«

Ich mache mir nicht die Mühe, ihn zu korrigieren, dass der Vampir trotzdem in meiner Schuld steht, aber es ist eine lange Geschichte und ich erzähle sie ihm, wenn wir ungestört sind und nicht ein ganzer Empfang voller erstarrter, aber lauschender Söldner vor uns liegt.

»Daisy?« Ich warte nicht auf seine Antwort, denn meine Magie findet sie automatisch. Sie schwimmt in einem Lavapool mit ihren falschen Drachenfreundinnen. »Gefunden«, murmle ich.

»Sie hat immer wieder versucht, deine Mum zu beißen.«

»Oh.« Ich kann mir ein Grinsen nicht verkneifen und Owens Augen funkeln. »Ich werde ein ernstes Wörtchen mit ihr reden, damit sie Oma nicht beißt.« Als hätten wir sie heraufbeschworen, zerrt mich Mum von Owen weg und umarmt mich.

Uff.

»Die Drachin ist nicht mein Enkelkind. Ich bin so froh, dass es dir gut geht. Bitte mach das nie wieder. Ich habe mir Sorgen gemacht. Tuesday, du musst nicht beweisen, dass du die stärkste Person im Raum bist. Wir alle wissen das. Nächstes Mal lass dir von uns helfen. Du musst nicht alles allein machen.« Sie schüttelt mich und dann zieht Diane, meine Beschützerin, mich aus ihrem festen Griff.

»Jetzt ist nicht der richtige Zeitpunkt, Mum«, schimpft Diane. »Schön, dass es dir gut geht, Schwesterherz.«

Ich erwarte, dass Mum noch etwas anderes sagt, dass sie mich zurechtweist, aber das tut sie nicht. Sie schenkt mir ein kleines Lächeln und ... Ist das Respekt in ihren Augen?

Nee. Jetzt weiß ich, dass ich Gespenster sehen muss. Ihre Besorgnis hat mich zu Tode erschreckt.

»Geht es allen gut?« Andy guckt wie immer finster drein.

»Ja, es geht uns gut«, sagt Ava.

»Hellhound«, räuspert sich Mum, »vielleicht sollten wir über einen Zauberspruch reden, der deine Kleidung während deiner Wandlung bewahrt. Du bist zwar ein gut aussehender Mann, aber wir müssen dich nicht in deiner ganzen Pracht sehen. Vor allem nicht, wenn Kinder anwesend sind. Wir sind Hexen, keine Wölfe, und wir haben Maßstäbe.«

Ich schnaube und Owen und ich tauschen einen weiteren Blick aus.

»Ich weiß ja nicht«, flüstert Jodie zu Diane. »Also mir macht das nichts aus.« Diane schüttelt den Kopf und stößt sie mit dem Ellbogen, während Andy entsetzt aussieht.

Ich wende mich wieder an unsere Gefangenen. »Also, du hast drei erwischt?«, frage ich Owen und erkenne drei der Söldner, die bewusstlos und etwas angeschlagen sind. Ich schaue etwas genauer hin und entdecke den Außenseiter in der Truppe. Ich sollte sagen, dass zwei Söldner und ein liebeskranker junger Mann bewusstlos und erstarrt auf dem Boden liegen.

»Oh, hallo, Jeff.«

Erin nimmt das als Erlaubnis, zu ihm zu eilen und sich neben dem bewusstlosen Mann auf den Boden zu knien. Ihre Hände flattern herum, als wüsste sie nicht, wo sie ihn berühren soll. »Ich weiß nicht, ob ich dich bitten soll, ihn zur Vernunft zu bringen oder ihm zu helfen«, flüstert sie. Als sie meinem Blick begegnet, sehe ich, dass sie die Tränen zurückblinzelt. »Bitte, bitte hilf ihm. Ich weiß, es ist falsch, dich darum zu bitten, aber kannst du ihn bitte heilen, so wie du mich geheilt hast?«

Ich kann sehen, dass er ein bisschen zugerichtet worden ist. Kratzspuren ziehen sich über seine Brust und seinen

Unterleib. Die Augen meines Hexenzirkels und der eingefrorenen Söldner verfolgen mich, als ich zu ihnen schlurfe. Während ich vor Jeff knie, flüstere ich: »Erin, gehst du bitte einen Moment aus dem Weg? Nur damit ich ungestört mit ihm reden kann? Ich verspreche, dass es nicht lange dauern wird.« Erin nickt und krabbelt aus Jeffs Sichtfeld.

»Ich werde ihn zuerst heilen.« Ich halte ihn eingefroren, während ich meine Magie in ihn schicke, um die oberflächlichen Wunden zu heilen. Nun, oberflächlich für eine Kreatur. Aber nicht für den blassen jungen Mann vor mir, der die Merkmale einer Person trägt, die ihre ganze Zeit drinnen verbringt.

Jeff ist ein Mensch. Umso beeindruckender ist das, was er getan hat, als er hierhergekommen ist, um sich zu rächen – ich runzle die Stirn –, und auch dümmer. Was hat er sich dabei gedacht? War der Einfluss des Wirtes so groß? Oder ist Jeff, der Gamer, ein heimlicher Rambo?

Himmel, er hat großes Glück gehabt, dass er nur mit ein paar Kratzern davongekommen ist. Als meine Magie seine Heilung beendet, flattern seine Augen auf.

»Hey, Jeff«, sage ich ganz freundlich.

Ich erinnere mich daran, dass der Rest von Jeff eingefroren ist, also lasse ich seinen Mund auftauen, damit er sprechen kann.

»Schlampe«, knurrt er. Erin schnappt nach Luft. Ich wedle mit der Hand, die er nicht sehen kann – eine stumme Aufforderung an Erin, den Mund zu halten, bis ich mit ihm gesprochen habe. Zum Glück hört sie auf mich. »Du bist es, nicht wahr? Er hat mir erzählt, dass du verrückte lila Haare hast. Du hast mein Mädchen umgebracht und ich werde dir ein Ende setzen.«

Ich blinzle langsam. Er wird mir ein *Ende* setzen. Meine Lippen zucken. Das ist irgendwie bezaubernd.

»Ich werde dich mit bloßen Händen in Stücke reißen und dir in den Hals scheißen.«

Igitt. Reizend. Das war nicht ganz so bezaubernd. »Das wirst du tun? Na gut«, sage ich mit null Begeisterung. »Das ist eine ziemlich dramatische Aussage, Jeff, wenn man bedenkt, dass du am Boden festgefroren bist. Ich habe dich geheilt und gern geschehen.« Ich reibe mir die Augenbraue und rümpfe die Nase, als Jeff brüllt.

Er knirscht mit den Zähnen und grunzt in einem kühnen, aber bizarren Versuch, mir das Gegenteil zu beweisen. Ich beobachte, wie sein Gesicht knallrot wird und ein kleines Blutgefäß in seiner Schläfe pocht, als er versucht, seine Drohung wahrzumachen.

Oh, Junge.

Ich neige meinen Kopf zur Seite und warte, bis er aufgibt. Nach ein paar weiteren Grunz- und Stöhnlauten beruhigt er sich.

»Bist du fertig?«, frage ich leise. Er starrt mich an und schaut dann weg. »Also, Jeff, wer hat dir gesagt, dass ich Erin getötet habe?« Die gleiche Augenbraue, die ich vorher die ganze Zeit gerieben habe, hebt sich, als ich die Frage stelle.

»Jeder weiß es. Jeder weiß, dass du eine mörderische Schlampe bist. Und wenn ich dich nicht erwische, wird es jemand anderes tun.«

»Okay, das ist nett.« Ich nicke verständnisvoll und stelle dann die gleiche Frage. »Wer hat dir gesagt, dass ich Erin getötet habe?«

»Das war ein Elf.«

Ah, jetzt kommen wir der Sache schon näher. Seine Erklärung scheint sich nicht von der Schurkenrede des Wirtes zu unterscheiden. »Was hat er dir erzählt?« Jeff presst die Lippen zusammen und schließt stur die Augen. Ich seufze angesichts seiner kindischen Faxen. »Der Elf hat dich angelogen, Jeff. Er hat dich benutzt und du hast Erin in Gefahr gebracht, indem du mit brennenden Zaubertränken hier reingeplatzt bist.«

»Lügner!«, schreit Jeff. »Du bist eine verlogene, bösartige Schlampe.« Owen knurrt, also lasse ich Jeffs Mund erstarren, bevor Owen herüberkommen und ihm den Kopf abreißen kann.

Ich erhebe mich vom Boden und wische meine verschwitzten Hände an meiner Jeans ab. Diese Situation ist so extrem weit außerhalb meiner Komfortzone. Ich weiß, dass ich nichts aus ihm herausbekommen werde. Er ist zu wütend. Wenigstens ist es einfach, zu beweisen, dass ich nicht lüge.

»Wow, Erin«, murmle ich, »du hast dir hier einen echten Gewinner geangelt. Kein Wunder, dass du mit ihm Schluss gemacht hast.« Ich nicke und winke mit der Hand, als wolle ich sagen: *Nur zu.* Sie fällt nach vorn und schlurft auf Händen und Knien zu seinem reglosen Körper.

Mein Blick geht zu den Söldnern. Vielleicht habe ich mehr Erfolg, wenn ich mit ihnen spreche?

»Was hast du getan?«, schreit Erin, als sie sein Hemd packt. Der Schock in seinen Augen ist es wert, dass ich seine Wut für ein paar Minuten ertragen musste. »Tuesday hat mir das Leben gerettet, du Idiot. Sie hat meinen Baum gerettet, und du willst ihr in den Hals scheißen? Ist das dein Ernst? Was zum Teufel habe ich in dir gesehen, du Wiesel?«

Jeffs Augen fallen fast aus dem Kopf, und ich erlaube ihm wieder zu sprechen.

»Was? Du bist am Leben? Wie? Was? Erin! Erin, ich liebe dich so sehr. Ich musste hierherkommen, weil ich ohne dich nicht leben kann.« Ich seufze, als er flennt. Ich glaube nicht, dass Jeff mich noch umbringen will, also taue ich ihn wieder auf. Seine Arme schlingen sich um die Dryade und er drückt sie an seine Brust, während er sie mit Rotz und Tränen begießt.

Ich sehe Erins beschämten Blick. Ich verziehe das Gesicht.

Während sie versucht, ihn wegzuschieben, erzählt Erin Jeff, wie ich sie und ihren Baum gerettet habe. Jeff erzählt ihr, wie er sie vermisst hat und dann nicht in der Lage war, den Rest der Dryaden zu finden.

Und *dann* erzählt er von der Begegnung mit einem Elfen, der ihm eine Chance auf Rache angeboten hat, die er sich nicht entgehen lassen konnte.

Da ich jetzt alles habe, was ich brauche, verlege ich die beiden in eine neu gebaute Hütte im Wald, ganz in der Nähe von Erins Baum, damit sie ungestört sind. Ich sorge dafür, dass Jeff nicht umherwandern kann, und binde ihn an die Hütte. Immerhin hat er eine Gruppe von Söldnern angeheuert und sie in mein Reich geführt, um mich zu töten. Ich bin keine schreckliche Person und sie brauchen Privatsphäre, um ihre Angelegenheiten zu klären. Ich werde ihm also eine Stunde Zeit geben und ihn dann in ein Portal stecken. Dann kann sich die menschliche Polizei um ihn kümmern.

Ich lasse meine Magie über die beiden verletzten Söldner fließen und heile sie schnell. Als Wandler könnten sie sich selbst vollständig heilen, wenn ich sie wandeln ließe, aber ich werde sie auf keinen Fall auftauen, um das zuzulassen. Die Hände in die Hüften gestützt, sehe ich mir die Söldner an. Zumindest die, die in meine Richtung blicken. An den Augen kann man viel über den Charakter einer Person ablesen. Vor allem ein Typ lässt mir einen Schauer über den Rücken laufen, da seine schwarzen Augen mich mit unkontrolliertem Hass anstarren. Er hat die Ausstrahlung eines brutalen Anführers. Vielleicht ist er die richtige Wahl, um sich mit ihm zu unterhalten.

Wie ich es bei Jeff getan habe, taue ich seinen Mund auf und stelle ihm eine Frage. »Für wen arbeitest du?« Er starrt mich weiter an. »Weißt du was? Ich hatte genau wie du einen furchtbaren Tag.« Ich seufze und schüttle den Kopf. »Der heutige Tag war ein einziges Drama. Alles, was ich will, ist, ein schönes Bad nehmen und ins Bett gehen.«

Ich atme einmal durch. »Ich könnte eine Woche lang schlafen. Ich bin mir sicher, dir geht es genauso, grüner Power Ranger, denn du wurdest reingelegt, wie ein Köder behandelt, und hast dir dann deinen Arsch aufreißen lassen. Ich wette, du willst nach Hause, aus deinem kleinen Gummikostüm raus, ein Bier trinken und dich entspannen.« Das linke Auge des rauen Söldners zuckt. »Bitte zwing mich nicht, dich zu töten«, flüstere ich.

Wenn ich auf dieses Gespräch zurückblicke, würde ich gern glauben, dass es der sanfte Appell in meiner Stimme war, der den grünen Power Ranger dazu gebracht hat, mir zu antworten. Aber ich weiß, dass er seinen Mund wahrscheinlich nur deshalb geöffnet hat, weil der knurrende Hellhound hinter mir steht. Die Welt, in der ich lebe, ist leider durch und durch patriarchalisch, und egal, wie viel

Macht ich habe, ich werde immer nur als Frau angesehen werden. Aber das ist mir egal.

»Ich arbeite für Rattan und Söhne.« *Bingo.*

»Perfekt, danke. Hast du ihre Telefonnummer?« Ich hole mein Handy aus der Tasche. Mit einem misstrauischen Tonfall rattert Grün eine Nummer herunter, die ich sofort wähle. Es klingelt. »Wie heißt dein Boss?«

»Henderson«, knurrt er.

»Danke.«

Als es klingelt, recke ich dem stahlharten Hellhound hinter mir anerkennend das Kinn entgegen. *Ich weiß, was du gemacht hast, Hübscher.*

Die Telefonverbindung wird hergestellt und eine gelangweilt klingende Empfangsdame rattert den Namen des Unternehmens herunter, mit einem nicht gerade angenehmen »Wie kann ich Ihnen helfen?« am Ende. Na ja, es ist wohl schon spät.

»Guten Abend, kann ich bitte mit einem Mr. Henderson sprechen?«

»Mr. Henderson ist im Moment nicht verfügbar.«

»Ich glaube, er würde wirklich *sehr* gerne mit mir sprechen.«

»Mr. Henderson hat für heute Feierabend.«

»Oh, okay. Ich dachte nur, er würde gerne wissen, wo sein verschwundenes Team ist. Ich bin mir sicher, dass man neun Leben leicht wegwerfen kann, wo es doch so viele Söldner gibt und diese leicht zu finden sind. Ich verstehe, dass sie ziemlich lästige Angestellte sind, die Mr. Hendersons kostbare Zeit nicht wert sind.« Ich halte inne und starre Grün an, als ich höre, wie die Frau keucht und stammelt.

»Ich werde Sie jetzt weiterleiten. Bitte warten Sie.« Im Hintergrund läuft Musik und ich stelle das Telefon auf Lautsprecher und wippe mit dem Fuß im Takt.

»Wer ist da und was wollen Sie?«, ertönt eine schroffe Stimme.

»Mr. Henderson?« Er bejaht mit einem Grunzen. »Mein Name ist Tuesday Larson, und Sie wissen sicher, dass ich neun Ihrer Männer in meiner Gewalt habe.«

»Sind sie am Leben?«

»Ja, und sie sind gesund.«

»Welches Spiel spielst du? Was willst du?«

»Ich spiele kein Spiel, Mr. Henderson. Ich werde Ihnen Ihre Männer aus reiner Herzensgüte zurückgeben, aber vorher brauche ich etwas von Ihnen.«

»Was denn?«, knurrt er.

»Mr. Henderson, lassen Sie mich das klarstellen. Das Leben dieser Leute steht auf dem Spiel. Alles, was ich für ihre sichere Rückkehr verlange, ist, dass Sie mir ein Versprechen geben, ein einziges Versprechen, dass Sie, solange Sie leben, solange Ihre Firma existiert, *niemals* einen Auftrag gegen mein Reich oder ein Mitglied des Larson-Zirkels annehmen werden. Oh, und ich würde gerne meinen Freund zu dieser Liste hinzufügen. Owen – er ist der Hellhound. Wir stehen ab jetzt auf Ihrer *Nicht anfassen*-Liste, haben Sie das verstanden? Wenn Sie keine solche Liste haben, legen Sie heute Abend eine an. Im Gegenzug gebe ich Ihnen Ihre Männer unversehrt zurück.«

»Ich gebe also ein Versprechen und Sie geben mir meine Männer zurück? Ist das alles? Einfach so?« Er lacht. »Und dabei haben Sie eben noch gesagt, dass Sie keine Spielchen spielen, Miss Larson.«

»Sagen wir mal so: Wenn Sie mir dieses Versprechen geben, Mr. Henderson, habe ich die Macht, es auch durchzusetzen.«

»Jaja. Ich bin sicher, dass haben Sie. Okay, wir haben einen Deal, was immer er auch wert ist«, beendet er mit einem Grummeln und einem ungläubigen Schnauben.

»Perfekt. Oh, und zur Strafe und zum Schutz unsererseits, wird jede Person, die mit Ihrem Unternehmen in Verbindung steht, einschließlich ihrer Familien, lebenslang aus dem Reich der Zuflucht verbannt. Wenn sie versuchen, einzutreten, wird ihnen der Zutritt verweigert, und wenn sie es irgendwie unter falschem Vorwand hineinschaffen, werde ich sie töten. Ist das klar?«

Wow, ich höre mich heute Abend sehr blutrünstig an.

»Okay. Wie auch immer. Wen kümmert's?«

»Ich habe Ihr Wort?«

»Ja.« Ich spüre, wie die Magie des Reiches pulsiert, und beobachte, wie die Fäden der Magie wie Pfeile herausschießen und in den Brustkörben der Söldner verschwinden. Oh, das ist ja praktisch. Eine magische Markierung, damit ich sie im Auge behalten kann. »Was zum Teufel war das?«, schreit Mr. Henderson.

Ich öffne ein Portal hinter den Söldnern und schiebe sie hindurch. Sobald ich das dumpfe Aufschlagen ihrer Körper durch das Telefon höre, löse ich den Einfrierzauber, der sie gefangen hält, und schließe das Portal. Owen tritt mit einem erleichterten Seufzer von mir weg.

»Es war schön, mit Ihnen zu sprechen, Mr. Henderson. Ich wünsche Ihnen einen schönen Abend.« Wenn sie das nicht zu Tode erschreckt hat, weiß ich nicht, was es sonst könnte.

»Oh, Miss Larson, legen Sie noch nicht auf. Wollen Sie nicht wissen, wer meine Jungs in Ihr Reich gelassen hat?« Oh, doch. Und schon wieder vergesse ich die wichtigen Fragen. »Da Sie meine Männer wohlbehalten zurückgebracht haben, kann ich es mir leisten, Ihnen einige kostenlose Informationen zu geben.«

»Ich bin äußerst neugierig.«

»Eure Ratte – verzeihen Sie mir das Wortspiel –, der Wolf im Schafspelz mit dem Zugang zum Zauberladen und zu Ihrem festen Portal, ist der Freund Ihrer Schwester, Andrew.«

Kapitel Achtunddreißig

Owens Augen weiten sich, und meine Welt verlangsamt sich auf Mikrosekunden.

Ein Gewicht knallt in meinen Rücken, reißt mich von den Füßen und schleudert mich durch die Luft, als mich ein fünfundneunzig Kilo schwerer Wolf von hinten trifft. Das Telefon scheppert auf den Boden, gefolgt von mir. Ich schlage mit einem Knirschen auf das Holz auf und meine Ohren klingeln, als mein Kopf aufschlägt. Autsch. Ich drehe mich, um einer schweren Pfote, die auf mein Gesicht zielt, auszuweichen, und hebe gerade noch rechtzeitig die Hände, um meine Kehle vor den wütenden Zähnen des Wolfes zu schützen.

Verfluchte Scheiße!

Hinter dem Zähnefletschen des Wolfes ertönt das blecherne Lachen von Mr. Henderson.

Obwohl der Wolfsangriff sich wie eine Ewigkeit anfühlt, ist es nur eine Frage von Sekunden, bis der gewandelte Wolf in die Luft fliegt und von mir heruntergerissen wird.

»Andy? Das war doch Andy, oder?«, frage ich benommen. Meine Sicht ist verschwommen, und ich kann tatsächlich verschnörkelte Linien vor meinen Augen tanzen sehen. Ich muss mir ordentlich den Kopf gestoßen haben, wenn ich Anzeichen einer Gehirnerschütterung aufweise. Ich beobachte, wie ein schwarzer, unscharfer Klumpen auf mich zustürmt.

»Tuesday, geht es dir gut?«, ruft Mum, als sie mir hilft, mich aufzusetzen.

»Es geht mir gut, Mum«, sage ich mit einem falschen Lächeln, während ich meinen Kopf bewege, um ihre eisige Hand von meiner Wange zu stoßen.

Der verdammte magische Lügendetektor piepst. *Groß-artig.* Die blöde Magie lässt mir nicht einmal die Freiheit, mich selbst zu belügen.

Ich blinzle ein paar Mal und mein Kopf klärt sich. »Er hat mir nur die Luft abgedreht, das ist alles. Die Magie des Reiches wird mich wieder in Ordnung bringen.« Mein Ton ist locker und gleichmäßig, aber mein Herz klopft gegen meine Rippen. Ich lecke mir über die Lippen. Blut benetzt die Innenseite meines Mundes und mein Hinterkopf schmerzt.

Ich ziehe den Kopf ein, um meine erschrockene Miene zu verbergen, und der Wahnsinn brodelt in mir. Der Schock, den ich in diesem Moment empfinde, bringt mich dazu, mich auf den Boden rollen und lachen zu wollen.

Lachen, als ob nicht meine ganze Welt zusammengebrochen wäre.

Los! Steh auf!

Mein Magen dreht sich vor Angst um, und mein Körper ist vor Schreck wie Gummi. Meine Gliedmaßen fühlen sich an wie uralte Topfnudeln. Ich klettere auf die Knie und greife mit der linken Hand nach dem heruntergefallenen Telefon. »Danke für die Vorwarnung, Mr. Henderson«, sage ich freundlich, bevor ich den Anruf beende.

Mit Mums Hilfe stehe ich auf. Ich mache mit der rechten Hand eine Faust hinter meinem Rücken.

»Blitzi, geht es dir gut?«, fragt Owen über das Getöse des braunen, strampelnden Wolfs hinweg. Er hat den Wolf gut im Griff. Er hält ihn am Genick fest.

»Ja.« Ich bringe das einzige Wort heraus, bevor sich meine Kehle zuschnürt.

Da lügt aber jemand, bis sich die Besen biegen. Meine eigene Stimme hallt in meinem Kopf wider.

Da Owens Aufmerksamkeit auf Andy gerichtet ist, ist es leicht, ihn zu täuschen. Außerdem ist dies mein Reich, und die Realität kann verändert werden. Ich sorge dafür, dass der Duft meines Blutes nicht in die Nähe seiner scharfsinnigen Wandlernase kommt. Der Hellhound lässt ein haarsträubendes Knurren los und schüttelt den Wolf wie einen Welpen. Sein Arm schwillt vor Kraft, aber Andys Gewicht scheint den großen Mann nicht zu beeindrucken.

»Andy?«, flüstert Diane mit gebrochenem Unterton. »Warum, Andy? Warum würdest du das tun?« Ich halte mir den Mund zu, denn es kostet mich alles, was ich habe, um nicht zu sagen: »Weil er ein Arschloch ist.«

Jodie versucht, unsere Schwester zu trösten, während sie Mum und mich mit ängstlichen Augen anschaut. Ava und Heather sind nirgends zu finden. Ich brauche meine Magie nicht zu fragen, wo sie sind, denn ich sehe, dass Dad den Weg zu meinem Büro bewacht.

»Wandel dich zurück, oder ich breche dir das Genick«, sagt Owen. Seine Stimme ist ein tödliches Flüstern im Ohr des schnappenden Wolfs. Dann ist es, als käme Andy wieder zu sich. Er hört endlich auf zu kämpfen, klemmt den Schwanz zwischen die Beine und kauert sich zusammen.

Mit Hundeblick und rosa Spucke, die ihm aus dem Maul tropft, begutachtet er unseren wütenden Zirkel. Die Erkenntnis dämmert auf seinen wölfischen Zügen. Er hat es gründlich vermasselt.

Der Wolf wandelt sich.

Ich bin froh, dass Andy nicht nackt ist, denn er hat den teuren Kleideraufbewahrungstrank des Hexenzirkels spendiert bekommen. Ich stehe still da. Ich habe nicht den Mut, mich in dieses Verhör einzumischen.

Ein Gedanke schreit mich immer wieder an. Er hüpft in meinem Kopf herum und ich muss ihn wegschieben, damit er nicht in einem entsetzten Schrei über meine Lippen kommt.

»Du hast die Söldner hergebracht«, sagt Diane, schüttelt Jodies Arm ab und überrascht wahrscheinlich alle im Raum, als sie vortritt.

Ihre Stimme ist klar und deutlich. Der Schmerz ist verschwunden und wurde durch Wut ersetzt. »Du hast Söldner hierhergebracht, um meinem Zirkel zu schaden. Warum? Warum würdest du das tun?« Andy zuckt zusammen, als Owen Druck auf seinen Hals ausübt. In den Augen meines Hellhounds lodern Flammen und ist das … ja, seine freie Hand ist wieder in tanzende blaue Flammen gehüllt.

Ich liebe es, dass ich seine Magie sehen kann. Ich bin nicht verliebt in die Umstände, aber ich bin froh, dass ich ihn noch einmal so sehen kann, und zwar zum zweifellos letzten Mal.

»Ich habe es satt, dass du und dein fantastischer, großartiger, einzigartiger Hexenzirkel auf mich herabsehen, als wäre ich Abschaum. Was seid ihr ohne eure Tränke? Was könnt ihr wirklich tun? Es war leicht, dich glauben zu lassen, dass ich dich liebe.« Andy zwinkert. »Jedes Loch ist ein Tor, stimmt's?«

Mum stößt neben mir ein angewidertes Geräusch aus.

Diane blinzelt ein paar Mal und lacht dann. »Du narzisstischer kleiner Scheißer. Und ich dachte, ich finde deine Verschrobenheit liebenswert. Du bist eine Witzfigur. Wer hat dir gesagt, dass das Ganze eine gute Idee ist? Wann hast du dir diesen genialen Plan überlegt?« Sie wedelt mit dem Arm in der Luft und nickt dann Owen zu. Owens feurige Hand wandert näher an Andy heran. Ein Schweißtropfen kullert von seinem Haaransatz über sein Gesicht. Andy stößt ein Wimmern aus.

»Das war alles Mr. Henderson! Er wusste, dass wir daten, und als du mich auf die Reise zum Safe House mitgenommen hast, war das die ideale Gelegenheit, alles in die Wege zu leiten. Das war ein netter kleiner Nebenverdienst. Zwei Fliegen mit einer Klappe schlagen. So war ich dich endlich los und musste mir nicht von deiner Mutter den Arsch aufreißen lassen.« Mum schnaubt. »Win-win.

Bis ihr alle beschlossen habt, den Standort zu wechseln und hierherzukommen.« Er grinst mich breit an.

Er weiß es. Er weiß, was er getan hat.

»Als deine nichtsnutzige Schwester beim Mittagessen erwähnte, dass sie ein Portal zum Laden einrichten wollte, habe ich mich an die Arbeit gemacht und die Pläne geschmiedet. Danach ging es Schlag auf Schlag.«

Ah, das war nicht das Werk des Wirts. Gut zu wissen, dass Andy kein Opfer war, das durch eine Gehirnwäsche dazu gebracht wurde, etwas zu tun, was nicht seinem Charakter entsprach.

Ich halte meine verletzte rechte Hand hinter meinem Rücken und ein kleiner Blutstropfen fällt unbemerkt auf den Boden. Die Magie des Reichs wischt den Beweis weg.

Andy sieht mich wieder mit einem triumphierenden Grinsen an. Ich bin nicht ungeschoren davongekommen und keine Magie der Welt wird mich heilen. Andy hat mich in seiner tödlichen Wolfsgestalt gebissen.

Er hat mich gebissen.

»Tuesday. Wirst du ein Portal öffnen?« Ich muss etwas von dem Gespräch verpasst haben. Mum streichelt mir sanft über den Hinterkopf, um meine Aufmerksamkeit zu bekommen. »Dein Dad und Owen werden Andy zur Jägergilde bringen.«

Ich nicke. »Klar«, krächze ich. Ich muss meine Gefühle ausblenden und es aussitzen, bis sie weg sind.

Ich öffne das Portal.

»Bitte bring mich nicht dorthin. Ich will nicht eingesperrt werden. Diane, sag ihnen, sie sollen mich töten. Wirst du mich nicht töten?«

»Dich töten? Nein, das wäre viel zu einfach. Dort, wo

du hingehst, Kumpel, werden sie dich für eine sehr lange Zeit am Leben lassen.« Owen schüttelt Andy, als wäre er eine Stoffpuppe, um seinen Standpunkt klarzumachen. Ich bin froh, dass ich nichts von dem Biss gesagt habe. Owen würde Andy sofort die Kehle herausreißen.

Andy muss den gleichen Gedanken haben. »Sag es ihm, Tuesday ...«

Ich lasse seinen dummen Mund einfrieren.

Mein Atem zittert. Wahrscheinlich bilde ich mir das nur ein, weil ich schon immer ein wenig dramatisch war, aber während der schmerzhafte Biss auf meiner Hand brennt, spüre ich bereits die giftige Magie des Wandlers durch meine Adern fließen.

»Ich liebe dich, Dad.«

Dad küsst mich auf die Wange und flüstert: »Und ich liebe dich. Bitte kümmere dich um deine Schwester.« Ich kann die Lüge nicht aussprechen, also nicke ich.

Ich schlurfe zu Owen und murmle leise einen Abschied. »Wir sehen uns bald wieder. Sei vorsichtig. Danke für deine Hilfe.« Owen lächelt mich an, so wie er es immer tut.

»Immer.«

Mein Herz schmerzt.

Warum nur? Warum kann ich nicht für immer glücklich sein?

Ich bin so gut wie tot, mein Körper weiß es nur noch nicht. Der kleine Biss wird mich innerhalb von zweiundsiebzig Stunden töten, und das ist das letzte Mal, dass ich meinen Hellhound sehen werde. Ich will nicht, dass er mich leiden sieht.

Trotzig hebe ich mein Kinn, als sie durch das Portal treten, während sie Andy mit sich schleifen.

Ich liebe dich. Ich liebe dich so sehr, schreie ich innerlich.

Bevor sich das Portal schließt, drücke ich meine Augen fest zu und drehe mich weg, damit ich die aufkeimende Verwirrung in seinen schönen grauen Augen nicht sehen kann.

Ich kann nicht zusehen, wie er geht. Ich kann es einfach nicht.

Als sich das Portal schließt, verriegele ich alles, damit er nicht zurückkommen kann. Ich bin so stolz, dass ich es geschafft habe.

Jetzt muss ich eine Entscheidung treffen. Ich kann weglaufen, wie ich es schon eine Million Mal getan habe, oder ich kann ehrlich sein. Die Wahrheit sagen. Alles in mir will weglaufen, will ein tiefes, dunkles Loch finden, in das ich fallen kann. Aber der egoistische Teil von mir will meine Mum. Er will auch Owen. Aber er ist weg. Ich will gierig sein und meinen Hexenzirkel und Daisy an meiner Seite haben.

Mein Herz schmerzt, weil ich mir wünsche, dass mein tapferer, schöner Hellhound das irgendwie für mich bekämpft, dass er die giftige Magie in meinem Blut vertreibt und mich rettet.

Aber das kann er nicht.

Ein Schluchzen entringt sich meiner Kehle. Ich bedecke meine Lippen und unter meiner Hand entweicht ein unmenschliches Heulen aus meinem Mund.

Ich hatte keine Ahnung, dass Trauer und Entsetzen so einen Klang haben.

»Tuesday, Tuesday, bitte sag mir, was los ist.«

»Mum, es tut mir leid.« Blut tropft an meinem Handgelenk herunter, als ich meine gebissene Hand hochhalte.

Kapitel Neununddreißig

Die Stille ist so seltsam, unheilvoll.

Es ist eine Stille, die sich durch die Zeit zieht und für den Rest ihres Lebens eine klare Erinnerung sein wird, während sie sich mit einem bösartigen Knall in ihre Seele einnistet. Sie starren mich geschockt an, und ich weiß nicht, wie ich sie beschwichtigen soll. Diane ist die Erste, die reagiert. Sie sinkt zu Boden, als hätten ihre Beine nachgegeben, als wäre sie eine Marionette, deren Fäden durchtrennt wurden. Sie zieht ihre Knie an die Brust und wiegt sich. »Nein. Das kann nicht wahr sein. Es ist ein Albtraum. Das ist nicht real.«

Mum ist wie erstarrt. Ihre violettfarbenen Augen verengen sich, und dann blitzt ein Ausdruck des Entsetzens und des Mitleids auf ihrem Gesicht auf. »Nein. Bitte, nein.«

Ich wette, du bist froh, dass es mich getroffen hat und nicht die anderen.

Jodie geht in den Krankenschwestermodus über. Plötzlich steht sie vor mir und hält mein kaltes Handgelenk zwischen ihren wärmeren Händen. Vorsichtig tastet sie die Haut um die Bisswunde herum ab. Sie fühlt sich taub an. Ich bin froh, dass die Wunde nicht schmerzhaft ist. Aber dass sie nicht wehtut, ist wahrscheinlich ein schlechtes Zeichen. Dann zieht sie den Ärmel meines Pullovers bis zum Ellbogen hoch, ihr Atem stockt und sie schluckt heftig. Ich schaue nach unten. Der einzige Grund, warum ich nicht wild fluche, ist mein Respekt vor Diane. Ich will sie nicht mehr als nötig aus der Fassung bringen. Ich unterdrücke mein entsetztes Luftschnappen.

Ein rotes Spinnennetz breitet sich von dem Biss aus. Es wickelt sich um die silbernen Wirbel auf meinem Handgelenk. Es sieht furchtbar aus auf meiner blassen Haut. Und wo das rote Netz die silbernen Wirbel berührt, werden sie schwarz. Das ist nicht gut. Jodies mitfühlende braune Augen treffen meine, ihr Blick ist so herzzerreißend traurig, dass es mir für den Bruchteil einer Sekunde vorkommt, als wäre ich schon tot.

Diane wehklagt hinter uns.

»Hilf ihr«, flüstere ich leise.

»Okay«, flüstert Jodie zurück. Wir wissen beide, dass sie nichts tun kann. Ich bin mir sicher, dass sie dieses Szenario schon Dutzende Male in verschiedenen Versionen gesehen hat. Ich schüttle meinen Arm, bis der Pullover wieder über mein Handgelenk rutscht.

Jodie hockt sich neben Diane. Sie holt einen vertrauten schwarzen Beutel hervor und ich kann mir ein kleines

Lächeln nicht verkneifen. Es ist die Taschendimension, die ich für sie gemacht habe. Schnell holt sie verschiedene Tränke heraus. »Ich werde dir etwas geben, das dir hilft, mit der Situation fertigzuwerden.«

»Warum hilfst du nicht Tuesday?«, flüstert Mum.

Jodie schüttelt den Kopf und ploppt den Deckel eines blasslila Fläschchens ab. Diane nippt gehorsam zwischen Schluchzern.

Ich gehe auf sie zu, um ihr zu helfen und …

In diesem Moment bemerke ich seine Hitze. Bevor ich mich umdrehen kann, schlingt sich ein fester Arm um mich und packt sanft mein rechtes Handgelenk. »Dachtest du, du könntest das vor mir verbergen?«, sagt er gegen mein Ohr, während er die Haut oberhalb des Bisses reibt. »Dass ich den überwältigenden Schmerz und die Angst in deinen Augen nicht sehen würde? Dass ich nicht merken würde, dass die Frau, die ich liebe, verzweifelt ist?«

»Owen.« Meine Stimme bricht, und ich drehe mich um und vergrabe mein Gesicht in seinem Bauch. *Er hat mich nicht verlassen.* Die gleichgültige, dümmlich tapfere Maske, hinter der ich mich verstecke, zerbricht. Ich dachte, ich könnte nur tapfer bleiben, wenn ich an Schmerz und Trauer festhalte. *Ich habe mich geirrt.*

Er hält mich fest, während ich weine. Seine massive Hand fährt durch meine Haare und die andere streichelt meinen Rücken, während er leise, tröstende Laute in seinem Hals ausstößt. Als ich sein Hemd gründlich durchnässt habe und ich glaube, dass ich nicht mehr weinen kann, hebe ich den Blick.

»Du liebst mich?«, flüstere ich.

Seine Augen verziehen sich in den Winkeln. »Seit du

mit deiner Hose um die Knöchel ins Bad geschlurft bist.«
Ich lache, und es ist mir egal, dass es selbst in meinen Ohren
ein grässliches Geräusch ist.

»Ich liebe dich auch. So, so sehr«, sprudle ich heraus.
Und dann fällt mir ein, dass das nicht ausreichen wird. »Ich
will dich nicht verlassen.«

»Glaubst du, ich lasse dich kampflos sterben?« Seine
Daumen wischen die restlichen Tränen aus meinem
Gesicht und er beugt sich herunter, sodass wir auf Augen-
höhe sind. »Hör mir gut zu, Tuesday Larson, ich habe dich
Sachen machen sehen, die nur in den Geschichtsbüchern
stehen. Ich habe gesehen, wie du Dinge getan hast –
unmögliche Dinge. Du hast in wenigen Tagen Magie
erlernt, für die jeder andere ein ganzes Leben bräuchte. Lass
mich also deutlich werden, damit du weißt, was ich sage,
und du meine Worte nicht missverstehst.«

Er schaut mir tief in die Augen »Das. Ist. Dein. Reich.
Mit deinen Regeln. Die Regeln der Erde gelten hier nicht.
Deshalb kannst du die Sachen erschaffen, die du erschaffen
hast, deshalb kannst du Dinge aus dem Nichts ziehen.
Deshalb kannst du Kreaturen *heilen*, wenn alle Hoffnung
verloren ist. Du wirst *nicht* sterben.«

»Werde ich nicht?«

»Nein. Ich habe so viel Vertrauen in dich. Ich weiß in
meinem Herzen, dass du die Kraft hast, dich selbst zu
heilen. Das ist nicht das Ende.« Er lehnt seine Stirn an
meine. »Ich will unser Happy End«, knurrt er.

Verdammte Tränen. Ich schlucke den riesigen Kloß in
meinem Hals hinunter. Was er sagt, macht auf eine seltsame
Art Sinn, aber ... der Biss ist zu hundert Prozent tödlich.

Wie kann ich das überlisten?

»Das ist eine fantastische Idee«, sagt Jodie, wird plötzlich lebhaft und steht auf. Eine benommene Diane plumpst fast schon lässig gegen Jodies Beine. »Du nutzt die Magie der Wandler, nimmst sie auf und vermischst sie mit deiner eigenen. Owen hat recht. Niemand hat jemals zuvor jemanden wie dich gesehen. Ich wette, du unterscheidest dich auch von den anderen Wirten.«

»Ja, ich unterscheide mich«, murmle ich. »Sie ähneln unseren Elfen. Ich hingegen bin eine Hexe.«

»Ganz genau.«

»Du bist viel zu stur, um zu sterben«, schnauzt Mum. Ich betrachte ihre Augen, die vom stillen Weinen rot geworden sind, und ihr geschwollenes Gesicht. Ihre Haare hängen zu einer Seite. Ich habe sie noch nie so ungepflegt gesehen. Leiser fleht sie: »Sag uns, was du brauchst. Wir werden dir helfen.«

»Mum, was ist los?«, flüstert Heather. »Ich verstehe das nicht.«

Ach, verdammt.

Ich verziehe das Gesicht. Ich habe ihre Rückkehr zur Rezeption verpasst, und die Erkenntnis packt mich mit Schuldgefühlen. Ich wollte nicht, dass Heather es auf diese Weise herausfindet. Ich wollte nicht, dass sie es erfährt, bevor ich weg bin. Sie verdient es, es von ihrer Tante zu erfahren; sie verdient es, zu sehen, dass ich selbst im Angesicht einer solchen Angst noch Würde habe. »Es tut mir so leid, Heather. Ich bin von Andy in seiner tierischen Form gebissen worden. Wie du aus der Schule weißt, ist der Biss für Frauen tödlich.«

Wieder sind alle still, während Heather diese Information aufnimmt.

»Du wirst doch kämpfen, oder? Du wirst die Magie der Wandler nicht gewinnen lassen.«

Ich schüttle den Kopf, während mich Entschlossenheit überkommt. Ich brauche ein bisschen Vertrauen, Glauben. »Nein. Ich werde die Wandlermagie nicht gewinnen lassen. Ich bin eine Larson.«

Heather nickt. »Okay.«

»Verzeih mir. Verzeih mir, dass ich nicht schnell genug war.« Ich drehe mich um und schaue zu meinem Hellhound auf.

»Du meinst, ich soll dir verzeihen, dass du keine Kristallkugel hast? Owen, schlimme Dinge passieren. Das«, ich wedle mit meinem Handgelenk unter seiner Nase, »war nicht deine Schuld. Es war auch nicht Dianes Schuld. Es war die von dem Arschloch Andy, der mich angegriffen hat. Er wollte mir an die Kehle gehen und hat schließlich auf meiner Hand rumgeknabbert. Hör auf, dir selbst die Schuld zu geben, und schiebe die Schuld ganz klar auf ihn. Der aufmüpfige kleine Pisser. Genau ...« Ich klatsche in die Hände. »Hexenzirkel-Schlafenszeit. Kommt schon, Leute. Lasst uns eine Runde schlafen. Ich weiß, ich bin erschöpft und kann vor lauter Wehleidigkeit nicht mehr klar denken.«

Diane stößt ein Lachen aus. »Du bist unglaublich. Nimmst du jemals irgendwas ernst?«

»Niemals. Ich werde dein superschlaues Gehirn und deine hexerischen Talente brauchen. Du musst morgen früh in Bestform sein, also geh und ruh dich aus. Wir sehen uns später.«

Ich schließe das Portal auf, damit Dad zurückkommen

kann, nachdem er Andy abgesetzt hat. Ich überprüfe auch, ob Jeff schon weg ist.

»Du wirst doch keine Dummheiten machen, oder?«

»Nein, Mum.« Ich ignoriere das magische Klingeln. »Das mit den Buntstiften tut mir leid, Mum.«

»Mir nicht. Ich finde Malen entspannend. Vielleicht war das Schimpfwort-Malbuch eine Spur zu viel. Aber du hast dich klar ausgedrückt.«

»Es war ein Schimpfwort-Malbuch? Wow, so was gibt es?« Ich grinse. »Na ja, ich bin froh, dass es dir gefällt.« Mum nickt, während sie der schwankenden Diane auf die Beine hilft.

»Es tut mir leid. Es tut mir so leid, dass mein furchtbarer Freund dir wehgetan hat. Dich umgebracht hat. Ich liebe dich, kleine Schwester«, sagt Diane, während ihr Kopf seltsam hin und her wackelt.

»Hör auf damit! Noch bin ich nicht tot, also kannst du aufhören, mich so anzuschauen. Sonst werde ich das Wort *Gehirne* krächzen und im Zombie-Modus hinter dir herschlurfen.« Heather öffnet ihren Mund. Ich halte eine Hand hoch. »Nein, ich verwandle mich nicht in einen Zombie. Das war nur ein Scherz. Meine Güte. Diane kann keine andere Person kontrollieren und was er getan hat, war seine Schuld. Es war meine Schuld, weil ich meine Hand in den Weg gesteckt habe.« Ich bin so froh, dass sie alle in Sicherheit sind, denn es hätte so viel schlimmer ausgehen können. »Ich hatte einfach Pech, das ist alles. Und jetzt geh bitte schlafen.«

»Ich werde ihn umbringen«, flüstert Diane bitterböse, als sie zwischen Mum und Jodie eingeklemmt wird, während sie davonschwanken.

»Nein, das wirst du nicht. Denk daran, wie schlecht es ihm gehen wird, wenn er eingesperrt ist. Er hat keinen schnellen Tod verdient«, sagt Jodie zu ihr.

»Ich würde es nicht schnell machen«, erwidert Diane.

»Nicht heute Nacht. Du schläfst jetzt erst einmal und dann hilfst du unserer Schwester.«

»Natürlich werde ich Tuesday helfen. Ich werde das in Ordnung bringen, aber ich werde auf keinen Fall schlafen können.«

»Natürlich nicht, aber ich habe noch einen wunderbaren Zaubertrank, den du schlucken kannst.«

»Wir sehen uns morgen früh, Tantchen Tuesday.«

»Nacht, Heather.«

Die Flurtür schwingt zu. »Jetzt bist du deinen Hexenzirkel losgeworden. Was werden wir jetzt wirklich tun?«, fragt Owen, in der Sekunde, in der wir allein sind. »Ich weiß, dass du kein Nickerchen machen wirst. Du hast diesen Ausdruck auf deinem Gesicht.«

»Welchen Ausdruck?«

»Unfug. Ärger.«

»Oh.« Ich zucke mit den Schultern. Was soll ich dazu sagen? Obwohl ich weniger Unfug treibe, sondern mir eher in die Hose scheiße, weil ich sterbe und so. Aber der Versuch meines Hellhounds, die Stimmung aufzuhellen, ist süß.

»Was machen wir, Blitzi?«

Während dieser ganzen Achterbahnfahrt hatte ich immer das Gefühl, dass die Magie mich leitet. Und ich bin zu dem Schluss gekommen, dass das Reich mich genauso braucht, wie ich das Reich brauche. Warum also nicht das

Reich fragen, was ich tun muss? Die Antwort kommt zu mir.

»Ich werde zum Herzen des Reiches gehen und du wirst mir dabei helfen.«

»Zusammen?«

»Ja, zusammen.«

Er küsst mich sanft auf die Wange. »Deine letzten Tage waren nicht normal, oder?«

»Nein.« Wenn ich das hier überlebe, glaube ich nicht, dass ich jemals wieder normal sein werde. »Ich kann die fremde Magie spüren, Owen. Sie frisst mich innerlich auf.« Ich reibe meine Schulter und stoße einen Atemzug aus. Ich kremple meine Ärmel hoch und das rote Spinnennetz hat sich schon weiter meinen Arm hinauf ausgebreitet. Es kribbelt an meiner Schulter und pulsiert, während es sich seinen Weg zu meinem Herzen bahnt. »In mir tobt ein Krieg. Ich glaube, ich habe weniger als eine Stunde.«

»Eine Stunde?« Owen reibt sich die Stirn und presst dann seine Handfläche auf seinen Mund. »Wie kann ich helfen?«

»Kannst du Daisy holen?« Meine Stimme bricht, als ich ihren Namen ausspreche. Ich schlucke ein paar Mal und huste, um mich zu räuspern. »Und dann können wir vielleicht zum See gehen?«

Ich mache mir Sorgen, dass ein Blinken das Gift nur noch verschlimmern würde.

Nachdem Owen mit Daisy zurückgekommen ist, trägt er uns beide nach draußen.

Kapitel Vierzig

Die Nacht ist still und warm. Mit meinen Armen um seinen Hals und meinen Beinen um seine Taille schmiege ich mich an ihn, während er mich ehrfürchtig an seine Brust drückt. Daisy liegt zusammengerollt auf seinen Schultern und beobachtet mich aufmerksam. Sie zwitschert ihre Besorgnis und stupst ab und zu meinen Arm und mein Gesicht an. Es fällt mir schwer, sie anzuschauen.

Ich habe noch nie einen Nachthimmel wie diesen gesehen. Ich neige meinen Kopf nach hinten, um die Schwärze des Nachthimmels zu erforschen, und natürlich sind da Millionen von wunderschönen hellen Sternen. Nadelstiche aus brennenden Flammen, die in einem spiralförmigen Wirbel über dem Himmel kreisen. Es ist fast so, als ob die Sterne uns folgen würden. Vielleicht tun sie das auch? Immerhin sind es meine Sterne.

Sogar mit mir in seinen Armen sind seine Schritte laut-
los. Der Hellhound bewegt sich wie ein Geist, als ob er
schweben würde. Seine Füße berühren kaum den Boden.

Mit meinen Augen auf den Himmel gerichtet und den
sanften, aber schnellen Bewegungen meines Hellhounds,
dauert es nicht lange, bis wir den See erreichen. Er hat sich
einen guten Platz ausgesucht, wo wir unser Picknick
gemacht haben, ganz in der Nähe des Stegs und unseres
Ruderboots. Owen lässt sich auf dem Gras nieder. Meine
Beine gleiten zu beiden Seiten seiner Hüften.

Mein Hellhound richtet mich vorsichtig auf. Mein
Körper ist so schlaff, dass ich keine Kontrolle über meine
Gliedmaßen habe.

Meine Gedanken schweifen wild umher. *Ah, Angst,
mein guter alter Freund, wie gut, dass ich mich selbst nicht
zum Narren halten kann, denn mein Körper ist jetzt zu
kaputt, um mit dir fertigzuwerden.* Mein Herz ist träge und
tut nicht einmal so, als würde es sich drum scheren,
während mein Verstand ausflippt.

Seit ein paar Minuten fällt es mir immer schwerer, zu
atmen. Jeder neue Atemzug ist mühsamer als der letzte. Ich
habe keine Schmerzen. Es ist nur die sich ausbreitende
Taubheit, die mich beunruhigt.

Wenn es jemals eine Zeit gab, in der ich die Ruhe
bewahren musste, dann ist es jetzt. Wenn ich nicht ruhig
bleibe, werde ich meine restliche Zeit damit verbringen,
auszuflippen, anstatt eine Lösung zu finden.

Als ich ein kleines Mädchen war, hatte ich eine Blind-
darmentzündung und musste operiert werden, damit das
defekte Organ entfernt werden konnte. Ich weiß noch, wie
die Krankenschwestern das Betäubungsmittel verabreicht

haben. Ich konnte spüren, wie es brannte und sich in meinen Adern ausbreitete. Ich konnte den Zauber unter meiner Zunge schmecken. Er hat meinen Mund mit seinem bitteren Geschmack überflutet.

So ähnlich ist es jetzt auch: Es legt sich wie ein Monster um meine Lunge und jagt sein Gift durch mein Blut. Eine Kälte.

Owen wiegt meinen Hinterkopf und Daisy krabbelt leise so nah wie möglich heran, wobei ihre goldenen Flügel uns beide berühren.

»Tuesday«, sagt Owen und durchbricht die raue Stille.

»Halt mich einfach fest. Bitte, wenn es nicht klappt ...«

»Es wird klappen«, knurrt der Hellhound.

»Ich liebe dich«, stoße ich hervor. Es fällt mir schwer, zu sprechen, da ich nicht atmen kann. »Es tut mir leid, dass wir nicht genug Zeit hatten,« röchle ich. »Ich weiß, es ist viel verlangt, aber würdest du dich bitte um Daisy kümmern? Sie ist mein Herz.«

»Bitte, Blitzi ...«

»Danke, dass du mich nicht verlassen hast, als du konntest. Dass du geblieben bist ...«

»Du musst mir nicht danken, und das ist nicht das Ende«, flüstert er schroff. Seine grauen Augen glänzen unter Tränen. »Ich glaube an dich. Du kannst das schaffen.« Er ist so stark, mein Hellhound.

»Okay.« Ich lasse mich an seine Brust sinken und lausche dem gleichmäßigen Schlag seines Herzens. Während sein Herz mir den Weg zeigt, schließe ich meine Augen und lasse mich fallen.

Ich falle.

Ich falle in die Magie und die Lebenskraft des Reiches umarmt mich. Meine Seele schält sich von meinem sterbenden Körper. Ich nehme mein Wesen wahr, wie es sich zwischen den Dimensionen zu einer Kreuzung bewegt, die alle Welten miteinander verbindet.

Es ist so dunkel hier. Ich stelle mir vor, wie sich eine Kammer mit Reizentzug anfühlen würde. Die Stille ist so umfassend, sie nimmt kein Ende und egal wie sehr ich meine Ohren anstrenge, ich kann nichts hören. Egal, wie sehr ich meine Augen anstrenge, um die Schwärze zu durchdringen, ich kann nicht einmal den kleinsten Lichtpunkt sehen. Nichts existiert.

Habe ich einen Fehler gemacht?

Ich sollte in das Herz des Reiches gehen, nicht hierher. Nicht an diesen leblosen Ort. Dann ertönt ein zischendes Geräusch und ich versteife den Körper, der nicht mehr existiert, aber stattdessen flattert meine angeschlagene Seele, während eine gewaltige Macht über meine körperlose Form fließt und ... dann kommt der Schmerz. Jede frühere Verletzung findet mich, und ich werde zerrissen.

Verurteilung.

Mein Leben zieht an mir vorbei und alles, was ich falsch gemacht habe, wird herausgezogen und zur Schau gestellt. Analysiert. Vor mir liegt eine abscheuliche, makabre Ausstellung meiner vergangenen Verfehlungen.

Ich sehe Momente kleiner Verletzungen, die ich verursacht habe, Momente längst vergessener Unfreundlichkeit. Es sind nicht viele, den Sternen sei Dank. Aber die unbedachten Worte beißen und die unbedachten Taten stechen. Es ist eine Mauer der Schande, und ich schäme mich dafür.

Ich werde verurteilt und für ... *mangelhaft* befunden.

Ich bin nicht gut genug für den mystischen Himmel. Nicht schlecht genug für die mystischen Feuer der Hölle. Eine höhere Macht kommuniziert mit mir eher durch Gefühle als durch schlichte Worte. Ich habe noch so viel zu tun. Ich habe zwei Möglichkeiten: die Wandlermagie auszulöschen oder sie anzunehmen.

Die Entscheidungen sind mit Wissen verbunden, mit dem Wissen um zukünftige Probleme und mit dem Wissen um zukünftigen Schmerz. Ich bin stur, also wähle ich natürlich den schwierigeren, aber lohnenderen Weg.

Ich werde neu erschaffen.

In etwas anderes verwandelt, etwas, das ich schon immer sein sollte. Mehr als nur ein Wirt, mehr als eine einfache Hexe.

Das Wissen um meine Entscheidung und das, was ich gelernt habe, verschwindet aus meinem Kopf und hinterlässt keine Spuren. Und dann, mit einer groben Entladung, werde ich in meinen Körper zurückgeworfen.

So viel verdammter Schmerz.

Eine bunte Mischung aus Magie bombardiert mich; sie sickert durch meine Adern. Seltsamerweise füllt der Geschmack von Obst meinen Mund, dann die frische, fast geschmacklose Kühle von Gurke und schließlich der bittere Geschmack von Vulkangestein. Daisy? Als die Aromen in meinem Mund verblassen, gesellt sich grüne Magie zu der der Reiche und wäscht den Schmerz und einen Teil der Dunkelheit, die noch an mir haftet, weg. Vertraute Magie. Daisys Magie vermischt sich mit meiner und der des Reiches. Sie vereint sich, um die verbliebene Taubheit wegzuwischen.

Alles hält an, es kommt zum Stillstand, als ich eine Stimme höre. »Komm schon, atme! Verdammt noch mal! Wage es nicht, uns wegzusterben.«

Was ist das?

Ich spüre einen Druck auf meiner Brust. »Bitte verlass uns nicht. Ich liebe dich.« Der Ring an meinem Finger brennt einen feurigen Pfad meinen Arm hinauf.

Mein Körper zuckt.

Die Magie explodiert in mir und endlich gehört die Wandlermagie *mir*.

Ich schnappe nach Luft.

»Ich habe sie zurück. Sie atmet«, verkündet eine raue Stimme. Jodie. Meine hinterlistige Schwester muss sich rausgeschlichen haben und uns hierher gefolgt sein, weil sie wusste, dass ich ihre Hilfe brauchen würde. Meine Augen flattern auf. »Mach das nie wieder!« Sie gibt mir einen schwachen Klaps auf den Arm und bricht dann in Tränen aus. »Drei Minuten. Du hast drei Minuten lang aufgehört zu atmen.« Sie schnieft.

»Tut mir leid ...«, krächze ich.

»Der Ring an deinem Finger fing an zu glühen und es war, als ob das ganze Reich den Atem angehalten hätte. Der Biss an deinem Handgelenk ist verheilt und die roten Flecken sind fast sofort verblasst, aber sie sind erst dann ganz verschwunden, als Daisy dich berührt hat. Tuesday, deine kleine Drachin hat geleuchtet wie ein verrückter grüner Stern und dann ... das war ungefähr der Zeitpunkt, als du aufgehört hast zu atmen ...«

Meine Schwester plappert weiter. Mein Hellhound sitzt direkt neben mir und streichelt mein Gesicht und meine Haare. Ich kann seinen Gesichtsausdruck noch nicht richtig erkennen, denn meine Augen sind irgendwie verschwommen. »... Ich habe die Herzdruckmassage gemacht und wollte gerade einen Zauber anwenden, um dein Herz zu schocken.«

Ich bewege meine Finger; wenigstens fühle ich mich nicht mehr taub. Ich atme tief ein, oh, und ich kann ohne Probleme atmen. Wohltuender Sauerstoff füllt meine Lunge. Ich bin am Leben; ich habe es geschafft.

Warum fühle ich mich dann immer noch ein wenig spinnennetzartig? Ich runzle die Stirn.

Die klebrige neue Magie zischt durch mich hindurch und bringt die Zellen, die mich zusammenhalten, zum Vibrieren. Die Zellen, die mich zu dem machen, was ich bin. Mit Jodies und Owens Hilfe setze ich mich auf und hebe eine wackelige Hand an mein Gesicht. Die Vibrationen in meinem Körper werden schlimmer und meine rechte Hand kribbelt.

Die Zeit scheint sich zu verlangsamen und eine Gänsehaut bildet sich auf meiner Haut. Meine Sicht wird klarer und ich beobachte mit morbider Faszination, wie sich kleine Hautstücke von meiner Hand lösen und davonschweben. Ich blinzle. *Was zum Teufel ist das? Sieht das noch jemand?*

Die Form meiner Finger ist die erste, die verschwindet. Es tut nicht weh und die Zellen sind nicht weit weg, sie schweben in einer Art magischem Gewimmel über mir.

Die Zeit beschleunigt sich wieder, und es ist nicht nur meine Hand, sondern mein ganzer Arm und dann ... ist es, als ob ich aus Sand wäre. Alles zerbröselt.

Und dann ist da nichts mehr.

Schwärze.

Mit einem seltsamen *Plopp*, der in meinen Ohren widerhallt, ist alles wieder normal. *Tja, das war seltsam und ein bisschen antiklimaktisch. Hat der Sauerstoffmangel etwas mit meinem Gehirn gemacht? Hat mich alles, was passiert ist, in den Wahnsinn getrieben?*

Ich bewege meine Hand vor mein Gesicht, um den Biss an meinem Handgelenk zu untersuchen, und ... Oh, Junge, das ist keine Hand. O nein. Das ist eine flauschige, violette *Pfote*.

Ich jaule. Jodie quiekt.

Neben mir höre ich Owens schockiertes Lachen und – kein Witz – mein linkes Ohr schwenkt in Richtung des Geräusches. Das ist das seltsamste Gefühl, das ich je gespürt habe. Ich werde nicht einmal etwas über meine Rute sagen. Als ich sie ansehe, wedelt das dumme Ding.

Ich springe auf meine Füße, alle vier. Meine Ohren legen sich an die Seite meines Kopfes, während ich schwanke.

»Du bist lila! Dein Fell ist lila. Ich kann nicht glauben, dass du ein verdammter Wolf bist. O mein Gott! Warte nur, bis Mum das herausfindet!«, stottert Jodie.

Diese letzte Bemerkung lässt meine Zellen vor Panik vibrieren. Mum wird mich umbringen. Dann stehe ich nackt und zitternd da.

Ist das gerade passiert?

Ein warmes Oberteil wird mir über den Kopf gezogen, und die Körperwärme, die an dem Stoff haftet, umhüllt mich. Der Duft von Zimt und Vanille erfüllt mich, aber der Geruch macht mich schwindelig. Mein Geruchssinn ist ...

wow. Es ist, als hätte ich mein ganzes Leben lang eine Erkältung mit einer verstopften Nase gehabt, und jetzt kann ich endlich atmen. Owen steht da, seine wunderschöne dunkle Haut und seine prallen Muskeln stehen zur Schau.

»Hi«, flüstere ich.

»Hi«, sagt er rau. Ich zwinge meinen Blick, seine Bauchmuskeln zu verlassen, und seine schönen, funkelnden grauen Augen fangen meine ein. Er hat geweint. Oh, Owen.

»Es tut mir leid, dass ich dich erschreckt habe. Ist das gerade wirklich passiert? Habe ich mich gerade ...« Meine Worte verstummen abrupt. Ich starre auf meine Hände, als ob ich sie noch nie gesehen hätte. Mein Daumen spielt mit dem Ring, der immer noch an meinem Finger steckt, und nicht einmal eine Gestaltenwandlung kann diesen Mistkerl aus dem Weg räumen. *Gestaltenwandlung.* Meine nackten Füße wackeln im Gras und ich stoße ein seltsam klingendes, manisches Lachen aus.

»Gewandelt? Ja.«

»Oh, heilige Mutter Gottes«, murmle ich.

Daisy springt mit Anlauf hoch und trifft mich so fest an der Brust, dass ich grunze – ich bin so froh, dass das Wandeln meine restlichen Schmerzen beseitigt hat – dann umarme ich sie und küsse ihr schuppiges, liebenswertes Gesicht. »Wer ist ein schlaues Mädchen mit ausgefallener grüner Magie?«

»Du bist am Leben. Ich kann nicht glauben, dass du noch lebst! Und du hast dich in einen Wolf verwandelt!«, sagt Jodie, während sie mich in die Seite tackelt. Daisy knurrt. Ich strecke meine Hand zur Seite aus, und Owens große, warme Hand umschließt meine. Ich drücke zu und er drückt zurück.

Jodie löst sich von mir und gibt mir einen Klaps auf den Arm. »Ich glaube, ich brauche einen Schuss von dem Trank, den ich Diane gegeben habe. Es wird mindestens ein Jahr dauern, bis ich mich wieder beruhigt habe.« Sie reibt sich das Gesicht. »Heilige Hölle, ich fühle mich, als wäre ich um zehn Jahre gealtert.« Sie entdeckt unsere verschränkten Hände und lächelt sanft. »Okay, also dann, ich bin so was von fertig. Ich hatte genug Aufregung für heute Nacht. Ich lasse euch jetzt in Ruhe. Ich gehe dann mal schlafen.« Daisy gähnt so herzhaft, dass ich fast ihre Mandeln sehen kann. Jodie kichert. »Sie ist so süß. Wenn du willst, kann ich sie mitnehmen. Willst du heute Nacht bei Tante Jodie bleiben?«, gurrt sie.

Ich zucke mit den Schultern. Daisy lässt sich von Jodie aus meinen Armen nehmen. Mit dem Kopf in der Luft bleibt sie steif wie ein Brett, und noch amüsanter ist, dass sie ihre Flügel und ihren Schwanz in einem ungünstigen Winkel herausstreckt. »Ich werde dir erlauben, mich zu berühren, aber ich muss es nicht mögen.« Traurig rollt sie mit den Augen in unsere Richtung. Sie rümpft die Schnauze und gibt ein unglückliches Geräusch von sich, das in ihrer Kehle zu hören ist. Doch sobald Jodie sie umarmt, ist es vorbei mit ihrem Einwand. Sie gähnt wieder, entspannt sich und erteilt ihre vorläufige Erlaubnis.

Ach, meine kleine Drachin ist völlig erschöpft. »Danke, Schwesterherz. Wir sehen uns morgen früh.« Wir beobachten, wie Jodie und Daisy zurück zum Hotel stapfen. Ich will sie nicht blinken, bis ich meine Magie getestet habe.

Owen zieht mich in seine Arme und drückt mich an sich. Ich vergrabe mein Gesicht in der seidigen Haut seiner

Brust, während er sein Kinn auf meinem Kopf abstützt. »Du bist ein wunderschöner Wolf.«

»Ich bin eine gebissene Wandlerin, die sich wandeln kann, die erste Frau, die einen Biss überlebt hat«, flüstere ich. »Die Erste meiner Art. Es wird ein Albtraum sein, wenn die Leute das herausfinden. Sie werden ausflippen.«

»Sie werden sich fragen, ob das Sanctuary Hotel unser Problem mit den schwindenden Zahlen lösen wird, ob das, was dir passiert ist, die Rettung für die Wandler sein kann.«

Ich stöhne.

»Das wird es nicht. Es wird wahrscheinlich das Böse in unser Leben bringen. Owen, die Verrückten werden kommen.«

»Sollen sie doch. Zusammen können wir den Müll beseitigen. Die Raubtiere sind mehr als willkommen. Du bist keine einfache Wandlerin, und ich auch nicht, und ich gehe nirgendwohin.«

»Bist du sicher, dass du nicht aussteigen willst?«

Er grinst. »Einhundertprozentig sicher.«

»Also, werden wir das tun? Das Hotel führen? Was ist mit deinem Job?«

»Du bist meine Priorität. Also ja, wir werden das Hotel führen.«

Ein sicherer Ort für alle Außenseiter und Rebellen. Das hört sich gut an.

»Hey, Blitzi, würdest du mir die Ehre erweisen, mit mir zu laufen?« Was? Ich ziehe mich leicht zurück und blinzle ihn an.

»A-als … als Wölfe?«, stottere ich.

Owens graue Augen tanzen und er lächelt strahlend. »Ich will mit dir um die Wette rennen.« Und innerhalb von zwei Atemzügen flattert seine Kleidung auf den Boden und ein großer schwarzer Wolf hüpft über das Gras. Er bleibt stehen und dreht den Kopf; seine Zunge hängt in einem wölfischen Grinsen heraus und er kläfft spielerisch.

Ich wandle mich und schließe mich ihm auf wackeligen violetten Pfoten an.

Liebe Leserin, lieber Leser,

zunächst einmal *vielen Dank*, dass du meinem Buch eine Chance gegeben hast.

Wow, ich habe es noch mal geschafft. Ich hoffe, es hat dir gefallen. Wenn das der Fall ist und du Zeit hast, wäre ich dir sehr dankbar, wenn du eine Rezension schreiben könntest.

Jede Rezension macht einen *riesigen* Unterschied für einen Autor – vor allem für mich als brandneue, glänzende Autorin – und deine Rezension könnte anderen Lesern helfen, mein Buch zu entdecken. Ich würde das sehr zu schätzen wissen, und es wird mir helfen, weiter zu schreiben.

Tausend Dank!

Oh, und es besteht sogar die Möglichkeit, dass ich deine Rezension für meine Marketingkampagne auswähle. Kannst du dir das vorstellen? Das ist so aufregend!

Alles Liebe,
Brogan x

Über den Autor

Brogan lebt mit ihrem Mann und ihren elf pelzigen Kindern in Irland: fünf pelzige Minions der Dunkelheit (auch bekannt als Katzen), vier Hellhounds (also Hunde) und zwei traditionelle Einhörner (fette, haarige Irish Tinker).

Im Jahr 2019 beschloss sie, ihre Verrücktheit auszuleben und über die imaginären Kreaturen, die in ihrem Kopf leben, zu schreiben. Ihre größte Liebe gehört ihrem pelzigen Lieblingskind Bob, dem Irish Tinker, und dann dem Lesen. Wenn sie nicht gerade liest oder schreibt, steckt sie knietief in Pferdeäpfeln und Fell und ignoriert dabei glückselig alle Erwachsenenpflichten.

amazon.com/author/broganthomas

facebook.com/BroganThomasBooks

instagram.com/broganthomasbooks

goodreads.com/Brogan_Thomas

bookbub.com/authors/brogan-thomas